JN034061

カズオ・イシグロと日本

Yoshiki Tajiri + Kunio Shin
田尻芳樹・秦邦生 編
カズオ・イシグロと日本
幽霊から戦争責任まで
Kazuo Ishiguro AND Japan
レベッカ・L・ウォルコウィッツ。荘中孝之。麻生えりか。加藤めぐみ。
菅野素子。マイケル・サレイ。三村尚央。レベッカ・スーター
Rebecca L. Walkowitz
Takayuki Shonaka
Erika Aso
Megumi Kato
Motoko Sugano
Michael Szalay
Takahiro Mimura
Rebecca Suter
水声社

水声文庫

カズオ・イシグロと日本——目次

［凡例］

一、引用元の頁数については、引用部末尾に（　）で示した。アラビア数字は原書の頁数を、漢数字は、訳書がありそれを用いている際、その頁数を表す。

一、カズオ・イシグロ作品をはじめ既訳の存在する書籍について、引用に際して訳文の一部を変更した箇所がある。その場合、該当引用部の末尾ないし注にその旨を示した。

一、未邦訳文献を引用する際、翻訳は引用者（各執筆者）によった。タイトルに関しては、各執筆者による表記のままとし、本書全体での統一はしなかった。

一、引用の際、原文のルビは取捨選択し、新たに加えた場合もある。

一、翻訳論考および引用文において、原文の筆者による注記や補足は、原文のとおり［　］で示した。［……］は原文における省略を意味する。また、訳者または引用者による注記や補足は〔　〕で示し、〔……〕は引用者による省略を意味する。ただし、単に該当箇所の原文を示す際には、翻訳論考においても（　）を用いた。

一、翻訳論考および引用文に関して、原文における明白な誤記については、訳出時に適宜修正を加えた。

一、翻訳論考には、必要に応じて漢数字の番号で訳注を付すこととし、論考末尾に原注に続けてまとめた。

一、註の文献表記において、本書全体を通して最低限の表記統一を行ったが、巻数や連載番号に関しては、参照の便宜を考えて原典の表記に従った。

一、文献表記の際、欧米系書籍については、原則としてＭＬＡ方式（ハンドブック第八版、二〇一六年）に則った。

一、参考図版がある場合、文中の該当箇所に【　】で図版番号を示し、図版は一二八頁と一二九頁の間に別丁としてまとめた。

まえがき

田尻芳樹

カズオ・イシグロはデビューのときから日本との関係という問題に付きまとわれてきたと言ってよい。日本を題材にした最初の二つの長編がその異国趣味によってイギリスで人気を博したにもかかわらず、彼は自分の作品が過度に日本と結びつけられるのを嫌った。その一方で一九八九年の再訪以来、何度も日本を訪れ、日本に対して友好的な発言をしてきた。二〇一七年のノーベル文学賞受賞時には日本メディアの取材に対して自分が日本と日本文化にいかに多くを負っているかを改めて強調したし、つい最近も長崎原爆投下七五周年に際して、被爆者の母を持つ者としての短いが含蓄に富んだメッセージを寄せた。彼の作品を受容する日本の側も、最初の二作品の翻訳に対して特に好意的でなかった一方[1]、どこか他のイギリス作家とは違う「近さ」を感じ続け、ノーベル賞受賞時には日本出身としては三人目の文学賞受賞だとして色めき立ったのだった。つまり、イギリスであると同時に日本でもあるという独特のポジションに由来するこうしたアンビヴァレンスは、イシグロ文学からは切り離せない。

日本でイギリス文学を研究する日本人の立場からしても、やはりイシグロは特別な対象である。いつもはイギリス人学者の意見を拝聴する一方になりがちなのに、イシグロとなると、少なくとも彼と日本との関わりについては関係が逆転し、こちらが教える立場に立ちうるのである。イギリスの若い研究者は小津安二郎や川端康成はおろか、日本の歴史についてもろくに知らないのが普通なのだから。実際、この私のところへも英米の若い学者からイシグロを研究したいから受け入れ教員になってほしいという依頼がよく来る。イギリス文学を研究している英米の学者が日本で研究する動機など通常はないのに、イシグロはそれを成立させているのである。仮に彼（女）らの目的がテニュアを取るまでのつなぎとして日本の奨学金を取得することだったとしても、イシグロの作品の独特の性質がこれまでなかったような交流を可能にしているという事実は注目に値する。私は優位に立った気分で、彼（女）らに小津や成瀬の映画を観ることから始めるよう「指導」する。それは研究としては有意義なことに違いない。しかし、ハタと思う。では、そういう日本文化に関する知識や私が日本人であることが、イシグロの初期作品を読む上で私を絶対的優位に立たせるだろうか。そんなことはあるまい。それらは日本語で書かれた日本文学とは違う。英語で書かれたイギリス文学である。いたって平易なイシグロの英文だが、それを逐語的に訳そうとすると、とまどって「ネイティヴ」に確認したくなるときもある。さらにそれらの作品は、私が自明視している「日本」とは何かを問うよう促しているのだ。日本人が日本のものとして我有化（appropriate）するのに抵抗する何かがある。ここでまたさっきと同じアンビヴァレンスに逢着する。

＊＊＊

本書『カズオ・イシグロと日本』は、すでに非常にたくさんのことが内外で言われてきたイシグロと日本の関係について、屋上屋を架すように見える危険を承知の上で、あえて新しい角度から考えようとするものである。まずは構想の経緯を率直に語ってみたい。

カズオ・イシグロの『わたしを離さないで』に関する論文集（『カズオ・イシグロ『わたしを離さないで』を読む』）を三村尚央氏との共編著で水声社から刊行したのは、彼がノーベル文学賞を受賞してほぼ一年後の二〇一八年九月だった。その少し前から第二弾の構想が漠然とあり、主要な作品に関する似たような論文集なら次は『日の名残り』がいいかもしれないという話もあった。けれども、ちょうど刊行のころ、当時まだ私の指導学生だった日吉信貴氏が「イシグロと日本」というテーマがいいのではないかと強く訴えかけてきた。私は、率直に言って、そのテーマに関してはすでにいろいろ言われていて新味がないし、どうせなら英語の論文集を出した方がいいのではないかと思い、それほど乗り気にはなれなかった。その後、二〇一九年三月に、ある会合の後、小野正嗣氏と二人でじっくり話す機会があった。小野氏はちょうどNHKドラマ『浮世の画家』関係の取材のためロンドンでイシグロ自身にインタヴューをしてきたばかりで、私は強い刺激を受け、新しいイシグロ論集についても助言をいただいた。そのとき、私はかねてから『浮世の画家』の日本での受容と戦争責任の問題に関心があったので、『浮世の画家』についての論文集にしようと心に決めた。また、『わたしを離さないで』論集でごく控えめながら先鞭をつけた草稿研究をもっと前面に押し出そうとも考えていた。しばらく後、ちょうど同年三月にイシグロの草稿類を保管するテキサス大学ハリー・ランサム・センターでイシグロと日本に関するアーカイヴ資料をたくさん収集してきた秦邦生氏の話を聞き、その特ダネの数々を知るにつけ、イシグロと日本に関してまだ知られていない事実が非常に多いことを実感し、また同時に、『浮世の画家』だけでは狭すぎることも悟った。というわけで、広くイシグロと日本に関して、アーカイヴ資料も大いに利用しながら新しく論じようという本書の原型が定まったのが二〇一九年五月である。その時点で今度は秦氏に共編者になってもらうことにした。日吉氏は編者になることを辞退し、やがて企画から降りてしまったが、先に触れたように彼こそ本書の発想の起源であり、途中まで企画に参加してくれていたことをここに明記しておきたい。同年八月に秦氏の特ダネを中心としたトピックを確定して執筆者への依頼を開始、本書が本格的にスタートした。

そして二〇二〇年になってからイシグロ研究にとって重要なイヴェントがあった。二月一日、イギリスのウォルヴァーハンプトン大学で、同大学のイシグロ研究者セバスチャン・グローズ教授が主催する国際イシグロ学会が開かれたのである（Twenty-First Century Perspectives on Kazuo Ishiguro: An International Celebration）。（このイヴェントについては本書巻末の三村氏による文献紹介も見られたい。）シンシア・ウォン教授の基調講演の他、バリー・ルイスのような著名なイシグロ研究者や、デイヴィッド・ジェイムズ、ロバート・イーグルストンのような優れた現代小説研究者のものを含む合計三五の研究発表があり、きわめて充実した内容であった。日本からは加藤めぐみ、荘中孝之、菅野素子、武富利亜、三村尚央、森川慎也の六氏と私が発表者として参加した。うれしいことにグローズ教授は、国際交流基金から資金援助を得てわれわれ日本組の旅費、滞在費の支給を申し出てくれたばかりでなく、前夜にウォルヴァーハンプトン美術館でイシグロと日本に関する一時間の小イヴェントを開いてくれた（Kazuo Ishiguro: Perspectives from Japan）。ここでは、われわれ七人が短いプレゼンをしたり、コメントをしたりしたのだが、大入り満員の聴衆からの熱意が伝わって感動的だった。私は、前回の『わたしを離さないで』論集のまえがきで、二〇一四年一一月に東大駒場で開催した国際イシグロ・シンポジウムで海外からの参加者が「イシグロと日本」というテーマに関心を示さず不満だったと書いた。しかし、今回はそのときの不満を埋め合わせてお釣りが来るほどだった。グローズ教授はその後のディナーでも私たちを集めて積極的に交流してくれたし、また「イシグロと日本」についての論文集の企画もあるようで、誠に頼もしい思いがした。英語圏でも「イシグロと日本」について新しい知見がこれからますます出されてくるはずだ。本書はまず日本でそれをやってみたつもりである。本書の成果がやがて何らかの形で英語圏でも注意を引くことが望まれる。

もちろん、最初に書いたように「イシグロと日本」について語るに際して日本人だけが特権を持っているように考えるのは危険だし、先のような国際学会で日本人集団がゲットー化してしまわないように注意する必要もある。けれども、日本と日本人について海外で知られていないことがまだまだ多いのだから、少なくとも最初の段階では、日本人が「イシグロと日本」について積極的にアピールしていいし、そうすべきだと思う。

＊＊＊

本書の狙いはまず、「イシグロと日本」という古い革袋にできるだけ新しい酒を盛ることにある。そのために、先に述べたようにアーカイヴ資料を積極的に活用した。翻訳以外の七本の論文のうち四本はそうした資料を大きく扱ったものだし、秦邦生氏の二本のコラムとあとがきも有益な情報を与えてくれている。他の三本の論文もできるだけ新しい視点を打ち出すことを目指している。三本の翻訳論文については解題を付したので詳しくはそちらを見ていただきたいが、「イシグロと日本」について基本的な視座を提示したもの（ウォルコウィッツ）、視点がユニークなもの（サレイ）、最も新しいもの（スーター）を選んだ。巻頭に掲げたウォルコウィッツ論文は、長大で忍耐力がいるかもしれないので後に回してじっくり読んでもらってもかまわない。以下、翻訳以外の論文について概略を紹介する。

最初の荘中論文は、最初期の短編「ある家族の夕餉」に焦点を絞り、まず川端康成の小説『山の音』との関連性を指摘する。ここまでは、かつて『カズオ・イシグロ――〈日本〉と〈イギリス〉の間から』（二〇一一年）で『遠い山なみの光』および「ある家族の夕餉」と『山の音』の関連を指摘した荘中氏自身の研究の延長のように見えるが、氏は今回、川端だけでなく、聖書の放蕩息子の帰還および最後の晩餐のエピソードとの関連まで大胆に推論し、この短編の思いがけぬ奥行きを照らし出している。その論証の過程で鍵になるのが、何かをやり残したまま日本を去ってしまったのではないかというイシグロの罪悪感である。

次の麻生論文は、まったく別の種類の罪悪感を見出す。つまり、長崎の原爆に「当たりそこねた」者としての罪悪感である。被爆者だった母に託された、原爆の記憶を人々に伝えるという使命をイシグロは自覚していた。（だから、冒頭で書いたように今年の長崎原爆投下七五周年にメッセージを寄せたのである。）麻生氏は、短編「奇妙なときおりの悲しみ」、『遠い山なみの光』、そして未刊行の長編の草稿「長崎から逃れて」を原爆体験の描写を軸に丹念に読み解き、特にこの草稿が結局日の目を見なかった理由を興味深く推論している。イシグロを「原爆文学」というジャンルにぐっと近づける論考である。

イシグロの生まれ故郷長崎はまた別の意味でも彼の関心とつながっていた。すなわち、彼の初期作品で頻出する幽霊への関心である。加藤論文は、一九八七年にイシグロが企画したが実現しなかった日本の幽霊に関するTVドキュメンタリーをアーカイヴ資料を駆使して再現し、イシグロが信じていたらしい、円山応挙が有名な幽霊の絵を描いたのが長崎だったという説、長崎が特に幽霊に関する伝承の豊富な土地であるという説がともに根拠に乏しいことを論証している。その過程では彼が溝口健二の映画を始め、多くの関連資料を渉猟していたことが分かり興味深い。

映画と言えば、吉田喜重がイシグロの長編第一作を『女たちの遠い夏』として一九九〇年代後半に映画化しようとしていたことを、一体どれだけの人が知っているだろうか。実現はしなかったものの、この企画に関しては多くのアーカイヴ資料が残されている。菅野論文は、シナリオの改稿過程を詳細に追い、改稿のたびに吉田の映画として変貌していったこと、結局は実現しなかったこの企画が吉田の原爆への関心を深く反映していること、を論証している。今後のイシグロと映画についての考察は、このイシグロと吉田喜重の原爆を介しての出会いを避けて通れないだろう。

次の拙論は、『浮世の画家』の顕著な主題である芸術家の戦争責任の問題を直視しようとしたものである。だが、戦争協力した芸術家を断罪するのが趣旨ではなく、むしろ、実際に彼らが戦後どんな言動をしたかを思い出し、そういう現実の歴史との比較において『浮世の画家』を読もうとするものである。本文中にも書いたが、戦後日本小説に同じテーマを扱ったものが妙に少ないのはなぜかという疑問もあった。これについては仮説を提示しておいたので識者の批判を待ちたい。普段は読みつけない日本の美術史や音楽史の文献をほんの少しだが調べたのは新鮮な経験だった。

同じく『浮世の画家』を扱った秦論文は、イシグロの構想ノートから黒澤明の自伝と映画『羅生門』の重要性を浮かび上がらせ、イシグロの記憶の扱いに関して、黒澤的（映画的）な手法からプルースト的（小説的）な手法への転換を読み取る。さらにジュネットのナラトロジーを介して、イシグロにおける「反復の語り」の特別な意味とその自己欺瞞との関係を明晰に解き明かしている。アーカイヴ調査とテクストの読みの実践を有機的に結びつけながら、イシグロにとっての黒澤の重要性も具体的に教えてくれる中身の濃い論文である。最後に出てくるイシグロの「不穏な警告」に読者はどう答えるだろうか。

日本を扱ったイシグロ作品は初期のものばかりではない。二〇〇〇年刊行の『わたしたちが孤児だったころ』も上海を舞台にしながら部分的に日本と関わっている。上海に縁の深かったイシグロの祖父の時代、帝国主義時代の日本である。三村論文はこの作品を軸としながら、イシグロにおける日本語および故郷がそれぞれ親しいと同時によそよそしいというアンビヴァレンスを帯びることを主題化している。母語をめぐるイシグロとカネッティの比較、作品の時代の上海社会の実情など新しい視点を盛り込みながら、上海という場所が舞台に選ばれた必然性に説得力ある形で迫っている。

＊＊＊

今回取り入れることができなかった、「イシグロと日本」と関係するアーカイヴ資料の中でも重要なものが「谷崎プロジェクト」である。イシグロは一九九〇年代前半に、谷崎潤一郎の『瘋癲老人日記』（英訳題 *Diary of a Mad Old Man*）の映画化に向けて脚本を書いていた。一九九三年の映画『日の名残り』で成功を収めることになるジェイムズ・アイヴォリー監督がイシグロに翻案を依頼したのである。イシグロ脚本、マーチャント＆アイヴォリーによる『瘋癲老人日記』（！）は是非観たかったところだが、多数のメモや草稿が残されたにもかかわらずこの企画は一九九五年ごろに頓挫した。（その直後からイシグロは『上海の伯爵夫人』の脚本に取り掛かり、これは二〇〇五年にマーチャント＆アイヴォリー映画として結実した。）一体、イシグロは谷崎の特殊な性愛の世界にどう取り組んだのだろうか。コロナ禍さえなければ私自身が調査に赴く予定だったのに残念である。しかし、まだまだ無尽蔵の宝庫であるアーカイヴの調査は今後も大いに展開するだろうから、本書を通じて、少しでもその面白さを知っていただければ幸いである。

もちろんアーカイヴがすべてではない。「イシグロと日本」というテーマを再検討した本書によって彼の作品のこれまで知られていなかった側面に注意が向けられ、新しい読みや議論が誘発されれば、編者として大いなる喜びである。本書あとがきで秦邦生氏が強調するように、日本を明示的に扱っていない作品にも本書の射程は潜在的に及んでいるのだ。二〇二一年三月には新作『クララとお日さま』(*Klara and the Sun*)が刊行されることも決まっている。日本語訳も同時に出るとのことで、まさにレベッカ・ウォルコウィッツの言う「生まれつき翻訳(ボーン・トランスレイテッド)」だ。まだまだイシグロは話題になり続けるし、「イシグロと日本」というテーマも問題であり続けるだろう。

最後に、こちらからトピックを指定したので不自由もあったに違いないところ力作を出してくれた執筆者の方々、とりわけ巻末の文献紹介も引き受けて下さった三村尚央氏に感謝申し上げる。翻訳を頑張ってくれた若い人たちにも。そして前回の論集に引き続き編集を担当して下さった小泉直哉さん、ありがとうございました。

【注】

(1) 私は『カズオ・イシグロ『わたしを離さないで』を読む』の「まえがき」の冒頭で「日本においてカズオ・イシグロは、紹介された当初から、イギリスの現代作家としては異例の注目を集めてきた」と書いたが、正確には第二作『浮世の画家』が出た一九八六年ごろから注目され始めた。第一作の翻訳『女たちの遠い夏』(一九八四年、のちに『遠い山なみの光』と改題)は話題にならず、『浮世の画家』の翻訳(一九八八年)への反応も好意的とは言えなかった。詳しくは、荘中孝之『カズオ・イシグロ――〈日本〉と〈イギリス〉の間から』(春風社、二〇一一年)の第三章と補論1を参照。

イシグロの背信

レベッカ・L・ウォルコウィッツ／井上博之訳

いまその晩のことを思い出そうとしても、
ほかのいろいろな晩の音や声やイメージと重なりあってしまう。
——カズオ・イシグロ『浮世の画家』

カズオ・イシグロの長編第二作『浮世の画家』（一九八六年）と第三作『日の名残り』（一九八九年）において、語り手たちは二〇世紀半ばから第二次世界大戦前に起こった出来事を振り返る。[1] これらの小説が出版された一九八〇年代が物語のなかで言及されることはない。けれども一九三〇年代初頭の戦間期特有の自信に満ちた社会の雰囲気、および一九五〇年代の冷戦期らしい偽善的な姿勢から時間的な距離があるのを読者が感じて初めて、小説内のひそかなユーモアとドラマティック・アイロニーが活きてくる。戦間期の自信に満ちた雰囲気は英国の人種主義、ドイツの軍国主義、日本の領土拡張主義といったかたちであらわれる。一方、冷戦時代の偽善的な姿勢はより間接的なかたちをとることが多く、民主主義を称賛しながらもかつて英国に属していた「あのちっぽけな国々」の脱植民地化に反対するイギリス人の態度（*Remains* 192／二七六）、あるいは合衆国の影響を受けた日本人が反帝国主義の模範として侍の代わりにカウボーイの真似を子供たちにさせようとする様子などに見てとることができる（*Artist* 30

五三―五四)。一九三〇年代のファシズム、一九五〇年代の帝国主義、そして一九八〇年代の排外主義を並置しながら、イシグロは批判的コスモポリタニズムを展開する。(二)その批判的コスモポリタニズムによって、ファシズムおよびそれにともなう独善的姿勢の諸相が日本やドイツだけでなく合衆国やイギリスにおいても存在すること、一九三〇年代や一九五〇年代だけでなく一九八〇年代においても存在することを読者は理解する。イシグロの物語において、どの国家も加害者か犠牲者のどちらか一方の立場だけにとどまるようには見えないし、政治的にメジャーな大国かそれにすがるマイナーな小国のどちらかにとどまるのでもない。イシグロが(二〇世紀初頭、中盤、終盤の)さまざまな政治的状況、そして(子供、親、教師、教え子、芸術、国家、友人などに対する)多様で相容れない忠義の対象を並べて主題化するとき、目指されているのはそれらの複数の要素のあいだに同等なものがあると見なすことではなく、それらが連続性を持ち、ときに融合するものであると認識することである。イシグロの小説が背信的であると言えるのは、矛盾を生じさせないかたちで複数の対象に揺るぎない忠義を維持するのは可能でも望ましくもないと示唆するからであり、芸術作品が批判的であろうとするならば、なにかへの忠誠心を見せるときに限定的あるいは部分的でなければならないと示すからであり、信頼できない語りの巧みな使用によって、なにかを全面的に信じることに対して読者が自省的かつ懐疑的な態度を持つようにうながすからである。

イシグロはさまざまな支配関係を描いた場面を並置していくが、あらゆる種類の支配関係が同じであると見なすわけではない。また、個人の生のすべてを集団的な目的のために従属させようとする社会的・政治的な動きに対して、彼は懐疑的である。『浮世の画家』では退廃的な芸術作品の生産――ここでは快楽や性を主題に、はかなくも強烈な意識の瞬間に価値を見いだして表象する行為――が一九三〇年代の日本においては背信行為であることが示される。軍国主義の「新しい精神」を表現したり促進したりするものではないからである（64 一〇六）。軍国主義、人種主義、新帝国主義が人々の身体と精神に与える傷に焦点を当てる作品群において、イシグロはあくまでも過去の瞬間、かすかに遠くから見える眺め、そして親密な関係性を重視する。その結果、退廃的な芸術家の姿勢が領土拡張主義への協力を拒絶するものであるだけでなく、そのような企てが持つ一致団結の「精神」や芸術家に求められる規範への批判としても機能する様子が見えてくる。『浮世の画家』で語り手が思い出すものの一つに、行進する軍靴のイメージを背景にして人気のある酒場の店名が書かれた垂れ幕がある。その店で飲んで騒ぐ行為を日本的な愛国精神と結びつけるものである（64 一〇六）。戦場に向かう兵士たちの軍事行為を祝福するこの垂れ幕は、たしかに新しい精神に合致している。しかしこの垂れ幕はそのような精神を表現するために、快楽や社交の営みを、前進・進歩を望ましいものとする価値観にむりやり従属させるものでもある。行進する軍靴は前に突き進もうとする戦争の勢いの表象であり、あらゆる行為をその勢いの道具として従属させる体制順応的な思考様式の表現ともなっている。

　イシグロの考える背信は、彼が描く登場人物の多くが裏切りと見なすものとは異なっている。作家はなにかに全面的に合意して献身するのを拒むための原理が背信であると見なしている。これは反ファシズム・反排外主義の立場から共同体を考えるための原理だ。一方、登場人物たちにとって、背信とは共同体が要求する「いささかも揺るぎのない」忠誠心の欠如と見なされるものである（*Artist* 144 一二二）。イシグロの初期の小説にあらわれるもっとも分かりやすい一九八〇年代という時代の刻印は、「誤解」という語が頻繁に使われることかもしれない。対立ではなく混乱が生じているのだと主張するために登場人物たちはこの語をしばしば用いている。一九八〇年代に高まりを見せた多文化主義の洗礼を受けた読者は、イシグロのテクストに寛容の重要性、および相互理解の不可能性といった理念を持ちこむことがあるけれども、「誤解」はそのような理念を想起させるものである。また、この語は西洋が東洋をしばしば理解のできない他者であると想定してきた傾向を助長するものでもある。イシグロが重視するのはこの種の寛容さではない。背信という行為が持つ主体性と明確な対立関係を彼は望ましいものとして捉えている。

それでも、ある帝国主義勢力ともう一つの勢力とのあいだ、社会的な自信とそれへの懐疑とのあいだ、過去と現在とのあいだ、複数の国家の文化のあいだに登場人物たちを位置づけることによって、イシグロ自身が読者のあいだに誤解を生んできたのも否定できない。彼が採用する描写と語りの手法は作品のなかで表象される場所や人々の特徴をなぞるように見えることがある。読者はしばしば彼の小説が特定の国家の伝統や属性を表現するものだと想定する。たとえば『わたしたちが孤児だったころ』(二〇〇〇年)や『日の名残り』において強調されているように見えるイギリスらしさ、『浮世の画家』や『遠い山なみの光』(一九八二年)に見られる日本らしさを考えてみるといいだろう。イシグロの作品は比較や区別をともなうものである点において批判的な意味でコスモポリタンなものであると言えるのだが、従来の意味においてもコスモポリタンなテクストである。彼の小説には東洋から西洋へ、西洋から東洋へと移動する人物が登場するし、イギリス、フランス、日本、合衆国やその他の地域の文学や絵画、大衆文化への言及もある。イシグロの小説は英語で書かれているが、語り手のなかにはそもそも英語を話さない人物、英語でものを考えない人物もいる。別の観点から見ても、彼の小説はコスモポリタンである。親密な空間、なにかを喚起するにおい、人物の口癖や習慣的に使われる表現の響きなど、知覚的な体験をイシグロは強調する。こうした空間やにおい、言い回しを効果的に使いながらイシグロは重大(メジャー)な出来事を一見些末（マイナー）に思える出来事と結びつけていく。人々の国境を越えた移動や帝国主義といった国際政治上の出来事が、個人が社会のなかで達成すること、教育、あるいは子育てといった親密なレベルで生じる問題や対立関係によって形成されている様子に読者の注意を向けるのである。

マルセル・プルーストの作品はイシグロを考えるための重要な参照点となる。プルーストはイシグロと同じく物語と自己との関係を理論化する作家である。また、彼はテクストが自己を生成すること、テクストのスタイルが特定のペルソナや経験を定義しうることに自覚的な作家である。プルーストは「作家の役割と仕事は翻訳者のそれ」と同じであると考えている。生きていくなかで得られる「印象（インプレッション）」と文学におけるその「表現（エクスプレッション）」とを媒介する（と同時に両者の違いを分かっている）存在が翻訳者としての作家なのである。プルーストは印象と表現とのあいだには違いがあるとしているが、それと同時に、表現が印象をあとになって規定することもあると考えている。過去を回顧するなかで創出される自己があり、その自己にとっての重要な「証拠」が事後的に「認識」されることがある。つまり、過去の自分を思い出してただそのまま描写するように見える物語が、初めてその自己の特徴を明確に定めることがあるのだ[2] (Proust 290-91)。自己を生成する物語と自己を描写する物語とのあいだに生じるこうした弁証法的な関係こそが、国家や国民性をめぐるフィクションの起源であると、イシグロの初期作品は捉えている。イシグロ作品の登場人物がこうしたフィクションを維持するために喚起するのは、ヘンリー・ジェイムズについて論じるモード・エルマンが「俗悪な真実」と呼ぶものの存在である (Ellmann 508-09)。過去は静的で揺るがないものではないと考えるイシグロは、「俗悪な虚偽」を退けるために「俗悪な真実」を排除する。換言すると、エルマンが論じるジェイムズと同じく、イシグロもまた物語を単一の分かりやすい出来事に収斂させようとはしない作家である。政治をめぐる複数の解釈が存在する世界において、一つの決定的な真実が存在すると考えることは一種の欺瞞である。物語においても政治においても、「表象・代理（レプリゼンテーション）の行為は必然的に表象・代理（レプリゼンテーション）される対象への裏切りをともなうものである」とエルマンは指摘する（Ellmann 509）。表象行為が抱えるこうした裏切り自体を捉えるために、ヘンリー・ジェイムズは後期作品のテクストを不在の物語の土台のうえに構築した。彼が考える作家としての自分の役割は、表象行為がつねに不十分なものにとどまる様子を間接的に示すことだった。ジェイムズが読者に伝えようとしたのは、「作家の試みを深い海にたとえるとして、どれほど大きな網を投げこんだとしても捕らえそこねてしまうほど多くの魚がその海にはいて、銀色に輝きながら浮き漂っている」という感覚である（James lviii）。彼にとって、この魚たちの浮き漂う世界こそがフィクションの目指すべき状態だった。同じように、絶対的・義務的な忠義よりも人々や国家や芸術が抱える裏切りや背信こそが信頼できるものであり、ときにはより責任のあるものであると考えるのが、浮世の小説家としてのイシグロである。

　時の流れのなかで共同体の内部に生じる差異を覆い隠そうとして、イシグロの登場人物は一般論的な言説を語る。イシグロの小説自体もそうした言説をあえて分かりやすく反復するものとなっている。登場人物の語る一般論はナショナリズムや文化に関する紋切り型のステレオタイプとして彼の小説にあらわれるのだが、イシグロはこれらのステレオタイプがどのように機能するかを見せるために、自身の小説を国家や国民性をめぐるアレゴリーとして提示するのである(3)。その結果、テクストの特徴がそのままテクストにおいて描写される文化の特徴を表現するように見えることになる。イシグロはこうしたアレゴリーを再生産し、見えやすいかたちで提示する。そうして文化的な真実の虚構化をめぐる物語のなかに、文化的な真実が埋めこまれる。したがって、ロラン・バルトの用語を使うならばイシグロの小説は「逸脱した文法」の一例であり、意味や指示・参照の体系を攪乱するものとなる。[4] イシグロの逸脱した文法はドゥルーズの着目した吃音に似て、表象のプロセスそれ自体を攪乱し、可視化する試みであり、「外国人のように」書く試みである[二] (Deleuze 8)。単一の国家や国民の文化について書かれたように見える小説のなかですら――あるいはとりわけそのような小説のなかでこそ――翻訳という営みが必要になることがある。

　テオドール・W・アドルノは慣習的な統語法に乱れが生じるとき、読者は言語に異質性を感じると指摘した。積極的な解釈を読者に要求するテクストが「異質」と見えるのである。なぜなら、そのような解釈の必要性は文化の内部にある差異からではなく、複数の文化のあいだに存在するずれから生じているはずだと読者が想定するからである (Adorno 185)。アドルノは次のように説明するが、ここでは記述する事象を実演するためにわざと分かりにくい表現と構文が使われている。

> 偉大な物語の文章を読むとき、解釈の行為は異質な外国語を読むときと同じ様相を帯びる。そして、使われる語彙よりも統語法・構文が異質なものとして読者の耳に聞こえることがある。伝えようと意図していることを正確に記述するために、言語という水のなかを進むときにいつもとは違う泳ぎ方でなにかを言語化しようとする試み、概念の複雑な関係性を統語法の枠組みのなかになんとか苦労してはめこもうとする試みは、受けとる側にも努力を要求することになるため、読者を憤慨させるのである。 (Adorno 185)

読者の憤慨は見知らぬ考えとの出会いに起因するものであるとアドルノは指摘する。そして、読者はなじみのない新しい意味を創出しようとする作者の努力には目をつぶり、ただ作者が異質なことばを使うせいで自分にはよく分からないのだと考えるのである。アドルノの指摘を考慮すれば、複数の文化が絶えずお互いに接近する様子を描くイシグロの小説を、(場所のずれや転置を表現するものではなく)場所を模倣的に写しとって表現するものだと多くの読者が見なす理由も説明できるかもしれない(Bhabha 224-28)。読者は客観的に定義しうる「異質性」から翻訳の必要性が生まれると考える。そのため、文化の近接性、文化間での移動、複数の文化の比較や並置といった主題を扱う物語に、異質な他者とのあいだにある文化的な距離感だけを読みこんでしまうのである。本稿ではイシグロの作品が読者によるこのような変換をあらかじめ想定し、むしろうながしてもいる様子を考察する。さまざまな誤解のモチーフを物語のなかで巧みに用いるイシグロが排他的な忠義のあり方に抵抗していること、そしてより批判的かつコスモポリタンな忠義のあり方を肯定していることが明らかになるだろう。

＊＊＊

イシグロの長編第二作における「浮世」とは芸術の主題――「夜明けの光と共にあえなく消えてしまうああいった享楽的なもの」――を示すものであると同時に、ある国、ある社会的な環境、そしてある過去を指すものでもある(180 二七七)。タイトルに出てくる「画家」は小野益次という人物で、一九三〇年代の彼は帝国の戦意高揚に貢献する画家として高い評価を得ていた。第二次大戦後の一九五〇年代、彼は戦争協力者として社会的地位を失っている。小野の物語は捉えがたく、間接的であり、あらゆる意味で翻訳されたものだと言える。小野は日本人であり、当然日本語であると考えられる母語を話しているはずだが、実際にはフォーマルな英語で語る。多くの読者にとって、語りの言語としての英語と舞台としての日本とのあいだにあるずれは、小説の虚構性を強調するものとはならないだろう。むしろ文化的な距離感を際立たせ、日本という特定の異質な文化そのものに注意を向けさせるものとして機能するはずである。イシグロは登場人物の多くが〔たとえば自殺という行為を日本らしさと結びつけるような〕換喩（メトニミー）的な論理を用いる様子をアイロニーをこめて描いているが、文化的な距離感を強く意識する読者はそうした換喩的な論理を再生産している。小説の語る物語の一部はたしかに国家や国民性をめぐるフィクションによって構成されているかもしれない。けれども念頭に置いておく必要があるのは、物語がそのようなフィクションを創出し、投影することがありうる点である。日本についてのステレオタイプを作品に埋めこむイシグロは、作家としての彼につきまとうことになる解釈をあらかじめ想定し、理論化しているのである。

　イシグロの小説について書かれた書評のなかには、画家である小野と作家イシグロとを同じような存在と見なすものがある。批評家たちはイシグロの作家としての技術を本物の日本らしさと結びつけて理解し、このような結びつきはイシグロが技術的に身につけたものではなく、もともと彼に備わっていたものであると捉える。ある論者によると、この作家は「もともと繊細で、控えめで、洗練されながらも意味の豊かな表現に長けており、その手法は日本画の巧みな筆さばきに似たものである[5]」（King 207）。イシグロの非イギリス的な特徴を、小説で扱われる主題や作者の伝記的事実ではなく、彼の文章のスタイルと結びつけて考える立場が一般的である。それでも、なかには主題や伝記的事実に特定の文化的な意味を見いだす読者がいる。ある読者にとって、イシグロは「西洋的な文学の技法」を身につけているにもかかわらず「どこまでも日本的」な作家である。そのおもな理由はどうやら「西洋」と日本との対比自体が「日本の作家が好んで取りあげてきた主題」であるかららしい[6]（Purton 170-71）。イシグロは六歳のときからイギリスに暮らし、イギリスで教育を受け、英語で書く作家なのだが、それでも彼は「日本の近現代作家」と頻繁に比較される（Chisholm 162）。

一部の批評家はこうして差異を特定のアイデンティティに還元する。ホミ・K・バーバによると、この種の変換は読み手の権威ある視線が捉えそこなうもの——あの浮き漂う魚たち、はかない浮世、「あえなく消えてしまう」もの——を扱いやすい換喩に回収する行為にほかならない。読み手が対象を理解しそこねているにもかかわらず、その理解の失敗は対象を記述する際に使われる抽象名詞へと変換され、対象にもともと備わった属性とされるのである。例としてバーバが挙げている「中国人の不可解さ、インド人の口にするのもおそろしい儀式、ホッテントットの言語に絶する習慣」に、日本人の浮世を加えてみるといいだろう（Bhabha 112／強調は原文）。こうした換喩は固定的な特徴にもとづく人種主義へと発展するものだ。しかしバーバが指摘するように、これらの表現が伝えようとする対象の不可解さは、実は見る側の視線が無力であり、相手を見定めようとしても結局は失敗してしまう可能性があることを反映してもいる。バーバは接近不可能なものが（脅威であるとはいえ）近づきうる存在へと変換される過程を分析するわけだが、一方でレイ・チョウが問題にするのは、揺るがしがたい異質性が存在するとき、多くの人々は他者とのあいだにある隔たりについてよく考える必要すらないと見なしてしまうことである。とくに「問題となっている他者がアジアや「極東」である場合」、その他者の存在は通常「絶対的なことばづかいで」記述され、「まったく理解不能で、おそろしく、同時に見る者を強く惹きつけるスペクタクル」として表象される（Chow 33）。チョウが考えているように、問題であるのは差異に対する無理解ではなく、その差異が実体化されてしまうことである。読者は主観的な観念から生まれた幻想を具体的な場所や人間に変換する。そして「［他者性を］特定のほかの文化に（誤って）適用してしまう」のである（Chow 49／強調は原文）。

　文化をめぐるこうした変換の問題へのイシグロのアプローチの仕方はほかにあまり例のないものだ。国家や国民性にかかわるアイデンティティが生成されるのは、外部との境界を維持するためだけではない。時の流れのなかで生じる（場合によっては共同体内部の）疎外に直面したときにも、境界を築くためにそのようなアイデンティティが必要とされる場合がある。イシグロが描くのは換喩的な読解の世界である。しかし、その換喩的な論理をより真正で虚飾を排した記述で置き換えることができるとイシグロが示すことはないし、換喩的な表象によって他者を型にはめこむ戦略がオリエンタリズムの視点からのみ出てくるものだとも考えられていない。否定的なイメージを肯定的なイメージで置き換え、異質な人々を高貴な存在に仕立てあげることで人種主義的なステレオタイプを再生産するようなたぐいの反自民族中心主義には、バーバもチョウも批判的である[7]（Chow 30）。チョウはほかの文化を「真正さと本当の知識」が問題となる場に変換するようなあらゆる言説に対して懐疑的である。こうした真正さへのこだわりが主体的な自己定義や自己形成の可能性を排除してしまうからであるし、観察する側の人間が翻訳の過程や自分の利害にまったく影響されずにほかの文化から「本当の知識」を得ることが可能だと示唆してしまうからである（52-53）。自分は「騙されない者」であるとか「虚偽から自由な者」であると考える人間が実はもっとも騙されている人間である、というスラヴォイ・ジジェクの考察をチョウは援用している[8]（qtd. in Chow 52-53）。そしてジジェクの議論を敷衍しつつ、彼女は次のように主張する。「先住民、抑圧された人々、未開人と見なされる人々などにわたしたちが惹きつけられるのは、わたしたち自身の「虚偽に満ちた」経験の外に出ればどこかに真正で本物の経験が見つかるはずだという願望のあらわれ、そしてその本物にしがみつきたいという欲望のあらわれにほかならない。自分は「騙されない者」でいたいという欲望である。こうした欲望は見かけほど無害ではない。実際には他者を支配する力を求めるものだからである」(53)。騙されないでいたいという欲望もまた、「俗悪な真実」を求める欲望と同じように、結局のところ虚偽や支配関係に結びつく。

イシグロの小説において、国民性を定義するフィクションは外国からの視線によって押しつけられるものであると同時に、その国の内部から想像されるものでもある。さらに、国家や国民性のアイデンティティの固定化は、対象をあるがままに模倣する写実的な透明性を志向する表象のスタイルから切り離せないとイシグロは示唆する。そうしたスタイルは対象への揺るぎない忠義や歴史的な連続性を規範として想定するものであると考えられている。イシグロの小説は語りのレベルでこうした透明な写実性を拒絶しており、均質的でも絶対的でもないある種の「ためらいがちな」知識を生成するものとなっている。イシグロの逸脱した文法は均質化のレトリック(例として「いつでも、この辺こそほんとうにイギリスらしいと思うの」[*Pale View* 182 二六〇])を過剰に用いることによって、逆説的に政治的・文化的な規範を拒絶する。イシグロの小説が理解不能なものではないということは、彼にとって重要である。というのも、完全な無知や無理解が生じるとしたら、その反対物として(ファシズムや排外主義と結びつく)全面的な意見の一致というフィクションが保持されてしまうからである。理解すること/されることを理想とするのではなく、イシグロ作品は変化し続ける意味や、考えを変え続ける人々を重視する。イシグロの登場人物たちは全面的な一致が達成されないかぎり、自分に確信を持つことはできないと考える。そのような彼らは正面からの対立や悪感情を回避するために、ただ理解が足りていないだけだと主張することがよくある。こうして、イシグロのテクストでは「誤解」(misunderstanding)や「間違い」(mistake)といった語が反復されることになる。これらの語を発する登場人物や語り手は、なにかについて相容れない見解があるときにその対立関係を正面から認めるのではなく、相手を訂正するというかたちで反応する。たとえば『日の名残り』の英国人執事は、自分の主人が二人の女中をユダヤ人であるという理由で解雇したことをひどい「間違い」(misunderstanding)だったと言う(153 二一五)。また、『遠い山なみの光』に登場する元教師で第二次大戦前の日本の帝国主義の支持者である緒方さんは、戦前の帝国主義的な教育を批判する自分の息子に対して、お前は「やはりわかっていない」(You clearly don't understand)と告げる(66 九三)。「誤解」や「間違い」がもっとも頻繁に持ち出され、重要な意味を担うのは『浮世の画家』においてである。この小説では、登場人物が正面から認めることのできないさまざまな不一致や背信と結びついて、これらのキーワードが登場する(44, 49, 123, 155 七五、八四、一九四、二四〇)。訂正や修正のレトリックを実際に生じている対立関係で置き換えることによって、(登場人物たちもそうだが)読者は初めてこれらの小説を理解できるのである。

　イシグロ作品の多くの評者は彼の小説を読む際に生じる難しさを、物語が提示する文化をめぐる事象の複雑さから切り離して捉えようとしてきた。彼らはイシグロには日本的なスタイルや技法があると見なす一方で、ほかの面においてはそうした民族誌的な言語を使うことに対して自意識的になっているのである。この両義的な姿勢から文化や国民性についての換喩的レトリックを否定する傾向が出てくる。しかし評者がまさに避けようとしている文化をめぐる分類を、そうした否定が逆に反復してしまう事態がしばしば観察できる。たとえばイシグロの四作目の小説『充たされざる者』についての論考の冒頭に登場する、次の記述を考えてみてほしい。「まず、イシグロ自身が一つの謎(パズル)である(わたしは彼の名前や出身国について言っているのではない)」(Wilhelmus 321)。この文の効果は、はっきりと書かれていないなにかに依存している。イシグロの書く謎めいた文章とは違って、この文の意味していることは自明であり、明言される必要はないという書き手の意識が感じられる。これに先行する文章には、イシグロの名前が日本語であると特定する記述や、「名前」と「出身国」とを結びつけるのを正当化するような記述は見られない。加えて、ある人物が日本人であったり出身国が日本であったりすると、なぜその人物が「謎」になるのかを教えてくれる記述もまったくない。評者は引用した文に書かれた情報だけで明らかである、あるいは少なくとも理解してもらえると考えている。自身はイシグロの名前を謎とは考えないと述べてはいるものの、そう書くことによって自分の読者が作家の名前を謎として捉えるかもしれないと推測している。評者は打ち消しの文法によって文化的な特異性を一応否定しているわけだが、暗黙の推測がその特異性を再生産してしまう。引用した文に言外の意味をも語らせることによって、彼は自分が指示・参照している事項（彼と書評の読者である「わたしたち」が了解している事項）には疑問の余地がないと読者に伝え、そのうえでその揺るぎのない了解を共有する自分たち（書評の書き手と読み手であるイギリス人）とイシグロの書く文章の「謎（パズル）」とを対比するのである。指示・参照の打ち消し（「わたしは……について言っているのではない」）は、評者がイシグロの小説を前にして経験する理解の困難（戸惑い（パズルメント））を伝えるが、その理解の困難が日本的なものの不可解さに起因することが示唆される。結果的に理解のできないものとしての日本が強調されるのである。

　評者たちが日本を意味するものについて議論する際、その日本を指示する記号表現それ自体が自然なもの、あるいは必然的なものとして反復される。『ニューヨーク・レビュー・オブ・ブックス』に掲載された書評で、ガブリエレ・アナンは「「イシグロのスタイルに見られる」あらゆる要素をそぎ落とした優美さは、必然的に日本画を想起させるものだ」と書く（Annan 3）。アナンはのちにこうした連想の単純さを問題にするのだが、それでも書評の読者も自分が最初に「必然的に」抱いてしまった考えを共有してくれるだろうと想定しているのだ。イシグロが「紋切り型」を告発する様子をアナンは記述しているのだが、その彼女自身が紋切り型を提示してしまう。

> 義務感や忠義、伝統を尊重するがために生じる罪悪感や恥辱についてイシグロは書く。それらの価値観にあまりに大きな――あまりに日本的な――意味を見いだす登場人物は、まさにそのために罰せられるのである。［……］イシグロの語りの手法は驚くほど洗練されている。それに比べると彼が伝えるメッセージはかなり凡庸に見える。そんなに日本的である必要はない、そんなに世間体にこだわってはいけない、自分自身に対しても他者に対してもそんなに虚勢を張ってはいけない、そんなに意見や感情を抑制してはいけない――そういったメッセージが伝えられるのである。（Annan 3-4）

アナンの書評では三つの事項が「必然的」なものであると想定されている。まず、先に出てきたように「あらゆる要素をそぎ落とした優美さ」は日本の絵画へとまっすぐにつながるものだという想定がある。次に、「日本的なスタイル」はそのまま日本文化をたたえるものとなるはずだという想定がある。そして三つ目の想定として、イシグロの「紋切り型」批判は「日本的である」ことに対しての批判であり、文化的なステレオタイプそのものへの批判ではないという考えがある。多くの評者によって繰り返されてきたがために、イシグロ作品についての書評において、日本画との比較はもはや「必然的」なものとなった。この比較が「必然的」であるかもしれないのは、そうした比較へと読者を誘う記号表現をイシグロ自身が使っているからだ。いずれにしても、引用箇所でアナンは感情の抑制が日本的なものであると主張するのみである。しかし、イシグロの小説における抑制の表現は、日本的であるとはどういうこととなのかをめぐる対立や揺らぎを反映するものとして捉える必要がある。

芸術のスタイルとしても自己表現のスタイルとしても、意見や感情の抑制は――言い逃れやはぐらかしと同じように――倫理的な怠慢、政治的な事なかれ主義と結びつけられることが多い。一例として、イシグロにブッカー賞をもたらした小説である『日の名残り』の語り手スティーブンスを想起するといいかもしれない。スティーブンスは周囲の人間が彼に代わって決めていく事柄に間接的に加担しているのだが、抑制的な態度を身にまとってその責任から逃れようとする。しかし、ミスター・スミスという名の登場人物に目を向けてみるとどうだろうか。彼は「自分の強い意見」をしっかりと持っているにもかかわらず、決して賞賛されるべき人物ではない（184 二六三）。ミスター・スミスはイギリス人のあいだでは平等と民主主義が実現されるべきと考えているのだが、その一方で帝国の衰退を嘆き、「あのちっぽけな国々がみんな独立する」ことを苦々しく思っているからだ（192 二七六―二七七）。イシグロがこの人物を通じて示唆しているのは、はっきりと立場を表明するような文学や芸術のスタイルが、必ずしも誠実な感情や望ましい感情の表現につながるのではないということである。『浮世の画家』の小野は漫画的に分かりやすい紋切り型の表現や印象派的な陰影を捨て、リアリズムの写実性・透明性へと向かうように見える。彼の回顧的な語りによると、最初に修行時代をすごした武田会長の工房では、海外で売られる絵画に描かれた「芸者、桜の花、池の鯉、寺院など」の存在が日本らしさを定義するものとされていた（69 一一三）。次に彼は森山先生あるいはモリさんと呼ばれる師のもとで遊郭や退廃を扱う芸術を学ぶ。そして最終的に小野は日本の軍国主義を支持する松田知州の影響を受け、戦意高揚のための作品を描くようになる。こうした小野のキャリアの軌跡には二つの捉え方があり、読者はその両方を自分で組みあわせる必要がある。小野自身が語っている一つ目の捉え方は、彼のキャリアがある極端な立場からその対極にある立場へと移っていったと考えるものである。自分の後期の作品には政治的なメッセージはあるが芸術的な作為性はなく、その一方で初期の作品は商業的あるいは芸術的であったが政治性の欠如したものだったと小野は語る。二つ目の捉え方はイシグロが間接的に暗示するものである。この捉え方を採用するならば、モリさんは印象派的な作風を強要する一種の独裁者となり――師である彼の信条と相容れないスタイルで描く者は「裏切り者」だと見なされるのだから（165 二五五）――小野の芸術は一見直接的で明示的なスタイルを採るときにこそもっとも作為に満ちたものとして立ちあらわれる。小野自身の理解とは異なり、芸術性の背後にある政治性、および政治性の背後にある作為性が示唆されるのである。

一九三〇年代に戦意高揚のために描いた《独善》という作品で、小野は三人の貧しい少年のイメージを三人の侍のイメージと重ねあわせる。このイメージの融合が意図するのは、帝国主義的な拡張主義とそれを支える精神によってのみ、国内の貧困を克服できるというメッセージである（167-68 二五九―二六〇）。プロパガンダ画家としての小野の作品は、彼が以前の師であるモリさんのもとで採用していた幻想的なスタイルよりも真実味を増しているわけではない。むしろ、《独善》は幻想を描いているにもかかわらず、その幻想性を直接的には表象せずに隠蔽する作品である。プロパガンダのために採用されるスタイルは真実であるかのように見せかけるものにすぎず、その反対に印象派的なスタイルはそもそも真実味を標榜することはない。この意味において、真実を語ると主張するスタイルこそが人をもっとも欺く（あざむ）ものであるとイシグロは示している。したがって印象派の作風とイシグロの小説の文体とも結びつけられる抑制されたスタイルこそが、一見実直な戦時中のプロパガンダ芸術よりも真実を語るものになる。この抑制されたスタイルが日本的であると感じられるのは、それが日本の芸術の長い伝統の一部でもあるからだ。

日本について書かれたイシグロの小説で日本的であると見なされるものを、ジェイムズ・クリフォードならば民族誌の観点から「作り上げられたフィクション」と呼ぶだろう（Clifford 95）。クリフォードの用いるメタファーで重要なのは、文化をめぐる物語はそもそも定義上「小説的」であり、「フィクション」であるという点だ。イシグロの書いた短編小説「ある家族の夕餉」（一九八二年）は、内部から書かれる民族誌と外部から書かれる民族誌との関係、日本が日本について語る物語と日本について外から語られる物語との関係を示す好例となる。日本は虚構として構築されうるが、そもそも「本当の」日本がすでにフィクションであり、ただ外部から押しつけられるものではないことをこの作品でイシグロは示唆する。「ある家族の夕餉」において、日本人の追憶の対象であると同時にオリエンタリズムが生み出す神話でもあるものとして自殺が取りあげられている。この短編の冒頭には切腹のパロディのような記述がある。意を決し、しきたりにしたがって自身の腹を裂くのではなく、毒のある内臓がきちんと取り除かれていないフグを（ある食事会で）食べてしまったために語り手の母親が亡くなったと語られるのである。人間による切腹が腹を裂かれるフグのイメージで置き換えられているのをさらに強調するためか、語り手は「戦後の」日本ではフグを隣人や友人に供するのが「大流行した」と説明する（"A Family Supper" 207 七七）。あたかも、より社交的かつ集団的な懺悔のかたちをとって、伝統的な切腹の儀式が続いているかのようである。

イシグロのパロディ的な描写は一人称の声で語られる。語り手は東京生まれの若い男で、彼は短編の冒頭で帰郷するまでのしばらくの期間をカリフォルニアですごしていた。最初の数段落で記述される母親の死の約二年後、語り手が日本に帰郷するところから物語は始まる。イシグロという作家の名前は日本人の名前に見えるし、この作者は英語で書いた小説を『エスクァイア』誌に発表しているのだし[三]、作者は日本の慣習についてよく知ったうえで故郷を離れて（もしかしたらカリフォルニアで）暮らしていた者の視点から書いているようであるし、などといった理由から、読者は冒頭で記述されるフグの話や危険な食事会が大流行したという話が真実であると考えるかもしれない。少なくとも部分的には真実であるはずだと思うかもしれない。しかし、どの部分が真実なのだろうか。語り手の帰郷という物語の枠からこの短編が扱う中心的な出来事である夕食の場面へと移る前に、すでに読者はいくつもの細部――個人的な出来事に関するものと歴史にかかわるものの両方――を受けいれるようにうながされる。ここでのパロディは直接的には名指されない指示対象の存在にかかっている。読者はフグの話をグロテスクで奇怪でありそうにもないものだと考えるだろうが、それでもこの話のなかに「日本的な」メロドラマで執拗に繰り返されてきた主題を見いだすことが想定されているのである。もちろんその主題とは自殺のことだ[9]。

　日本とはどのような国であるかをこうして「思い出した」うえで、短編の中心である語り手、彼の父親および妹の夕食の話へと読者は進んでいく。地の文の語りではなく会話から、最近父親の会社が倒産したこと、その父親が鬱々と日々をすごしていることが分かってくる。そして家族内の不和もイシグロによって間接的に提示される。父親は（はっきりとは語られない）息子の過去の「振る舞い」を「忘れるつもりでいる」と話し、「外国人」を相手に仕事をする必要のなかった時代を懐かしく振り返る（208七九）。一方の息子（語り手）は子供のころに父親に頭を何度もぶたれた経験を思い出す。妹はボーイフレンドといっしょに合衆国に行って暮らしたいと考えている。こうした家族間のすれ違いについて、三人が直接話しあうことはない。父親はこれから先の生活について考えたいとは思っていないし、息子は過去の軋轢を蒸し返したいとは考えていないし、妹は日本を離れたいという考えをまだ父親に告げていない。そんな家族が実際に話題にするのは自殺である。母親の死は事故であったかもしれないのだが、父親の仕事上のパートナーであった渡辺が自分の妻と子供を殺したあとに「肉切り包丁で腹を切っ」て自殺したという話が語り手の妹によって伝えられる（210 八三）。夕食が始まるまでに、語り手と父親とのあいだ、そして語り手と妹とのあいだで、渡辺の自殺の話がそれぞれ違った視点から議論される。父親は渡辺のふるまいが倫理的で勇敢なものだったと捉えているようである。渡辺が「高潔で信義に厚い男だった」と父親は言う（208 七八）。また、あとの場面で戦争中に空軍兵であったらよかったとつぶやくとき、その理由として「飛行機なら——やられても、いつも最後の武器があるじゃないか」と語る（210 八七）。母親の死を遠景に、渡辺の自殺を前景に据えた状態で、父親が台所で調理した魚の入った鍋を一家が夕食に食べるという展開になる。

イシグロによるこの短編は日本人の自殺について書かれた話であると言える。けれどもこの短編はただ日本について書かれたものではないし、イシグロが日本人はもともと自殺に惹かれる集団なのだと考えているわけでもない。そうではなくて、この話は日本人の生活を語る物語には自殺がモチーフとして登場するだろうという想定自体を主題化しているのである。そして日本の人々についての一般論にもとづくこのような想定が、日本の内部、日本人一家の内部に生じている不和を覆い隠してしまう様子をこそ問題としている。「ある家族の夕餉」がコスモポリタンな短編小説であると言えるのは、複数の国家のあいだで思考し、生きる人物が登場するからだけでなく、自殺、親子関係、恥辱といった日本の内部におけるもっとも親密で個人的なレベルの話題が国際的なレベルの問題と結びつけられているからである。ヴァージニア・ウルフの作品にも見られるように、イシグロもまた台所と戦場とのあいだ、土地から土地へと移動する日本人とアメリカ軍による占領とのあいだに存在するもつれあった関係性を描き出す。多くの読者にも、短編のなかの登場人物たちにも、そういった関係性の存在は見えていない。自分たちの集団的な慣習によって、国家や国民性をめぐるアイデンティティや国際社会のなかでの立ち位置といったローカルな問題を解決できると考えているからだ。自殺は一種のノスタルジックな参照点として機能する。つまり、自殺は一定の過去の存在を指し示してくれるのであり、その行為を現在において反復することによって、その過去が現在と地続きのもの、揺るぎのない真正なものとして追認されるのである。自殺した渡辺にとっても、父親が賞賛する空軍兵にとっても、慣習としての自殺は日本をめぐる時代錯誤である。自殺という行為がもともと存在する日本らしさを再生産するかのように見えるが、実際にはその行為が反復されることによって純粋に日本らしい日本が事後的に創出されるのである。[10]

　こうしてイシグロは批判的コスモポリタニズムに不可欠な二重意識を形成する。[四] もし日本らしさを定義する本質的な特徴として自殺を捉えるならば、読者はそれが虚構化されたものであることを見逃してしまうかもしれない。一方、もし自殺を西洋が創り出したフィクションに**すぎない**と見なすならば、今度は自殺が日本の文化のなかで持ちうる意味を捉えそこねてしまうかもしれない。[11]「ある家族の夕餉」を読み進める読者は、父親がわざと妻の死の場面を再現し、フグを食べて一家心中しようとしているのではないかと思わされるはずだ。しかし物語の最後で魚が食べ尽くされたあと、家族の全員が渡辺のふるまいを間違ったものであると考えていることが明かされる。「ある家族の夕餉」の結末は読者を驚かせるかもしれないが、語り手自身もまた予想外の結末に驚いているようである。アメリカで暮らしてきた息子は父親の価値観を共有していない。しかし、そのような息子が父親の価値観を勝手に分かったつもりになっていたにすぎないことが最後に明らかになるのである。


「父さん」と、私はしまいに言った。

「何だ?」

「菊子は渡辺さんが一家を道連れにしたって言ったけど」

父は目を伏せてうなずいた。しばらく深く考え込む様子だった。「渡辺は仕事にとことん打ち込んでいた」と父はようやく言った。「会社の倒産はひどいショックだった。それで判断力が鈍ってしまったんだな」

「渡辺さんがしたことは——間違いだったと思う?」

「当然さ。そうとしか考えられないだろ」


(211 九一/訳文一部変更)

短編はこのすぐあとに終わり、そこには解決も慰めもない。見つけることも取り戻すこともできない自分たちの国家の過去や国民性の埋めあわせとして自殺があるという感覚も、この結末には見られない。息子と父親は自殺を意味のある行為として肯定したりはしないが、二人は——「間違い」(mistake)という語が示唆するように——自殺した渡辺の抱いていた価値観が自分たちの価値観とは異なるということ、現在を生きる自分たちの価値観が過去の価値観とは対立するものであるということをなかなか認められずにいる。「誤解」と同じく、「間違い」もまた政治的な選択や個人の行為をたまたま生じた思い違いに変換する表現である。こうした表現が含意しているのは、連続性のある自己がたしかに存在しているということ、そして今となっては正しく見極められる道筋から、かつてその自己がたまたま逸脱してしまったにすぎないということである。

この短編において自殺がもたらす二つの効果が問題にされていることに注意しておこう。まず一方で、自殺によって外国人によるビジネス界の侵略や自分の経済的な没落の埋めあわせができると渡辺は考えているようである。それに対して語り手は、渡辺の行動が大きな決意をともなうものではなく、むしろ日本人らしい「抑制」や「自暴自棄」から自然にもたらされたものだと捉えているようである。ここから自殺をめぐるフィクションの生成には複数の主体がかかわっているのが分かる。それらの主体間に生じるずれを観察するために、イシグロの初期の長編小説に出てくる二つの場面に目を向けてみるのがいいだろう。「ある家族の夕餉」と同じく、これら二つの場面は自殺にかかわるものだが、その自殺は物語の現在において遂行されるのではなく、あくまでもテクストのなかで間接的に記述される過去の出来事である。『遠い山なみの光』は自殺にとりつかれた物語である。小説の現在から少しさかのぼった過去の時点で一人の若い女性が自殺しており、それよりもさらに過去の時点にも自殺があったかもしれないとされる。語り手である悦子の記憶は曖昧なのだが、小説の中間部や枠となっている物語の余白で、語り手は遠い過去にも自殺があったかもしれないと思い出しているからだ。小説は日本人の自殺をめぐる紋切り型のステレオタイプで幕を開ける。ここでは自分の娘の死についての語り手自身の記述と、イギリスの新聞に掲載された記事についての語り手の記述とが対比される。

読者がまず知らされるのは、物語が始まる直前に語り手の娘である景子が首を吊って自殺したことである。景子は日本に生まれ、第二次大戦後の時期に母親とともにイギリスに移住した。母親の悦子はイギリスで再婚している。悦子にとって二人目の娘であるニキが父違いの姉の死を知り、母親のもとに帰ってきたところから小説の物語が始まる。悦子は次のように語る。

> 景子は、ニキとはちがって純粋の日本人だった。その事実を書き立てた新聞は、一紙にとどまらない。イギリス人は、それ以上の説明はいらないとでもいわんばかりに、日本人には本能的な自殺願望があるという自分たちの見方に固執する。新聞はそれだけしか書かなかった。景子は日本人で、自室で首を吊ったということしか。（10九）

日本人の自殺願望はイギリス人が創り出した「本能」にすぎないと悦子は考える。そしてその「本能」から出た行為が記事にするに値するものであるのは、「純粋の日本人」がイギリスにあるアパートの部屋で死んだという事実のためである。新聞記事はこのような日本とイギリスとの対比を自殺の結果明らかになったものとして捉えるのだが、その対比こそが景子の死の原因の一つであったかもしれないと小説は示唆する。自殺を選んだ景子はある特定のアイデンティティ、およびそれにともなう日本の歴史や伝統が自分のものであると、自殺によって主張しているように見える。文化的な同化を強いられるイギリスでの生活への抗議、あるいはイギリスで経験する人種差別への抗議として、そのような主張をしているように見える。ふだんであればわずかにしか意識されない文化的な差異を自分のものとして引き受け、揺るがないものとするためにこそ、彼女は日本人らしくふるまうのだと考えられるかもしれない。自殺は日本文化を示す特権的な記号表現として、ありふれた、「それ以上の説明はいらない」物語として提示される。同時に、まさにこの理由で、自殺をめぐる物語にイシグロは何度も立ち戻る。彼の小説において、自殺は国家や国民性をめぐるフィクションのモデルとして、他の文脈においても参照点となる。たとえば悦子は日本人には「本能的な自殺願望がある」という紋切り型の考えを批判していたが、皮肉なことにその悦子自身が小説の最後で「ほんとうにイギリスらしい」景観を賞賛する様子が描かれるのである（82 二六〇）。

『浮世の画家』ではナショナリズムに抵抗する立場の人間が懺悔のために自殺するので、日本らしさの主張と結びつけられる自殺の意味あいがさらに複雑になる。戦後になって社会的地位を失った一人の元戦争協力者の自殺について、小野は過去の「間違い」を認める行為であるのだから「立派」だと主張する。しかし自殺という行為は、まさに「間違い」だったとされている過去の規範や慣習に従うものでもある。小野は孫の一郎に次のように語る。

「いや、悪い人ではなかった。いちばんいいと信じていることのために、一生懸命努力した人だ。しかしなあ、一郎、戦争が終わると、なにもかもずいぶん変わってしまった。那口さんが作ったたくさんの歌は、この市だけではなくて、日本中に知れ渡り、ラジオでも放送され、酒場でも歌われていた。そして、賢治おじさんみたいな学生や兵隊も、行進するときや、戦闘に出かける前などに歌ったものだ。ところが、戦争が終わったあと、那口さんは自分の作った歌は――なんというか――一種の間違いだと思うようになった。那口さんは戦争で亡くなったあらゆる人々のこと、親を亡くした一郎くらいの年のあらゆる坊やたちのことを考えた。そういったすべてのことを考えたうえで、自分の作った歌は間違いだったと思った。そして、お詫びをする必要があると考えたのだ。残されたすべての人に。お父さんやお母さんを亡くした坊やたちに。おまえのようなかわいい坊やを亡くした親たちにも。そういうあらゆる人にごめんなさいと言いたかった。だから自殺をしたんだと、おじいちゃんは思う。一郎、那口さんは決して悪い人ではなかったんだよ。あの人は率直に自分の犯した過ちを認めた。那口さんはとても勇気のある立派な人だ」
（155 二三九―二四〇／訳文一部変更）

自殺はここである種の二枚舌の懺悔として機能する。那口の行為はかつての国粋主義的な熱情を否定するためになされるわけだが、自殺はまさにそのような熱情の反復となるからである。那口の自殺は、文化的には非常に保守的な実践によって政治的な変化が必要であると主張する矛盾した行為である。自ら死を選ぶことで、この作曲家は自分の「過ち」を「勇気のある立派な」行為へと変換する。この文脈において、自殺は日本と直面した西洋によって投影されるものではなく、西洋と直面した戦後の日本が必要にかられて再び創り出したものだと言える。

　したがって、イシグロは自殺を二つの面から捉えている。『遠い山なみの光』の新聞記事についての記述に見られるように、一方では日本人の自殺という国民性をめぐるアレゴリーが、イギリス人が考え出した作り上げられたフィクションとして表象される。それと同時にイシグロが示してくれるのは、日本のナショナリストや日本からの移民、あるいは彼自身のような小説家が、この自殺という主題を用いて、国家や国民のアイデンティティの表現に使われるありふれたメタファーに以前とは違う意味を与えようとする様子である。イシグロ作品における「自殺」は東洋と西洋とを分ける役割を担う。『遠い山なみの光』に出てくるイギリスの新聞にとって、自殺はイギリスに暮らす日本生まれの女性の日本人らしい異質性を示すものとして機能する。そしてその女性にとって、自殺は同化されることも記述されることも拒絶する自分の異質性を演じるための手段となる。日本をめぐるフィクションは西洋の植民地主義的な、あるいはオリエンタリスト的な視線という外部に起源を持つものではない――あるいは少なくともそうした外部にのみ起源を持つものではない。自殺に見いだされる「立派」さが一例であるのだが、日本人の登場人物がそうした内在的な価値を伝統的慣習に見いだしているという点において、これらの日本に関するフィクションはロラン・バルトが「神話」と呼ぶものに相当する。バルトの考える「神話」とは「現実ではなくて、ある特定の現実認識のあり方」を指す概念である（Barthes, *Mythologies* 119）。バルトが指摘するように、自然は自然に存在するものではなく、どのように使われるかによって定義されるものである。「木は木である。もちろんそうだ。しかしミヌー・ドルーエによって表現された木はもはやただの木ではない。それは木ではあるものの、装飾をほどこされ、特定のかたちで使用されるために変形され、文学的な自己満足や強い抗議の思いやさまざまなイメージなどの特定の社会的な**使用法**が純粋な物質に加えられたものである」（Barthes, *Mythologies* 109／強調原文）。イシグロの小説において、登場人物は特定の過去にたしかな存在感と定義を与えるために自殺を**使用**している。日本的な自殺という神話は歴史を創り出し、浮き漂う世界に根をはるための手段となるのである。

　イシグロは国家や国民性についてのアイデンティティが創出される過程のアレゴリーを語ることによって、国家をめぐるアレゴリーそのものを解体する作家である。このように考えるならば、イシグロの小説がどの程度現実を模倣するものであるかという問いに対する答えは、多くの読者が想定するものからずれていくだろう。彼の書くテクストのなかに日本やイギリスが具体的に表現されていると考える読者に対してだけでなく、彼が描いているのは虚構化されたものであって本当の日本はテクスト外のどこかに存在すると考えるような読者に対しても、イシグロは抵抗する。彼の物語のなかに「本物らしい響き」や「西洋の読者にとって日本的なテクストと感じられるもの」を見いだしたり、彼のテクストが「実際には漫画的な描写と紋切り型しかないのに深い感情があると見せかける」ものだと考えたりする評者がいる（Morton 19; Lee 37; Menand 7）。彼らは現実効果を生み出すために使われる日本的な細部とは別のどこかに、表象されないままになっている本当の日本（人）の特質が実在すると想定しているのである。[12] イシグロが小説内の現実効果と実世界における社会的現実とのあいだに類似性を見いだすときにこそ、彼のテクストは国家や国民性をめぐるフィクションの真実にもっとも接近する。

＊＊＊

イシグロのテクストは「抑制」が必ずしも日本の文化を換喩的に表現するだけではないと示している。けれども、なにかを表現するためのスタイルが特定のアイデンティティの特徴となることも頻繁に示唆される。彼の作品のうち、日本的な舞台や日本人の経験との関係が希薄で、日本への言及がはっきりとはあらわれない小説は、イシグロが達成しようとしていることを理解する助けとなるだろう。そうした小説について考察することで、（少なくとも多くの英語圏の読者にとっては）そもそも見知らぬ世界が表象されているという異質性から、物語自体に備わった異化作用を分離できるからである。『日の名残り』の語り手スティーブンスは、自分の揺るぎない分別が真にイギリスらしい性質としての寡黙さと「品格」に由来するのを誇りに思っている。スティーブンスにとって、分別は欠かすことのできない特性である。スティーブンスがダーリントン・ホールを管理するイギリスの田園地方は、「アフリカやアメリカで見られる景観」とは違い、「騒がしいほど声高な主張」をしない場所であるとされる（29 四二）。慎ましい景観と語り手自身の分別をわきまえたふるまいとがつながっているのをさらに明確にするために、スティーブンスはより分かりやすいメタファーを使って「表面的なドラマやアクションのなさが、わが国の美しさを一味も二味も違うものにしている」と説明する（28 四二／訳文一部変更）。ごまかしのなさこそがイギリス的な流儀の真髄であるとスティーブンスは繰り返し自慢する。それにもかかわらず、まさにそのごまかしのなさが自らの正体を明かしてしまうのがこの小説である。「品格」は結局見せかけの物語にすぎず、イギリス的なアイデンティティから純粋に生じたものではなくて、意図的に装(よそお)われたスタイルである。この小説の場合、悪事に加担した執事が戦略的に用いる自己弁護の道具となるのが「品格」である。「品格」のために感情を抑制するスティーブンスは、主人のダーリントン卿が抱くナチへの共感についてまともに考えようとせず、結果的にその手助けをする。そして戦前にダーリントン・ホールを頻繁に訪れるドイツの士官に従者として仕えた自分の分別を、彼は一種の英国的愛国精神の産物と見なしている。したがって、『日の名残り』のテクストはただイギリスを記述するものではなく、イギリスを表出・表現するものであると考える余地があるし、イシグロも読者にそう意識させるように書いている[13]。

『浮世の画家』の小野や『日の名残り』のスティーブンスにとって、特定の場所から感じられる真正さ(オーセンティシティ)・本物らしさは、どこかほかの場所にエキゾティシズムを投影することによって確保されるものである。国際的な関係のなかでこそ国家や国民性の伝統が形成されるのだと、イシグロは読者に気づかせようとする。だからこそイシグロの物語はほかの文化を遠いところに置くことによって、逆に日本の近さを伝えるのである。サルマン・ラシュディは「真正さ」とは「昔からあるエキゾティシズムが産んだまともに見える子供のこと」であると指摘しているが (Rushdie 67)、イシグロもまたこの二つの概念のあいだにある一種の親子関係を利用しているといえる。たとえば、『浮世の画家』においてもっとも日本的に感じられるのが、登場人物たちがアメリカ文化に強く惹かれ、意味をよく理解しないままそれを取り入れる様子であることを想起してみるといい。シャンタル・ザビュは、英国以外の場所に生まれて英語で作品を書いている現代作家についての考察でイシグロに触れている。ザビュの指摘によると、英語圏の文学的・文化的伝統のなかでの疎外感を表現するために、「英語の世界で故郷喪失状態」にあるこれらの作家は「外国なまり（アクセント）」を用いて書くことがよくある（Zabus 34）。実際、イシグロ自身も自分は「故国を持たない作家」であり、「非常にイギリス人らしいイギリス人」でもなければ「非常に日本人らしい日本人」でもないと語っている（Ishiguro and Oe 115）。「非常に」という語の反復から分かるように、イシグロはなにかに強く同一化しなければ国民的アイデンティティを持つことはできないと感じている。そのような感覚を持つ彼は、（ラシュディのように）標準的な英語を拒絶したり混声的な言語を創り出したりするのではなく、むしろ標準的な英語を異常なまでに模倣する道を選択した。

『浮世の画家』において、英語による語りの枠組みが崩されることはほとんどない。小野の声は丁寧で教養のあるイギリス英語のあらゆる要素を兼ね備えており、「日本的」に聞こえる要素はほとんど混入していない。食べものについて「とてもおいしそうだ」（very nice）と表現したり、ありきたりの物事については「まあそんなこと」（some such thing）と言ったりするのである[五]（136, 20 二一〇、三八）。しかし「標準的」で、とくに注意を払う必要もないように見える彼の言語が読者の目を引く瞬間がある。そのような箇所では、一見自然なものに感じられるこの小説の英語に顕著な断絶が生じる。小野の孫である一郎がアメリカの大衆文化のキャラクターを真似る次の場面を見てみよう。


「名演技だったな、一郎。でも教えてくれないか。だれの役を演じていたの？」

「あててごらん、おじいちゃん」

「うーむ。源義経かな。違うか。じゃ、おさむらいさんか？　ううんと。それとも忍者かな。風の忍者だろう」

「ぜんぜんはずれ」

「じゃ教えておくれ。だれの役を演じてたんだ？」

「ローン・レンジャー」

「うん？」

「ローン・レンジャーさ！　ハイヨー、シルバー！」

「ローン・レンジャー。そりゃカウボーイかね」

「ハイヨー、シルバー！」一郎はまたギャロップで走り出し、今度はヒヒーンと馬のいななきを発した。

（30 五三―五四）


この場面での一郎の「ハイヨー、シルバー！」（Hi yo Silver!)、およびあとの場面で出てくる「ポパイ・セーラーマン」（Popeye Sailorman）にはどこかおさまりの悪さがある（152 一三四／訳文一部変更）。一郎がふだん発する英語はやや命令口調であるとはいえ正確なものだが、これらのことばは異質である。小野は孫の一郎がローン・レンジャーやポパイの真似をしているのがよく分かっていない。彼はこれらがどういうキャラクターなのか知らないし、アメリカから輸入されたキャラクターであることも分かっていない。小野が孫の台詞のなかにアメリカの存在を認識できない一方で、読者はそれを認識できるというずれが生じる。そのずれがきっかけとなり、少なくとも英語圏の読者であるわたしたちにとって日本が異質で遠い場所として立ちあらわれる。

小説の序盤で一郎がぎこちなくアメリカの大衆文化の真似をすることにより、国家間および世代間のドラマが浮かびあがる。小野の娘とその夫は英語を話せないが学びたいと考えている。そして小野は日本人である自分の孫が英語の単語を話す様子に「そりゃすごい」(Extraordinary)と反応する(35 六二)。ここでは二つの事柄が小野に衝撃を与えている。孫が日本語ではない言語を話そうとすること、そして孫が日本の英雄ではなくアメリカのヒーローの真似をすることである。ここに見られる世代間のずれは、小野の一家のなかで個々人がどのような選択をするかというプライベートなレベルのものだ。しかしそれは同時に、戦前は欧米からの影響を日本の芸術と文化から排除しようとしていたはずの日本政府が戦後になってアメリカ文化を輸入することを選択したという、国家のレベルのパブリックな問題でもある。アメリカのカウボーイが日本の侍に取って代わる。その様子を通じてイシグロが提示するのは、軍国主義や帝国主義のイメージが戦後の家庭生活から消え去ったといったことではなく——むしろカウボーイとインディアンのモチーフは侵略行為を想起させるものである——どの映画を観に行くかといった日常生活のなかで家族がなす選択が、実は国家や国家間のレベルの問題とつながっているということである。

もちろん、仮に一郎がアメリカのヒーローを見事に真似することができたとしても、ポパイやローン・レンジャーから浮かびあがるアメリカは、芸者や桜の木によって規定される日本と同じようなものだ。異質性を帯びた表現——「ハイヨー、シルバー!」——で表象・代理(レプリゼンテーション)されるアメリカは、イシグロ作品において批判の対象となっている換喩的なエキゾティシズムのあらわれである。[14]『浮世の画家』での一郎のアメリカに対する幻想の場合と同じく、『遠い山なみの光』で悦子がイギリスの田園風景に対する幻想を語る際にも語彙のレベルでのぎこちなさが生じている。「この辺こそほんとうにイギリスらしいと思うの」(I always think it's so truly like England out here)と日本生まれの悦子は娘のニキに語る(182 二六〇)。『遠い山なみの光』の物語は悦子が現在暮らす、どことは特定されないイギリスの村から語られる。第二次大戦後の長崎からイギリスに移住した当時を思い出しながら、彼女は似た表現を繰り返す。「あなたのお父さまがはじめてここへ連れてきてくれたときには、なんて何もかもイギリスらしいんだろうと思ったわ（I remember thinking how so truly like England everything looked）。こういう野原にしても、あちこちの家にしても。昔から想像していたとおりのイギリスだったんですもの、とても嬉しかったわ」[六]（182 二六〇）。悦子が実際に経験するイギリスは決して完璧なものではなく（日本で生まれた彼女の長女はイギリスに来てから首を吊って自死したのである）、その現実のイギリスと長崎からの逃避先として理想化されたイギリスとのあいだには乖離がある。にもかかわらず、彼女はそのずれを認めようとしない。悦子が繰り返しぎこちない言い回しで景観をたたえる様子から、彼女の語りが信頼できないこと、彼女の使うレトリックがエキゾティシズムを内包すること、そして彼女が外国人の異質な視点を持っていることが同時に浮き彫りになる。悦子の言語に見られる過剰なノスタルジアから、現実のイギリスは理想化されたイギリスと決して一致することはないのが分かる。彼女にとっての「イギリス」は、依然として日本での過去から投影される楽観的なフィクションのままなのだ。

「信頼できない語り手」というカテゴリーはもはや耳慣れたものである。イシグロがこれまでに発表したすべての長編小説の一人称の主人公に当てはまるものだと感じられるだろう。『遠い山なみの光』でもそうだが、イシグロ作品においては、小説全体の言語に対して語り手が異質な存在であると感じさせる細部が存在するとき、語りの信頼できなさが前景化される。細部と語りの信頼性とのこうしたつながりについて考えるために、典型的な信頼できない語り手は読者の想定と齟齬をきたす価値観や解釈を提示する存在であることを意識してみるといいかもしれない[15]。つまり信頼できない語り手は自分の価値観をさらけ出す語り手であると言える。語り手の視点が読者の視点とは根本的にずれているときにのみ、こうした語りはうまく機能するのである。信頼できない語り手は読者が語り手とうまく同一化できないときに生まれる。この意味において、信頼できない語り手は文化や慣習をめぐる齟齬の結果である。語り手の世界は読者である自分の世界とは異質なものであると思うとき、わたしたちはそのずれの中身を理解しているというよりも、そもそもずれがあるという事実それ自体を感じとっている。そしてこのずれははっきりと認識できるものだ。「信頼できる」語り手とは異なり、信頼できない語り手はただ語るべき物語を持っている存在ではなく、語り手自身が物語そのものであるような存在として認識されるからである。

信頼できない語り手は自分自身の物語を、語られる物語に出てくるほかの人物の生涯に投影することが多い。『嵐が丘』のネリー・ディーンや『淡い焔』のチャールズ・キンボートを考えてみるといいだろう。(七) この二人の語り手はほかの人々の選択に自分が大きな影響を与えたと考えたがっている。語り手自身はほとんど意識していないが、他者に影響を与えたいという語り手の欲望がこれらの小説の物語の重要な構成要素となっている。イシグロの語り手も意図しないかたちで自分についての情報を読者に提示してしまう点では同じだが、ネリー・ディーンやチャールズ・キンボートと比較するならば、自己投影のプロセスが逆転していることが重要である。すべての物語が自分自身のものであると主張するのではなく、イシグロの語り手は自分の物語がつねにほかのだれかの物語であると伝えようとする。物語のなかで詳細に語られる不安や失望は、自分のものではないと主張するのである。続けて論じるように、イシグロは小説内で使われる代名詞をずらしたり置き換えたりすることによって、語り手によるこのような否認を読者に示している。その結果、信頼しがたく捉えがたい、浮き漂う世界(ワールド)が、だれを指すものなのか分からない浮き漂うことば(ワード)によって表現され、体現されることになる。文化をめぐる諸問題と小説の言語をめぐる手法とのあいだに類似性を描き出す点において、イシグロの作品は先行するモダニズム小説の延長線上に位置づけられるものである。イシグロの逸脱した文法はなにかをなにかで置き換えるのではなく、複数のものを並置する効果をもたらす。時間や揺るがない道徳の基準に従属する必要がなくなった状態で、個人として生きる人々と複数の対象への忠義とが明確な輪郭や個別性を失っていき、同一平面上で拮抗する複数の真実として併置されるのである。

　たとえば、自分自身の道徳的な原理をイギリス的な「品格」の問題に接続することによって、『日の名残り』のスティーブンスは個人の選択を普遍的なレトリックに翻訳する。解雇された二人のユダヤ人女中の件で女中頭のミス・ケントンから独善的な態度を批判されると、彼は自分が無関心であったわけではないと主張して次のように言う。「あのような解雇に人が賛成できないのは当然です。それは誰にも自明のことだと思っていました」（Naturally, one disapproved of the dismissals. One would have thought that quite self-evident）（154 二一六／訳文一部変更）。スティーブンスに「わたし」（I）ではなく「人／誰にも」（one）と言わせることで、イシグロは「非人称的（インパーソナル）」な文法とイギリス的な人間味のなさ（インパーソナリティ）とを結びつける。スティーブンスの言語は執事ならこのように話すだろうと思わせる点で自然に感じられるが、それは同時に戦略的なものでもある。彼は女中の解雇に関して個人的（パーソナル）な感情をたしかに抱いていたと主張しようとしている。けれども、「人」という表現の非人称性がその主張を否定してしまう。また、スティーブンスは「人」という気どった表現で自分がジェントルマンであると示そうとするが、他者の苦境への無関心という点でも執事の身分である点においても彼はジェントルマンではない。非人称的な「人」は暗黙のうちに「わたし」が含意されている可能性を残す表現であるのだから、「人」と言うことで「わたし」の存在を消去してしまうことはできない。加えて、スティーブンスの「わたし」は（漠然とイギリス的ジェントルマンを集合的に指示する表現である）「人」ならどうするかをめぐる彼自身の幻想につねに依存したものであると指摘できる。

この場面を読む際には、このように非人称的な「人」が消去すると同時に内包する「わたし」の存在に留意する必要がある。自分自身の主観的な経験を一般的かつ客観的な事実と見なすとき、語り手は信頼できない存在となる。したがって、「人」ならば賛成できないと主張することで自分自身の黙認が免罪されると考えている点において、スティーブンスは信頼できない語り手であると言える。ある意見の表明が個人に限定されるものでなく、普遍的な意味を持ちうると想定することは、もちろん日常のなかではめずらしくない。とりわけ共感・感情移入しながら読む習慣を身につけた読者がそのように想定するのは当然である。しかし信頼できない語り手に対してはそのような想定がうまく機能しない。結果として、そのような想定をしながら読んでいる読者の習慣自体が可視化されるのだ。イシグロの作品において語り手が自分自身の物語をほかのだれかの物語と融合させるとき、責任や罪悪感、忠義といった事柄だけでなく、直線的な時間の流れのなかに位置づけられる過去や、明確な輪郭のある語り手の存在もまた意味を変えることになる。なんらかの事実や登場人物を見ても、その事実や人物について確実に分かっていると読者はもはや思えなくなるのである。

『遠い山なみの光』においても、悦子の曖昧な代名詞の使用に同じような現象が観察できる。長崎にいたころの知りあいである佐知子についての話を語りながら、実際には悦子が自分自身について語っているように思える場面がある。悦子が佐知子と知りあうのは小説冒頭の現在時から三〇年ほど前のことである。佐知子は戦後の連合国占領期、日本に駐留していたアメリカ人兵士との結婚を考えていた。佐知子は将来の夫と自分の娘といっしょに長崎から去るつもりだった。この佐知子についての話は（直接的には描かれず、ほとんど話題に上ることもない）悦子自身がたどる道筋と似たものである。悦子も英国人と再婚し、娘を連れて日本を離れるからである。小説の終盤で悦子が記憶を頼りにして語る場面において、彼女はアメリカに行っても「きっとみんなうまくいく」と佐知子の娘である万里子に言い聞かせるのだが、ここで「あなた（たち）」（you）から「わたしたち」（we）への切り換えが出てくる――「あなたが行ってみて嫌だったら、わたしたちは帰ってくればいいでしょ」（if you don't like it over there, we can always come back）（173／二四五／訳文一部変更）。この記述から悦子が記憶のなかで万里子と呼ぶ少女は、実は景子なのかもしれないと分かる。上述のように、景子は何年もあとになってイギリスで自殺することになる悦子の娘である。語り手は「わたしたち」という代名詞に切り換えているが、この章が終わるとき、少女はまだ「万里子」と呼ばれている。悦子の過去についての記述がどこで始まり、佐知子の物語がどこで終わっているのか、あるいはそもそも佐知子は本当に存在するのか、よく分からなくなってくる。

このように物語をずらしていく構造が『浮世の画家』ではさらに複雑になる。この小説では複数の物語が同時に積み重ねられていき、記憶のパリンプセストが形成される。小説の結末近く、小野はずっと昔に自分がモリさんと対峙したのとまさに「同じあのあずまや」で（that same pavilion 175, 177／二七〇、二七三／訳文一部変更）、のちに自分自身の弟子である黒田と話をしたと説明する。黒田との会話の場面は小説のなかでは直接描かれていない。それより昔の出来事であるモリさんとの会話の場面において、小野は彼に「浮世の画家」であることを辞め、「夜明けの光と共にあえなく消えてしまうあいった享楽的なもの」を扱う芸術とは決別したいと告げる。小野が最近描いた「実験」的な作品をすでに没収しているモリさんは、まだ小野の手元に残っている最近の作品、ほかの作品とは別にしまっておいた「一枚か二枚」(one or two) の絵を手渡すようにと迫る (178 二七五)。小野が手渡すことを拒むと、モリさんは最終的に冷たい態度を見せる。こうしたやりとりの記述のなかに黒田との会話への言及をはさむことで、小野はモリさんのことばが実は自分のことばかもしれないこと、のちに黒田と同じようなかたちで対峙したときに自分が使ったことばかもしれないことを認めるのである。どこまでが過去の記憶で、どこからが現在の自分が過去に投影していることなのか、小野には分からなくなっているのである。

「わたしはいまでも折にふれてあの寒い冬の朝のことを思い起こさないではいられない」(I still turn over in my mind that cold winter's morning) という記述に見られる回顧的な時制によって、モリさんとの対峙の場面についての記述がもう終わったと示されるのだが、時間的にはずっとあとに起こる黒田との出来事もまた、すでに起こってしまったことであることがこの記述から分かる (181 二七九/訳文一部変更)。「あの」(that) という語が「あの同じあずまや」という表現と響きあい、二つの出来事を結びつける。小野がモリさんに見いだす「傲慢さと支配欲」はそのまま彼自身が黒田に対してとった態度となり (181 二七九)、これをきっかけとして小野の語りは時間的にあとの出来事へと移行する。黒田の家を訪ねると警察がいて、小野は黒田が取り調べのために拘留されたこと、彼の作品が燃やされたことを知る。このような事態になったのは、国粋主義的な主題から離れていく弟子に腹を立てた小野が黒田を背信者として密告したためである。この場面に出てくる「あの煙の匂い」(the smell of burning) は小説序盤で小野が若いころの記憶を語る際に出てくる「焦げくさい匂い」(a smell of burning) と結びつくものである (181, 47 二七九、八〇/訳文一部変更)。回想される記憶のなかで、息子をもっと「有益な仕事」に就かせたいと考える小野の父親は、小野が隠した「一枚か二枚」(one or two) を除くすべての作品を燃やしてしまう (46, 43 七八、七五)。小野はのちにこの同じにおいを空襲で破壊された大人になってからの家と妻の死、そして日本軍の兵士であった息子賢治の死と結びつけている――「「ものが焦げる匂いがすると、いまでも不安になる」とわたしは言った。「ついこの前までは、すぐ空襲と火災を連想したものだ」」（200 三〇八）。「焦げくさい匂い」、父親／師から息子／弟子が隠す「一枚か二枚」の絵といった表現の反復が暗示するのは、小野がモリさんと対峙する場面、および父親とのエピソードが、読者が決して見ることのない一つの出来事の代わりとなっているということである。つまり、小野が黒田を拒絶し、裏切ったという出来事である。黒田はそのような小野のふるまいの結果、国家への背信者として拷問される。一人称から非人称へと切り換える『日の名残り』、「あなた（たち）」を「わたしたち」へと変換する『遠い山なみの光』に対し、小野の過去を告げる指示代名詞――「あの同じあずまや」（*that* same pavilion）――は決定的な指示対象を欠いたまま浮き漂うのみである。小説の読者は小野が直接語ることのできない場面を想像し、芸術や政治をめぐる裏切り・背信がどれだけ身近なものなのか、思いをめぐらせることになる。

　小野による黒田への裏切りはこの小説の政治的な核であり、「原光景」とでも呼べるものだ。読者が直接目にすることのないこの場面を、テクスト全体に見いだされるその残響から切り離すのは難しい。黒田への裏切り――小野が弟子である黒田の独立を受けいれられないがために生じる裏切り――について読者がなにかを知りえるのは、小野がこの出来事を自分が経験したほかの裏切りや背信と暗黙のうちに並置し、比較するかぎりにおいてである。[16] 小説が展開するにつれて、あとになって起こる出来事が先行する出来事の新しい解釈を提示する。語り手の過去の残響のような場面、過去の遠い眺めを提示するような場面から、初めてなんらかの情報が示されることがある。振り返って考えてみるならば、直接語られるモリさんとの対峙の場面も、暗示されるにとどまる黒田との場面も、この小説における一番最初の裏切りの場面であると言える父親とのエピソードに政治的な意味あいを与えるものとなる。軍国主義体制が「有益」な人間となるのを拒む黒田を拘留するのと同じように、実利的なビジネスよりも芸術を選ぶ小野を罰する父親もまた、自分が正統と見なす考え方を強要して息子を支配する存在である(46七八)。この小説は政治と芸術とを切り離さないだけでなく、政治家たちが抑圧しようとする(退廃性、想像力、体制への非順応といった)価値を体現するときにこそ芸術は政治的であり、政治化されるのだと示している。したがって、この小説においては――国粋主義者の松田や小野の父親が要求するように――「現実世界」に生きながらそれを肯定したり表象したりする生き方ではなく、むしろその「現実世界」を拒む姿勢こそが強く政治的な意味を帯びるのである(172二六五)。

小説の現在時の視点から見れば、家父長制はファシズムの一つの要素にほかならない。両者のあいだに暗示されるつながりは、小野と父親との関係、小野と彼の子供たちとの関係、そして戦後日本と合衆国との関係を記述するのに使われる親に従順な子供のメタファーに観察できる(185二八六)。小野が自分の息子のなかに英雄的なナショナリズムを育てようとした結果、賢治は従順な兵士として戦争で死んだ。孫の一郎が怪獣映画をこわがる様子をイシグロが描くとき、その反応は息子に押しつけられたナショナリズムに代わるものとして機能する。[17] 小野の娘である節子は自分の弟の賢治が受け継いだような考え方を一郎には伝えたくないと思っていて、小野はそう考える娘に次のように言う。「思い出すな。賢治がいまの一郎と同じ年になったとき、酒をちょっぴり味わわせてやることにしたら、おまえたちの母親がいまとおんなじ調子で抗議したもんだ。もちろん、賢治になんの障りもなかったがね」(157二四三)。一方の節子は父親に対し、妻や息子に対する彼の接し方は戦後の視点からすれば決して望ましいものではなかったと伝えようとする――「賢治を育てるとき、お父さまがこの上なく慎重に配慮なさったことは疑いませんけど、これまでの経験から考えても、ほんとうは母親のほうが正しい判断を下せることが、少なくともひとつやふたつ（one or two）はあるような気がします」（158 二四四／訳文一部変更）。なにが「正しい」と見なされるかがもう変わってしまったのだ、と小野も読者も理解することになる。過去をさらけ出し、疑問視し、絶対主義の価値観に背を向けることによって過去の自分を裏切らないかぎり、小野は責任を持って今を生きることができないのである。自国の政府の価値観を共有しないときにのみ人々はなにかを裏切るのではない。かつては忠義のあらわれとされた価値観が、新しい世代の指導者や教師や親の視点から見ると不実なものとなることがあるのであり、時間の流れのなかでそのような事態が生じたときにも人々はなにかを裏切ることになる。かつては「最善のこと」と感じられた過去のふるまいが、今となっては小野自身にとっても「いちばん忘れたいこと」になる（94 一五〇／訳文一部変更）。これまでの小野にとっては「占領軍の犠牲」者であった人々が、今や「戦争犯罪人」と呼ばれる（88, 56 一四〇、九三）。ここにある教えは、新しい対象への忠義がこれまでの考え方にとってかわらなければいけないということではない。そうではなくて、なにかに対して排他的に身を捧げるという忠義のあり方そのものが、より柔軟にならなければいけないということだ。天皇の代わりにアメリカ人司令官に尽くす、などといったふるまいは十分ではないとイシグロは示している。小野は忠義のさまざまなあり方、（国家、子供、友人、芸術などの）拮抗する忠義の対象、そして特定の忠義と結びついた利害関係はなにかといったことを区別し、理解していかなければいけないのである。

＊＊＊

小野が父親や師に見いだす暴力性は彼自身の抱える暴力性であるかもしれない、父親や師が要求した絶対的な忠義に彼自身もまたこだわっているのかもしれない——このように考えるならば、この小説に含まれる教えは意味を変え、裏切りや背信こそがこの物語の本質的な側面として浮かびあがる。小野はさまざまな物語を語っているけれども、読者が彼の信頼できなさを認識し、この男は厳密な自己省察も責任も回避してきた人間であると感じるようになるにつれて、彼が読者に伝えようとする物語の内容、および登場人物たちのあいだにある境界線がぼやけていく。物語を語る行為それ自体がイシグロの小説の戦略となり、主題となる。信頼できる語りと信頼できない語りは通常は明確に区別されるものである。語り手は揺るぎのない知識をもって物語を支配する存在であるか、語り手自身が物語となって物語はその語り手に関する知識を読者に伝えるための手段となるかのどちらかである場合が多い。しかし『浮世の画家』の語り手はこうした区別をつけようとしない、あるいはつけられない男であり、だれの経験が記述されているのかを読者ははっきりと認識できない。その結果、複数の歴史と複数の視点が並置されることになる。小野とほかの人物との関係、小野がほかの人物のことばとして思い出すことば、はっきりとは語られなくても推測される行為をとおして、わたしたちは小野という男を知る。抽象的に、間接的に、かつ部分的に語られる複数の物語こそがこの語り手の存在をかたちづくるわけだが、そこから揺るぎのないプロットや決定的な自己、まとまって乱れることのない共同体が生み出されるわけでは必ずしもない。キャスリーン・ウォールは『日の名残り』を論じながら、次のように指摘する——「主体の捉え方の変化は、信頼できる語りや信頼できない語りがどのように提示されるかと必然的に結びついている」(Wall 22)。イシグロはそうした変化を取りこんで理論化する作家であり、彼の語る物語は国家や国民性をめぐるアイデンティティの内容と理論を異化し、揺さぶるものとなる。読者がイシグロ作品のなかのなにかを確信をもって「異質」なもの、「日本的」なものとして認識するときに可視化される分類のプロセスこそ、彼の作品が阻止しようとするものである。
文化をめぐる確信や分類はイシグロの小説の中心的な主題であり、そうした問題が特権的に扱われる様子は、彼が出版した最初の本の最初の段落においてすでに明らかである。『遠い山なみの光』は次のように始まる。

ニキ、さいごにきまった下の娘の名はべつに愛称ではない。これは、わたしと彼女の父親との妥協の産物だった。話は逆のようだが、日本人の名前をつけたがったのは夫のほうで、わたしはひょっとすると過去を思い出したくないという身勝手な気持ちがあったのか、あくまでもイギリスらしい英語の名前に固執したのである。夫はニキという名にどことなく東洋的な響きがあると思って、さいごには賛成したのだった。　（9七／訳文一部変更）

イシグロの全作品の最初にあるのが一つの「響き」、「日本人の名前」ではないけれどもそのように聞こえはするニキという名前である。この名前は「東洋」という抽象化された場所のイメージを「どことなく」響かせるものであり、残響の残響とでも呼べるものだ。語り手の悦子は過去を忘れたいと願っているが、この「妥協の産物」である名前は「イギリスらしい英語」の枠からはみだしていき、日本そのものではなく日本を響かせる痕跡として、悦子に過去を想起させる。したがってこの小説は複数の種類の空虚な身ぶりで幕を開ける。日本語を話さない父親が娘に日本人の名前を与えたがり、妥協の結果生まれた名前は英語に起源を持つものの（イギリス人の父親に対してのみ）日本語の名前のように聞こえるものなのである。ここで残響の連鎖が表象するのは、決して充足されることのない欠落の構造である。

欠けているものはつねに手の届かないところ――前に住んでいた町、過去、固有名がなにかを伝えてくれるという幻想――に投影されるのだ[18]。

イシグロの小説は一方ではファシズム、もう一方では多文化主義というまったく異なる二つの立場に忠義というものを結びつけている。ほかのなによりも、まさにこのことがイシグロの背信であるかもしれない。『浮世の画家』は忠義のあり方が変わっても目立たないかたちで支配関係が反復される様子を描く。戦後になり、自分が過去に持った影響力が「抹殺したり忘れたりするのがいちばんいい」ものであるとついに小野が認めるようになったときにも、小野は娘婿の父親である斎藤博士が「読本を暗誦している生徒がつぎの段階に進むのを待っている先生のような態度で」自分を見ていたと語る（123 一九四）。もはや先生ではない小野は、今度は自分が弟子の立場に身を置かなければいけないとでも考えているかのようであり、時代が変わっても依然として師弟間の上下関係が残るのである。アメリカによる占領期の日本で発される「日本はようやく未来への展望を持てるようになった」という戦後を象徴するスローガンは、実際には戦前の帝国主義時代の自信に満ちたメッセージ（「日本ハ今コソ前進スベシ」）を響かせるものである（186, 169 二八六、二六一／訳文一部変更）。こうした反復によって、イシグロはアメリカの民主主義と日本の軍国主義とを結びつけ、どちらも自分たちの進歩と持続を確信する点では同じであると示唆する。そしてイシグロはそうした持続を確信するものではなく、よりはかないものの側に立つ。イシグロにとっての本当の進歩は、それほど英雄的でも声高でもないものである。それはたとえばもはや親に黙って従おうとはしない小野の娘の姿に、なにかをこわがってもいいんだと知っている小野の孫の姿に、そしていつまでも残る不朽の記念碑（モニュメント）などよりもあえなく消え去ってしまう瞬間（モーメント）にこそ価値があり、そのような瞬間こそ信頼できるものだと理解するように見える小野自身の姿に見いだせるものである。時代の流れのなかでの変化と同時に、さまざまな不和や対立関係に注意を払うイシグロは、背信と裏切りに価値を置く作家である。彼が描く浮き漂う世界は語り手たちを裏切り、そしてあらゆる場所にいる「わたしたち」を裏切るのである。

【原注】

(1) イシグロの最初の長編小説『遠い山なみの光』(一九八二年)の現在時は出版された一九八〇年ごろに設定されているようだが、この小説でも一九五〇年代や戦間期の記憶が重要となる。

(2) 回顧のなかで見いだされる「認識」についてはEdelman 19-21およびSedgwick 223を参照。

(3) 「国家や国民性をめぐるアレゴリー」ということばで意味しているのは、フレドリック・ジェイムソンが論じているような、「プライベートなレベルでの個人の運命」が「パブリックなレベルでの第三世界の文化と社会」のメタファーとして作用するテクスト、および個人や物語による自己提示がそのまま国民的な特徴の表現として機能するテクストである(Jameson 69; Ahmad 12)。

(4) イシグロの実践は「わたしたちの言語が捉えないもの」を捉えようとするロラン・バルトの試みと響きあう。それは言語やその他の文化的な体系がどのように知識を可能にし、どのように知識を制限・限定するのかを考える試みである。バルトは「逸脱した文法」には「わたしたちの言語が持つイデオロギーを疑問視させる効果が少なくともある」と考えている(Barthes, *Empire* 7-8)。

(5) Kauffmann 43も参照。

(6) このような考え方は、イシグロについて「名前が示すように日本的な作家であり、その非の打ちどころのない文章が示すようにイギリス的な作家である」と語るピコ・アイヤーの考えと似ていなくもない。名前が自動的に一つの国民性に結びつき、洗練された文章のスタイルがもう一つの国民性に結びつくと考える、こうした思考法に注意しておこう(Iyer 586)。

（7）　否定的なイメージを肯定的なイメージで置き換えることは「「他者」の文化」を「扱いやすい差異」に還元し、他者を「知識の従順な対象」に変換する営みであるとバーバも指摘している（Bhabha 31）。

（8）　Žižek も参照。

（9）　「同じ文のなかで自殺と日本が言及されるとき、非西洋の文化に対する西洋の視点からの一連のステレオタイプが持ち出されることになる」とアラン・ウルフは指摘している（Wolfe xiii）。

（10）　「戦闘行為と結びついた時代錯誤的な自殺の伝統」と「薄れつつある国民性を再確認しようとする試み」との関係をウルフは詳細に論じている（Wolfe 15）。

（11）　もっともよく知られた二〇世紀の日本の作家である三島由紀夫とノーベル賞受賞者の川端康成はどちらも自ら命を絶った。三島も川端も「外国」文化が「日本」の伝統に与える影響についてよく考えていた作家である。

（12）　ただ現実世界とのつながりを保証するためだけに物語に取りこまれたように見える細部の持つ機能を、ロラン・バルトは「現実効果」と呼ぶ（Barthes, *Rustle* 148）。

（13）　『浮世の画家』においても、小野自身が学んだ絵画の技法と彼の語りの声が伝える小説の技法とのあいだに似たつながりを見いだせる。

（14）　一郎の文化的な「誤訳」は過剰に一般化されたアメリカを換喩的に表現している。そのさらなる証拠として、あるイギリスの書評家が「ハイヨー、シルバー」ということばを「歌うカウボーイ」として知られたロイ・ロジャーズの声であると誤解したのを想起してもいい。仮にそう誤解したとしても、小野が引きあいに出している「偉大なサムライ・ヒーローたち」の「日本らしさ」は揺るがない（Chisholm 162）。

（15）　Booth 158-59, Chatman 148-49, Prince 191 を参照。またポスト構造主義的な主体のモデルをふまえた、より最近の議論としては Wall が参考になる。

（16）　「原光景」とはつねに手の届かないところにあるトラウマ的な出来事である。仮に「原光景」となる出来事が理解されるとしても、そのためには時間の経過が必要である。また、あとになって認識される残響的な影響を寄せ集めるようにして事後的に、しかも幻想を含んだかたちでその出来事が再構築されることもある。こうした理由から、「原光景」は手の届かない出来事となりうるのである（Freud 369-70; Garber 388）。

（17）　小野と一郎が観に行く映画として想定されているのは日本版の最初の『ゴジラ』ではないかと考えられる。この映画は一九五四年に公開された。映画のなかでゴジラは広島や長崎ではなく東京を破壊するが、この怪獣は原子爆弾の持つ破壊力と結びついた存在である。タイトルは出てこないし、映画が実際に公開されるよりも六年前の一九四八年に怪獣映画を観たと小野が記憶しているため、二人が観たのが本当にこの映画であるかどうかは分からない。しかしいずれにしても、二人が観るのはおそろしい過去を想起させる映画である。破壊される日本を描いたものである点においても、そのようなスペクタクルを楽しむようにと観客をうながす点においても過去の記憶とつながる映画である。

（18）　充足されることのない欠落の構造をめぐる長い内省の物語として、イシグロの長編第四作『充たされざる者』（一九九五年）を参照。

【訳注】

（一）　本稿はウォルコウィッツの『コスモポリタン・スタイル――ネーションを超えるモダニズム』（*Cosmopolitan Style: Modernism Beyond the Nation*）第四章の日本語訳である。この本はジョゼフ・コンラッド、ジェイムズ・ジョイス、ヴァージニア・ウルフの三人のモダニズム作家、およびカズオ・イシグロ、サルマン・ラシュディ、W・G・ゼーバルトの三人の現代作家の作品を、「批判的コスモポリタニズム」（批判的世界市民主義）を共通の主題として分析するものである。序章においてこの概念（critical cosmopolitanism）が詳しく論じられている。短く要約するのは難しいが、上記の六人の作家が民主主義的な個人主義、および反ファシズム・反帝国主義の立場から国家の枠組みを超える諸問題を扱っている点で共通しているとウォルコウィッツは考えており、その姿勢を批判的コスモポリタニズムと呼んでいる。コスモポリタニズム（世界市民主義）は人類全体を一つの世界の市民と捉える立場であるが、その普遍性への志向からときに帝国主義と関係を持つことがあった。批判的コスモポリタニズムはそのようなコスモポリタニズムの歴史についても批判的に考察するものであるとされる。

（二）　『コスモポリタン・スタイル』の第三章で、ウォルコウィッツは吃音をめぐるジル・ドゥルーズの考察を援用しながらウルフの小説を論じている。

（三）　「ある家族の夕餉」の実際の初出は、一九八二年にペンギン・ブックスから出版された現代作家のアンソロジー

(*Firebird 2*) である。

(四) ウォルコウィッツは『コスモポリタン・スタイル』の序章において、批判的であることは二重意識、比較・並置・対比、否定、絶え間ない自省をともなうと指摘している。「二重意識」(double consciousness) という用語はアメリカ合衆国の知識人・活動家であったW・E・B・デュボイスが用いたもので、つねにマジョリティの視点から見られる自己を意識せざるをえない状態にある、マイノリティとしてのアフリカ系アメリカ人の自意識のあり方を指すものである。ウォルコウィッツはこの概念を拡大し、二つの視点を包摂する意識のあり方といった意味あいで用いている。

(五) このあたりの議論は日本語訳からは分かりにくい。おいしそうな食べものについてたとえば"delicious"ではなく"very nice"という形容詞を使うこと、漠然と「まあそんなこと」を意味するために"something like that"などと言わずに"some such thing"と言うことから、小野の語る英語がフォーマルな響きのあるイギリス英語であると判断されているのだろう。

(六) ここも日本語訳からは分かりにくい。ウォルコウィッツが問題にしていると考えられることとして、まずは悦子が繰り返す"so truly like England"という言い回しの英語としてのぎこちなさがある。加えて、「ほんとうに」(truly) という副詞と「~みたい」(like) という前置詞とのあいだに生じるずれによって、悦子の語る「イギリス」が「ほんとう」のイギリスではなく幻想の構築物であると間接的に示されていることも続く議論との関係で重要である。

(七) ネリー・ディーンはエミリー・ブロンテの小説『嵐が丘』(一八四七年)の語り手の一人。チャールズ・キンボートはウラジーミル・ナボコフの小説『淡い焔』(一九六二年、邦題として『青白い炎』とも)の登場人物の一人。ナボコフの小説はジョン・シェイドという人物が書いた詩に対してキンボートがつけた長大な注釈が大部分を構成する実験的な作品である。

【引用文献】

Adorno, Theodor W. *Notes to Literature*. Edited by Rolf Tiedemann, translated by Shierry Weber Nicholsen, vol. 2, Columbia UP, 1992.
〔テオドール・W・アドルノ『アドルノ 文学ノート』全二巻、三光長治ほか訳、みすず書房、二〇〇九年〕

Ahmad, Aijaz. "Jameson's Rhetoric of Otherness and the 'National Allegory.'" *Social Text*, vol. 17, Fall 1987, pp. 3-25.

Annan, Gabriele. "On the High Wire." *The New York Review of Books*, 7 Dec. 1989, pp. 3-4.

Barthes, Roland. *Empire of Signs*. Translated by Richard Howard, Hill and Wang, 1982.〔ロラン・バルト『記号の国』石川美子訳、みすず書房、二〇〇四年〕

——. *Mythologies*. Translated by Annette Lavers, Hill and Wang, 1972.〔ロラン・バルト『現代社会の神話』下澤和義訳、みすず書房、二〇〇五年〕

——. *The Rustle of Language*. Translated by Richard Howard, U of California P, 1989.〔ロラン・バルト『言語のざわめき』花輪光訳、みすず書房、二〇〇〇年〕

Bhabha, Homi K. *The Location of Culture*. Routledge, 1994.〔ホミ・K・バーバ『文化の場所——ポストコロニアリズムの位相』本橋哲也ほか訳、法政大学出版局、二〇〇五年〕

Booth, Wayne C. *The Rhetoric of Fiction*. 1961. U of Chicago P, 1983.〔ウェイン・C・ブース『フィクションの修辞学』米本弘一ほか訳、水声社、一九九一年〕

Chatman, Seymour. *Story and Discourse*. Cornell UP, 1978.

Chisholm, Anne. "Lost Worlds of Pleasure." *Times Literary Supplement*, 14 Feb. 1986, p. 162.

Chow, Rey. *Writing Diaspora: Tactics of Intervention in Contemporary Cultural Studies*. Indiana UP, 1993.〔レイ・チョウ『ディアスポラの知識人』本橋哲也訳、青土社、一九九八年〕

Clifford, James. *The Predicament of Culture: Twentieth-Century Ethnography, Literature, and Art*. Harvard UP, 1998.〔ジェイムズ・クリフォード『文化の窮状——二十世紀の民族誌、文学、芸術』太田好信ほか訳、人文書院、二〇〇三年〕

Deleuze, Gilles. "A Conversation: What Is It? What Is It For?" *Dialogues*, by Gilles Deleuze and Claire Parnet, translated by Hugh Tomlinson and Barbara Hammerjam, Columbia UP, 1987, pp. 1-35.〔ジル・ドゥルーズ、クレール・パルネ『ディアローグ——ドゥルーズの思想』江川隆男・増田靖彦訳、河出文庫、二〇一一年〕

Edelman, Lee. *Homographesis*. Routledge, 1994.

Ellmann, Maud. "'The Intimate Difference': Power and Representation in *The Ambassadors*." *The Ambassadors*, by Henry James, edited by S. P. Rosenbaum, 2nd ed., W. W. Norton, 1994, pp. 501-13.

Freud, Sigmund. *Introductory Lectures on Psycho-Analysis (Part III). The Standard Edition of the Complete Psychological Works of Sigmund Freud*, edited by James Strachey, vol. 16, Hogarth Press / Institute of Psycho-Analysis, 1968.〔ジークムント・フロイト『精神分析入門』高橋義孝・下坂幸三訳、全二巻、新潮文庫、二〇一〇年〕

Garber, Marjorie. *Vested Interests: Cross-Dressing and Cultural Anxiety*. Routledge, 1992.

Ishiguro, Kazuo. *An Artist of the Floating World*. 1986. Vintage Books, 1989.〔カズオ・イシグロ『浮世の画家』新版、飛田茂雄訳、ハヤカワ epi 文庫、二〇一九年〕

——. "A Family Supper." 1982. *Esquire*, Mar. 1990, pp. 207-11.〔カズオ・イシグロ「ある家族の夕餉」田尻芳樹訳、阿部公彦編『しみじみ読むイギリス・アイルランド文学——現代文学短編作品集』松柏社、二〇〇七年、七五—九五頁〕

——. *A Pale View of Hills*. 1982. Vintage Books, 1990.〔カズオ・イシグロ『遠い山なみの光』小野寺建訳、ハヤカワ epi 文庫、二〇〇一年〕

——. *The Remains of the Day*. 1989. Vintage Books, 1990.〔カズオ・イシグロ『日の名残り』土屋政雄訳、ハヤカワ epi 文庫、二〇〇一年〕

——. *The Unconsoled*. 1995. Vintage Books, 1996.〔カズオ・イシグロ『充たされざる者』古賀林幸訳、ハヤカワ epi 文庫、二〇〇七年〕

Ishiguro, Kazuo, and Kenzaburo Oe. "The Novelist in Today's World: A Conversation." *Boundary 2*, vol. 18, no. 3, Fall 1991, pp. 109-22.

Iyer, Pico. "Waiting upon History." *Partisan Review*, vol. 58, no. 3, Summer 1991, pp. 585-89.

James, Henry. *The Golden Bowl*. 1909. Oxford UP, 1983.〔ヘンリー・ジェイムズ『黄金の盃』工藤好美訳、国書刊行会、一九八三年〕

Jameson, Fredric. "Third-World Literature in the Era of Multinational Capitalism." *Social Text*, vol. 15, Fall 1986, pp. 65-88.

Kauffmann, Stanley. "The Floating World." *The New Republic*, 6 Nov. 1995, pp. 42-45.

King, Bruce. "The New Internationalism: Shiva Naipaul, Salman Rushdie, Buchi Emecheta, Timothy Mo, and Kazuo Ishiguro." *The British and Irish Novel since 1960*, edited by James Acheson, St. Martin's, 1991, pp. 192-211.

Lee, Hermione. “Quiet Desolation.” *The New Republic*, 22 Jan. 1990, p. 37.

Menand, Louis. “Anxious in Dreamland.” *The New York Times Book Review*, 15 Oct. 1995, p. 7.

Morton, Kathryn. “After the War Was Lost.” *The New York Times Book Review*, 8 June 1986, p. 19.

Prince, Gerald. *Dictionary of Narratology*. U of Nebraska P, 1987.〔ジェラルド・プリンス『物語論辞典』改訂版、遠藤健一訳、松柏社、二〇一五年〕

Proust, Marcel. *In Search of Lost Time*. Translated by Andreas Mayor and Terence Kilmartin, revised by D. J. Enright, vol. 6, Modern Library, 1993.〔マルセル・プルースト『失われた時を求めて』全一四巻、吉川一義訳、岩波文庫、二〇一〇—一九年〕

Purton, Valerie. “The Reader in a Floating World: The Novels of Kazuo Ishiguro.” *The Literature of Place*, edited by Norman Page and Peter Preston, Palgrave Macmillan, 1993, pp. 170-79.

Rushdie, Salman. *Imaginary Homelands: Essays and Criticism, 1981–1991*. Penguin Books, 1991.

Sedgwick, Eve Kosofsky. *Epistemology of the Closet*. U of California P, 1990.〔イヴ・コゾフスキー・セジウィック『クローゼットの認識論——セクシュアリティの20世紀』外岡尚美訳、青土社、二〇一八年〕

Wall, Kathleen. “*The Remains of the Day* and Its Challenges to Theories of Unreliable Narration.” *The Journal of Narrative Technique*, vol. 24, no. 1, Winter 1994, pp. 18-42.

Wilhelmus, Tom. “Between Cultures.” *The Hudson Review*, vol. 49, no. 2, Summer 1996, pp. 316-22.

Wolfe, Alan. *Suicidal Narrative in Modern Japan*. Princeton UP, 1990.

Zabus, Chantal. “Language, Orality, and Literature.” *New National and Post-Colonial Literatures*, edited by Bruce King, Oxford UP, 1996, pp. 129-44.

Žižek, Slavoj. “How the Non-Duped Err.” *Qui Parle*, vol. 4, no. 1, Fall 1990, pp. 1-20.

解題

ここに訳出したのは米国ラトガーズ大学教授レベッカ・L・ウォルコウィッツの最初の著書『コスモポリタン・スタイル――ネーションを超えるモダニズム』（*Cosmopolitan Style: Modernism Beyond the Nation*, 2006）の、イシグロを主題とした第四章である。

本書は、近年顕著になっているモダニズムと現代文学の関係を問い直す潮流の中で特に重要な文献の一つで、ジョゼフ・コンラッド、ジェイムズ・ジョイス、ヴァージニア・ウルフという三人のモダニストを「コスモポリタン・モダニズム」として前半で扱い、カズオ・イシグロ、サルマン・ラシュディ、W・G・ゼーバルトという三人の現代作家を「モダニスト・コスモポリタニズム」として後半で論じている。つまり、モダニズムにあったコスモポリタニズムが現代文学に継承された有様を検討しているのだが、そこでの「コスモポリタニズム」には、ウォルコウィッツが「批判的コスモポリタニズム」と呼ぶ特殊な意味が込められている。その数多くある特質の一つは、グローバルなものとローカルなものの単純な区別を疑問視するというもので、それはこのイシグロ論において、「ある家族の夕餉」や『浮世の画家』で日本の一家族内の私的な事柄が国際関係と結びついていることの指摘によく表れている。また、本論の最初に述べられているように、異なる政治状況、様々な忠義のあり方においてファシズムが機能する仕方を連続的に捉える視点をイシグロが獲得しているのも、グローバルな思考の使用と歴史を比較する「批判的コスモポリタニズム」の一側面である。（単純で頑迷な忠義は不可能だし望ましくないというイシグロのメッセージから、タイトル＝主題である「イシグロの背信」が導かれる。）

しかし、本論でより重要なのは、「批判的コスモポリタニズム」が持つ、ローカルなものの固定化に対する自意識であろう。それは、イシグロが日本を題材にした初期の作品で、「日本」や「日本らしさ」についてどのような微妙な批判的態度をとったかを論証する過程で明らかになる。ローカルなもの（ここでは「日本」）は、異文化理解の可能性と不可能性に関する絶えざる省察と交渉の場である。これが日本だというステレオタイプは日本の外部から押しつけられがちだが、ウォルコウィッツが留意するように、イシグロにおいては内部からも創出されている。そして、そのように「日本」が外からも内からも虚構として作られて作用する様態そのものがしばしば自意識的に主題化されているのだ。「日本は虚構として構築されうるが、そもそも「本当の」日本がすでにフィクションであり、ただ外部から押しつけられるものではない」（本書四〇頁）とか「イシグロは国家や国民性についてのアイデンティティが創出される過程のアレゴリーを語ることによって、国家をめぐるアレゴリーそのものを解体する作家である」（本書四九頁）といった明察は、イシグロと日本を考える上で重要な基本的認識を提供している。

　ウォルコウィッツは、二〇一五年の第二の著書『生まれつき翻訳——世界文学時代の現代小説』（*Born Translated: The Contemporary Novel in an Age of World Literature*）で、フランコ・モレッティやデイヴィッド・ダムロッシュの次の世代を担う「世界文学論」の論客として一躍脚光を浴びた。J・M・クッツェーやイシグロを含む多くの現代作家たちの作品が、あらかじめ翻訳を意識した形で世に出ていることを幅広く論証し、現代文学の論じ方を刷新する野心で書かれたこの本も注目に値する（邦訳は松籟社から近刊）。なお、ウォルコウィッツは、二〇一八年五月に来日し、日本英文学会全国大会等で現代文学に関する講演を行ったことを付言しておく。

（田尻芳樹）

夕餉に響く山の音とキリストの声

荘中孝之

カズオ・イシグロが作家活動の最初期に発表した作品「夕餉」（"A Family Supper"）は、国内外で多くのアンソロジーに収められており、小品ながら今や十分に彼の代表作の一つとみなされるものである。[1]本論ではこの短編を取り上げ、まずそれをイシグロが影響を受けたと考えられる、ある日本文学作品と対比させながら、この小編におけるさまざまな設定や技法、モチーフの選択等を確認する。その後さらに本作を聖書との関連で読み解くことで、日本とイギリス、東洋と西洋の両方の要素を併せ持つこの作品の特質を探ってみたい。

1 夕餉に響く山の音

本作の草稿に付された作者自身のメモによれば、これは一九八〇年にカーディフで書かれ、長編第一作『遠い山なみの光』（一九八二年）の序章と共に、当時イシグロが在籍していたイースト・アングリア大学大学院に提出されたということである。[2] つまり創作科の修士号取得のために併せて書かれたということであるが、そのような経緯からか両者にはかなり共通点が多い。そしてまたイシグロのデビュー長編は、川端康成の『山の音』（一九五四年）と通底する要素を持っている。[3] それゆえ本短編も、川端の作品とある程度通ずる部分があると考えられるが、じつは両者の関係は、そのデビュー長編と川端作品とのそれよりもさらに緊密であるように思われる。ここでは特に『山の音』最終章「秋の魚」の第五節、この作品のまさに最後の場面と本作を対比させることで、イシグロの舞台設定と技法の特徴を検証してみたい。

川端の『山の音』最終節は次の文章で始まる。「その日曜の夕飯には、一家が七人そろっていた」（五三七）。この「七人」とは主人公の尾形信吾とその妻保子、出もどりの娘房子とその子供である里子と国子、さらにもう一組、信吾の息子修一とその妻菊子である。一方イシグロの作品に登場する主要な人物は語り手とその父、そして妹の三人だけであるが、まず両作品の登場人物名に付随的な部分ながら興味深い類似点が見られる。イシグロの短編に登場する妹は“Kikuko”と名付けられており、出淵博の訳では川端の登場人物と同じ「菊子」という漢字が当てられている。そしてその“Kikuko”には“Suichi”という恋人がいるのだが、出淵や田尻芳樹の訳では共に『山の音』の「修一」と同じ漢字で表記されている。これらはもちろん全くの偶然かもしれないが、その語り手や父の名前が示されないなど、かなり固有名詞の少ないイシグロの本短編にあって、やや目に付く部分ではある。

次に両者の場面設定に注目してみたい。川端の当該箇所は「十月の朝」（五一九）という言葉で始まる「秋の魚」と題された章に含まれており、また最後の場面で主人公の信吾が「どうだね、この次の日曜にみなで、田舎へもみぢ見に行かうと思ふんだが」（五四〇）と言うように、季節は秋である。またその時間は「夕飯」の頃で、場所は信吾の家がある鎌倉ということになっている。イシグロの作品でも「空港から鎌倉に帰る車のなかで父がくわしい事情を教えてくれた。帰りついた頃には、明るく澄んだ秋の日も暮れかかっていた」（434 一一二五）という記述があるので、その時期や時間、場所の設定には共通点が見られる。ただしイシグロの短編では、その物語の進行自体はアメリカから帰国したと見られる語り手が、空港から父の運転する車で鎌倉の実家に帰るところから始まり、『山の音』最終節はいきなり夕食のシーンから始まるという相違点が見られる。しかし川端の作品でもその直前には父の信吾と息子の修一が、東京の勤め先から鎌倉まで電車で帰宅するという場面が置かれており、ここでもその展開に近似するところがある。

しかしこれらは比較的瑣末な共通項であると言うべきだろう。やはり両作品における最大の類似点は共に夕食の場面であり、しかもそこで魚が食されるということである。川端作品の最終場面で家族が食べる魚とは鮎のことである。それはもちろん一般的に夏が旬とされているが、ここでは信吾の妻保子が「大きい鮎ですね。もう今年のおしまいでしょうね」（五三八）とつぶやき、信吾が「秋の鮎とか、落鮎とか、錆鮎とかいう季題があるね」（五三八）と言うように、かなり時期の限定された特別な種類として明確に提示されている。イシグロの作品でも、"A Family Supper" というそのタイトルが示すとおり、「ある家族の夕餉」が主な場面であり、そこで親子三人の食べる魚が重要な役割を果たしている。ところがこの魚が何であるかは明示されず、そのことが物語の大きな焦点の一つとなっていた。

作品冒頭にはその魚についての、次のような非常に客観的な記述が置かれている。「河豚（ふぐ）は日本の太平洋沖で捕れる魚だ。〔……〕毒は河豚の性腺の二つのかよわい袋のなかに潜んでいる。〔……〕河豚にあたると猛烈に苦しみ、ほとんどの場合、助からない」（434 一一二五）。このような説明がされているのは、語り手の母がその毒に当たって死んだからということであるが、この部分が作品全体のトーンを左右する大きな伏線となっている。その後一七年間父の仕事のパートナーであった“Watanabe”という人物が一家無理心中を図ったことが明かされ、親子三人での食事の場面となる。そこで父の作った魚料理を前にして語り手が「何です?」(441 一一三一)と尋ねるのだが、それに対して父はただ短く「魚さ」(441 一一三二)と返答し、それからもう一度語り手が同じ質問を繰り返しても、父は同じく「ただの魚さ」(441 一一三二)とそっけなく答えるだけである。大槻志郎がこのシーンを取り上げ、「魚の名を問われてただ「魚」としか答えないのは、いささか奇異の念を与えずにはおかない」(大槻、五六)と指摘するように、食卓に上る魚の種類が比較的多い日本において、その応答はやはりやや不自然である。つまりこの魚とは河豚であり、ここで父が渡辺と同様に一家心中を図ろうとしているのではないかという緊迫感が、一気に高まるのである。

他方、『山の音』の最終場面でこのように急激な緊張感の高まりは見られないが、そこでも食卓に出される魚が焦点化されていることに変わりはない。主人公の信吾がその「秋の鮎」とは「卵を産んで、疲れ切つて、見る影もなく容色が衰へて、ひょろひょろ海にくだる鮎のことだ」(五三八)と説明すると、娘の房子がすかさず「私みたいね」(五三八)と言う。その後さらに信吾が「今は身を水にまかすや秋の鮎、とか、死ぬことと知らで下るや瀬々の鮎、とかいふ昔の句があつてね。どうやら、わたしのことらしい」(五三九)と続けると、妻の保子が「わたしのことですよ」(五三九)と言うのである。ここで初老の夫婦が自らを秋の鮎に喩えるのは、一見何気ない会話のように思われるが、じつはそこにはさらに象徴的な意味が込められている。

この小説のタイトルにもなっている『山の音』とは、信吾が作品の冒頭近くで聞いたものであり、そのとき彼は「死期を告知されたのではないかと寒気がした」（二四八）のであった。その後もこの物語では、信吾の死期が迫っているのではないかということが度々暗示されている。最終場面の直前でも、信吾がそれまで毎日のようにしていたはずのネクタイの結び方を急に忘れてしまう。それは信吾にとって「不意に自己の喪失か脱落が来たのかと不気味だった」（五二〇）のである。さらに妻の保子がネクタイを代わりに結んでいるときに、次のような瞬間が訪れる。「信吾は仰向かせられて、後頭部を圧迫してゐたせゐか、ふうつと気が遠くなりかかつたとたんに、金色の雪煙が目ぶたのなかいつぱいに輝いた。大きい雪崩の雪煙が夕日を受けたのだ。どおうつと音も聞えたやうだ。／脳出血でも起したのかと、信吾はおどろいて目を開いた」（五二一―五二二）。その後、物語は読者の不安、あるいは期待に反して、何事もなく漸降法というべき調子で開かれた結末を迎えるのであるが、その先にはやはり主人公信吾が遠からず死ぬのではないかということが、大きな可能性として残されるのである。この部分は初め「鳩の音」と題して発表されたのであるが、のちに「秋の魚」というタイトルに改められている。[4] そのことによって死にゆく魚である落鮎が焦点化され、主人公の死がより強く暗示されているように思われる。

このように河豚と秋の鮎はいずれも死と関連した魚であり、読者にそのことを連想させるという点では共通するものがある。またさまざまな伏線の配置などによる緊張感の持続と、それを高める方法にも類似点が見出される。ただし直接死へと導く可能性のある河豚と、死のイメージをはらんだ秋の鮎とではそれぞれの作品内での働きは異なるだろう。また次の点にも注意を払っておいてよいかもしれない。これはもちろん作者川端とは一応無縁のことであるが、エドワード・サイデンステッカーによる『山の音』の英訳 *The Sound of the Mountain*（1970）において、「鮎」は単に“trout”と訳されており、それは英語で読む者にとって説明を要しない、違和感のない語が選択されていると言える。[5] しかしイシグロは西洋ではほとんどなじみのない河豚という魚を冒頭から導入することによって、英語読者にとってある程度異質なものとして、意識的に日本文化を前景化しようとしているように思われる。(6)

2　放蕩息子の帰還

前節では本作を川端の『山の音』最終章と比較することによって、その設定や技法的特徴を確認した。そこで可能性の一つとして、川端作品のイシグロへの影響が指摘できるだろう。しかしこの作品をまったく別の文脈で読むことによって、また新たな解釈が提示できるかもしれない。それは聖書との関連においてである。前節で見たようにこの物語は、しばらく家を離れていた語り手の男性主人公が、久しぶりに実家に帰ってくるところから始まる。ペンギン版のアンソロジーで九ページという比較的短い物語のなかで、彼が家を離れたときの事情が語られることはなく、我々読者はそれを以下のようないくつかの会話から推し量るしかない。

「お前が、ともかく帰る気になってくれたので、嬉しいよ」と父が言った。「少し長くいてくれると、いいんだがね」

「まだ、どうするか、はっきりしないんですよ」

「わたしとしては、済んだことは水に流すつもりだ。お母さんもいつでも迎え入れる気持ちだったようだ。――お前のやり方には取り乱していたけれどもね」

「気持ちは有り難いんですが、今言ったように、どうするかはっきりしないものですから」

「今は、お前には悪気がなかったんだと信じるようになったんだ」と父はつづける。「何というのか、感化されて気持ちがぐらついたんだね。他の連中と同じように」
「水に流すほうがいいんじゃありませんか、おっしゃったように」　（435 一一―一六）

このように語り手は親の反対を押し切って家を出たものと思われるのだが、その間に母親は亡くなっている。しかし語り手は次のようにそのことすら知らされずにいたのである。「母が死んだとき、ぼくはちょうどカリフォルニアにいた。その頃どうもぼくと両親の間柄が気まずくなっていたので、母が死んだときの事情を知ったのは、二年後に東京に帰ってからのことだった」（434 一―二五）。一時は死んだも同然と思われていたようなその息子を父親は赦し、彼の久方ぶりの帰宅を受け入れている。

このプロットは、新約聖書のルカ伝第一五章にある「放蕩息子」の喩えを思わせる。[7] これはある男が二人の息子に自分の財産を分与するが、弟はそれを受け取るとすぐに家を出て国外に旅立ち、そこで放蕩し尽くしたあと、無一文になってようやく後悔し、帰宅したところを父が手放しで歓迎するというものである。そのことについて兄は次のように述べて不服を唱える。「このとおり、わたしは何年もお父さんに仕えています。言いつけに背いたことは一度もありません。それなのに、わたしが友達と宴会をするために、子山羊一匹すらくれなかったではありませんか。ところが、あなたのあの息子が、娼婦どもと一緒にあなたの身上を食いつぶして帰ってくると、肥えた子牛を屠（ほふ）っておやりになる」（「ルカ」一五：二九―三〇）。それに対し父は次のように答える。「お前のあの弟は死んでいたのに生き返った。いなくなっていたのに見つかったのだ。祝宴を開いて楽しみ喜ぶのは当たり前ではないか」（「ルカ」一五：三二）。

一方イシグロの物語では、二人の息子が登場するわけではないし、父親は子供に財産を与えたわけでもない。語り手には妹が一人いるというだけである。またその妹は、兄の帰還に不服を唱えるどころか、本文中に「ぼくと再会したせいでひどく昂奮したらしく、菊子はただ上気してくすくす笑ってばかりいる」(436 一一二六)とあるように、むしろ彼との久しぶりの再会を喜んでいる。しかし二人の会話には次のような箇所がある。「「カリフォルニアに帰るの?」」「わからない。考えてみなくちゃならない」「どうなったの? ほら、あの人、ヴィッキー」「もう済んじまったよ」〔……〕「もうカリフォルニアには俺に残されているものはないんだ」」(437 一一二八)。このように妹に対し、アメリカで一緒に暮らしていた女性との関係もすっかり終わり、自分にはほとんど何も残されていないと言うその語り手を父は赦し、彼の帰還を自らの手料理でもって歓待しようとするのだ。これらの点に「放蕩息子」の喩えと、イシグロの作品との間の類似性を認めることができるかもしれない。

だが両者には一つ大きな違いがある。ルカ伝の物語では、放埒(ほうらつ)な生活を送った息子は自身の行いを深く改悛(かいしゅん)している。この挿話は、その直前におかれた「見失った羊」や「無くした銀貨」の喩えと並んで、悔い改めることの大切さと、赦しの重要性を説いたものである。一方イシグロの作品では、恐らくは親に背いて家を出たと思われる語り手が、そのことに対して後悔の念を表すことはない。それをこの物語の叙述から読み取ることはできない。しかしそれはイシグロ自身にとって、また彼の他の作品においては、重要な感覚の一つであるように思われる。

3　罪悪感

一九九九年にソルボンヌで行われたインタヴューで、イシグロはその翌年に発表されることになる『わたしたちが孤児だったころ』(二〇〇〇年)について次のように語っている。

私は個人的には非常に強い宗教的な罪の意識といったものは持っていませんし、そのような強い意識を持った何らかの宗教のもとで育ってきたわけでもありません。それにもかかわらず、果たさなければならないある種の道徳的使命、それを果たさなければ自分の人生が満足いくものとはならないだろうというような、このつきまとって離れない感覚、それがいつも私の作品には、そしてちょうど書き終えたばかりのこの本のなかにもあると思うんです。もう一度言っておきますと、私はちょっとそれを「罪の意識」とは呼べませんが、たとえ馬鹿げていて、的外れに見えようとも、それはほとんど完全にこの、ほとんど不合理なある種の使命を果たしたいという強い衝動についてなのです。

(Shaffer and Wong 151)

ここで彼は自身と何らかの宗教との関連をきっぱりと否定しているのだが、この引用箇所で興味深いのは、彼が自分の作品にはつねに何らかの罪悪感にも似た感情が流れていると語っていることである。あるいはそれを満たさなければ、人生が十全たるものになり得ないというような、欠乏感と道徳的使命といったものがあるという。確かに『わたしたちが孤児だったころ』で主人公のバンクスは、幼いころに生き別れた両親を探し出し、救出することが、混沌とした世界全体の秩序を取り戻すことになると信じていた。またあの『日の名残り』(一九八九年)でも、執事のスティーブンスは、自分の主人ダーリントン卿が、政治的に何か価値あることに貢献していると信じて、ただ盲目的に彼に仕えていた。

これは作中の登場人物だけでなく、イシグロ自身が抱いている感情でもある。先の引用に続いて彼は次のように述べている。

この側面がいつも人々について私を魅了するのです。たぶんそれは若者が理想主義に向かう傾向が強かった頃に、私たちがこのような人類を向上させるという大きな使命を感じていた頃に、大きくなったからでしょう。ただ単に生計を立てるだけでは十分ではなかったのです。私が大きくなった頃、私が若かった頃は、自分たちが支持している政治的信条、働いている組織における自分の立場といった見地から、それらが人類に貢献しているかということをお互いに競っていました。私たちはこうしたことについて大いに張り合っていたのです。(Shaffer and Wong 151-52)

イシグロはケント大学卒業後の一九七九年、ロンドンの再定住センターでしばらくの間、ホームレスの人々と共に仕事をしていたという[8]。それから彼はイースト・アングリア大学大学院の創作科に入り、作家としての修業を始めることになるのだが、それらはこの罪悪感に近い感情への補償として、何か大きな価値あることに貢献したいという、イシグロ自身の願望の表れであったのかもしれない[9]。

しかしイシグロにとって、その罪悪感とも呼べるような感情とは、いったいどこから生まれているのだろう。イシグロが長崎で暮らしていた幼少期、彼の父親は科学者として世界中を旅しており、家庭には不在がちであったらしい(Wachtel 23-24)。そこでその父の代わりを果たしたのがイシグロの祖父であった。その後イシグロが五歳になった一九六〇年に、海洋学者である父がイギリス政府に招かれ、一家は長崎からイギリスに渡るが、初め英国滞在は一時的なもので、数年も経てばまた帰国する予定であったという。ところが計画とは違って家族の滞在は次第に延び、時の経過と共に祖父母も年老い、一家がイギリスに着いて一〇年ほどのちに、祖父母は彼らが一緒に暮らしていた長崎の家で亡くなってしまう。イシグロはあるインタヴューで、正式に別れの挨拶もせずに祖父母や彼らが象徴する日本そのものを置き去りにしてしまったことが、現在の自分にどのような意味をもたらしているのかと尋ねられ、こう答えている。「これは子供にとってかなり無意識的なレベルで起こると思います。その頃だと、さよならを言うといったようなことの責任について考えないものです。しかしより深いレベルでそれは、祖父母を裏切ってしまったような気持ち、おそらくある種の奇妙な後悔を私に残したのです」(Wachtel 23-24)。ここに見られるように、その事はイシグロにとって悔恨の念を伴う経験であったようだ。

またイシグロは別のインタヴューで、次のような発言をしている。「ほとんどの作家はまさに自分たちのなかのある部分から書いていると私は思います。彼らの多くはまさに心の奥深いどこかで解決されない何かから書いているんだと思います。つまり、おそらくそれを解決するにはあまりにも遅すぎるのです。書くことは、まあ、慰めであり癒しでもあるんです」(Shaffer and Wong 85)。続けて彼はまさに自分自身がそうした、書くことが慰めであり癒しであるような人間の一人であると告白する。さらに彼はそのような作家について、次のように述べている。

彼らの人生ははるか昔に壊れてしまった何かの上に築かれています――必ずしもトラウマではありませんが、でも何かが、何らかの平衡が失われてしまっている――言い換えれば、決して治ることはないであろうある種の傷を早くに負っている。〔……〕あるレベルでは決してこうしたものを治すことはできない、修復することはできないとわかっているんですが、それにもかかわらずこの〔書くという〕行為の多くは、この傷を気にかけることについてなのです。　(Wachtel 33-34)

つまりイシグロは自分自身、トラウマとまでは呼べないとしても、何らかの心の「傷」を負っており、たとえ完全に治癒することはないとしても、その傷をなだめるために創作を続けているのだと自己認識しているようである。そして彼はそれが自分にとって、次のようなものであるかもしれないと続ける。「それはおそらく何かをやり残したままである、あるいは私が送るべきであったのとは違った種類の人生を送っているという感覚と関係があるでしょう——要するに、日本で大きくなって日本人にならずに、別の何かになってしまったという感覚です」(Wachtel 34)。その「傷」とはやはり、五歳で祖国日本を離れ、イギリスに移住したという彼の生い立ちと決して無関係ではないようである。

作者とその作品の登場人物を単純に結びつけてしまうことにはくれぐれも注意しなければならないだろうが、それでも「夕餉」の語り手は、作者イシグロ自身の姿を髣髴させる。この節で見てきたように、祖父母を置き去りにしてしまったという罪悪感、何かをやり残したままであるような感覚、自分が送るべきであったのとは違う人生を歩んでいるという気持ち、そして日本で暮らして日本人として大きくなる代わりに、イギリスに渡って何か別のものになってしまったという思い——これらを抱えたイシグロは、まるでこの作品で語り手に託して、祖父母と暮らした日本に帰郷しているようでもある。

4　最後の晩餐

しかしこの作品は作者イシグロの故国に対するノスタルジーを、ただ感傷的に綴っただけのものではない。「放蕩息子の帰還」から始まった物語は、第一節で確認したように夕食の場面でクライマックスを迎える。そして物語全体がそのシーンに向かって、一家心中しようとしているのではないかという疑念が高まるよう周到に準備されているとすれば、その食事は最後の夕餉となる可能性がある。ここで新約聖書中のあの有名な食事の場面である“L'Ultima Cena”、つまり英語で“The Last Supper”と表記される「最後の晩餐」を思い浮かべたとしても、それほど不自然ではないだろう。「マタイによる福音書」第二六章、「マルコによる福音書」第一三章、「ルカによる福音書」第二二章、「ヨハネによる福音書」第一三章に記されるこのシーンは、キリスト伝のなかでももっとも劇的なハイライトの一つとして知られる。過越しの祝いの食事に集まった一二人の使徒を前にして、イエスはパンを取り、感謝の祈りを唱えてそれを裂き、彼らに与えてこう言う。「これは、あなたがたのために与えられるわたしの体である」(「マタイ」二六：一九)。そして食事を終えてから、イエスは盃も同じようにして、次の言葉を発する。「この杯は、あなたがたのために流される、わたしの血による新しい契約である」(「マタイ」二六：二〇)。ここでキリストは自らの死と弟子の裏切りを予告したとされる。この聖餐は聖体拝領を象徴する厳粛な儀式である。

イシグロの作品でも、夕食の場面は儀式的な厳かさを持っている。またそれだけでなく、父親が手ずから料理を作ってふるまうのは、キリストがパンと葡萄酒を使徒に分け与えたことや、「ヨハネによる福音書」に記される、晩餐の前にキリストが自ら弟子の足を洗ったことを思い起こさせる。そしてイシグロが描く夕餉は薄暗い部屋で、次のように緊張した雰囲気のなか始められる。「夕食は台所の隣の暗い明かりがともった部屋に準備されていた。唯一の光源は、テーブルの真上に吊るされた大きな提燈(ちょうちん)で、部屋のほかの部分は暗闇のなかにあった。食事を始める前にお互いに軽く頭を下げた。会話はほとんどない」(440 一一三〇)。しかしこのあと食卓に置かれた大鍋の蓋を開けたときに現れるのは、何らかの種類の魚であり、パンを食したという聖書の記述とは異なる。

だが多くの芸術家たちにインスピレーションを与えたこの場面は、よく知られるようにさまざまな形の絵画作品として残されており、そこにはイシグロの作品に通じる興味深い点がある。それらのなかでパンや葡萄酒が描かれるのは当然であるが、注目すべきは、ときに魚がその食卓に置かれていることである。おそらくこのシーンを描いたもっとも有名な作品は、レオナルド・ダ・ヴィンチの手によるものと思われるが、損傷著しかったこの作品の修復作業が一九九九年に完了したとき、画面向かって右側にうっすらと現れたのが魚である。[10] また五、六世紀ごろの作とされるラヴェンナのモザイクでは、二匹の大きな魚が卓上に置かれているのがはっきりと確認できる（諸川、一二三）。魚はときに洗礼やキリスト自身を象徴するとされる。これは「ギリシャ語祈禱文の「イエス・キリスト・神の（テウ）・子（イオス）・救世主（ソテル）」の五単語のイニシャルを組み合わせた言葉"ichthys"が魚を意味することから、魚がキリストを象徴するモチーフとなった」（大貫、四二九―四三〇）ということである。

だがイシグロの作品に描かれた魚が河豚であるとするならば、それは救世主どころか、死へと導く悪魔である。夕食がすんでも、はたしてあの魚は何だったのかという疑問は残ったままである。父と語り手は食事を終えて別の部屋へ行く。そこで二人は庭の闇のなかを見つめるが、井戸はもはや見えない。その暗闇に沈む庭とは、語り手が昔幽霊を見たという場所であり、死を象徴しているとも言えるだろう。しかもこの場面ではその部屋の大きな窓は開け放たれており、庭から微風が入り込んでくる。ここで彼岸と此岸の境界は極めて不分明となっているのである。

しかし物語はここで読者の予想を裏切るように、やや意外な展開を見せていく。語り手が渡辺の一家心中の話を再度持ち出すと、父は次のように答える。「渡辺は仕事に打ちこんでいたんだ。〔……〕倒産が彼には大きな打撃だった。これが彼の判断力を弱めたんではないかと思うよ」（442　一一三二）。これに対して語り手が、「あの人がやったことは誤りだったと考えるんですね？」（442　一一三二）と問うと、父は「そうだよ、もちろん。そうじゃないと思うのかね?」(442 一一三二)と反問し、渡辺の行為を完全に否定するのである。それだけでなく父は語り手に「今度はどうしようと思っているんだ?」(442 一一三二)とこれからのことを尋ね、さらに「もしお前がここにいたいのなら――この家にという意味だよ――大歓迎だ。つまり、老人といっしょで厭でなければ、だが」(442 一一三二)と述べて、一緒に暮らすことを提案する。また父は娘の菊子が実家に戻ってくることまで期待して、これから物事は良くなっていくだろうと楽観的な期待の言葉を述べ、物語は静かにフェイドアウトしていく。それは「最後の晩餐」のパロディ的な変奏と言えるかもしれない。それでも作品冒頭で、「宵のうちに食べれば、毒がまわるのは寝ている頃になり、二、三時間ものたうちまわったあげく、朝にはあの世行きというわけだ」(434 一一二五)と説明されていたように、この家族はその後全員命を落とすことになるのかもしれないという後味の悪さが残るのは確かである。[11]

しかしながら、やはりそのような展開はあり得ないと考えるべきだろう。まずこの三人の親子と、幼い二人の子供を抱えていた渡辺とは状況がまったく違う。たとえ母の死が自殺であったとしても、また渡辺と共同経営していた会社が倒産したとしても、長らく家を離れていた息子と、近く大学を卒業するという娘を道連れに、一家無理心中を図るというのはかなり不自然である。しかも父はこのように将来に対する希望的な観測まで述べている。ここで人間の心理とは不可解なものであるというような常套句を持ち出したとしても、一家心中のプロットを構成するのは相当無理があるだろう。あるいはこのあと語り手が死ぬのであれば、一人称で回顧されるこの物語自体が成立しないということになってしまう。

イシグロ自身あるインタヴューで、この物語では自殺する民族という日本人に対する西洋のステレオタイプを利用していると語っている(Shaffer and Wong 11)。またレベッカ・ウォルコウィッツは、この作品では自殺が「オリエンタリズムの神話」として描かれており、「その結末は語り手のみならず読者の意表をも突く」（Walkowitz 119）と指摘している。さらにアダム・パークスも次のように述べ、一家心中の物語という予想を覆していくイシグロの計略に言及する。

> あるレベルでは、イシグロの小説群はそうしたステレオタイプ的な想定を覆そうとする、協調して計画された取り組みとして読めるかもしれない。なぜならそれらは自殺が保証する劇的なクライマックスを用意することを否定しているからだ。イシグロは読者に自殺という常套手段のプレッシャーを感じさせ、そして静かにそれを描くのを拒むことで、この修正作業を行っている。一九八三年に初めて出版された短編小説、「夕餉」はこの点を例証している。（Parkes 24／原文ママ）

本作はこのように表面上は非常に抑制された語りでもって、離れ離れになっていた家族が久しぶりに実家に集まって夕食を共にするということがただ淡々と語られていくだけの物語、という体裁を取りながら、その背後にはさまざまな計算が働いている。まず「放蕩息子の帰還」から始まって、「（最後の）晩餐」へと至るこの物語においてイシグロは、聖書中のこの二つの題材を参照することで、作品の大きな枠組みを設定し、そこにある種の厳粛な雰囲気を付与していると考えることもできるだろう。一方でこれは、日本人に対する固定観念を巧みに利用しているだけでなく、他方でそうした聖書の喩えやキリストの物語、あるいは川端の代表作の一つ『山の音』をも取り込み、そこから導かれる読者の予想を裏切っていく、一種のパロディとして読むことも可能である。またイシグロ自身の伝記的事実から導かれる罪悪感に近い感覚をも反映させながら、“A Family Supper”という不定冠詞の使用でもって、“The Last

"Supper"という絶対的な大きな物語に対して、その一派生形としての独自性と固有性を、静かに主張しているとも言えるかもしれない。

【注】

（1）　この作品はまず一九八〇年に*Quarto*という雑誌に発表され、その三年後にはPenguin社から出版された、*Firebird 2*という短編集に再録されている。その他海外では本論で使用している*The Penguin Book of Modern British Short Stories*（以下本書からの引用は括弧に頁数のみ記す）などに収められている。国内では原作発表の直後に出淵博が「夕餉」というタイトルで、雑誌『すばる』にその翻訳を掲載している。その後この出淵訳は『集英社ギャラリー〈世界の文学五〉イギリスⅣ』の、「イギリス現代短編集」というセクションに再録されている（本論ではこの版を参照し、引用の際は原文の頁数に続いて漢数字で記す）。他にも本作は阿部公彦編集の『しみじみ読むイギリス・アイルランド文学』（二〇〇七年）に、田尻芳樹の訳・解説で「ある家族の夕餉」というタイトルのもと収録されている。

（2）　ここではイシグロの草稿を所蔵しているテキサス大学ハリー・ランサム・センターが、資料整理のために付した分類番号Container 47, Box 9を記しておく。

（3）　『山の音』と『遠い山なみの光』との関係については、荘中『カズオ・イシグロ』第二章「カズオ・イシグロと川端康成――遠い記憶の中の日本」を参照のこと。なお川端作品からの引用は新潮社版『川端康成全集』を使用する。以下同書からの引用は括弧内に頁数のみ記すこととする。

（4）　「解題」、『川端康成全集』第一二巻、五四八頁。

（5）　Kawabata 273. ただし初訳は本文中に記したとおり一九七〇年。

（6）　大槻もこの部分に触れて、「イシグロの一般読者と目されるイギリス人の目には、まずエキゾチックな印象をもたらしたであろう」と述べている（五四）。

（7）　聖書は共同訳聖書実行委員会『聖書　新共同訳』を参照する。

（8）　Shaffer and Wong xiii. ここに“1979 Works with the homeless at a resettlement center in London”と記されている。

（9）　イシグロの父も「社会のために何かしたいという思いの強い人」だったようである。「Sydenham's Voice」、一〇一頁。またイシグロ自身、福岡伸一との対談でこの父からの影響を認めている。福岡、二八頁。

（10）　中野、二〇〇四、片桐、一六〇—一六一参照。通常、過越しの祭りでは子羊の肉が食されるが、この絵で魚が描かれているのは、イエスが自分自身を生贄として神に捧げたことを意味するという。

（11）　もっとも、河豚による食中毒の経過は非常に早く、摂食後二〇分から、遅くとも三時間までには症状が表れ、また致死時間は最も短いもので食後一時間半、通常四～六時間が最も多いということである。日本食品衛生協会、一二頁参照。

【引用文献】

Hartt, Frederick. *History of Italian Renaissance Art: Painting, Sculpture, Architecture*. Harry N. Abrams, 1994.

Ishiguro, Kazuo. “A Family Supper.” (1980) *The Penguin Book of Modern British Short Stories*. Ed. Malcolm Bradbury. Penguin Books, 1987, pp. 434-42.（カズオ・イシグロ「夕餉」出淵博訳、『集英社ギャラリー世界の文学5　イギリスⅣ』集英社、一九九〇年、一一二三—一一三三頁。カズオ・イシグロ「ある家族の夕餉」田尻芳樹訳、阿部公彦編『しみじみ読むイギリス・アイルランド文学』松柏社、二〇〇七年、七五—九五頁）

——. *The Remains of the Day*. Faber & Faber, 1989.

——. *When We Were Orphans*. Faber & Faber, 2000.

Kawabata, Yasunari. *The Sound of the Mountain*. Trans. Edward G. Sidensticker. Vintage, 1996.

Matthews, Sean, and Sebastian Groes, eds. *Kazuo Ishiguro: Contemporary Critical Perspectives*. Continuum, 2009.

Murray, Peter, Linda Murray, and Tom Devonshire Jones, eds. *Oxford Dictionary of Christian Art & Architecture*. Oxford UP, 1996.

Parkes, Adam. *Kazuo Ishiguro's The Remains of the Day*. Continuum, 2001.

Shaffer, Brian W., and Cynthia F. Wong. *Conversations with Kazuo Ishiguro*. UP of Mississippi, 2008.

Wachtel, Eleanor. *More Writers & Company: New Conversations with CBC Radio's Eleanor Wachtel*. Vintage Canada, 1997, pp. 17-35.

Walkowitz, Rebecca L. *Cosmopolitan Style: Modernism Beyond the Nation*. Columbia UP, 2006.

Wong, Cynthia F. *Kazuo Ishiguro*. [2nd Edition] Northcote, 2005.

大槻志郎「Kazuo Ishiguroと薄暮の誘惑――"A Family Supper"の曖昧」、『龍谷紀要』第二三巻第二号、龍谷大学龍谷紀要編集会、二〇〇一年、五三―六二頁。

大貫隆、名取四朗、宮本久雄、百瀬文晃編『キリスト教辞典』岩波書店、二〇〇二年。

片桐頼継、アメリア・アレナス『よみがえる最後の晩餐』NHK出版、二〇〇〇年。

川端康成『川端康成全集』第二二巻、新潮社、一九八〇年。

共同訳聖書実行委員会『聖書 新共同訳』日本聖書協会、二〇一六年。

荘中孝之『カズオ・イシグロ――〈日本〉と〈イギリス〉の間から』春風社、二〇一一年。

――「聖書を参照するカズオ・イシグロ」、『研究論叢』第八七号、京都外国語大学、二〇一六年、一二三―一三五頁。

スイッチ編集部「Sydenham's Voice」、『Switch』一九九一年一月号、九九―一〇二頁。

中野京子『名画の謎――旧約・新約聖書篇』文藝春秋、二〇一六年。

日本食品衛生協会『フグの衛生――安全な取り扱いとフグの種類』社団法人日本食品衛生協会、二〇一二年。

フイエ、ミシェル『キリスト教シンボル辞典』武藤剛史訳、白水社、二〇〇六年。

福岡伸一「カズオ・イシグロ――記憶とは、死に対する部分的な勝利なのです」、『動的平衡ダイアローグ』木楽舎、二〇一四年、一九―四五頁。

諸川春樹監修『西洋絵画の主題物語I 聖書篇』美術出版社、一九九七年。

未刊行の初期長編「長崎から逃れて」——カズオ・イシグロの描く原爆

麻生えりか

1　長編草稿「長崎から逃れて」

過去の作品を改訂したいとは思わない。二〇年前の写真がそうであるように、欠点や失敗を含めて執筆時の自分を表す作品に後から手を加えるのは「誠実な」（honest）ことではないから。カズオ・イシグロは、ノーベル文学賞を受賞する約一〇年前の二〇〇七年のインタヴューで、「自分の過去の作品を改訂したいと思うか」とショーン・マシューズに問われ、こう断言している。さらにマシューズは、将来、カズオ・イシグロ・アーカイヴができるかもしれないからと言い添えつつ、作品の草稿やメモ書きを保管しているのかと問う。イシグロは「非常に厄介な質問だ」という言葉に続けて、第三長編『日の名残り』以前の作品の資料はすべて破棄していたと答える。だが、「どんな資料でもとっておいて、テキサスの頭のいかれた奴（mug）に売るべきだ」という忠告を知人から受けて以来、一日の仕事を終えると、その日に書いたものをすべて段ボール箱に片付けるようになったのだという。「たしかに大金になるのだろうが、どうしてこんなものが人の役に立つのか、正直なところ、僕にはわからない」と思いつつも（Matthews 121）。

このインタヴューの約八年後の二〇一五年、希少資料や有名作家のアーカイヴの所有で有名なテキサス大学のハリー・ランサム・センターが、イシグロの刊行作品に関する資料やメモ類と未発表作品などの草稿を、一〇〇万ドル（一億二〇〇〇万円）あまりで購入した。かくして、イシグロによる解説などを加えられた資料が大西洋を越えてアメリカ大陸に渡り、センターでの二年の準備期間を経て、二〇一七年にカズオ・イシグロ・ペイパーズとして公開された。[1]先述のインタヴューで、イシグロは『日の名残り』以前の草稿や資料は捨てていたと話したが、じつはそうではなかったようだ。というのも、彼の最初期の作品にしか登場しない「長崎」（Nagasaki）という地名をタイトルに含む未刊行の長編小説の草稿が、このアーカイヴには収蔵されているのである。

その作品「長崎から逃れて」（"Flight from Nagasaki"）（以下、適宜、「長崎」と表記する）は、約八〇のコンテナから成るイシグロ・ペイパーズと呼ばれるアーカイヴの中の第四九コンテナ第七フォルダーに収められ、「日付がない未刊行の」（undated Unpublished）、「未完の小説」（incomplete novel）と分類されながらも、執筆時期は「一九八三―一九八六年ごろ」と推定されている。[2]この作品をセンターからオンラインで取り寄せると、二つの資料ファイルが送られてきた。一つには計四一ページのタイプ打ちの草稿と二〇一四年時点でのイシグロの解説が、もう一つには草稿執筆前に書いたと思われるメモ二枚と一九八三年時点で草稿を再読したイシグロの短い感想が収められている。メモによると、当初イシグロは三部構成の小説を構想していたらしいので、第一章から第四章途中までのこの草稿は、おそらく第一部の半分ほどの分量なのだろう。つまり、「長崎」は、ずいぶん早い段階で頓挫したイシグロの初期長編ということになる。

二つの資料ファイルを見比べて気になるのは、正式には「日付がない」とされながら、「一九八三―一九八六年ごろ」と推定されている、この草稿の執筆時期である。この二つの年は、イシグロが草稿再読時に記した感想と、草稿売却時に添えた解説に、それぞれ登場する。二〇一四年時点でのイシグロによる解説には、第二長編『浮世の画家』（一九八六年）の出版後、同じ年のうちに着手した第三長編の最初の草稿だったのだろうとある。ところが、もう一方のファイルに収録されたイシグロの感想には、それより三年ほどさかのぼる一九八三年九月七日に草稿の途中までを再読したと書いてある。後者の場合、執筆時期が再読の数カ月前なら、「長崎」は第二長編の草稿だったかもしれないし、数年前なら一九八二年出版の第一長編の草稿だった可能性もある。イシグロの記録と記憶に基づくこれらの日付の両方が正しいとすると、八三年以前（第一長編または第二長編の前）に書いた草稿を次作の長編に使おうとして、八三年（第二長編の前）と八六年（第三長編の前）に見直したものの、結局はそれを断念したと考えられる。[3] つまり、執筆中断後、イシグロが「長崎」の草稿に八三年と八六年に立ち戻り、「継続」あるいは「改訂」の可能性を考えたが、結局はあきらめたということである。

イシグロ自身が「どうしてこんなものが人の役に立つのかわからない」と言ったように、中断した草稿を作家がそのまま顧みないことは珍しくないだろう。だが、冒頭で述べた通り、「改訂」に否定的なイシグロが、頓挫した草稿「長崎」に立ち返り改訂をあきらめたことが一度ならず二度もあったのだとすれば、そこには過小評価できない意味があるのではないだろうか。

本論では、新たにイシグロ・アーカイヴで公開された長編草稿「長崎から逃れて」を手掛かりに、改めてイシグロ作品と長崎、そして原爆の表象について考えてみたい。まずは執筆時期が「長崎」と近く、同じく長崎を舞台にした初期の二作品――デビュー作の短編「奇妙なときおりの悲しみ」（一九八〇年、以下、適宜、「奇妙」と表記する）と、この短編のいわば発展形ともいえる第一長編『遠い山なみの光』（一九八二年、以下、『山なみ』と表記する）——における長崎と原爆の表象を振り返る。舞台設定が似ているこの二作品と「長崎」を比較することで、「長崎」の特異性を浮き彫りにし、この草稿にイシグロがこだわりながらもその継続と改訂を断念した理由を探りたい。「長崎」は、いまやボーダーレスなノーベル賞作家となったイシグロの創作の出発点にある長崎と原爆を、私たち読者がこれまで知らなかったかたちで描いているのかもしれない。

2 「奇妙なときおりの悲しみ」に描かれる／描かれない原爆

イシグロは一九八〇年、長崎を舞台にした短編「奇妙なときおりの悲しみ」をイギリスの文芸雑誌『バナナズ』に発表し、作家としてデビューした。[4] この短編は翌年、フェイバー&フェイバー社から出版された『イントロダクション7』という新人作家による短編小説集に、イシグロによるほかの二編の短編とともに掲載された。日本以外を舞台にしたほかの二編——「Jを待ちながら」と「毒にやられて」——に比べると、「奇妙」の評価は、発表当時から現在にいたるまで突出して高い。[5] イシグロは「奇妙」をイースト・アングリア大学大学院の創作科在学中に執筆しており、日本を描く作品に対する大学院の教授やクラスメートの好意的な反応を肌で感じていた（イシグロ、一〇—一一）。長編デビューを前に、複数の短編を書きながら進むべき方向を模索していたイシグロが、一般読者や批評家からも高評価を受けた「奇妙」の成功により、デビュー長編の設定に確信を得たと考えられる。この後、彼は、「奇妙」と同じく長崎を舞台にした長編『山なみ』を一気に書き上げ（Wong xi-x）、翌年の出版で大きな反響を得たというのが、批評家の共通認識である。[6]

「奇妙」と『山なみ』が共有するのは、現在（一九八〇年前後）はイギリスに一人で暮らす日本人の未亡人である語り手が、次女の帰省をきっかけに、一九四〇年代から五〇年代の長崎での女友達との交流を回想するという物語の枠組みである。が、回想する長崎の年代設定には六、七年の隔たりがある。「奇妙」の語り手ミチコが原爆投下前後の一九四五年の出来事を語るのに対し、『山なみ』の語り手悦子は朝鮮戦争時（一九五一―五三年）の生活を回想する。原爆で家族や恋人など多くの大切なものを失ったと思しき悦子が語るのは、後述するように、日本の原爆文学に描かれるような被爆体験でも壊滅した街の姿でもなく、朝鮮戦争時の特需景気に刺激されて復興しつつある長崎と、大きな喪失の後でなお前向きに生きようとする人々の姿である。口には出せない心の傷を抱えながらも戦後の新しい環境に順応しようとする悦子は、「故意に無視」（Wong 33）するかのように、ほとんど原爆を語らない。そのことが逆説的に彼女のトラウマと抑圧の大きさを示すという解釈は、「小説の中心にある驚くべき不在」（39）を指摘したバリー・ルイスをはじめ、多くの批評家に支持されてきた。つまり、イシグロは原爆を「不在」として暗示的に描いたからこそ、そのはかり知れない重みを読者に伝えられたというのである。

『山なみ』に不在の原爆描写が習作「奇妙」には「ある」こと、それがこれら二作品の最大の相違点だとされる。ルイスは「奇妙」の「出来事の中心に」原爆があると述べ（38）、ワイチュウ・シムは、「奇妙」は『山なみ』の執筆過程でイシグロが除外した「小説の不在の中心」そのものだと解釈する（94）。たしかに、「信頼できない語り手」である悦子の語りによって現在と過去が交錯し複数のサブプロットを持つ『山なみ』に比べると、同じ一人称小説でも時系列に沿って話が進む「奇妙」の筋は単純で、原爆を中心に展開されていると言うこともできる。

「奇妙」の語り手でイギリス在住のミチコは、恋人と同棲中の次女ヤスコの数日間の帰省をきっかけに、終戦間際の長崎での幼なじみのヤスコ（この幼なじみの名前を次女につけたことも物語の中で語られる）との交流を回想する。当時、ヤスコは弟をすでに戦争で、母を癌で亡くしており、太平洋上の戦場に出征中の婚約者ナカムラの帰りを待ちながら、父と二人で暮らしていた。性格の優しいヤスコは、父を一人にしてナカムラと結婚していいのかと葛藤し、またナカムラと親友ミチコのかつての親密さにも疑念を抱いていた。原爆投下前日の一九四五年八月八日の夕方、工場での勤労奉仕を終えたミチコとヤスコは公園のベンチに座り、いつものように語らいのひとときを過ごす。話題はヤスコと父との喧嘩、工場での労働、戦後の希望などである。美術教師だったらしいミチコが再び絵筆をとり教壇に立つ日を思い描く一方、子ども好きのヤスコは家庭を持ちたいと言う。「夢はそれだけ？」と拍子抜けして訊ねるミチコに、ヤスコは「じゅうぶん贅沢な望みよ、ミチコさん。それで全部。子どもを産むこと、それから爆弾に子どもを殺されないこと」(24) と答える。その後、二人は公園で別れ、それぞれの帰路につく。

直後の段落でミチコは、二人が会ったのはそれが最後だったという言葉に続けて、翌日、つまり八月九日の出来事を淡々と語る。「次の日、原爆が落とされた。見たこともないような空に、雲は途方もなく大きくて、いたるところで火の手が上がった。ヤスコもヤスコのお父さんも亡くなった。他にもたくさんの人が亡くなった」。そしてミチコは、重傷を免れた自分には傷跡も後遺症もなく、結婚後に産んだ二人の娘も健康だと述べた後、原爆を投下した人々には「何の恨みもない」と言う。「戦争だったのだから。戦争とは奇妙なものだ。理解できないことが多すぎる」(25)。原爆の描写はこれだけで、「あまりにも淡彩」（荘中、二〇）というほかないだろう[7]。

「奇妙」において原爆をもっとも強く想起させるのは、ミチコによる原爆投下の簡潔な報告よりもむしろ、三〇年以上経ったいまでも彼女の心を奇妙にかき乱す悲しい気持ち、表題にもなっている「奇妙なときおりの悲しみ」(26)かもしれない。それはあの日、ヤスコが父とのいさかいについてミチコに話した後に起きた「不思議な出来事」に由来する。「顔全体をゆがめて、ヤスコがものすごくおそろしい形相で私をにらんでいた。半狂乱でにらむその目は、激しい興奮でぴくぴくしていた。あごが震え、歯がむき出しになっていた」(23-24)。見たこともないそのおそろしい顔に驚愕したミチコがヤスコの肩をゆすると、ほどなくヤスコはいつもの「穏やかで美しい」顔に戻り、何事もなかったかのように、具合の悪そうなミチコを逆に心配してくれたのだった。数十年経ったいま、あのときのヤスコの顔を思い浮かべて、ミチコは思う。ヤスコは「原爆を予告しただけではなく」、「私〔ミチコ〕自身の顔に何か」を見たのだろうと(26)。ミチコによって静かに語られるこの物語において、ヤスコのゆがんだ顔とそれがミチコの心に呼び起こす奇妙な悲しみの感情は、原爆投下の事実に勝るとも劣らぬ強いインパクトを残す。

原爆の真の恐ろしさを経験することがその直撃を受けて命を失うことだとすれば、「奇妙」のヤスコのように原爆に「当たった」者はすでに亡くなっているので、その被爆体験を語るすべを持たない。そのように考えると、原爆に「当たりそこねて」負傷しなかったミチコが、もの言えぬヤスコに代わって、最後に会ったヤスコの顔に想像上のおそろしい被爆体験を代理表象させたと考えることもできるだろう。戦争が終わったら結婚して子どもを産むというささやかな夢を抱きつつも、父と恋人と親友のあいだで悶々としていたヤスコの苦しげな表情に、翌朝投下された原子爆弾にすべてを破壊された彼女の絶望と無念をのせたと。ミチコの表情を映したものかもしれないヤスコのおそろしい顔が何を表していたのかは、正確にはわからない。だが、その顔は原爆の犠牲者たちの「想像を絶する苦しみを思い起こさせる」という意味で、翌日彼女が「当たる」ことになる原爆をずらしながら表わしているという解釈もできるのである（麻生“Kazuo Ishiguro”、六四）。

3　母の被爆体験と『遠い山なみの光』

母から、自身の被爆体験と被爆死した友人の話をイシグロが聞いたのは「奇妙」の出版後だったと、彼は二〇〇〇年のスージー・マッケンジーとのインタヴューで述べている（Mackenzie par. 21）。一〇代後半だったイシグロの母は原爆の爆風によって負傷し、長期にわたる深刻な症状に悩まされることはなかったものの、被爆直後は静養を余儀なくされたという。[8] このインタヴューでイシグロは、「母は原爆の本当の恐ろしさを目の当たりにしていないのです」と述べ、それを「心理的に原爆に当たりそこねた」と言い換える（par. 22）。さらに驚くべきことに、彼は、原爆投下時にまだ生まれていなかったため自分がその場に居合わせなかったことに責任を感じているかのように、次のように述べるのである。「あと一〇年早く生まれていたら〔……〕原爆投下時に僕もいたはずです」。母だけでなく、まだ生まれていなかった自分自身も「原爆に当たりそこねた」というイシグロが背負うのは、「いわれのない罪悪感――それも最悪の」だとマッケンジーは言う。「なぜなら、どんなに悔やんでも償（つぐな）っても、それを消すことは絶対に無理だから」である（par. 20）。母は息子に友人の話を伝え、公の声を持つ作家としてその記憶を人々に伝えてほしいという被爆者の願いを託したという（par. 21）。次世代の人々に広く戦争の記憶を伝えるという使命をイシグロが強く自覚するのは、一九九〇年代末にアウシュヴィッツ収容所を訪れた後だと彼は言う（Gallix 140-41, イシグロ、六〇―六五）。だが、その一五年以上前に、「原爆に当たりそこねた」という罪悪感と被爆死した友人の記憶を抱き続けた母個人の思いを引き受けて、彼は本格的に執筆活動を始めようとしていたことになる。

しかしイシグロは、母の記憶をそのまま刊行作品に取り入れてはいない。彼が母の話を聞いてから『山なみ』を執筆した可能性もあるのだが、この作品において、原爆は「奇妙」よりもさらに遠景に退けられている。この物語の「信頼できない語り手」である悦子が語るのは、復興しつつあった一九五〇年代はじめの長崎での結婚生活、近所に住む佐知子とその娘万里子との短い交流、物語の現在（一九八〇年代）の次女ニキの帰省、そして長女景子の数年前の自殺など、直接には被爆に関係のない出来事が中心である。悦子が原爆によって家族や恋人を亡くしたことがほのめかされることはあっても、彼女自身の悲惨な経験が語られることはない。それでもルイスが指摘するように、「小説の中心にある驚くべき不在」（39）としての原爆の存在感は最後まで減じることがなく、悦子の語りはすべて、語られない彼女の被爆体験に結びついていると解釈することも可能である。つまり、この作品に描かれるのは、原爆や被爆体験そのものというよりも、マイケル・ウッドが「原爆によって生み出された感情の風景、あるいはもっととらえがたい、原爆によって名指された風景」（the landscape of feeling created by the bomb, or more subtly, named by the bomb）（Wood 178）と形容する「被爆の風景」だといえる。悦子は過去の自分の目の前に、あるいは現在の自分の心の内に広がる長崎の風景に自らの喪失感や希望を投影しながら、その風景とともに生きていくことを選ぶのである[9]。

『山なみ』における、このように「描かれているようで描かれていない」、あるいは「描かれていないようで描かれている」ものとしての原爆表象が好意的に受けとめられた背景にあるのは、イギリス、そしてヨーロッパにおける原爆観と核廃絶運動の高まりである。イシグロが『山なみ』を英語で発表した当時もいまも、イギリスでは第二次世界大戦下の最悪の悲劇といえば、まずホロコーストを指す。犠牲者数が多く、ほかならぬヨーロッパで起きた驚愕すべきユダヤ人大虐殺に比べれば、戦争の終結をもたらした二発の原子爆弾の遠いアジアの小国への投下は正当化されてしかるべきという見方が支配的で、そもそも原爆に対する関心が圧倒的に低い[10] (Torgovnick 111-12)。当然ながら、衝撃的な被爆体験を具体的かつ直接的に描く日本の原爆文学は、英米では「無用で不快で陰気なジャンル」とされ、翻訳されて読まれることも少なかったのである (Treat 306)。

その一方で、被爆体験を語ること、またそれに耳を傾けることに対する英米の人々の否定的な態度は、一九七〇年代後半以降、「ノー・モア・ヒロシマ!」(No More Hiroshimas!) をスローガンとして勢いを盛り返した核兵器廃絶運動によって、少しずつ変化してきていた。一九八〇年代はじめのイシグロの順調なデビューは、当時のイギリス文壇における多文化主義の潮流だけによるのではなく、小説の舞台であり作家の故郷でもある長崎が「ナガサキ」として核をめぐる言説と結びつけられたことによるところも大きい。一九八三年、そのことを自覚していたイシグロは、『ガーディアン』紙上で、『山なみ』についてこんなことを書いている。

たとえばブラッドフォードのような町でなく長崎で生まれたことを、僕は深く感謝するようになった。舞台が長崎だというだけで、この小説はやすやすと全世界で意義を認められた。タフネル・パークの地下鉄の駅の上では偏狭でありきたりに聞こえる会話でも、長崎の路上でなら、とりわけ不吉に響くのだ。

被爆地・長崎を舞台にしたからこそ、自分は「社会的な意識の高い」作家だとみなされ、デビュー長編がイギリスだけでなく「全世界で」敬意を持って迎えられたと、イシグロはあけすけに述べているのである。[11]

と同時に、イシグロは、読者が被爆体験の具体的な描写を求めていなかったからこそ、作品の中の原爆をめぐる「空白」が大いなる「不在」として称揚されたと認識してもいたかもしれない。同じ記事の中で彼は、核戦争の危機が迫るたびに量産されてきたSFの未来小説を「安っぽい作品」と呼んで批判する一方で、「責任感と良識」に基づいて核を扱う「優れた作品」こそが必要なのだと主張する(Ishiguro, "I Became Profoundly Thankful")。想像上の核戦争を描く未来小説に魅力を感じる英米の読者はけっして多くないが、それにも増して、悲惨な被爆体験を見つめるリアリスティックかつグロテスクな原爆文学は、大多数の読者にとって読むに耐えないものだった(Brians 25)。いわば核小説の恐怖の源泉である原爆は周到に避けられ、想像上の核戦争が娯楽の素材として消費されていたのである。つまり、こう言ってよいだろう。長崎原爆を遠景にずらした『山なみ』が多くの読者を獲得できたのは、原爆を扱う文学に対する英米の読者の忌避感と敬意があったからであると。

だとすると、イシグロは、「安っぽい作品」とも従来の原爆文学とも異なるやり方で、原爆をイギリス文学に持ち込むことに結果的に成功したと言ってよさそうである。だが本当に、彼は自分で言うほど「やすやすと」("I Became Profoundly Thankful")、はじめから遠景の原爆を描いて世界に認められたのだろうか。それともそれは、マリアンナ・トーゴヴニックが指摘するように、「慎重に」(113)なされたことなのだろうか。[12] イシグロがこれまで口にしたことのない「苦闘の跡」(秦、七)を物語るのが、頓挫した草稿「長崎」である。

ーバルだといえる。

4 「長崎から逃れて」のリアリティ

長編草稿「長崎から逃れて」の構想段階の（手書きの）アウトラインを見てまず驚くのは、その設定の壮大さである。このアウトラインの下にイシグロは、原爆を悪とするだけではなく、より広い文脈に結びつけたいという文章をつけたしている。その言葉通り、専業主婦の日本人女性がイギリスの田舎で数十年前の長崎での生活を回想する「奇妙」や『山なみ』と比較すると、「長崎」の設定はまさにグローバルだといえる。

三部構成の小説は、おおむね次のように計画されていたようだ。第一部では、原爆投下後、ある姉妹が長崎の家を離れて山の上の村に避難するが、何らかの出来事が起きたため、長崎へ帰ろうとする。姉妹の両親が亡くなり、妹が自殺する。第二部では、生き残った姉ミチコと兄リュウイチが、平和運動のためにヨーロッパへ渡る。第三部では、癌を患い死が間近に迫ったミチコが親戚を訪ね、中東へと向かう。このように、小説の舞台は、原爆投下後の長崎の小さな村から東西冷戦下のヨーロッパ、中東へと移動し、被爆から数十年を経て、ミチコは国際的に活動する平和運動家になっている。長崎原爆を当時のイギリスで認知されていた反核運動と直接に結びつけたこの構想に沿って長編が完成されていれば、核兵器の恐ろしさを同時代の英米の人々に伝えるメッセージ性の強い作品になっただろうし、平和への強い思いを行動に移すミチコは、従順でおとなしいという日本人女性のステレオタイプを壊す存在になっていただろう。[13]だが、先述したように、草稿は第一部の途中で終わっているので、この壮大な構想が日の目を見ることはなく、作品の舞台は長崎郊外の村から外へは広がらなかった。

ここで簡単に、じっさいの「長崎」のあらすじを見ておこう。語り手のミチコは一〇代後半の女性で、両親と兄リュウイチ、妹ノリコとともに長崎で暮らしている。終戦翌日の八月一六日に幕を開ける第一章では、その後の約一週間の不安の中での生活の様子が語られる。ミチコ以外の家族は連日、被害が甚大だった地区へ救護活動に出かけていくが、ミチコは原爆投下以降、倦怠感と吐き気の症状に悩まされ、ほとんど家にとどまっている。やがて、アメリカ占領軍の長崎入りを怖れた父が、長崎郊外にある村の知人宅に姉妹を預けることを決断し、二人は列車で長崎をあとにする。第二章では、列車を降りた姉妹が、知人のクロダの別宅のある村へ山中を徒歩で向かう。道中、強烈な疲労感に襲われて意識を失ったミチコは、勤労奉仕中の工場での被爆の瞬間を思い出す。第三章、第四章では、姉妹とクロダの娘ユリコの生活と、村の人たちの様子が語られる。山の上にあるこの村には姉妹のほかにも重症の被爆者が市内から避難してきているが、ほとんどの村人には原爆に関する知識も関心もなく、よそ者である姉妹とユリコが村人たちと交流することは多くない。そして第四章半ばの段落の途中、しかも文章の途中で、草稿が突然終わっている。

草稿執筆時に使われたと思われるイシグロの手書きメモには、全部で一〇のイメージやアイデアが箇条書きされていて、そのうち草稿に取り入れられた半数以上にチェックがついている。静まりかえった街に響き渡る犬の遠吠え、死傷者にたかるハエとウジ、街のいたるところで光る燃えさしの石炭、爆風の被害を受けて雨漏りする家など、被爆直後の長崎の街の断片的なイメージの数々は、イシグロが「奇妙」の発表後、母から聞いた話としてインタヴューで紹介した内容とほぼ重なる（Mackenzie par. 23）。この草稿においては、日本を舞台にした『山なみ』にも第二長編『浮世の画家』にも登場しなかった母の被爆にまつわる記憶が、時系列に沿って進むミチコの語りによって、明確な形を与えられているのである。一九八三年と二〇一四年にイシグロが書いた感想にはおおむね同じことが書かれており、母の話に想を得た第一章は興味深いが、第二章以降のペース配分が遅く、原爆の存在が大きくなりすぎたためにそれ以上進まなかったという趣旨である。

「長崎」の大きな特徴は、二〇一九年に日本ではじめてこの草稿を紹介した秦邦生が「刊行されたイシグロ作品には見られないような生々しいリアリティがある」(七)と指摘する通り、描写が具体的かつ写実的なことである。母の記憶に基づく具体的な細部の描写もさることながら、何にも増して特筆に値するのは、女性たちと被爆体験の時間的、物理的、そして精神的な「近さ」である。つまり、三人の若い女性たちは、被爆から数カ月も経たないうちに、長崎郊外の村で、それぞれの負った傷を互いに競うかのように見せあおうとする。登場人物同士が相手の気持ちを測りかねる場面を描くことが多いイシグロにしては過剰ともいえる赤裸々な告白が、第四章の途中から続く。原爆との「近さ」ゆえに、ほかのイシグロ作品より格段に「生々しい」「長崎」は、きわめて原爆文学的だといえる。

なかでももっとも生々しいのは、クロダの娘ユリコの火傷の描写(第四章)だろう。ユリ子は、母親のいないクロダ家で姉妹の姉代わりを務める。姉妹は、つねに穏やかなユリコがときおり顔を強烈にゆがめることや、父に痛みを訴え泣いていることに気づくが、遠慮があって本人に確認できないでいる。そんなある日、ミチコはユリコに頼まれて、ユリコの上腕部の火傷の手当てをすることになる。包帯の下から現れたグロテスクな傷を間近で見たミチコは、衝撃を受けながらも、そこから目を逸らさない。未刊行作品の草稿なので引用できないのが残念だが、ここまで細部にわたり、文字通り生々しい傷の描写は、イシグロが書いたとは思えないほどだ。火であぶって消毒したナイフを使って、腕の血管と筋肉の上に直接びっしり生えている鮮やかな黄色のふさふさしたものを削り取ってほしいと、ミチコはユリコに頼まれる。体を守るはずの皮膚が焼かれてしまい、その黄色いものの毒が体に回らないように取り除く必要があるのだ。包帯を取ると激痛に襲われるため、できるだけ素早く処置を終えなければならず、病院に行かれないいまは、こうした応急措置で我慢するしかない。おののきながらも懸命に手当てをするミチコが描写するのは、ふさふさした得体のしれないものの鮮やかな黄色、緊張しながらそれを素早くナイフで削り取る手の感覚、黄色い物体がナイフの持つ熱と反応して放つ独特の匂い、水の中でナイフを洗い、再び火で消毒して繰り返す処置、涙を浮かべて苦痛に耐えるユリコの表情、そして、手当て後にユリコが話し出す被爆時の話である。「奇妙」における何を言っているのかわからないヤスコのおそろしい顔に比べると、苦し気なユリコの顔は被爆の傷の痛みを直接に指し示しているといえる。

さらに注目すべきなのは、この手当てをきっかけに、女性たちが次々と精神的な被爆の傷口を開き、その苦しみを包み隠さず語りはじめることである。手当てを受けた後、ユリコはミチコにこんな傷など大したことがないと言って、原爆投下の直前まで職場で自分の隣に座っていて命を落とした同僚の話をする。ユリコのゆがんだ顔は、火傷の痛みだけでなく、同僚が死んで自分だけが生き残ってしまったという罪悪感をも表していたのだ。一方、ミチコの妹ノリコは、姉にも言えない思いをつのらせ日に日に憔悴していたのだが、その晩、寝床で姉から聞いたユリコの被爆体験の話に刺激され、自らの苦しい胸の内を姉に告白するのである。あの日、建物の下敷きになっていた自分を必死で助け出してくれた友人が、その直後に崩れてきた建物の屋根に指を挟まれ、動けなくなった。全力で助けようとしたものの、最後には無理だとあきらめたノリコは、火の手が迫っていたその場から逃げ、命の恩人を見捨てたのだと話す。

その後、それまで打ち明け話の聞き役に徹していたミチコも、ユリコとノリコに促されたかのように、自分の苦しみを語りはじめようとするのかというところで、草稿が途切れている。七単語で終わっている最後の文章は、イシグロの手書きの線で消されている（そのように消された箇所は他にも多いのだが）。イシグロ作品の語り手たちの婉曲な語り口に慣れた読者なら、その過剰な生々しさに違和感を感じながらも呑みこまれそうになるところで、突然、草稿が中断されているのである。

この第四章の冒頭で、ミチコは被爆者の味わう最初のショック状態を空虚感として名指し、説明している。被爆者たちは被爆直後の無我夢中の時期を経て、その後の生活に慣れたころに被爆体験を振り返り、心の中で大きな口を開けている暗闇に気づき、苦しんだ挙句に自らの抱えるトラウマを告白するというのだ。それは、『山なみ』の悦子がけっして説明しようとしなかった空虚な気持ちとは対照的に、明確に指し示されている。[14]

阿部公彦は、「〝体臭〟がしない」（一一九）イシグロの英語原文にこの作家の「ナマさ」への微妙な抵抗を読み取るが、その指摘は、「奇妙」と『山なみ』における原爆表象をも言い当てると同時に、「長崎」の特質を逆説的に浮き彫りにする。

近代小説は人物の性格や心理にどんどん踏みこんで、「まさにこれだよ」と指ささんばかりに、本質的な部分に私たちの注意をひき、間近まで近づいてのぞきこむというジェスチャーを取ってきた。そうした「接近」のジェスチャーは、時に匂いが鼻をつきそうなナマナマしさを生む。これに対し、イシグロの小説は「まさにこれだよ」というそぶりを見せない。そこでは言葉と、それが指し示す物とがうまくフィットしていない、むしろ何となくずれている――そんな気にさせるのである。

（一二三―一二四）

イシグロの刊行作品にはなくて「長崎」にあるもの、それが「まさにこれだよ」という「「接近」のジェスチャー」である。「長崎」で、母の友人の被爆体験と母の罪悪感に「間近まで近づいてのぞきこもうとしたイシグロは、自らがその「近さ」に耐えられず、草稿の執筆を第四章半ばで中断せざるをえなかったのではないだろうか。彼はこの後、表向きはこのテーマを封印することになるのである。

5 イシグロ文学と「翻訳」

被爆者の傷を注視してから小説の舞台を世界に広げ、原爆を大きな文脈に繋げようという、「長崎から逃れて」におけるイシグロの試みは、結果的には成功しなかった。それは、彼自身がメモに書いていたように、自らの原爆表象の過剰さに圧倒されたためであろうし、自分が経験していないことを描くことの難しさを実感したため、さらには被爆の直接的な描写に対する英米の読者の否定的な反応を予測したためでもあっただろう。『山なみ』に対する好意的な書評や批評から、長崎を描けば「本が売れる」ことがわかっていたにもかかわらず（Bigsby 23-24）、彼は第二、第三長編の舞台は長崎にしないと決め、その後の小説では直接には長崎も原爆も描いていない。

だが彼は、自らの創作の原点にある母の被爆の記憶を、喪失感と罪悪感を背負いながら生きていく人たちが見る「被爆の風景」として、それとは名指さず、一見それとはわからないかたちで、様々なものと共鳴させながら描き続けているのではないだろうか。その試みは、レベッカ・ウォルコウィッツがイシグロ作品の特徴として指摘する「翻訳可能性」（translatability）の追求と言い換えることもできるだろう。彼の小説は、特定の国や地域の人々についてのものでも限られた人たちに向けられたものでもなく、読者それぞれの文脈で解釈されて変容し、言語だけでなく内容も「翻訳」されながら世界を浮遊していくのである（223）。母から受け取った被爆という重いテーマをずらしながら表象するイシグロの読者は、「翻訳」しながら、つまり、自らの体験やトラウマに照らし合わせて彼の作品を読む。

執筆中断後にイシグロが二度も立ち戻ったものの、ついに刊行されなかった長編の草稿「長崎から逃れて」がたどった運命を思うとき、彼のその後の作家人生は、もしかしたら反面教師としての「長崎」から出発しているのではないかと考えたくもなる。この草稿において、想像上の被爆体験を至近距離で描く試みに失敗したからこそ、イシグロは、間接性、婉曲、ずれという自らの文学の武器をはっきりと自覚し、洗練させることができたのではないだろうか。それは一見すると、「長崎」から意識的に遠ざかる作業のようにも思われる。しかし、じつはそれこそが、原爆を世界の人々に広く伝えるという「長崎」執筆の原点にある使命を果たすために彼が通らなければならない道のりだったのかもしれない。「長崎」の草稿に手を加えることなくそのまま残しておき、再々度読み返してランサム・センターに送り出す決断をしたイシグロの「誠実さ」に、読者は深い驚きと敬意を感じるのではないだろうか。

【注】

（1）　三村尚央は、ハリー・ランサム・センターのイシグロ・アーカイヴを調査した田尻芳樹、秦邦生とともに、『わたしを離さないで』の様々な執筆段階における資料について具体的に解説し、イシグロの創作過程の解明に大きな期待を寄せる。

（2）　Kazuo Ishiguro, "Flight from Nagasaki." Harry Ransom Center. 2020. センターの写真複写申込書には、"Flight from Nagasaki" の所在を示す "Box & Folder" の欄に "Container 49. 7" と表示され、「正確なタイトル、説明」（Exact Title or Description）の欄に "undated Unpublished / Unrealized Flight from Nagasaki (incomplete novel)" と記載されている。

（3）　初期作品の執筆時期については、秦による本書の「あとがき」も参照。
（4）　文芸誌『バナナズ』については、秦によるアーカイヴ訪問記を参照。
（5）　ブライアン・シャファーは、「Jを待ちながら」と「毒にやられて」が、『山なみ』だけでなくほかのイシグロ作品ともテーマやモチーフを共有すると指摘し、評価を見直すべきだと主張する。
（6）　この作品は王立文学協会賞を受賞し、二〇〇〇年までに一三カ国語に翻訳された（Wong x）。また、イシグロ自身も「奇妙」が『山なみ』の習作であることを認めている（Sexton 28）。
（7）　ミチコの描写に原爆投下や被爆体験のリアリティが「ある」とはいえないというのが、おおかたの日本人読者の感想だろう。ルイスやシムがそこにリアリティを見いだす背景には、後述するような英米の原爆観、そして連合国軍総司令部（GHQ）による原爆に関する言論統制の影響がある。厳しい検閲制度の下での英米の原爆観の形成に一役買ったのが、原爆投下翌年に出版されアメリカでベストセラーになったジョン・ハーシーによるノンフィクション『ヒロシマ』である。この中には、「戦争だったのだからしかたがない」と言って原爆投下に対する諦念を持つ女性被爆者が登場するが、これは必要悪としての原爆投下を被爆者自らが認めているかのような文脈を作り出すのに役立っただろう（Hersey 117）。一方で、イシグロはデイヴィッド・セクストンとのインタヴューで、両親が原爆に対して激しい敵意を表すことがなかったのが「不思議だった」（29）と述べているので、一概にその文脈が英米で捏造されたとはいえないのも事実である。原爆に関する言論統制については、繁沢を参照。
（8）　イシグロは同じインタヴューで、長崎で救護活動に従事した母の父、つまりイシグロの母方の祖父が原爆投下の二年後に白血病で、また母の兄が一〇年後に癌で亡くなったこと、さらに母の妹が乳癌を患ったことを明かしている（par. 23）。
（9）　悦子の語りに「原爆」（the atomic bomb）という言葉が登場するのは、一度きり（137 一九四）である。原爆を指す「爆弾」（the bomb）という言葉は、それ以外の二つの場面（11, 111）で使われ、訳書では「原爆」と訳されている（一一、一五五）。また、悦子が経験したはずの「最悪の時期」（worst days）（11 一〇）、「戦争中の悲劇や悪夢」（the tragedies and nightmares of wartime）（13 一三）が具体的に描かれることはない。イシグロが『山なみ』と『わたしを離さないで』で描く一見したところ原爆不在の「被爆の風景」とその反復（echo）については、麻生“Kazuo Ishiguro”を参照。

（10）　マリアンナ・トーゴヴニックが著書の中でイギリスの帝国戦争博物館における原爆展示の貧弱さを指摘した後、博物館はリニューアルされたが、ホロコーストと原爆の展示の量と質の差は依然として大きい。写真資料については、ホロコーストでは近景（人々）、原爆では遠景（街の風景）を写したものが多い（"The Imperial War Museusms"）。

（11）　荘中孝之は、一九九〇年代半ばにアメリカで起きた架空の人物アラキ・ヤスサダによる原爆詩の贋作をめぐる文学界の反応を例に、イギリスで「原爆を語ることの困難」（三四）を想像すると同時に、核を扱う自分を正当化しようとする「どこか狡猾で不誠実な調子」（三五）を『ガーディアン』のイシグロの記事に読み取るマッケンジーの言葉を引用している。

（12）　ホロコーストを重視する英米人の偏見に配慮したうえで、第二次世界大戦下のアジアが経験した破壊を小説に描くイシグロとマイケル・オンダーチェの試みについては、トーゴヴニックの第四章を参照。

（13）　パキスタン出身の現代イギリス作家カミラ・シャムシーの小説『焦げた影』（*Burned Shadows*, 2009）では、背中に火傷を負った被爆者ヒロコが長崎を飛び出し、インドとパキスタンでの生活を経て、アメリカで二〇〇一年の同時多発テロ後の対テロ戦争を経験する。イシグロが構想していたミチコは、被爆者への差別と偏見に直面しながらも原爆という国家による暴力の非人間性を糾弾し続けるヒロコに似ていたかもしれない。原爆を描きながら世界に受け入れられやすい核文学を発展させようとするイシグロとシャムシーの試みについては、麻生「イギリス」を参照。

（14）　悦子の抱える空虚感が被爆と直接結びつけられることはない。「深い喪失感」（a deep sense of loss）（23 二八）が彼女の語り全体を覆っているともいえるのだが、なぜ悦子がそれを感じるのか、つまり、いったい彼女が何を経験し、何を喪失したのかについて、彼女は具体的には何も語らないのである。悦子が自宅アパートの前にひろがる湿地帯を超えてはるか向こうにある山なみを「ぼんやりと」（emptily）眺め、「日々の長い午後のむなしさ」（the emptiness of those long afternoons）を紛らわせるとき（99 一四〇）、彼女が見ているのは目の前の風景というよりも、人知れず胸の内にしまいこんだ被爆のトラウマや悲しみを投影した「被爆の風景」なのではないだろうか。

【引用文献】

Bigsby, Christopher. "In Conversation with Kazuo Ishiguro." Shaffer and Wong, pp. 15-26.

Brians, Paul. *Nuclear Holocausts: Atomic War in Fiction*, 1895-1984. Kent State UP, 1987.

Gallix, François. "Kazuo Ishiguro: The Sorbonne Lecture." Shaffer and Wong, pp. 135-55.

Hersey, John. *Hiroshima*. Penguin, 2001.

"The Imperial War Museums." www.iwm.org.uk/.

Ishiguro, Kazuo. "I Became Profoundly Thankful for Having Been Born in Nagasaki." *Guardian*. 8 August 1983, p. 9.

——. *A Pale View of Hills*. Faber & Faber, 1991.（カズオ・イシグロ『遠い山なみの光』小野寺健訳、ハヤカワ epi 文庫、二〇〇一年）

——. "A Strange and Sometimes Sadness." *Introduction 7: Stories by New Writers*. Faber and Faber, 1981, pp. 13-27.

Lewis, Barry. *Kazuo Ishiguro*. Manchester UP, 2000.

Mackenzie, Suzie. "Between Two Worlds." *Guardian*. 25 March 2000, www.theguardian.com/books/2000/mar/25/fiction.bookerprize2000.

Matthews, Sean. "'I'm Sorry I Can't Say More': An Interview with Kazuo Ishiguro." Matthews and Groes, pp. 114-25.

Matthews, Sean and Sebastian Groes, editors. *Kazuo Ishiguro: Contemporary Critical Perspective*. Continuum, 2009.

Sexton, David. "Interview: David Sexton Meets Kazuo Ishiguro." Shaffer and Wong, pp. 27-34.

Shaffer, Brian W. "'Somewhere Just Beneath the Surface of Things': Kazuo Ishiguro's Short Fiction." Matthews and Groes, pp. 9-19.

Shaffer, Brian W. and C. F. Wong, editors. *Conversations with Kazuo Ishiguro*. UP of Mississippi, 2008.

Sim, Wai-chew. *Kazuo Ishiguro*. Routledge, 2010.

Torgovnick, Marianna. *The War Complex: World War II in Our Time*. U of Chicago P, 2005.

Treat, John Whittier. *Writing Ground Zero: Japanese Literature and the Atomic Bomb*. U of Chicago P, 1995.

Walkowitz, Rebecca L. "Unimaginable Largeness: Kazuo Ishiguro, Translation, and the New World Literature." *Novel: A Forum on Fiction* vol. 40, issue 3, Duke UP, 2007, pp. 216-39.

Wong, Cynthia F. *Kazuo Ishiguro*. Northcote House, 2000.

Wood, Michael. *Children of Silence: On Contemporary Fiction*. Columbia UP, 1998.

麻生えりか「イギリスの原爆文学――カズオ・イシグロとカミラ・シャムジー」、福田敬子・伊達直之・麻生えりか編『戦争・文学・表象――試される英語圏作家たち』音羽書房鶴見書店、二〇一五年、二二一―二三三頁。

――「Kazuo Ishiguro のコズモポリタニズム――*A Pale View of Hills* と *Never Let Me Go* における被爆の風景」、『青山学院大学文学部紀要』第五二号、二〇一一年、五七―七六頁。

阿部公彦「ナマ・イシグロの「ナマさ」は？――英語原文をちら見する」、別冊宝島編集部『カズオ・イシグロ読本――その深淵を暴く』宝島社、二〇一七年、一一八―一二四頁。

イシグロ、カズオ『特急二十世紀の夜と、いくつかの小さなブレークスルー――ノーベル文学賞受賞記念講演』土屋政雄訳、早川書房、二〇一八年。

繁沢敦子『原爆と検閲――アメリカ人記者たちが見た広島・長崎』中央公論新社、二〇一〇年。

荘中孝之『カズオ・イシグロ――〈日本〉と〈イギリス〉の間から』春風社、二〇一一年。

秦邦生「アメリカ・テキサスにて現代イギリス作家の想像力の源泉を探る――カズオ・イシグロ・アーカイヴ訪問記」、『広島日英協会々報』第一二〇号、広島日英協会、二〇一九年、四―八頁。

三村尚央「イシグロはどのように書いているか――イシグロのアーカイブ調査から分かること」、田尻芳樹・三村尚央編『カズオ・イシグロ『わたしを離さないで』を読む――ケアからホロコーストまで』水声社、二〇一八年、二八九―二九五頁。

幻のゴースト・プロジェクト――イシグロ、長崎、円山応挙

加藤めぐみ

1　はじめに――イシグロ作品と幽霊的なるもの

カズオ・イシグロの初期の短編小説から『遠い山なみの光』（*A Pale View of Hills*, 1982）にかけての作品群には「幽霊的なるもの」がしばしば立ち現れる。一九八一年に出版された新人作家の短編集（Ishiguro, *Introduction* 7）に収められたイシグロの三つの小品のうち、『遠い山なみの光』の習作的な要素の強い、長崎を舞台にした「奇妙なときおりの悲しみ」（"A Strange and Sometimes Sadness"）には、語り手ミチコの分身ともいえる友人ヤスコが、原爆投下で亡くなる前日に瞬間的に見せた表情――「ぞっとするほど恐ろしく（ghastly）顔は歪み、両目には狂気をたたえ、顎はガクガクと震え、歯はむき出しになっていた」（23-24）といった形相――に鬼婆的な幽霊のイメージを見いだすことができるし、「Jを待ちながら」[1]（"Waiting for J"）は、「語り手＝自我」が「J」という「自らの分身＝他者」と対峙する多重人格の物語といえるが、「サイコロジカルな幽霊談」（平井「幽霊」、一八〇）と読むこともできる。「毒」（"Getting Poisoned"）で、語り手の少年の家に転がり込み、肉体的な距離を縮めることにな

る母の恋人の娘キャロルは、少年が毒殺した猫ナオミの化身であるかのように、艶かしく、じゃれつき甘えるような振る舞いを見せ、エドガー・アラン・ポーの「黒猫」、あるいは日本の民間伝承に出てくる「化け猫」を思わせる。

そして「ある家族の夕餉」(“A Family Supper”, 1980)には、よりわかりやすい姿で日本的な幽霊が登場する。米国から帰国した語り手の日本人青年は、在米中にフグの毒で母を亡くしたにもかかわらず、家族との夕餉の席で、父の用意した「フグ」らしき魚の鍋料理を囲む。その食卓に着く前、青年は、妹と薄暗い庭に出て、自殺したと父がいっていた仕事仲間が、実は会社倒産後、ガス栓をひねり妻子を殺害した上、割腹自殺をするという痛ましい一家心中をしていたことを知る。また子どもの頃、お化けがいると信じていた古井戸から少し離れた庭の暗闇に、ほつれた髪を風になびかせた白い着物姿の老女の幽霊を実際に目撃したときの思い出を語る。「白装束の老女」は、大鍋に箸をつける間際、父の背後の暗闇からも出現したかに見えるが、それは死ぬ直前に撮影された母の写真で、三人は儀礼的に代わる代わるその写真を手にとって、老いた母の姿を確認してから、魚を食べる。提灯のような電灯のみがほのかに灯る薄暗い日本的空間に、フグ、一家心中、切腹、古井戸、幽霊といった日本的な怪奇のイメージが詰め込まれ、後の長編に描かれる「沈黙、庭、死」といったテーマが凝縮されたような短編である。

『遠い山なみの光』で、語り手、悦子は、自殺した娘の景子に対する自責の念、さらにはかつて過ごした長崎での日々のトラウマ――被爆による家族の喪失、緒方への秘めた想い、不幸な結婚、産む性としての女性のセクシュアリティへの恐怖――に囚われているのだが、当時知り合った佐知子と万里子という母娘の思い出を、過去の自分と娘の代理表象として語ることで「過去の亡霊たち」を葬りさろうとしているかのようである。しかし、これらの亡霊を抑圧しようとする悦子の語りに抗うように、この作品には「日本の幽霊」を連想させる典型的なイメージ——提灯、燈籠、黒猫、蜘蛛、沼地、子殺し、首吊り自殺、縄など——が溢れ、登場する女たちは随所で幽玄かつ妖しげな表情、しぐさを見せる。ゾンビのようにしつこく立ち現れる過去の亡霊と対峙しながら、最後には悦子自身もその幽霊性を露呈してしまう、という複雑怪奇な「幽霊物語」とも読めるだろう。[2]

これらの初期の作品群からもイシグロが早くから幽霊に関心を寄せていたことがわかるが、『遠い山なみの光』『浮世の画家』で作家として一定の評価を得、テレビ局やメディアとのつながりもできはじめた頃、実はイシグロは「日本の幽霊」についてのテレビのドキュメンタリー番組を制作する計画を立てていた。幽霊が日本人の心性の深層を表す、極めて日本的な文化であることを紹介したい、英国の視聴者にその面白さ、奥深さを知ってもらいたい、という強い思いを抱くようになっていたのである。一九八七年七月の池田雅之によるインタヴューの中で、日本でのリサーチ計画について問われ、イシグロは以下のように語っている。

> 友人のテレビのプロデューサーが日本のお化けとか幽霊に関心をもっていて、一緒に取材に行こうという話があるのです。日本のお化けや幽霊は、イギリスのとは大変違っていて興味がありますよ。とても怖く、同時にたとえようもなく美しいのが特徴ですね。今、図書館から歌舞伎や能に登場するお化けや妖怪の本を借り出して読んでいるところです。このテレビの仕事が実現すれば——おそらく八九年か九〇年ごろになるかと思いますが——日本に一時帰るはずです。（池田、一四八）

この発言を裏付ける資料がハリー・ランサム・センターに所蔵されている。「ゴースト・プロジェクト」

（"Ghosts Project"）と題されたファイルを紐解くと、イシグロの日本の幽霊への関心の全容を知ることができる。[3]

一九八七年一月から四月にかけて、イシグロはゴースト・プロジェクトの企画書に推敲を重ね、日本の幽霊に詳しい専門家への協力を要請しながら、番組の制作をしようと試みるが、そのヴィジョンは結局、形になることはなかった。イシグロ自身、ゴースト・プロジェクトのファイルに「K. I. 2014」[4]とイニシャルと年を記した黄色の付箋紙をつけ、一九八七年にプロデューサーのジェイン・ウェルズリーとドキュメンタリー番組を作ろうとしたものの実現には至らなかった。でも資料自体の面白さを伝えたいから、二つの番組企画の記録を残す、と見果てぬ夢に終わったプロジェクトへの思いを綴っている。

本稿ではまず、イシグロが一九八七年に計画したこの二つのドキュメンタリー番組の構想・企画書である「ゴースト・プロジェクト」の概要を紹介する。そこには、自らが幼少期を過ごした日本、なかでも長崎が、妖怪や幽霊が住む幻想的な世界、特別な場所であってほしいというイシグロの期待が見え隠れするだろう。また日本の幽霊のイメージの原型とされる円山応挙（まるやまおうきょ）の幽霊画と長崎との関わり、さらにはイシグロが生まれ育った長崎に伝わる民間伝承、長崎の被爆者たちが語る幽霊物語を精査することで、イシグロの描こうとしていた「日本の幽霊」が、「イシグロの内なる日本の幽霊」である可能性が見えてくるはずである。幼い頃、長崎の新中川の日本家屋や庭、彦山周辺の森や神社の暗がりの中で感受していた幽霊的なるものへの無意識的な恐怖が、親や祖父母から伝え聞いた話やその後に触れた日本の映画、文学を通じて増幅したのではないか。幻となったゴースト・プロジェクトを通して、イシグロ自身が長崎で出会った「過去の亡霊」と対峙する瞬間を捉えていきたい。

2　一九八七年、ゴースト・プロジェクト——三つの企画案、二つのドキュメンタリー

イシグロの人生のなかで一九八六年は公私ともに充実した、大きな達成の年だったといえるだろう。五月八日には幽霊を食べようとするグルメな英国貴族をめぐるイシグロ脚本のドラマ「ザ・グルメ」[5]がチャンネル4で放映され、その翌日には、六年あまりの恋を実らせ、ローナ・アン・マクドゥーガルと結婚する。そして何より長編小説二作目となる『浮世の画家』が出版され、ブッカー賞にノミネート、ウィットブレッド・ブック・オブ・ザ・イヤーを受賞したことで、作家としての地位を確固たるものとしたのがこの年である。

日本の幽霊についてのテレビのドキュメンタリー番組（documentary films）の企画案（"An Outline for a Documentary Film on Japanese Ghosts"）が最初に書かれたのは、その翌年の一九八七年一月一四日。その後、一九八七年二月一〇日、四月六日と改訂版が著されている。日本を描いた初期作品のなかに散りばめてきた「日本の幽霊」のことを自ら調査したうえで、英国の視聴者に紹介したい、あるいは一九八四年の「アーサー・J・メイソンの横顔」と一九八六年の「ザ・グルメ」とチャンネル4で英国紳士を主人公にした脚本作品を発表し、そこで英国の幽霊を扱ったので、次は日本の幽霊の番組を、と考えたとも想像される。

最初の企画案には、番組の構成案や着想に至った「動機」が綴られている。日本の幽霊を詳述することで「日本の心、美意識」を伝えられる番組となるよう、まずはドラマ仕立てで幽霊物語の解説をしたり、証言を使って幽霊体験を紹介したりしたうえ、日本映画、絵画、演劇、マンガに描かれた幽霊を扱う予定とされる。そして西洋の幽霊と違う日本の幽霊の特徴として、それが人の心の最も奥深いところ

に潜む感情の化身であること、そして、どんな幽霊物語にもその社会集団に通底する心性のようなものが表現されている、と日本の幽霊の背後にある思想的な深淵を強調する。

ここで何より看過できないのは、イシグロが幽霊に関心を持つようになった動機として、個人的な理由、すなわち長崎との深い関わりを挙げていることである。イシグロが幼少期を過ごした長崎の家からほど近いところに、現代日本の幽霊のイメージを決定づける物語が生まれた家があったという。一八世紀、江戸中期の絵画といえば、狩野派や土佐派のように様式美を追求することに主眼が置かれていたが、そこに円山応挙は、世界をリアルに描き出す科学的ともいえる「写実主義」の革命をもたらした。その応挙がはじめて「幽霊画」を描いたのが長崎だったというのである。イシグロによれば、応挙は領主から命を受けて「幽霊」の絵を描こうとしていたが、なかなか描けずに途方に暮れていた。そんなある晩のこと、眠れずにいた応挙は、やつれた宿屋の女将が厠(かわや)を出て手を洗い、水を振り払う姿を、月夜に照らされた格子窓越しに見る。その姿こそが自分の幽霊のイメージだとしてスケッチしたところ、その図像が幽霊図としてあっという間に人口に広く膾炙するところとなり、現在に至るまで日本の幽霊の「公式な」図像であり続けているのだという。しどけなく乱れた長い白髪に白装束、手を洗ったあとに水を払うように、両手指をだらりと下向きに、甲を突き出し、脚はない——日本でおなじみの「うらめしや〜」というポーズをした幽霊像のことである。

このように長崎で、今日まで続く日本の幽霊像が生まれた。さらに被爆体験に基づいた幽霊物語が誕生していたとしても不思議ではないだろう。だからこそ長崎という街は「日本の幽霊」というテーマを探求する上でとてもいい起点となるはず、とイシグロは信じていた。このようなドキュメンタリー番組ができたら、イギリスの視聴者にとって、これまでとは違った日本の姿を知り、日本社会への理解を深める機会となるであろうと確信していたのである。

それから約一カ月後の二月一〇日付けで新たにまとめられたドキュメンタリー番組の企画案は、一時間番組という想定で、プロットも考案され、扱う作品、幽霊にまつわる絵画や物語、映画が具体的に示されている。ただしこれらはあくまで今後のリサーチのはじまりにすぎず、ここからもっとたくさんの日本の幽霊物語を収集し、その中から選び抜いたものを実際の番組で扱う予定とされる。さらに幽霊物語に被爆体験に関連した幽霊体験の証言が加わるとなおいい。そして個人的な経験を語るように、落書き的なイラストから重々しい雰囲気の幽霊話まで、ドキュメンタリー風のドラマ仕立てでの映像の展開がイメージされている。

イシグロの考えたドキュメンタリー「日本の幽霊」は一〇のセクションからなる。ここではイシグロ自身の構想した流れに沿って概要を紹介しよう。

① 英国の幽霊として『クリスマス・キャロル』の鎖に繋がれたマーレイの幽霊と自らの生首を脇に抱えたアン・ブーリンの幽霊が登場。外見のセンスの悪さやスタイルの欠如、化けた動機は復讐心といった西洋の幽霊の欠点が挙げられる。
② 日本の幽霊はより洗練されていて、容姿も新藤兼人監督の映画『鬼婆』（一九六四年）の仮面のようにインパクトがあるとして映画、絵画、マンガからの画像、動画を紹介。
③ 幽霊に化けた理由の多様性を示す例として、上田秋成原作、溝口健二監督の『雨月物語』（一九五三年）が挙げられる。美しい女性が侍女とともに陶芸家を家に招き入れるが、その女性は実は死んだ姫の幽霊で、処女のまま他界した姫を不憫に思った侍女が墓から呼び戻し、男を誘い込み性の

快楽を経験させるという物語である。

④「日本の幽霊が長崎で生まれた」という逸話が、現在の長崎のロケで撮影した場面も交えて、再現映像として紹介される。ここでは前述した「応挙の幽霊」の誕生秘話の説明に加えて、円山応挙が見たものを瞬時に精緻に捉える「実物写生」に基づく新奇な画風で人気を博した画家であること、幽霊の脚が描かれなかったのは単に暗闇で足元が見えなかったから、といった逸話も添えられる。

⑤日本の幽霊が、長い白髪で手の表情で怪しさを表現すること、生前の姿が男女いずれであれ「老女」の姿で現れるといった特徴に着目し、内田吐夢監督の『宮本武蔵』（一九六一年）に登場する幽霊や『マクベス』の日本版である黒澤明監督の『蜘蛛巣城』（一九五七年）のマクベス夫人（浅茅）の姿など、マンガや映画から典型的な日本の幽霊の図像を引用する。

⑥日本の幽霊が洗練されているのは、そのあり方に人々の考え方、義理・人情などが表れていて、芸術作品と同様、幽霊から日本の文化、思想を学ぶことができるからといえる。その例として八波則吉（やつなみのりきち）「農夫と侍」の物語が紹介される。(6)

⑦西洋の幽霊が思想や価値観を表現することはないが、「農夫と侍」は極めて日本的で、切腹や幽霊が日本社会で肯定的に受け止められていることがわかる。また日本の幽霊物語には頻繁に「母性愛」が描かれる。母の愛の力はどんな自然の法則も無力化し、普遍的な感動を呼ぶ。溝口健二監督の『山椒大夫』（一九五四年）で、母親が崖っぷちから、誘拐され対岸にいる子どもたちに叫ぶと、その声は風に乗り、遠く離れた子どもたちの耳元に届く。

⑧続いて長崎でよく知られた「飴（あめ）買い幽霊」の話を再現映像で紹介する。ここでは俳優は使わず、地元の関係者を起用する。「再現映像」毎晩飴を買いにくる女性がいた。興味を惹かれた店員が、

ある晩、彼女についていくと、女性は墓地に行き、墓石のところで姿を消した。その墓の傍らには静かに眠る赤ちゃんがいて、その横に飴が置かれていた。

⑨ 長崎の教員から直接聞いた話。[7] [再現映像] 戦後間もない長崎の女子寄宿学校で教える若い女性教師は、週二回寮の控え室で寝ることになっていた。ある晩、黒猫の姿を見たが、気にせずに過ごしていた。二人の学生が、寮に幽霊が出て不安で眠れないというので、あるときから一緒に寝ることにする。その女子寮は実は長崎の原爆投下直後に遺体収容所となり、そこで女子学生を含む被爆者の遺体の焼却も行われた。遺体の中には女子教育に人生を捧げた女性保健士も含まれていた。彼女を焼却する際、ある男性教員が遺体をつつきながら冗談まじりに「魂が蘇りますように」と唱えたせいで彼女の霊が寮に取り憑いているという噂が広まっていた。

⑩ 何世代にもわたって日本人の心に住みついてきた、長崎から生まれた手を洗う老女という「日本の幽霊」のイメージは、近年、より現代的な幽霊のイメージに変化しながらも、日本人だけでなく世界の人々の心を捉え続けている。

イシグロ自身が前置きで断っているように、この企画案は、応挙の幽霊画と自分が慣れ親しんだ溝口健二・黒澤明監督らの日本映画に見られる幽霊的なるもの、長崎で伝え聞いた幽霊話を羅列したという印象で、番組企画としてはまだまだ推敲の余地ありと思われる。しかしだからこそ長年イシグロ自身が抱いてきた日本の幽霊への関心がそのまま示されているともいえる。つまりイシグロが初期作品に描いた「幽霊的なるもの」の原点をここで確認することができるのである。

二つ目の企画案から一カ月余りを経て、イシグロは企画案をさらに書き直している。そこでは自身の研究の成果か、扱う作品も厳選され、論旨も明快になっている。二月の企画案との大きな違いは、これまで企画案に含まれていた長崎の部分を本編から切り離し、「長崎の肖像」（"A Portrait of Nagasaki"）と題する独立した番組企画とするとの変更が加えられた点である。また二つ目の企画案にはイシグロが以前から親しんできた監督の日本映画で見られる幽霊や超自然的な出来事が挙がっていたのに対して、一四セクションからなる新たな企画書では、日本の幽霊に関する伝説や説話が、作品の中核をなす。それらの物語はほとんどが、有名な映画や歌舞伎、絵画、挿絵つきの書物になっているので、視覚的インパクトの強い画像、映像を組み合わせ、スクリーンに連続して映し出すことで作品として統一感のある仕上がりにしたいと意気込む。さらにそれぞれの物語のゆかりの地を訪ね、関係者にインタヴューすることで議論に厚みを持たせる。そうしてできた第三弾の企画案は以下の通りである（前企画案と重複する部分の説明は割愛する）。

① 西洋の幽霊と日本の幽霊との違い――外見、スタイルへのこだわりの有無。
② なぜ日本の幽霊は常に女性の姿をしているのか。
③ 「円山応挙の幽霊画の誕生秘話」――日本の幽霊は「老女」の姿で生まれた？
④ 日本の幽霊像を決定づけた応挙の幽霊画――歌舞伎でも脚のない幽霊を演じる工夫が凝らされてきた。幽霊が女性である理由は応挙の絵からはわからない。そもそもなぜ応挙はこの幽霊像を生み出し、人々の心を捉えてきたのか。
⑤ 時間をさかのぼって、これらの問題を考えていく――日本では古くから妖怪が女性に、女性が妖怪に変身する物語が伝統的に語られてきた。

⑥「安珍と清姫」（一五世紀）――女性のセクシュアリティ、セクシュアリティ全般への男性の不安が女性に投影される。清姫は性に目覚めてから怪物に変容する（歌舞伎・能の題は『道成寺』。一五世紀の巻き物を今も道成寺が保管）。

⑦「大森彦七（ひこしち）と鬼女」（一三三六年）――彦七は湊川の合戦の帰り道、河を渡りそびれた美女を助け、背負って渡るが、水面に映った角のある姿を見て身の危険を察知して殺害。悪鬼は人間に化けても影に真の姿が映る。[8]「平維茂（これもち）と鬼女」（歌舞伎『紅葉狩』、一〇世紀）――信濃の武将、平維茂は、鹿狩りの際、美女と出遭い、楽しい一時を過ごすが、夢の中で武神からそれが鬼女であると告げられ、刀で退治する。いずれの物語にも、女性への不安が投影されている。美女からセクシャルな誘惑を受け、身の危険を察知した英雄は、妖女を刀で殺す。そこには迷いや憐憫の念は一切ない。むしろ悪魔払い、鬼女退治をしたとの達成感を得ている。

⑧　行きずりの女だけでなく、愛妻への不信感も幽霊物語には描かれる。

⑨「雪女」[9]――姑も認める完璧な美人妻が、実は恐ろしい悪鬼であること、人を凍死させる美女の吐息という若い頃に遭遇した不可思議でエロティックな経験の細部に、女性のセクシュアリティへの畏怖の念が描かれる。

⑩「円山応挙の幽霊」――「魔性の女」が日本の民間伝承で古くから描かれてきたなかで、応挙が幽霊を「女性」として描いたのは自然な選択だった。ではなぜ今日に至るまで応挙の幽霊像が生き続けているのか。

⑪「牡丹灯籠」[10]――それまで容赦なく悪鬼扱いされていた鬼女伝説の女たちとは違い、お露には本性を隠して男を騙そうという悪意はない。愛欲に目が眩（くら）んだ新三郎はお露が幽霊と気づかないだけ。

またお露も新三郎に恋い焦がれ、欲したために結果的に新三郎の精気、そして命をも奪うことになってしまう。

⑫「雨月物語」――「牡丹灯籠」と同様、女に邪性はないが、さらに女の性欲が強調されている。男は仏教的な禁欲主義を楯にして身を守るしかない。

⑬「四谷怪談[11]」――美しく貞淑な妻が恐ろしい怪物に化けるからこそ、この怪談は非凡で、広く日本で愛され続けている。嫉妬深い女に対する病的ともいえるレベルの男の恐怖心を表現している。

⑭日本の幽霊物語は「女に気をつけろ」といった教訓を伝えるものではない。幽霊は、理屈では説明がつかないが我々が無意識的に抱いている不安の表れ、特に男性が女性のセクシュアリティに対して抱く根源的な不安の反映である。日本の幽霊に近い西洋の幽霊の例として、吸血鬼、狼男、化け猫などが挙げられるが、いずれも性への恐怖と関係している。しかし西洋ではこれらの幽霊が男女両性の深層心理の表れであるのに対し、日本では幽霊はあくまで男性の不安の表出であり、何世紀にもわたって女性の視点は蔑ろにされてきた。そして今もその状況は変わらない。日本の幽霊たちは、日本の女たちと同様、男性の欲望に応じる存在であり続けているのである。

ゴースト・プロジェクトの最終案では、まず「日本の幽霊がなぜ常に女性なのか」という問いに答えるべく、江戸中期（一七八〇年頃）の円山応挙の幽霊画以前の日本の民間伝承に登場する「妖怪と女」との結びつきを「安珍と清姫」「大森彦七」「紅葉狩」「雪女」で確認し、続いて応挙以降に描かれてきた「幽霊と女」の結びつきを「牡丹燈籠」「雨月物語」「四谷怪談」で検証することで、日本の代表的な妖怪・幽霊の物語が一貫して男性の抱く女性のセクシュアリティに対する不安や恐怖心を表象してきた

図 2　円山応挙《幽霊図》，江戸中期，海厳山徳願寺（千葉県市川市）蔵

図 1　円山応挙《返魂香之図》，江戸中期，護国山観音院久渡寺（青森県弘前市）蔵

図3　月岡芳年《応挙の幽霊》，1882 年，山口県立萩美術館・浦上記念館蔵

図4　円山応挙《長崎港之図》，1792 年，長崎歴史文化博物館蔵

図5　Richard Storry, *A History of Modern Japan*（ペリカン・ペーパーバック版）書影

図6　井上安治《愛宕山》（東京真画名所図解），明治前期

図7　近藤智美《独善》（NHKドラマ『浮世の画家』使用作品），2019年　©Satomi Kondo

ことを明らかにし、そこにイシグロは今なお根強く残る日本の男性中心主義的なジェンダー観を読み取っている。

そして四月の企画案で新たに提案されたもう一つのドキュメンタリー番組は「長崎の肖像」と題し、被爆地であること以外の長崎の街の表情、側面を描くとされる。学問的でもジャーナリスティックでもなく、自分の個人的な関心から、以下の三点に照準を絞るという。

① 西洋との関わり――日本の鎖国時代、長崎が唯一、国外に開かれた港だった。
② 幽霊物語と伝説――円山応挙が現代の幽霊像を「生んだ」のは長崎。この街、および街を望む丘には幽霊物語や民間伝承が語り継がれている。
③ 長崎再訪記――五歳で渡英してからはじめて訪れる長崎の記録。不思議な伝説が残る彦山(ひこさん)の麓に、今でもかつての我が家があるが、空き家で廃墟と化しそうな状態にある。現在の長崎の情景と自分の子供時代の長崎の写真とを比較できるかもしれない。

この二つの企画案を一九八七年三月、イシグロは読売新聞社の山口瑞彦(みずひこ)氏に送り、「日本の幽霊」の研究者を紹介してほしいとの依頼をしたようだ。同年四月六日付の山口氏からの返事がゴースト・プロジェクトのファイルの最後を締めくくっている。そこには小泉八雲の研究者である早稲田大学教授の池田雅之氏とケンブリッジ大学東洋文化研究科の日本文化研究者のキャメロン・ブラッカー氏の名が挙がり、その他オカルト、超心理学の研究者なども紹介できると書かれている。こうしてイシグロは山口氏の口利きで池田雅之氏に連絡を取ったのであろう。前述の通り、この年の七月、池田氏はイシグロにインタヴューをして、それが一九九〇年出版の『イギリス人の日本人観』に掲載されている。この後、この企画が実現しなかった背景や事情については明らかにされていないが、推測されるイシグロの企画案の問題点を以下で検証していきたい。

3　イシグロの誤算①——「日本の幽霊」の原点としての長崎

カズオ・イシグロは、「日本の幽霊」に関心を抱き、テレビのドキュメンタリー番組を制作したいとまで思うようになったきっかけとして、日本の幽霊のイメージの原型となった幽霊画を円山応挙が描いた舞台が長崎であったことを挙げている。そしてゴースト・プロジェクトの核となるエピソードとして、前述した通り、応挙が長崎に滞在中、夜中に厠から出てきて、洗った手の水滴を振り払う「老女」の姿を見て幽霊画を描いたことを紹介している。本節では応挙と長崎との関わり、さらには応挙の描いた幽霊が「老女」である点について検討したい。

実は円山応挙、および幽霊画関連の資料をかなり広範囲に紐解いても、応挙の幽霊が生まれたのが長崎、という記述は見当たらない。円山応挙の幽霊画として最もよく知られるのが、白装束に乱れ髪の凜とした美女の幽霊を描いた作品群で、ほぼ同じ構図の絵が現在、国内外三箇所に保管されている。[12]一つは青森県弘前市の護国山観音院久渡寺（くどじ）にある《返魂香之図（はんごんこう）》【図1】、もうひとつはカリフォルニア大学バークレイ校美術館に所蔵された《お雪の幻》、三つ目は東京都全生庵の三遊亭円朝コレクションに含まれる幽霊図である。[13]

世に名高い応挙の幽霊画三幅のうち最初に書かれたとされる久渡寺の《返魂香之図》の寺伝によれば、この幽霊画は津軽藩の家老盛岡主膳元徳が早逝した娘の死を悼んでその姿を応挙に描かせ、天明四（一七八四）年に寄進したものだという。現在も年に一度、娘の命日と伝えられる旧暦の五月一八日に、追善供養のため正午から一時間だけ公開されている（河野、一〇一）。画題にある「返魂香[14]」とは「焚くと死者の魂を呼び戻すことができるという伝説の香」のことで、この幽霊画を鑑賞する際には和蠟燭の灯りの不規則な揺らめきと立ち上る焼香の煙越しに対座すると、女の姿が画面から浮かび上がるかのように見えるという（田中、一〇、一九）。カリフォルニア大学所蔵の《お雪の幻》の由緒書によれば、応挙はお雪という名の大津富永楼の芸妓を愛妾としていたが、夭逝してしまう。深い悲しみにくれた応挙は、幾夜もお雪の夢を見た。その面影を留めようとして描いたのがこの作であるという（田中、一六）。この怪しい色香をたたえた優美な幽霊については、急逝した馴染みの芸妓だけでなく、応挙が病床の妻や妹をモデルにしたなど、特定の人物にまつわる伝説も数多く残されている[15]（田中、二一）。

長崎で描かれたとイシグロが言う応挙の幽霊画はしかし、死んでもなお、もう一度会いたい、と思うような艶めかしく美しい幽霊ではない。むしろ二度と会いたくないような恐ろしい「老女」である。確かに応挙は怖くておどろおどろしい幽霊も多く描いた。例えば京都西陣の出水通周辺の寺院に伝わる「出水の七不思議」の一つに数えられる「玉蔵院の応挙の幽霊掛軸」がある。肺病で瀕死の遊女を描いたと伝えられたが、しばらく行方不明になっていたものの、近年発見され、現在大統院に収蔵されている（安村『肉筆』、一五）。千葉の市川市行徳の海厳山徳願寺にある応挙の幽霊図は、黒く禍々しい渦から立ち現れた白装束の女性の幽霊で、静脈が浮き上がるやせ細った手が力なく垂れ下がっている（安村『冥界』、二七）**【図2】**。応挙が旅の途中、千葉県市川市行徳の旅籠「志がらき」に泊まったときに描き、市川では、この絵が応挙の幽霊画のはじまりともいわれている。応挙が深夜に目覚めて部屋から廊下に出ると、幽霊のような女が現れ、闇の中に消えていった。翌朝、宿屋の人に尋ねると、その女は胸を病んだ宿屋の女将が、客に迷惑をかけないように夜中に起きているのだとの説明を受けた。この出来事をきっかけに応挙は幽霊画を仕上げたという。円山応挙筆とされる幽霊画の中では一番、作品の誕生秘話も、描かれた幽霊像もイシグロの描写に近い。遊女ではなく、宿屋の女将という点も符合する。この絵は徳願寺に収められるまでに多くの人の手に渡ったとされるため、その過程で長崎に行った可能性も考えられるが、基本的には関東周辺で売り買いをされたようである(16)。

イシグロが長崎で生まれたと信じている応挙の幽霊画は果たして実在するのだろうか。実は幽霊画の誕生秘話ではなく、応挙の幽霊からインスピレーションを受けて生まれた「落語」から発展した「講談」のなかに、「応挙」と「長崎」とを結びつける物語がある。

今も多くの噺家に語り継がれている人気の落語「応挙の幽霊」は「応挙の描いた絵の中の女の幽霊が動き出し、絵の持ち主と酒を酌み交わす」というもので、この噺から月岡芳年は「芳年戯画」シリーズに《応挙の幽霊》(山口県立萩美術館・浦上記念館蔵、一八八二年)【図3】と題した錦絵を描いているが、ここでより重要な落語は、幕末から明治にかけて人気を博した落語家、三遊亭円朝が語った、応挙の幽霊画にまつわる噺である。それは応挙行きつけの京都の料理屋がつぶれかけていたので、病苦に悩む若い女性の幽霊の恐ろしい絵を贈ったところ、その絵見たさに客が集まり商売繁盛、応挙も京都で評判となるという話で、この落語自体には「長崎」は登場しない(三遊亭、一―八)。しかし、円朝のこの逸話を発展させる形で三五年後の一九二三年に生まれた「応挙の幽霊画」と題する講談は、長崎が舞台となっている。あらすじは以下の通りである。

応挙は京都の東山、円山に居る所から円山応挙、丹波国桑田郡稲田村の百姓・藤左衛門の倅として生まれた。

ある時、長崎の井筒屋善右衛門に頼まれて毎日根をつめて絵を描いていた。その内勧められて丸山の巴楼に行き、小太夫という女を買った。その夜厠へ行くと近くの部屋から、うーむ、うーむと呻り声。この家の遊女、紫で不治の病気のため主人に見放され、この有様と涙に暮れている。応挙は二両も与えて励まし、懐中矢立でその姿を図取りし、お礼にと守り袋を貰った。紫は京都は旧家の出、祇園祭りの当日、人買いにさらわれ遂にここへ来て辛い務めをしているのだと泣倒れる。

応挙は井筒屋に帰り数日後酒を飲んでの真夜中、紫の夢を見、寝言を言っている所を起された。翌日巴楼に行くと小太夫が、紫さんは昨日死にました。早速勝光寺に回向料を納めて京都に戻る。

さて、兼ねて親しい京都の料理屋・甚兵衛の家に行くと借金の保証人となって失敗、店を畳むと騒いでいた。そこで応挙は店が繁昌するようにと絵を描いて持って来た。鶴亀や宝物ではなく、何と幽霊画!。——これはな、生きているものでもなし、死んでしまったもんでもない、死と生との境を行く、毛ほどの綱が一本切れると呼吸（いき）を引取ろうといふ、これが真正（ほんとう）の病人幽霊——。

以後絵が評判となって大繁昌、今度は振袖姿の美人画（井筒屋で夢に現れた紫）を幽霊の隣に掛けさせた。甚兵衛はお礼にと高麗織の紙入れを差し出した。処が紫からもらった守り袋と同じ。実は紫とはこの甚兵衛の実の娘、おみきと判明。皆不思議な運命に泣いた。

（吉澤、上、二四〇—二四一／原文ママ）


講談「応挙の幽霊画」と、イシグロが語る応挙が幽霊画を描いたエピソードを比較すると、「長崎」に応挙が一時的に滞在した際、幽霊画を描いたこと、《返魂香之図》のように他界した愛する人の面影を留めたいと描いた画でなく、「偶然出会った病んだ女性」の姿を「写生」したという点は合致している。[17]しかし講談で語られるその女性は「老女」ではないし、洗った手についた水を振り払うような身振りはしていない。

さきほど円山応挙の真筆とされている幽霊画を複数紹介したが、実際には「間違いなく応挙の真筆といえる作品は一点もない」(安村『肉筆』、一八)と言われ、目の前に現れたと思っても確証を持って捉えることのできない応挙の幽霊画は、まさしく「幽霊のようなもの」なのである。幽霊画の誕生秘話も無数に存在するなかで、イシグロは複数の説がミックスされた話を両親や祖父母から聞き、それを長崎に保存されていると信じていた「伝・円山応挙」の幽霊画の説明として、記憶していたのであろう。そこには長崎が「幽霊物語、民間伝承に満ちた故郷」であってほしいというイシグロの期待が多分に含まれていたのではないだろうか。

4 イシグロの誤算②——妖怪・幽霊のすむ神秘的な故郷、長崎

イシグロが抱いていた「日本の幽霊が生まれた街、長崎」という故郷への特別な想いは、さらにゴースト・プロジェクトの最終案で独立したドキュメンタリー番組として企画された「長崎の肖像」のアイデアのなかにも、見いだすことができる。長崎が鎖国時代の日本で唯一、世界に開かれていた特別な港町であったこと、応挙の幽霊物語だけでなく、長崎には妖怪・幽霊の伝説、民間伝承が溢れていること、特に自宅近くの彦山に不思議な伝説が多く残っていることを、この企画を通して、イシグロは確かめたかったようである。二つ目の企画案で言及していた長崎の「飴買い幽霊」の説話の確認と「被爆者たち

の幽霊物語」の収集は、一九八九年に二九年ぶりの長崎再訪を果たした際、無事実現できただろうか。生まれ育った新中川町の石黒邸跡、桜ヶ丘幼稚園を訪ねて担任の先生と再会し、従兄弟の獣医師・藤原信一氏とシーボルト記念館を訪問したことは確認できるが、民間伝承の収集についての記録は残っていない(平井『長崎』、二四—二七、六二—六六)。

長崎の「飴買い幽霊」については、長崎の説話集にも収められているし、[18]何より新中川町のイシグロの生家から徒歩一五分のところにある光源寺には「産女(うぐめ)の幽霊」の民話とともに、木像と掛け軸が保管されていて、毎年八月一六日に開帳される。白装束の幽霊の木像は、頬はこけ落ち、物憂げな目にはガラス玉がはめ込まれている。箱書きと由緒書きに、江戸中期の延享五(一七四八)年に常陸国の無量寿寺の幽霊を刻したものと書かれている。掛け軸の幽霊画(吟龍幅作(ぎんりゆうくつ))には、恨めしそうな眼差し、しどけない姿の女性が描かれている。光源寺には幽霊話があるからと複数の幽霊画が集まっているという。[19]光源寺に伝わる民話「産女の幽霊」とイシグロが企画案に記した「飴買い幽霊」の物語はほぼ合致する。

光源寺が発行する冊子(『光源寺の歴史』、一五—二四)によれば、「産女の幽霊」とは、若い宮大工に捨てられ、悲嘆に暮れて死んだ女の幽霊で、身籠もったまま葬られ、墓の中で出産したとされる。赤ん坊のため、幽霊となって夜な夜な近くの飴屋にミルク代わりとなる飴を買いに行く。不思議に思った飴屋が七日目に後を追うと、光源寺の本堂裏の墓の中へと消えていく。墓守を呼んで墓を掘り返すと、なんとそこには母親の遺体の脇に元気な赤ん坊がいた。我が子の命を救ってもらった恩返しにと産女の幽霊は飴屋に湧き水が出る場所を教え、その井戸は、以降、枯れることなく人々の喉を潤し続けたという。寺の近くの麹屋町には湧き水が出た井戸を示す石が今も残され、「幽霊井戸」として語り継がれている。イシグロが「ある家族の夕餉」に描いた幽霊が出没する井戸は、石黒邸の庭にあった井戸がモデルと考えられるが、そこに四谷怪談のお岩の井戸の要素だけでなく、この光源寺の「産女の幽霊」の残した井戸の影響も色濃く出ていると考えられるのではないか。

さらに母と子の幽霊のイメージは、『遠い山なみの光』で万里子が戦時中の東京で、五歳のころ目撃して以降ずっとトラウマになっていた、子供を水の中に浸(つ)けていた女のイメージとも重なる。

> その行き止まりに掘割があって、その女の人が肘まで水に浸けて跪(ひざまず)いていたのよ。若い女でね、とても痩せていたわ。〔……〕その女がふりかえって、万里子ににっこり笑ったの。〔……〕はじめはその女の人、目が見えないのかと思ったわ。そういう顔をしてたのよ。本当は目が何も見えてないみたいな。ところがその人、両腕を持ち上げて、水の中に浸けていたものを見せたのよ。それが赤ん坊でね。わたし、万里子をつかまえると路地から飛び出したの。（74 一〇三―一〇四）

「飴買い幽霊」や「産女の幽霊」の説話は自らの命は奪われても子の命を守ろうとする慈しみ深い母の愛を語る物語だが、この場面は血こそ描かれてはいないものの、「子殺し」を示唆している。小説の終盤、佐知子が猫を川辺で同様の身振りで殺害するシーンと重ね合わせると、その意味合いがより鮮明となる。このあと自殺をする覚悟で、盲目に見えるような空(うつろ)な眼差しで赤ん坊を水に浸ける母親が、生まれたての赤ん坊を産湯に浸ける慈愛に満ちた母親には到底みえない。万里子が怯える女の幽霊、および『遠い山なみの光』全体にたびたび描かれる「子殺し」のメタファーは、イシグロの抱いていた日本、あるいは長崎の「産女の幽霊」のイメージの変奏形として描かれていると考えられる。[20]

「飴買い幽霊」「産女の幽霊」以外にも、長崎には妖怪・幽霊の伝説、民間伝承が溢れているのだろうか。イシグロが言うように、石黒邸のあった彦山には本当に不思議な伝説が多く残っているのだろうか。彦山は三八六メートルの美しい山容の山で、山麓から山頂まで多くの神社や鳥居が立っているため、昔から福岡、大分の英彦山同様、「信仰の山」として多くの人に登られてきたことは確かである。そこに祀られた豊前坊(ぶぜんぼう)神社の境内には「長崎四国八十八ヶ所霊場」の一つ、豊前坊下虚空蔵堂(こくぞうどう)があり、お堂の周りの岩盤には仏像が刻まれる。さらに境内には受験にご利益があるとされる飯盛神社があり、万病に効くといわれる「蛤石」やかつて力士が力試しをしたという「両国関初土俵力験之石」などもある(「長崎近郊の山」)。なるほど杉林、竹林に囲まれた彦山の山道や豊前坊神社の境内を、幼いカズオ少年が両親、祖父母や姉に手をひかれながら散策し、そこにまつわる神仏の話を聞いて歩いたら、長崎は神秘的な民間伝承や神話に満ちた世界に感じられたであろう。さらに石黒邸のあった新中川町に隣接する伊良林から寺町、鍛冶町にかけては、先述の光源寺や興福寺、崇福寺を含む一三もの寺院に加え、宮地嶽八幡神社、八坂神社などの神社が並んでいる。もしも日本の他の地域を訪れたことがなければなおさら、長崎が特別な場所に思えるはずである。しかし実際には日本全国津々浦々、それぞれの地域に古くから受け継がれる民間伝承、日本的なアニミズム信仰があり、日本全域の伝説を集めた民俗学的研究を紐解いても長崎が特別であることは確認できない(藤澤)。

5　応挙と長崎——《長崎港之図》と「眼鏡絵」

最後にもう一度、円山応挙と長崎とのかかわりについて確認しておきたい。長崎歴史文化博物館には、一七九二年、円山応挙が描いた《長崎港之図》【図4】と題される長崎港の鳥瞰図が所蔵されている。港湾部の手前には出島、すぐ左には後に中華街となる新地蔵所、さらに左の唐人屋敷は塀や竹柵まで細かく描かれている。港の中央にはオランダ船や中国船が停泊していて、左上には曳航中のオランダ船が配されている。そして港の向こう側には、稲佐山を中心とした「遠い山なみ」を臨む。江戸と昭和との時間の隔たりこそあれ、この一幅の絵画に描かれた青白く、美しい淡いトーンの風景こそが、イシグロの幼い頃の心象風景として心に焼き付けられていた長崎の眺めなのではないかと思わせる作品である。

そして写生画風を確立した円山応挙が、江戸時代の唯一の貿易都市の細部に至るまで描き抜くために、長崎まで足を運んだと考えるのは当然であろう。実際に応挙が来崎していたとしたら、果たしてどの地点に立ってこの光景を描き、長崎のどこの宿屋に滞在したのか……この絵を見ると想像を掻き立てられる。長崎を描いた応挙、応挙といえば幽霊画、長崎で幽霊画を描いた応挙……と勝手な連想が広がってしまうかもしれない。講談の「応挙の幽霊」の舞台が長崎というのはそんな影響もあるのではないか。しかし残念ながら、応挙が長崎を訪れたという形跡は伝記にも歴史書にも小説にも残されていない。しかもこの絵は応挙が晩年、京都で描いたものとされている。

旅嫌いだったともされる円山応挙の長崎訪問の記録は見当たらないのだが、応挙は画家として活躍し始めた一七五九年頃、長崎から取り寄せた舶来品の「オランダ眼鏡」を使って覗き見る「眼鏡絵」の注文を尾張屋の主人中島勘兵衛から受けて多くの作品を描き、大ブームを巻き起こす（黒田・岡田、七八／田辺、三四）。「眼鏡絵」というのは、四五度傾けた鏡に映した絵を、レンズを通して覗いて見る風景画の一種で、原画は絵や文字が左右反対に描かれる。とはいえ輸入されるオランダ眼鏡に付属する絵には限りがあり、似たような風景画ばかりでは客が飽きてしまう。そこで応挙が注文を受け、中国の風景や京都の名所を描いたところ人気を博した。そして「鎮江樹林」「祇園山車」「三十三間堂通矢図」「加茂競馬」など、応挙の代表的な眼鏡絵は今も長崎県立美術博物館に所蔵されている（『長崎県立美術博物館所蔵資料目録』、一二三—一二四）。眼鏡絵の風景画を描くことで、応挙は写生の技術に磨きをかけていった[21]。長崎から輸入されたオランダ眼鏡のための眼鏡絵で人気を博したということで、長崎と応挙の関係性を見いだすことは可能ではあるが、かといって応挙が長崎で幽霊画を描いたことの証しにはならない。

おわりに——イシグロの内なる日本の幽霊

薄れていく日本の記憶を作品として書き留めるために小説を書き始めたというイシグロの描く「自分の内なる日本」は、「イギリスにやってくる五歳までの長崎の家の情景、そして小津や成瀬巳喜男など五〇年代の映画監督の作品からのインパクト、この二つの要素が渾然一体となって作り上げられたもの」であり、それは「想像力と記憶と瞑想[22]でこね上げられた日本」であると自身が語っているが（池田、一三七）、この表現はそのままイシグロの描く「日本の幽霊」についても、当てはめられるのではないか。すなわち、幼少期に過ごした長崎で見聞きし、感受していた「幽霊」への恐怖、そして溝口健二や黒澤明などの五〇年代の映画監督の作品からのインパクト、この二つの要素が渾然一体となって作り上げられたもの——それがイシグロの描く「日本の幽霊」であると。「イシグロの内なる日本の幽霊」は「イシグロの内なる日本」と同様、「想像力と記憶と瞑想」でこね上げられたものなのである。だからイシグロの語る幽霊の物語について、実際の日本の民間伝承や長崎の幽霊物語、歴史資料に典拠を求めようとしても、そこはしばしば歪みやズレが生じることになる。その歪みは彼のフィクションの世界には深みや広がり、奇想をもたらしたが、公共放送であるテレビのドキュメンタリーの素材としては不適であったのかもしれない。イシグロ企画のドキュメンタリー番組「日本の幽霊」「長崎の肖像」は実現しなかったが、幻となったゴースト・プロジェクトの概要を知ったうえでイシグロの初期作品を再読するとき、物語のさらなる深淵に斬り込んでいくことができるはずである。

【注】

(1) イースト・アングリア大学大学院創作科でイシグロと同じクラスに出ていたシンクレアは、これが教室で読まれた最初の作品だったが評判は「かんばしくなかった」("not brilliant")(Sinclair 36)といっている。

(2) イシグロ作品に描かれた幽霊的なるものについては、Shaffer、平井「幽霊」、武富を参照のこと。Shaffer は初期短編のうち「Jを待ちながら」と「毒」を、「精神的なトラウマ」を描いた『充たされざる者』に通じる作品として評価しているのに対して、「奇妙なときおりの悲しみ」については、後に『遠い山なみの光』で扱われるテーマを含む最初に描かれた作品と言及するにとどめている(10)。

(3) 325426 Manuscript Ishiguro Papers 1955-2015 Container 49. 12 Series I. Works, 1974-2014, "Ghosts Project" Film treatment, outline, notes for unproduced documentary about Japanese ghosts, Feb.-April 1987. Harry Ransom Center.

(4) ジェイン・ウェルズリー(Jane Wellesley, 1951-2019)はテレビのプロデューサー。一九七五年からBBCに七年勤務した後、独立。

(5) 人肉を含め、地球上のものを食べ尽くしてきた英国グルメ界の重鎮、貴族のマンリー・キングストン。彼は唯一食べたことがない幽霊を求めて、八〇年前に科学実験で犠牲となって死んだ男の幽霊が教会に現れるのを待ちかまえる。

(6) 封建時代の田舎で、農夫が瀕死の侍の命を救う。侍はお礼に翌年の新年を一緒に祝うことを誓って、再び戦場に赴く。一年後の大晦日の夜、侍は帰還し、二人は酒を酌み交わすが、侍は部屋の暗がりに隠れて様子がおかしい。事情を尋ねると、実は戦況が悪化し、敵陣の捕虜となった侍は、農夫への恩義を果たすために「切腹」して幽霊の姿となって現れたのだという。

(7) イシグロの母・静子は現在の長崎東高校の前身の長崎県立高等女学校を卒業後、専攻科に進み教員の資格を得ている。その専攻科の学生だった頃、学徒動員により三菱長崎製作所で労働奉仕をしていたが、原爆が投下された八月九日は、茂木にできた寮に移動するため、工場には行かず、伊勢町か八幡町あたりにあった寮に荷物をまとめて集まっていた。その結果、爆風による怪我はしたものの、命を取り止めることができたという（平井『長崎』、四一）。この寮が遺体安置所になっていたことからも、この幽霊の話は、母の女学校の寮での逸話であると考えられる。

（8）　鬼女は彦七の打ち取った楠木正成の怨霊。撃退後、鬼女が正成の娘の千早姫となって再び、彦七に襲いかかる。狂言・浄瑠璃・歌舞伎にもなっている。イシグロは月岡芳年画『新形三十六怪撰』《大森彦七道に怪異に逢う図》の大森盛長（彦七）が楠木正成の怨霊に遭った伝説を描いた画（一八八九年）からこの伝説を引用している。前述の「安珍と清姫」を描いた《清姫　日高川に蛇体と成る図》（一八九〇年）もこの芳年の『新形三十六怪撰』に含まれている。

（9）　イシグロが紹介する逸話は小泉八雲の『怪談』（一九〇四年）、および小林正樹監督の映画『怪談』（一九六四年）の中の「雪女」に準じている。樵（きこり）の巳之吉と茂作は吹雪のため、小屋で寒さをしのいでいたが、そこに白装束の美女が現れ、茂作に息を吹きかけると凍死してしまう。巳之吉は若く美しいからと死を免れるが、今夜のことを他言したら命はないと言い残し、女は姿を消す。数年後、巳之吉は「お雪」と名乗る美女と結婚、姑にも愛される模範的な妻となったお雪は一〇人の子供の母となっても老いる様子はない。しかしある夜、巳之吉がお雪に若い頃経験した不思議な出来事について話すと突然、お雪は鬼女へと豹変し、あの晩の誓いを破ったことを責め、霧の中に消えていく。

（10）　「牡丹灯籠」は三遊亭円朝の落語（一八八四年）の作品で、それが一八九一年には月岡芳年により描かれ、ハーンの『日本の幽霊』（一八九九年）に収められる。さらに歌舞伎にもなっている。

（11）　「四谷怪談」は鶴屋南北の歌舞伎（一八二五年）、葛飾北斎（一八三〇年）、歌川国貞（一八五二年）、月岡芳年（一八九二年）の浮世絵にも描かれ、たびたび映画化もされている。

（12）　安村によれば、現在、美術史家の中で、最も応挙真筆に近いといわれているものは、久渡寺とカリフォルニア大学の二点であるという（『肉筆』、一八）。

（13）　全生庵の幽霊画は、落款や印章がなく、寺伝も由緒書もないため、応挙筆と断定はできない（辻、一三七）。しかし「少し顔が青ざめ、その表情は静かであるがゆえに、一層怖い。〔……〕簡素な描写だが、それだけに凄みがある」（安村『肉筆』、八）と作品としての評価は高い。

（14）　「返魂香」については、漢の武帝が李夫人の死後、恋しさのあまりその魂を呼び寄せるために方士に作らせた故事がよく知られる（田中、一〇）。

(15) 村松では、応挙の幽霊画のモデルは死んだ大津の愛人お花の幻だとされる（二二六）。田辺の『円山応挙』上巻では、重篤な病でやせ衰えた妹およしに取り憑いた霊の御霊を鎮めるため、応挙が幽霊画にして伊達家の菩提所の仙台藩松島の瑞巌寺に収めて供養したとされる。障子に見えた姿は「うつむいて長い髪を前に垂らし、両手を前に差しのべた女の影」と描写されている（一四八―一五六）。

(16) 元前田侯爵から、東京新川の酒商中井新右衛門、さらに行徳の酒問屋遠州屋の岩崎条蔵が譲り受けたが、遠州屋に不幸が続いて没落。そうして徳願寺に預けられたのだという（河合）。

(17) 勝又によれば、病んだ女性の姿を写し取ったという講談のエピソードは、月岡芳年が肉筆画《宿場女郎図》を旅先の宿場で出会った遊女をモデルに描いたという逸話から援用されているという。また遊女が長崎の丸山遊廓の遊女だという点は、一七六七年刊行の高古堂著『新説百物語』に依拠しているとされる。

(18) 長崎の民俗学者の山口麻太郎は壱岐島渡良村の昔話として「死んだ妊婦が子を産む話」や「焼餅を買いに出てくる女」（『説話篇』、二八六―二八七）など「飴買い幽霊」と類似した説話を収集している。いずれにおいても「腹に子供を孕んだまま死んだ人は子を出してから葬らねばならぬ」「水児で死んだ子は生まれ代わってくるため正式な葬儀はせぬ」（『長崎』、二二六）といった長崎の風習を語っている。

(19) 『西日本新聞』二〇一八年八月一七日付、二〇一九年八月一五日付。光源寺住職の楠直也氏によれば、光源寺では円山応挙の幽霊画は所蔵していないという。しかし「長崎の幽霊といえば光源寺の「産女の幽霊」、幽霊画といえば円山応挙」という連想から「光源寺の幽霊画は円山応挙の作品」と誤解をしている長崎市民は多いようである。イシグロの両親、あるいは祖父母がそのような思い込みをしていて、幼いカズオ少年に家のすぐ近くのお寺に日本の幽霊のモデルになった応挙の幽霊画があると教えた可能性は高いと推測される。

(20) イシグロの描く「川」と「幽霊」の関係については武富、文化的資本としての「幽霊」、および「女性性」との関わりについては小澤を参照のこと。

(21) イシグロ脚本の映画『上海の伯爵夫人』（二〇〇五年）には、主人公のソフィアの娘カティアが、上海の港でこのオランダ眼鏡を覗き、眼鏡絵に描かれた蘇州に憧れる場面が描かれる。一八〇年の時の隔たりはあるものの、覗き眼鏡を通して広い世界に想いを馳せるという眼差しは、いずれの時代も変わらない。

（22）　原文の speculation を池田氏は「瞑想」と訳しているが、「推測・憶測」の意に近いと思われる。

【引用文献】

Hearn, Lafcadio. *Japanese Ghost Stories*, Penguin, 2019.

Ishiguro, Kazuo. "A Strange and Sometimes Sadness," "Waiting for J," "Getting Poisoned" in *Introduction 7: Stories by New Writers*. Faber and Faber, 1981.

——. *A Pale View of Hills*. Faber and Faber, 1982.（カズオ・イシグロ『遠い山なみの光』小野寺建訳、ハヤカワ epi 文庫、二〇〇一年）

——. *Contemporary Literary Criticism* vol. 56, 1989 fall.

Shaffer, Brian W. "'Somewhere Just Beneath the Surface of Things': Kazuo Ishiguro's Short Fiction," *Kazuo Ishiguro*, ed. Sean Matthews and Sebastian Groes, Continuum, 2009.

Sinclair, Clive, "The Land of Rising Sun," *Sunday Times Magazine*, 11 January 1987.

池田雅之編『新版　イギリス人の日本人観――英国知日家が語る〝ニッポン〟』成文堂、一九九三年。

イシグロ、カズオ「ある家族の夕餉」田尻芳樹訳、阿部公彦編『現代文学短編作品集――しみじみ読むイギリス・アイルランド文学』松柏社、二〇〇七年、七七―九五頁。

――「ザ・グルメ」柴田元幸訳、柴田元幸責任編集『MONKEY』第一〇号、二〇一六年。

「「産女の幽霊」開帳　長崎市・光源寺で年一回　子思う母の愛情に合掌」、『西日本新聞』二〇一八年八月一七日付。

「「産女の幽霊」一六日開帳　年に一度、長崎市の光源寺」、『西日本新聞』二〇一九年八月一五日付。

岡田秀之『いちからわかる円山応挙』新潮社、二〇一九年。

小澤英実「女と幽霊――リメイクされる女の性」、河合祥一郎編『幽霊学入門』新書館、二〇一〇年、一〇六―一一九頁。

勝又基「怪談ができるまで――講談「応挙の幽霊画」をめぐって」、『ことばと文化のミニ講座』第九六号、明星大学人文学部日本文化学科、二〇一五年。

河合昌次『江戸落語の舞台を歩く』マイナビ、二〇一三年。

黒田源氏『円山応挙の眼鏡絵について』古賀文庫。

『光源寺の歴史 産女（うぐめ）の幽霊』浄土真宗本願寺派光源寺発行、一九八三年、改訂版二〇一五年。

三遊亭円朝口述、松永魁南筆記『怪談乳房榎』金桜堂、一八八八年。

武富利亜「カズオ・イシグロの小説に描かれる「川」についての考察――『遠い山なみの光』を中心に」、『比較文化研究』第一三九号、日本比較文化学会、二〇二〇年。

田辺栄一『円山応挙』上・下、京都新聞社、一九九五年。

辻惟雄監修『幽霊名画集――全生庵蔵・三遊亭円朝コレクション』ちくま学芸文庫、二〇〇八年。

「長崎近郊の山・七高山巡り」、『ナガジン』、www.city.nagasaki.lg.jp/nagazine/hakken0412/index2.html（二〇二〇年五月三日閲覧）。

『長崎県立美術博物館収蔵資料目録（2）版画 山口重春・円山応挙・田川憲』長崎県立美術博物館出版、一九七七年。

村松梢風『本朝画人傳（巻二）』中公文庫、一九七六年。

平井杏子「幽霊を描くカズオ・イシグロ」、20世紀文学研究会編『文学空間09〈晩年〉のかたち』風濤社、二〇一二年、一七四―一九一頁。

――『カズオ・イシグロの長崎』長崎文献社、二〇一八年。

――『カズオ・イシグロを語る』長崎文献社、二〇一八年。

藤澤衛彦『日本の伝説 四国・九州』河出書房新社、二〇一九年。

山口麻太郎『日本の民俗42 長崎』第一法規、一九七二年。

――『山口麻太郎著作集 第1巻 説話篇』和歌森太郎ほか編、佼成出版社、一九七三年。

――『長崎県の幽霊妖怪譚について』山口文庫。

吉澤英明編『講談作品事典』上・中・下・続編、講談作品事典刊行会、二〇〇八年。

＊本研究はJSPS科研費16K13138の助成を受けたものです。

フィルムのない映画――吉田喜重による『女たちの遠い夏』

菅野素子

はじめに

吉田喜重監督による映画『女たちの遠い夏』は、イシグロの小説を原作とする映画としてはジェームズ・アイヴォリー監督による『日の名残り』（一九九三年）に次いで公開されるはずであった。シンシア・F・ウォンが記すように、一九九五年から九八年にかけて製作が進んでいた（Wong ix）。だが、撮影開始五日前に日仏英からなる国際プロジェクトチームの一社である日活が撤退した（岡田、五一八）。その後、吉田はフランスのプロデューサーと共に製作を継続したものの、最終的には映画化を断念した。二〇〇三年、実現しなかった『女たちの遠い夏』の姉妹編とも言える、広島の原爆を描いた『鏡の女たち』が公開されている。

映画として完成せずフィルムも存在していないため、主演予定であった岡田茉莉子や映画評論家などによって言及はされるものの、本作はこれまで研究の対象とはなってこなかった。だが、撮影まで準備の進んでいた映画であるため、シナリオなどは残っている。そこで、本稿は米国テキサス大学オースティン校ハリー・ランサム・センターが所蔵する脚本草稿を資料として検討する。研究対象とする資料は吉田喜重が日本語で執筆した脚本のフランス語訳をナイジェル・パーマーが英語に翻訳した脚本三バージョン（第一稿一九九六年七月、第二稿一九九六年一〇月、第三稿一九九七年三月）であり、イシグロ・ペイパーズの第一五箱にそれぞれ第六フォルダ、第七フォルダ、第八フォルダとして収められている[1]。なお、現在、早川書房から出版されている翻訳書のタイトルは『遠い山なみの光』であるが、吉田は筑摩書房から出版された日本語訳の文庫本版（一九九四年）を底本としている。ハードカバーの出版から一〇年後、映画『日の名残り』公開に合わせて文庫化されたものである。

日本語訳をベースにした日本人の映画監督による脚本の映画化となれば、逆翻訳の問題、すなわち英訳された日本的要素が日本語に翻訳し直された時に生ずる微妙なずれや違和感の残る表現が脚本にどのように反映されたのかが気になるところだ。だが、本稿では吉田喜重監督による『女たちの遠い夏』をトランスレーションの問題としてではなく、アダプテーションの問題として取り上げてみたい。

アダプテーション批評は二一世紀に入ってから急速に拡大してきた批評の分野である。英語で「適合する／適応する」を意味する動詞"adapt"から派生した名詞"adaptation"をカタカナ書きして使用している。本稿では特に小説から映画へのアダプテーションを取り上げ、小説テクストが「いかにして映画という異質な環境に適応していったのかに注目」する（波戸岡、一二）。また、リンダ・ハッチオンはアダプテーションには「プロダクト」（例えば、文字テクストから映像テクストへの変換）と「プロセス」（どのように変換されたのか）の二重の定義があるとする（一九―二六）。文字テクストから映像テクストへの単純な置き換えには無理がある。本稿でも、映画化されるにあたってどのような点が変更されたのか、そのプロセスや方法を考察すると共に、アダプテーションの生み出された文化的な背景やその意味合い、間テクスト性、あるいはイデオロギー的な操作について検討する。ただし、本稿で取り上げるアダプテーションにはフィルムが存在しないため、映像や音響の分析よりも文字資料の分析を中心とし、稿を重ねるごとにいかに脚本が変化していったのか、そのプロセスに焦点を当てる。

興味深いことに、吉田喜重が最初に書いた脚本は、女性の生き方をテーマとし、日傘、鏡、障子など吉田の映画には頻繁に用いられる映像メタファーと、家父長制的な規範の再検討を促すかのような男女関係などを含みつつも[2]、イシグロの原作にかなり忠実なものであった。しかし、原作者と脚本の打ち合わせを重ねるごとに、吉田喜重によるアダプテーションへと変貌していったのである。続く本論ではまずプロジェクトを概観して主な変更点を確認し、その後もっとも大きな改変が加えられた二つのシーン、すなわち被爆地の訪問ならびに映画の最後に置かれているニキの出立の日の場面を取り上げて、改稿過程を示しつつ詳細に検討する。

1　小説から映画脚本へ

小説『女たちの遠い夏』を映画化するにあたって、より正確にはイシグロの世界を吉田の世界に移し替えるにあたって、どのような点が変更されたのだろうか。両者を比較して、主な変更点をまとめる。

(1) 舞台設定、時間と場所

原作では語りの現在時間は現代（年代不詳だが一九八〇年代初頭と推測される）であり、悦子は数カ月前の四月にニキが帰ってきた時のことを振り返っている。場所は特定されていないものの、イングランド南部の設定である。一方、映画は現在時間を一九八八年とし、ニキの帰省は現在進行形で進む。映画は原作よりも一〇年程度後の設定とし、映画公開予定年の一〇年前、つまり観客が覚えている近い過去へと転移した。場所は第一稿・二稿ではイングランドのハートフォードシャーのとある町に設定され、さらに第三稿ではスコットランドに変更された。過去の長崎の場面については、原作は一九五〇年の六月から夏にかけての出来事を追うが、映画では一九五〇年夏の長崎に変更されている。なお、景子が家を出て一人暮らしをする場所はマンチェスターのままで変更がない。

時間と場所の変更で特に注目すべきなのが、第三稿でイギリスの舞台がハートフォードシャーからスコットランドのエジンバラに近いイースト・ロージアンのガレインに変更されたことである。この家からはフォース湾が近く、海のないハートフォードシャーとは地理的な条件が異なり、湾を望む地形は長崎との相似を思わせる。実際のロケ地決定を受けた変更である。とはいえ、劇作家でイギリス側の製作も担当したジョン・マクグラスの改訂した第三稿には映画のテーマとの関連でもう一点見逃せない点がある。トーネス原子力発電所である。フォース湾を出た北海沿いに位置するトーネス原発は、シェリンガム家から約三〇キロ離れたところに位置する。一九七〇年代に建設計画がまとまり、一九八〇年より建設が開始、映画の現在時間である一九八八年より発電と電力供給を開始し（"Torness"）、その後一九九六年に民営化された。建設にあたっては地元住民の多くが反対したという（Martin 202）。映画『女たちの遠い夏』の現在時間および公開までの一〇年間には、新規原子力発電所建設とその民営化という、新自由主義下のエネルギー政策でロンドンの政治に左右されてきたスコットランドの歴史的な背景が書き加えられている。

設定の変更に関して確認しておきたいのは、こうした変更により、映画『女たちの遠い夏』はイシグロ研究者が原爆の記憶を核と原子力の問題と関連付けて論じ始めるのに先んじて、作品の解釈に取り入れていたということである。[3] そういった意味で先駆的な作品でもあった。さらに興味深いことに、本アダプテーションには、『わたしを離さないで』で核や原子力の問題を小説の背景にしようとしてなかなか「ブレークスルー」を得られない一九九〇年代のイシグロの姿が重なる（イシグロ、一三六―一三七）。映画が実現し、トーネス原子力発電所の一部でもカメラが収めれば、『わたしを離さないで』の位置づけに影響を与えたのかもしれない。(4)

（2）言語

英語版第一稿に付された覚え書きによると、イギリスの場面では役者は英語を使用し、長崎の場面では東京の言葉を話すとされている。また、英語のセリフには日本語の字幕が、日本語のセリフには英語の字幕が付くと記されている。

（3）登場人物

登場人物にも変更がある。大きく三点が変更された。まず、原作では各登場人物の年齢は定かでないが、映画脚本では特定されている。次に、原作では名前が言及されるだけで実際には登場しない男性が人物として登場する。佐知子の米国人の恋人であるフランクとニキのロンドンでの友人デイヴィッドである。フランクは黒人の船乗りという設定で、稲佐山のエピソードに登場する。一方、原作のデイヴィッドは政治学を学ぶ大学生で、ニキから悦子への手紙でその名前が触れられるだけだが、映画では詩人兼ジャーナリストであり、最終場面に登場する。こうした変更から、原作では悦子と景子、佐知子と万里子、悦子とニキといったそれぞれの境界が不明瞭な母娘関係に焦点があたっているが、映画では母娘関係を男女の異性愛との関係で提示していると理解される。また、嫁と義父との関係としては親密すぎるようにも思える悦子と緒方さんとの関係にも、映画なりの解釈が提示されている。原作では、原爆投下後の長崎で緒方さんは身寄りのない悦子を引き取って保護し「昔は、わたしのお父さまみたいだった」(34 四四)。吉田喜重の映画では、悦子、緒方さん、藤原さんの三人は元ご近所さんというだけでなく、被爆の経験によって結びついている。緒方さんは悦子と藤原さんを防空壕に残して家族を探しに行き、重度の放射線を浴びて二次被爆した。実は、緒方さんが突然長崎に来たのも、大学病院で放射線専門医シェリンガム博士の診察を受けるためであった。その結果、余命半年と診断される。

こうした設定に明白なように、登場人物は被爆の経験と原爆の記憶を検討するよう変更されている。小説の悦子が「母親になることが不安」(17一九)と口にする時、それはいじめや子どもを巻き込んだ誘拐事件などの犯罪のためだが、映画では被爆の影響が子どもに遺伝し、さらには被爆者の子どもとして差別されるためである。放射線の専門家である父親シェリンガムの診察によって被爆の影響がないと証明されても、こうした恐怖が景子やニキの女性としての生き方に影響を与えているようだ。景子は実家を出てマンチェスターで慈善活動に従事していたが、緒方さんが悦子の妊娠を祝って送った博多帯で首を吊った。ニキはデイヴィッドとの子どもを妊娠している。だからこそ、景子の死や母親の被爆が気になるのである。

吉田喜重の脚本では、女性としての生き方や幸福を求めたために子どもを犠牲にしてしまった母親の罪悪感と孤独という原作のテーマを保持しつつも、そこに被爆という問題を絡めている。そして、次節に検討するように、悦子のこうした人物造形こそ、吉田が矮小化しなかった特徴である。緒方さんにも、原爆の結果とはいえ、夫の父親として以上の感情を抱いているように見える悦子は「原爆によって運命を変えられた」(麻生、五一)被爆者ではあるが、よい母親でも善人でもなく、可哀そうで罪のない「哀れな被害者」(川村、二〇)ではない。観客が共感しやすいように美化されてはいないのである。そして、こうした人物像は長崎を舞台にしたもうひとつのテクスト、オペラ『蝶々夫人』の主人公蝶々さんを造形し直したものとも受け取れる。

(4)音楽――プッチーニのオペラ『蝶々夫人』と『トスカ』　映画脚本には劇中音楽としてジャコモ・プッチーニのオペラ『蝶々夫人』(一九〇四年初演)と『トスカ』(一九〇〇年初演)が指定されている。

原作の冒頭には「ニキはいらいらしながらわたしのクラシックのレコードを聴き、山のような雑誌のページをペラペラとめくっていた」とある（九七）。そのレコードが映画では『蝶々夫人』と『トスカ』なのである。なお、脚本にはＬＰレコードと指定がある。

映画は『蝶々夫人』第一幕最後のデュエット「ああ、甘い夜、沢山の星！」（“Ah! Dolce notte! Quante stelle!”）で幕が開く。だが、悦子は『蝶々夫人』が嫌いで、ニキの部屋に入ってまでレコードを止めようとする。その他、『トスカ』第一幕のデュエット「二人の愛の家に」（“Non la sospiri”）、同じく『トスカ』第三幕で獄中のカヴァラドッシが歌う「星はまたたき」（“E lucevan le stelle”）、『蝶々夫人』第二幕の「ある晴れた日に」（“Un bel dì vedremo”）が流れ、そして映画は『蝶々夫人』第二幕の「お前のパンや着る物を手に入れるために」（“Che tua madre dovrà”）で幕を閉じる。

ニキのかけるオペラのレコードは、彼女がオペラを好む階級の生まれであるということと、もっぱらアリアやデュエットを聞いているため、ドラマチックな恋愛を夢見る年頃であること、そしてその恋愛の悲劇的な結末を示唆する。さらに映画の実際的な面として、音楽は過去と現在をつなぐ場面転換に使用されている。

イシグロは直接に言及していないが、『遠い山なみの光』には、明治維新直後の長崎にあって米国の帝国主義と日本の封建主義的家族制度に二重に絡め捕られ、最後には自害する蝶々さんの物語を書き替えていると読める部分がある。一方の吉田喜重は、映画『女たちの遠い夏』に先駆けてオペラ『蝶々夫人』の演出を手掛けたということもあり、原作小説にこのオペラとの明らかな間テクスト性を認めて音楽として取り入れている。実のところ、このあまりにも有名なオペラの舞台でなければ長崎に原爆は投下されなかったのではないかと考えるほど、二つの作品を関連づけている（一九九〇、七六／Horn）。そこで、映画音楽との関連で、吉田がどのように『蝶々夫人』のストーリーを書き替えたのかを検討する。

原作のフランクは白人で、万里子から「自分のおしっこ飲む」「泥んこの豚」（85 一二〇）などと表現されている。また、金遣いが荒く信頼できない人物で、佐知子は何度も期待して裏切られている。このフランクは、蝶々さんを日本妻にする米国海軍士官ベンジャミン・フランクリン・ピンカートンを、さらには、建国の父ベンジャミン・フランクリンを思わせる名前である。ピンカートンは、蝶々さんを"bimba"（赤ちゃん、かわいい人という意味のイタリア語）と呼ぶ（プッチーニ、四六、五一）。米国と日本との関係は、大人／子ども、文明／野蛮、という典型的な植民地言説の二項対立関係として構築されている。ところが、イシグロの小説に登場する万里子はこの関係を逆転させるかのようにフランクを「豚」と呼び、排泄のしつけが身についていない子どものような存在と言い返す。さらに、蝶々さんの息子「悲しみ」は一言も発しないのに対して、万里子は言葉と行動で敵愾心を露わにする。

映画『女たちの遠い夏』は、これをさらに書き替える。稲佐山を訪れるエピソードでは、佐知子、万里子、悦子の三人に加えてフランクがこの遠足に加わる。原作に登場する日本人のご婦人と子どものアキラ、そして連れの米国婦人は登場しない。映画のフランクは万里子を気にかけて優しく接する。自らを万里子の「父」と考えており、実際に自分を万里子の父と呼ぶ。佐知子によれば、フランクはいい人すぎて米国のような競争社会では生き残っていけない。万里子を引き取ってくれる子煩悩なところがあるからこそ佐知子もフランクと付き合っている節もある。しかし、この「新しい父」に対して、万里子はあくまでも抵抗する。そして、原爆を投下し今でも朝鮮半島で戦争を続けている米国に抵抗する万里子の方に、悦子は心情的に近いものを感じている。

稲佐山へのピクニックに続くくじ引き屋台の場で事件は起きる。景品にもらった風船を、これも景品としてもらった吹き矢で射ろうとして、万里子の吹いた矢が誤ってフランクの目に当たってしまうのである。フランクは手元が狂っただけなので万里子に罪はないと擁護するが、危うく失明するところであった。万里子は文字通り、アメリカという新しい父に反撃するのである。さらに、風船を吹き矢で射る遊びはフランクが考えて自ら手本を示したことを考慮するなら、フランクは手痛いしっぺ返しを受けたことになる。

偶然であったとはいえ吹き矢は目に当たっている。それは万里子による、わたしをそして母を「見るな」、という禁止の命令なのであろう。[5] さらに、このような変更が視覚やイメージが文字に対して優位となるはずの映画で加えられていることにも注目される。これは、「見る」ことの優越に疑問を呈し、さらには「見る」ことの暴力にも言及しているものとも受け取れる。そして、さらに付け加えるならば、この禁止の命令は、景子が自室に閉じこもり実家を出ていく流れの伏線となっている。小説にも映画にも一度も姿を現さない景子は周縁化されているのではない。その存在は、映画には見えないもののあることを端的に伝えており、吉田喜重の『女たちの遠い夏』ではむしろナラティヴの中心を占めているのである。実際のところ、スクリーンに映るものは映らなかったものの表象でしかないのだ。

2　あの日を見つめる目——長崎の原爆を描く

『女たちの遠い夏』の映画化に着手する前の吉田喜重は五〇年間にわたり、自分には映画で原爆を描く権利があるのか、と問い続けてきた。原爆の閃光を浴びてその場で亡くなった死者のみに、それが許されると考えているためだ（諏訪・吉田、八〇）。その一方、原爆投下の二週間前に福井大空襲で自宅を焼失し、何とか逃げのびたという経験を、どうしても広島そして長崎の原爆と結びつけてしまったのだという（諏訪・吉田、七九）。原爆を表象する主体とその表象不可能性、そして自らの感情的な要求が交差して葛藤するテーマであった。

吉田が最初に原爆と被爆の要素を映画に取り入れたのは『さらば夏の光』（一九六八年）である。夏のヨーロッパを移動しながら進むこの映画は、学生の頃長崎で見たカテドラルの原形を探す男と長崎での被爆経験を持つ女との関係を描く。それから約二〇年後、吉田はプッチーニのオペラ『蝶々夫人』（フランス国立リヨン歌劇場にて一九九〇年初演、一九九二年再演、一九九五年サンフランシスコ公演）で原爆を演出に取り入れた。吉田の演出では、一幕と二幕の間に長崎に原爆が投下されて蝶々さんは狂気に陥り、ピンカートンとの間に生まれた息子が死んだことも理解できず、白い人形を抱えて歌う（一九九〇、七六）。その後に企画されたのが、イシグロ原作の『女たちの遠い夏』である。原爆投下から五〇年を迎える節目の年であった。

一九五〇年の長崎の場面には「あの日」を思わせるようなト書きが頻出する。例えば、焼けるような日差し、うだるような暑さ、真っ赤に染まった夕空、蜃気楼、積乱雲、セミの鳴き声である。イシグロの原作が長崎の場面に、汚臭を放つ水たまりや不快な虫の大量発生を描き込んでいるのとは対照的である。

さて、スクリーン上では表象不可能である原爆を描くにあたって、吉田は公共の記憶の場所――現在では観光地化した遺跡とも受け取られかねない場所――を舞台に選んだ。平和公園と原爆落下中心地と思しき廃墟である。

原作において、平和公園は「観光客みたい」（137 一九四）に訪れる場所である。悦子が平和公園を「荘厳な雰囲気」「厳粛な感じ」と表現すると同時に、平和祈念像にかんしては「ぶざま」で「交通整理をしている警官のようで、こっけい」「ただの像」(137-38 一九四―一九五)などというように、原爆の惨禍とはまったく結びつかないものと語る。自らの被爆経験が美化されたように感じたのだろうか。緒方さんも祈念像は「写真でみるほど立派ではない」と失望を隠さない(138 一九五)。祈念像ではなく、平和公園の絵葉書を誰に送るのか、義父の福岡でのやもめ暮らしを詮索したことの方を、悦子は覚えているくらいである。

この場面は映画ではどのように描かれる予定だったのだろうか。以下に、被爆の地再訪のエピソードを要約する。改稿の過程が分かるよう、第一稿は傍線なし、第二稿は実線、第三稿は波線で加筆部分を示す。〈 〉内は第二稿で削除された部分、[ ]内は第三稿で削除された箇所を示す。

*

緒方さんと悦子が原爆の廃墟を訪れると〈市電駅の横の橋に戻ると〉、かの地は焼け野原であった。キリスト教徒の葬列が讃美歌を歌いながら近づいてくる。葬列はひどく破損したマリア像を掲げていた。緒方さんによると、マリア像は原爆で被災した。葬列を見送った後、二人は原爆投下時に避難した防空壕のある高台を訪れる。そこにはちらちらと草が生えていた。悦子は緒方さんに、お腹の子に防空壕を見せたかったと言う。また、子どもが男の子だったら緒方さんの名前をとって誠二と、女の子だったら義母の名前をとって景子と名付けたい、二郎と結婚したのは緒方さんの側にいるためだったと言うと、緒方さんは、自分にとっても悦子は失った娘のようだと言う。悦子が、あの日のように肩を抱いてほしい、生まれてくる子が健康であると言ってほしいと言うと、緒方は一瞬躊躇した後悦子の求めに応じる。悦子は緒方の足元にくずおれて泣く[画面が眩しい光で真っ白になる]。遠くに、崩れた教会堂のアーチが夕焼けに染まるのが見える。倒壊した教会堂のアーチを悦子/シェリンガム夫人が見上げると、空が赤く染まっていく。[6]

*

第一稿では、悦子と緒方さんの関係が始まった原初の記憶の場所ともいうべき高台の防空壕を再訪する前に、この高台で原爆の閃光が光った瞬間を再現したと思われる場面があった。第二稿からはその場面がカットされた。第三稿からは眩しい光も削除された。第二稿から登場するひどく損傷したマリア像は、脚本草稿に添えられていた絵葉書から察するに、浦上天主堂の被爆マリア像であろう。第三稿で加えられた破壊された教会堂のアーチも浦上天主堂のものである。このアーチは、吉田が一九六八年に発表した『さらば夏の光』への言及でもあろう。

ここでは、被爆マリア像の「葬列」や破壊された教会堂のアーチを過去と現在がないまぜになった悦子／シェリンガム夫人が見上げるなど、時間と場所の秩序が攪乱されたモードで提示されている。現実にはありえない形で異化された被爆マリア像と教会のアーチを提示することで、この映画が何かを仕掛けていることは間違いない。

このように提示された原爆の「遺物」は映画がフィクションであることに気付かせ、映画の外にある破壊の現実を見るよう促す（吉田・小林、四〇―四一）[7]。特に、ここで被爆マリア像の目が正面を向いていることに注目したい。かつては浦上天主堂に奉じられた木彫りのマリア像の目は、原爆が投下された「その時」そしてその後を目撃した目である。実際のところ、マリア像の目は人間と同じような視力はなく観客と同じような意味で物を見ているというわけではない。だが、両目がスクリーンに映し出される時、観客はその目によって見つめ返されるような錯覚を起こすだろう。マリア像の眼球は焼失したが、その不在によってかえって見る者に原爆を問いかける。被爆マリア像の目は、イシグロの小説を

「見る」メディアである映画に「アダプト」（適合）させるにあたって吉田が採用した視覚イメージであるが、このイメージは同時に、画面に見えないものを見るように観客を誘う。このような反映画的な方法が可能にする視覚やまなざし、つまりスクリーンの外にこそ、見えるものがあると示唆している。

ところで、ここに考察した長崎の原爆による廃墟と丘の上の防空壕には稲佐山が対置されている。映画ではこの二つの高い場所が英語の原題にある"Hills"を指す（高台の英訳はHilltop）。そこで、もう一つの丘にまつわる場面を次に検討する。

3　まなざしを弔う

スコットランドの景子の部屋には長崎の海から稲佐山を望む写真が貼られている。マンチェスターの部屋にあったものである。また、炉辺には割れてひびの入った鏡がかかっている。両親の反対を押し切って家を出ていく際、特に悦子と日本語で口論した後に景子が割ったものである。引き出しには、景子が首を吊った時に使用した博多帯が入っている。出産の前祝いとして緒方さんから悦子に送られたものであった。これらの遺品を整理しようと、映画の悦子は決める。そこで、稲佐山の写真を燃やす最終場面を取り上げ、映画がどのような映像を観客に見せて終わるのか、最終シーンが練り上げられていった過程を脚本に考察する。

はじめに、原作を確認する。第一一章は現在のイングランドが舞台であり、ニキがロンドンに戻った朝の出来事が回想される。朝早く、また悪い夢を見て目覚めたニキと共に悦子はコーヒーを飲みながら話をする。ニキは母親がイギリスに来たことを肯定するが、悦子が口にした「結婚」の一言に猛反発する。詩人の友だちが長崎の絵葉書か何かをほしがっているという求めに応じ、悦子は長崎のカレンダーの最後の一枚を渡す。昼食前に果樹園への散歩に出ると、ニキはロンドンでの生活を本当はどう思っているのかたずねる。一方、悦子は景子の祖父と懇意だったこと、カレンダーに写る稲佐山には景子との幸せな思い出があるのだと話す。悦子は家を売る可能性をニキに示唆する。昼食後、ロンドンに帰るニキを悦子は玄関口で見送る。最後は「門まで行ってふりかえったニキは、わたしがまだ戸口に立っているのを見ると驚いたらしい。わたしはにっこり笑うと、手をふった」と結ばれる（183 二六一）。

映画では、悦子がニキを駅まで送るほか、様々な点が原作と異なっている。シナリオの改稿の過程が分かるよう、第一稿は傍線なし、第二稿は実線、第三稿は波線を付して加筆部分を示す。

*

悦子は景子の部屋にいて、割れた鏡に映る自分を見ている。ニキが母の招きで景子の部屋に入る。電話でよく話しているデイヴィッドは誰かとたずねられ、ジャーナリスト兼詩人で景子と長崎について書きたがっている人だとニキは答える。ニキは、割れた鏡と長崎の湾の写真に気付く。割れた鏡に二人の顔が映る。悦子はこの写真は景子がお腹にいる時に出かけた場所の写真であり、景子が自分で探してマンチェスターのアパートに飾っていたことを明かし、この写真は焼いてしまうつもりだと言う。二人が部屋を出る姿を鏡が映す。駅までニキを送る道で、悦子はロンドンへの引越を口にする。駅にはロンドンからの汽車が到着し、その汽車からデイヴィッドが降りる。ニキは悦子に家に帰るよう促し、電話するからと言う。駅からの帰り道、悦子は公園で例の女の子がブランコで遊び、母親がそばのベンチに座って雑誌を読んでいるのを見て微笑む。自宅にニキから電話があり、長崎の海の写真を燃やしてしまったかと聞く。悦子はまだだと答える。悦子がボイスオーバーで、景子の自死を長崎の二郎に知らせたがすでに死亡していたこと、長崎には知人もなく起こったことを忘れるべき時が来たと語る。そして鏡を取り替えようと言う。庭で落ち葉をかき集めて写真を燃やしていると、ニキとデイヴィッドがやって来る。長崎で何を見たのか教えてほしいと言うデイヴィッドに対して悦子は背を向け、何も見なかった、話せるのは自分が今ここにいることだけだと答える。向き直った悦子は微笑んで若い二人を家に招き入れ、あなたたちのことを聞かせてくれと言う。木枯らしが吹く中、蝶々さんがわが子を抱いて歌うアリア「聞いてください、わたしの悲しい歌を」の音量が高まって終わる。(8)

*

このように比較してみると、原作をそのまま置き換えているのは以下の三点のみである。まず、デイヴィッドが娘のボーイフレンドなのか確認していること、稲佐山は亡き娘との思い出の場所であると打ち明けていること、そして悦子が自宅の売却を口にしてニキに反対されること、である。

イシグロの原作が最後まで曖昧さを保ち、「日本人だから自殺した」と単純明快なイギリスのジャーナリズムの言説に抵抗するのに対して、映画『女たちの遠い夏』はもう少し分かりやすい結末を提示しているようにも読める。これは意外なことである。なぜなら、吉田喜重はいわゆる「わかりやすい」映画を作る映像作家ではないからだ。吉田と言えば、商業主義に阿る「ストーリー主義」を批判し(一九六〇、八四—八六)、メロドラマから距離を置き、斬新な画面構成や無調の音楽を採用し、過剰な演劇性を排除した俳優の演技と意匠や装置で「わかりやすさ」に抵抗する映画を世に問うてきた。その映画は常に、観客が観て考える者としての主体性を取り戻すよう、挑発し続けてきた。

「わかりやすい」を「収束感」と言いかえてもよいのだが、そう感ずる理由の一つとして、映像や音声で示したいくつかの伏線を回収していることがあげられる。例えば、原作でも映画でも、ティールームの近くの公園でブランコに乗る少女は現在と過去、イギリスと長崎、景子と万里子をつなぐモチーフとして、あるいは景子の自死のメタファーとして使われているが、映画では最後に、映像のモチーフではない女の子そのものの姿として提示される。景子の父、緒方二郎の消息にも言及される。ニキとデイヴィッドとの関係についても、二人が曖昧ながらも親密な関係であることを示す。過去と現在をつなぐシーンに挿入されていた汽笛の音も、デイヴィッドの来訪を予告するものであった。

さらにもう一つ、ニキが景子の部屋に入るか入らないかという伏線がある。映画の冒頭、ニキが悦子に景子の部屋を片付けないのかと聞くと、悦子はいつか帰ってくる時のためにそのままにしておく、景子の部屋に入ってみるかと聞き返している。そして最後には、ニキも景子の部屋に足を踏み入れる。そしてひび割れた鏡が二人の顔を映し出している。

この変更にはどのような意味があるのだろうか。特に、割れた鏡と稲佐山の写真、そして最後のデイヴィッドと悦子のやり取りに注目する。

原作では景子の部屋に「白い鏡台」（88 一二六）があるというだけで鏡に直接言及されることはないのだが、映画『女たちの遠い夏』では鏡が、特にひび割れた鏡が万里子と景子をつなぐモチーフとして使われている。万里子は母との口論の末に佐知子の鏡台の鏡に癇癪をぶつけた。景子はマンチェスターに旅立つ日に母と日本語で口論になり、自室の鏡に癇癪をぶつけて割った。

先ほど紹介した部分で、鏡はニキと悦子の姿を映している。ここまで、母娘関係の亀裂を刻んだ鏡に姿を映すのは、現在・過去共に悦子のみであった。しかし最後に、割れた鏡は二人の顔を捉え、さらに景子の部屋を出ていく悦子とニキを背後から映している。このショットは、映画が終わりに近づいてきたことを示すと共に、二人を見送る者の視線を暗示しているのではないだろうか。第二稿では鏡を取り替えようと言う悦子だが、鏡に癇癪をぶつけた景子と万里子はすでに、悦子を送り出しているのである。

それはただの割れた鏡なのだ。[9] ニキのために景子の遺品を処理しなければと思う悦子の気持ちと、悦子を外から見つめる者の視点との乖離が第二稿では示され、アイロニーが加わっている。

第一稿から大きく変化した点としては、稲佐山の写真を悦子が燃やしてしまうことがあげられる。悦子はこの写真が娘の死を目撃したと考えているため、そのまなざしを手放すことができないでいる。ところがニキは、この写真に景子は母のお腹の中から見た楽しかった一日の風景を見ていたのだと解釈する。複製可能な媒体であるその写真に景子が何を見ていたのかは分からない。それは、自分が最初に母の胎内で動いた日の、原初の記憶へのノスタルジアであるかもしれないし、悦子自身「いい父親」(90一二八)と表現する父の緒方二郎と過ごした長崎の日々の記憶へと繋がるものであったのかもしれないし、稲佐山を見つめる平和公園や原爆投下の地からの視線だったのかもしれない。写真に先立ち、悦子は景子が死ぬ時に使った博多帯を燃やしている。自分と義父との疑似恋愛的な関係が、娘を追いつめたと悦子は考えているのかもしれない。しかし実際のところ、博多帯で首を吊ることはできないだろうから、この帯には遺品にとどまらない、何か象徴的な意味があるのだろう。博多帯は鏡と同じように女性が使うものである(吉田・小林、四四―四五)。つまり、日本の女性らしさの象徴だとも言えよう。美しく飾ると同時に身体を締めつける帯は、女性の息苦しさを想起させる。その息苦しさが景子を死に追いやったのかもしれない。本来の用途を外れて使用された博多帯は景子の死について単純化することなく観客に問いかける映像メタファーである。様々な意味と思いの絡み合った遺品を焼くことで、悦子はようやく景子を送り出す。これはもちろん、苦しくても前を向いて今を生きる行為であり、そのためには緒方さんに言われたように「忘れる」ことも必要なのだ。感情と倫理のはざまで、悦子に泣くシーンは用意されていない。彼女にカタルシスはないのである。

さて、映画の最後で悦子は「見る」という行為をはっきりと否定し、「語る」「聞く」という行為に移行するようにも思える。これは第二稿・第三稿と書き改められる中で発展した部分である。デイヴィッドが英語の動詞"see"を用いて長崎で何を見たのか教えてほしいとたずねると、悦子は長崎では何も見なかったと口を閉ざす。動詞"see"はもちろん、「見る」「目に入る」の他にも「理解する」「了解する」という意味がある。アラン・レネ監督の『二十四時間の情事』の冒頭を思わせる「見た／見ない」の問答で、悦子の返答は英語の単語が含む意味のゆらぎにはばまれて曖昧である。いずれにしても、見るすなわち理解するという、英語表現が同時に立ち上がらせてしまう意味の多重性は、「見る」ことを特権化する映画という表現媒体そのものに向けられた批判のようにも聞こえる。それに実際のところ、悦子は景子のマンチェスターの部屋は見なかった。自死に関して語れることはないのである。

映画の結末は一種のオープンエンディングである。景子の割った鏡が部屋を出るニキと悦子を映したように、カメラはシェリンガム家へと入っていく三人を背後からとらえて、観客はそれを見送る。そして、ニキのかけるレコードではない蝶々さんのアリアの音量が高まる。実際のフィルムを見ずにエンディングを解釈することはできないが、一つだけ確かなことは、このアリアがエキゾチシズムに色どられた紋切型のメロドラマに落ち着けることを意図したものではないことだ。

あるいは、言葉の意味を超えた歌手の声に映画という虚構を崩す力を期待したのかもしれない。「見る」から「語る」へ、「見る」から「声」への移行は、表象不可能な原爆を映画にする課題と取り組むにあたって、テーマに合わせた映画の表現方法を吉田が模索したことを示している。原爆を視線の対象とすることは倫理的に許されず（蓮實、二一一）、歴史の言説に支配されずに原爆が投下された「その瞬間を改めて自分のものとして生きるのは、視覚ではなく、言葉によるしかない」（蓮實、二〇六）。

『女たちの遠い夏』において蝶々さんのアリアに映画の結末を託す演出には、視覚や視線、まなざしといったこれまでの吉田が使用してきた映画の文法ではなく、オペラの演出を経て、言葉や声へと向かうドラマツルギーの変化が見られる。その変化は、『女たちの遠い夏』が頓挫した数年後、『鏡の女たち』で見事に実現された。主人公を演ずる岡田茉莉子が、夜の暗闇に映し出される原爆ドームを望む元安川河畔のベンチに腰かけて、自らの被爆体験を語る部分である。役者の声のみで原爆を描くという方法へのシフトは、前者にその萌芽を認めることができるように思うのである。

むすび

映画『女たちの遠い夏』は、脚本と監督を手がけた吉田喜重が半世紀にわたって自問自答を繰り返してきた原爆を映画で描くというライフワークに本格的に取り組んだ作品であった。原爆は表象不可能であると考える吉田にとって、原爆の惨禍を再現せず間接的な言及に留めるイシグロの小説は「理想的」な原作だったのではないだろうか。その原作が、脚本の改稿を重ねるごとに吉田喜重の映画として変貌していったアダプテーションのプロセスを、本稿は検討してきた。イシグロの世界と吉田喜重の世界が割れた鏡に映る光のように乱反射しあう、それが映画『女たちの遠い夏』である。それは、イシグロの作品に原爆と核の問題からアプローチする批評が書かれる前に企画されたという点で画期的である。また、それは「見る」ことの限界を実演するという意味で、小説を映画に「アダプト」する際に前提とされている、映画は言葉ではなく視覚や音声が優位のメディアであるという合意を覆すような、一種のアダプテーション批判ともいうべき側面を備えていた。

もちろん、脚本だけを検討するアダプテーション批評には限界がある。特に、本映画化の場合、作品の舞台をスコットランドに転移し、スコットランドの核と原子力の問題に関心を寄せながら、その問題がスクリーン上に映し出されたのかどうか、つまり映画が製作された当時のイギリスの核と原子力の問題にまで踏み込んだ内容の映画であって、核のナラティヴを現代の若者たちに引き継ごうとするものであったのかどうかまでは検証できなかった。そのため、バリー・ルイスがかつてイシグロの原作に原爆ナラティヴの不在を指摘したように（Lewis 20）、その脚本からは核と原子力のナラティヴが不在であるようにも読める。この点は今後の課題としたい。

ところで、これまで何度か映画化が試みられながら、イシグロの長編デビュー作は未だスクリーンには登場していない。『遠い山なみの光』が映画の「原作」となる（波戸岡、八―九）その日を、楽しみに待ちたい。

【注】

（1）　後に触れるが、撮影台本に最も近いと推測される英語版第三稿は、ジョン・マクグラスによる改訂版である。以下に、英語版シナリオの書誌情報を記す。Yoshida, Kiju. *A Pale View of Hills* translated from the French by Nigel Palmer, 1st Draft (July 1996), collection of the Harry Ransom Center, University of Texas, Austin, Container 15, Box 6. Yoshida, Kiju. *A Pale View of Hills*, translated from the French by Nigel Palmer 2nd Draft (October 1996), collection of the Harry Ransom Center, University of Texas, Austin, Container 15, Box 7. Yoshida, Kiju. *A Pale View of Hills*, translated from the French by Nigel Palmer, Revised by John McGrath, 3rd Draft (March 1997), collection of the Harry Ransom Center, University of Texas, Austin, Container 15, Box 8. なお、第一稿にのみイシグロの書き込みが六カ所ある。そのうち四カ所は後の版で修正された。

（2）　荘中孝之は悦子と義父の緒方誠二との関係には川端康成の『山の音』の影響がみられると指摘する（四三―五〇）。

佐藤元状は、荘中の議論を発展させる形で、悦子と義父との関係はむしろ、同作の成瀬巳喜男による映画化作品の参照によるものであり、『遠い山なみの光』を成瀬の映画のアプロプリエーションと見なす議論を提出している（一五四―一五五）。また、義父と義理の娘の親密さに関して、イシグロが小津安二郎監督の映画、特に『東京物語』に学んだことは、これまでも多くの論考で指摘されている。

（3） 例えば、麻生えりか「Kazuo Ishiguro のコスモポリタニズム――*A Pale View of Hills* と *Never Let Me Go* における被爆の風景」、『青山学院大学文学部紀要』第五二号、二〇一〇年、五七―七六。

（4） 吉田喜重は一九六三年に広島県の呉市を舞台にした『嵐を呼ぶ十八人』を撮った時、広島市民球場のナイター・ゲームの撮影で、球場のすぐ近くにある原爆ドームが映り込まないように避けて撮影したと語っている（諏訪・吉田、八〇）。

（5） 四方田犬彦は「記憶と隠蔽の力学」に注目して、一九七〇年代以降『鏡の女たち』に至る吉田喜重の映画を分析している（二三五―二四四）。

（6） ここに検討したのは英語版のシナリオ第一稿のシーン六一、第二稿のシーン六一、第三稿のシーン六九―七一である。

（7） ここで吉田喜重は『鏡の女たち』における原爆資料館のシーンで被爆の写真が行列を作るシーンについて説明しているのだが、そこで語っている内容は本シーンにも当てはまるものと思われる。

（8） ここに検討したのは、英語版のシナリオ第一稿のシーン八九―一〇〇、第二稿のシーン八九―一〇〇、第三稿のシーン一〇一―一一五である。

（9） この部分は、吉田が小津安二郎監督の『東京物語』について、義母の形見の懐中時計を眺める次男の嫁紀子のまなざしを分析する議論を参照した（吉田、二〇一一、二五五）。

【引用文献】

Horn, Olivier. *Kiju Yoshida Rencontre Madame Butterfly*. Centre National du Cinéma et de l'Image Animée, 2013.
Ishiguro, Kazuo. *A Pale View of Hills*. Faber and Faber, 1982.（カズオ・イシグロ『遠い山なみの光』小野寺健訳、ハヤカワ epi

文庫、二〇〇一年）
Lewis, Barry. *Kazuo Ishiguro*. Manchester UP, 2000.
Martin, Steve. "Power Politics." *The Scottish Government Yearbook 1988*, edited by David McCrone and Alice Brown, Unit for the Study of Government in Scotland, University of Edinburgh, 1988, pp. 200-15, www.scottishgovernmentyearbooks.ed.ac.uk/record/23016.
"Torness." *Office for Nuclear Regulation*. Retrieved on 9 June 2020, www.onr.org.uk/sites/torness.htm.
Wong, Cynthia F. *Kazuo Ishiguro*. Northcote House, 2000.
麻生えりか「プルトニウム社会に生きる――核エネルギー小説として読む『わたしを離さないで』」、『青山学院大学文学部紀要』第五五号、二〇一三年、五一―六八頁。
イシグロ、カズオ（インタヴュー・訳＝大野和基）「『わたしを離さないで』そして村上春樹のこと」、『文學界』二〇〇六年八月号、一三〇―一四六頁。
岡田茉莉子『女優 岡田茉莉子』文藝春秋、二〇〇九年。
川村湊『銀幕のキノコ雲――映画はいかに「原子力／核」を描いてきたか』インパクト出版会、二〇一七年。
佐藤元状「ノスタルジーへの抵抗――カズオ・イシグロと日本の伝統」、『三田文學』第一三三号（二〇一八年春季号）、一四五―一五五頁。
荘中孝之『カズオ・イシグロ――〈日本〉と〈イギリス〉の間から』春風社、二〇一一年。
諏訪敦彦・吉田喜重「映画と広島、そして希望」、『ユリイカ』二〇〇三年四月臨時増刊号（総特集：吉田喜重）、七八―九四頁。
蓮實重彥「影とフィクション――吉田喜重論『人間の約束』、『嵐が丘』、『鏡の女たち』をめぐって」、『ユリイカ』二〇〇三年四月臨時増刊号（総特集：吉田喜重）、二〇〇―二一三頁。
ハッチオン、リンダ『アダプテーションの理論』片渕悦久・鴨川啓信・武田雅史訳、晃洋書房、二〇一二年。
波戸岡景太『映画原作派のためのアダプテーション入門――フィッツジェラルドからピンチョンまで』彩流社、二〇一七年。

プッチーニ、ジャコモ『蝶々夫人』オペラ対訳ライブラリー、ジュゼッペ・ジャコーザ、ルイージ・イリッカ脚本、戸口幸策訳、音楽之友社、二〇〇三年。

吉田喜重『小津安二郎の反映画』岩波現代文庫、二〇一一年。

――「情念としてのメタ・オペラ――リヨンにおける『蝶々夫人』」、『季刊へるめす』第二五号、一九九〇年、六五―七七頁。

――「映画の壁・ストーリィ主義批判」、『シナリオ』一九六〇年一一月号、八四―八七頁。

吉田喜重・小林康夫「スクリーンと女たち――『鏡の女たち』をめぐって」、『水声通信』第一一号(二〇〇六年九月号、特集：表象とスクリーン)、三七―五四頁。

四方田犬彦「母の母の母の母」、『ユリイカ』二〇〇三年四月臨時増刊号(総特集：吉田喜重)、二三四―二四五頁。

『浮世の画家』を歴史とともに読む

田尻芳樹

1　序論――芸術家の戦争責任という主題

カズオ・イシグロの『浮世の画家』（一九八六年）に関して、かねてから奇妙に思ってきたことがある。日本において、この作品の明確な主題である「芸術家の戦争責任」という問題が深く受け止められた形跡がないのである。荘中孝之が詳述しているように、この小説の日本語訳が一九八八年に出たとき、まず問題になったのは翻訳の適切性だった（荘中、五八―七六）。「芸術家の戦争責任」という問題は認知はされるが、それについて現代の日本の立場から新たに考え直すという態度は見られなかった。たとえば文芸評論家三浦雅士は邦訳の書評で「芸術家の戦争責任はとうに過ぎ去った主題だが、外部からは違っても見えるのである」と書いている（『朝日新聞』一九八八年四月四日付）。まるで他人事といった調子である。その後の受容においても事態は基本的に同じであると言ってよい(1)。

この理由は単純である。日本において戦争責任の問題はすっかり風化し、それについて真剣に考えようとする風潮が世の中からなくなったのである。しかし、それればかりではない。イシグロが描く日本が、日本のようでいて日本ではないという曖昧さを帯びているため、戦争責任の問題も現実の歴史の問題として意識しにくかったということもあるはずである。『浮世の画家』は明確な日付（一九四八年一〇月から一九五〇年六月まで）を持っているが、イシグロは現実の日本の歴史を忠実に再構成することなど考えていなかった。たとえば『ゴジラ』（一九五四年）と思しき怪獣映画が一九四八年に公開されていても平気である。彼が描く日本はあくまでも彼が自分の幼児期の記憶や日本の映画と小説に基づいて再創造した日本に過ぎないのである[2]。

しかし、私は『浮世の画家』を読むことでその主題である「芸術家の戦争責任」の問題を日本人が重く受け止め、ひいては戦争責任全般の問題を改めて考え直すことは現在に至ってもなお有意義なことだと考える。邦訳が出た一九八八年の後、冷戦が終結した一九九〇年代に韓国の従軍慰安婦の問題が新たに取りざたされるようになり、戦争責任論も新たな展開を迎えた。そして今日、従軍慰安婦の問題はいまだ解決を見ず、さらに戦時中の徴用工の問題をめぐっても韓国との関係がこじれていること、そして国内的にも原爆の後遺症を始め戦争の爪痕とその記憶が現代にも様々な影を落としていることからも分かるように、戦争責任の問題は、日本人の主観がどうであれ、客観的には終わっていないと言えるのである。また後述するように、芸術家の戦争責任という問題も、敗戦直後に議論されたときにうやむやにされたまま現在まで積み残されているという認識が最近まで表明されている。この問題を十分に真剣に受け止めない限り、日本人が『浮世の画家』を本当に受容したことにはならないとさえ私には思われる。

今、「日本人」という言い方をした。これに対してアレルギーを示す読者もおられよう。「日本人」という風に読者を限定するやり方は、イシグロの作品が疑問視しているナショナリティの固定化ではないか。それはある種のナショナリズムと結託するのではないか。これに対しては『戦後責任論』（一九九九年）の高橋哲哉の主張を援用することができる。日本人が戦時中の戦争責任を戦後に負う、つまり戦後責任を負うという場合、責任の履行を求められているのは日本政府なのだから、日本国民（日本国籍を持つ者）として日本国家の政治的主権者である「日本人」は、日本政府に責任を取らせる責任を免れないと高橋は説く。その場合の「日本人」は「血の同一性」とか「日本文化」の共有などとは関係がない（五二―六〇）。「日本人が戦争責任、戦後責任を負おうとするとき、日本という政治的共同体への帰属を回避することはできないが、それは日本という国民国家への同一化を意味するものではけっしてない」（一九〇）。この意味での日本人が戦後責任を負っている以上、『浮世の画家』の主題である芸術家の戦争責任の問題に応答することも日本人には積極的な意味があるということになる。

次に、イシグロの作品が描く日本が日本であって日本ではないという曖昧さについて考察しよう。これについてはすでに多くの論者が指摘しているが、おそらく最も理論的に洗練されているレベッカ・ウォルコウィッツは、問題を虚構化された日本と現実の（真の）日本の曖昧さとして読み換えながら、次のように述べている。「日本は虚構化できるが、「真の」日本もすでに虚構である〔……〕とイシグロは示唆している」（117）。虚構／現実の二項対立は脱構築されるのである。さらに彼女は言う。「イシグロは、彼のテクストに日本やイギリスが具現化されていると思う読者だけでなく、彼による虚構化を認知するけれども結局はどこかに真の日本らしさが存在すると論じてしまう読者にも抵抗する」（122）。つまり、イシグロの小説は日本を単純に表象しているのではないし、かといって、どこかにある真の日本をさしおいて虚構だけを提示しているわけでもない。そもそも真の日本という概念は疑わしいのである。

しかし、それでも戦争責任の問題は、日本人に対して『浮世の画家』の日本を現実の日本であるかのように捉えるよう要請する。事が正当性の問題に関わるからである。高橋哲哉は『歴史／修正主義』

（二〇〇一年）の中で、歴史は複数の物語であるという多元主義を批判し、複数の物語の間に正当性をめぐる抗争があるときは、どの物語もそれなりに正当であるという相対主義的な立場をとるのではなく、どれが正当でどれが不当かの「判断」を下す必要がある、「とりわけ、戦争責任や戦争犯罪が問われるときはそうである」と述べている（九一）。そうでなければ従軍慰安婦など存在しなかったという物語にも正当性があることになってしまうだろう。これと形式上似たような論理を『浮世の画家』の日本にも当てはめることができるだろう。つまり、戦争責任の問題は、それを日本人が担うのが正当であるという意味で、日本は虚構であるとか真の日本などないとかいう相対主義に対してある種の歯止めをかけるのである。イシグロが描いている日本は確かに歴史的現実としての日本と異なっているところがある。しかしそこで主題化されている芸術家の戦争責任という問題そのものは、敗戦後の日本で実際に議論され、今日まで尾を引いて再検討を要請してくる歴史的現実なのだから、日本人は、イシグロが描く日本が本物かどうかという問題を超えて、それを受け止めるという「判断」をしてもよいはずなのである。

そのような前提に立って『浮世の画家』を読むときに必要なのは、現実の歴史を呼び起こすことである。たとえば現実の歴史において日本の芸術家は戦争責任をどのように考え、どのように議論したのだろうか[3]。そのような事実を想起しながら読むことによって、現代において日本人が再びこの問題を考えるきっかけを得ることができる。それは戦争に協力した芸術家を今日の観点から単純に糾弾することではない。むしろ彼らがどのような戦争責任を負い、それについてどのように考えたかを意識化することで、戦時中の日本社会や日本人の思考・行動様式の実態について認識を深めることが重要なのである。

さらに、現実の歴史と照合することで、イシグロが歴史のどこに脚色を加え力点を置いたのかも明瞭になる。もちろんイシグロが提示する事実の誤りをあげつらうことが目的なのではない。イシグロが歴史の忠実な再構成を目指していない以上、そういうことに意味はないのだから。

2　小野の画家としての経歴

まず主人公小野益次の画家としての歩みを現実の歴史と照らし合わせてみよう。小野はまず武田工房で、海外輸出用に日本文化の紋切り型をあしらった美術品を量産するという商業的な仕事をする。しかし、それには飽き足らず「現代の歌麿」と呼ばれた森山誠治に弟子入りし、より芸術的な仕事に七年間いそしむ。しかし、松田知州の影響で右傾化してそれに終止符を打ち、国家主義的なプロパガンダへと邁進し、画家として成功してゆくのだ。一九五〇年六月、小野は一九三八年五月に重田財団賞を受賞した後およそ「十六年ぶり」に若葉郡の旧師森山の別荘を見に行って勝利感と満足感に満たされた日のことを回想する（202 三一一）。ということは小野が森山の元を去ったのは一九二二年ごろということになる。この年は日本共産党が結党されたことでも分かるように、一九三〇年代前半まで続く左翼運動が広がりを見せていた一方、その逆に天皇を中心とした右からの社会改革を叫ぶ声も高まっていた[4]。小野に影響を及ぼした松田はこの後者の動きに呼応したらしい。彼は小野を貧民街に連れ出し、自分たちは共産主義とは逆の王政復古を望んでいるのだと言う。

「天皇陛下はわれわれの正当な統治者であられる。ところが、現実にはなにが起こっているか。陛下から権力を奪い取っているのは、あの実業家や政治屋どもだ。いいか、小野、日本はもう貧乏百姓ばかりの後進国ではない。〔……〕われわれの手で、英国やフランスに劣らず強力で富める大帝国を建設すべき時が来ている。われわれの力を使って海外にもっと進出すべきだ。いまこそ、日本は世界列強のあいだで正当な地位を確保しなければならぬ。信じてくれ。われらの祖国にはそうするだけの十分な手だてがある。ただ、その意志がまだ見えてこないんだ。だからこそ、あの実業家や政治屋どもをやっつける必要があるのだ。そうすれば、軍部は天皇陛下にだけお仕えすることになるだろう」

(173-74 二六七—二六八)

この松田の思想は、実際にこの時期にあった右翼思想にきわめて近い。このころから一九三六年の二・二六事件に至るまでこれと同じような思想に基づいて「君側の奸」たる政治家や実業家の暗殺が相次いだのである。また一九三一年の満州事変を皮切りにアジアへの「進出」を大規模に展開していったのである。小野はこの松田に感化されて《独善》という絵を描き、それがきっかけで森山に破門される。それは退廃的な享楽に耽る男たちと、貧しいが戦いを始めようとする少年たちを対照させて日本列島の海岸線に埋め込んだもので、右側には「独善」、左側には「ソレデモ若者ハ自己ノ尊厳ヲ守ルタメニ戦ウ覚悟ヲ決メテイル」という文字が書かれていた。現実の美術史に照らしてみるなら、一九二二年の段階でプロパガンダ的な絵を描いた右翼の画家は例外的だったはずである。美術史家河田明久は次のように述べている。満州事変から一九三七年の日中戦争に至る時期は、「少なくとも美術家にとっては戦時下ではなかった。満州事変や上海事変(第一次)に反応して戦地を訪れるような画家もなかにはいたが、それはあくまでも少数派」だった(一七六)。であるならば、イシグロは小野をきわめて早い時期の右翼画家として造形したことになる。[5]

また、先に引用した松田の言葉を含む松田と小野の論争では、そもそも美術を通じて社会に影響を及ぼすことができるのかという原理的な問題を二人とも意識している。実際、松田は先の引用のすぐ後で、自分の威勢のいい言葉を否定するかのように言う、「しかし、そんなことはおおむね他人が心配すればいい。〔……〕おれたちみたいな人間は、ひたすら芸術に関心を向けるべきだ」（174 二六八）。ここに見られる自己矛盾、つまり天下国家を論じて政治家や実業家をこき下ろす一方で、自分たちは結局現実の政治には関わらないという矛盾は、美術と政治の間の曖昧な関係として、後に触れるように現実の歴史においても大きな問題となった。

一九二〇、三〇年代の文学や芸術を特徴づけるのは左翼芸術と新興芸術派（モダニズム）の勃興である。文学で言えば、プロレタリア文学と新感覚派の対立、拮抗関係があった。しかし、前者は国家権力によって徹底的に弾圧され一九三三年ごろから実質的に無力化し、多くの転向者を出した。それに対応するようにモダニズムの方も力を失い、新感覚派をリードした横光利一のように右傾化し始める。美術においては、戦前期にモダン・アートの難解さや娯楽の多様化もあって、美術が大衆から離反したという危機意識が画家たちに共有されていたため、画家たちが戦争画を積極的に描いて社会との接点を追求しようとしたという事実がある。河田明久は書いている。

与えられた条件に身を委ね、他者と協働して制作にあたること。大衆の心をつかむ物語を描くこと。モダン・アートの立場からは退行とも見えるそうした美術のあり方を、一九三〇年代の美術家はむしろ活路ととらえていた。画家個人の身の丈を超えた、大衆にも理解される大きな物語を請われて描きたいというこの野心は、のちの戦争画家の姿勢を彷彿させる。戦争画に先立ちまず生まれたのは戦争画家のほうだった、といえるかもしれない。（一七五）

これは松田が一九二二年の時点で、画家たちは社会の現実に背を向け過ぎていると批判していたことに通じる。おそらく小野の師匠森山のモデルは、実際に「現代の歌麿」と称された橋口五葉（一八八一―一九二一）あたりだろうが、これは昭和モダニズム以前の画家である。一九二二年ごろに森山から独立した小野のその後の具体的な経歴ははっきりしないが、先に見たように例外的に早くプロパガンダの方に歩み出していたことを考慮すれば、左翼芸術からもモダニズムからも独立して、大衆に寄り添う（と彼が考えたところの）「大きな物語」を描き続け、人気と名声を獲得したのであろう。

3　画家たちの戦争責任論争

戦時中、画家たちは軍部の要請で戦地に赴き盛んに戦争画を描いた。そんな動きをリードしたのが、エコール・ド・パリの一角として国際的名声を獲得し、日本人でただ一人の国際画家として帰国していた藤田嗣治である。敗戦直後に美術界で戦争責任論争が起こったとき、そんな藤田は当然ながら槍玉にあげられた。一九四五年一〇月一四日、画家宮田重雄は『朝日新聞』紙上に「美術家の節操」という文章を発表し、藤田嗣治、猪熊弦一郎、鶴田吾郎ら「陸軍美術協会の牛耳を採って、戦争中ファシズムに便乗した人たち」が、進駐軍に日本美術を紹介する役を担っているのはおかしいと強く批判した。「作家的良心あらば、ここ暫くは筆を折って謹慎すべき時である。今更どの面下げて、進駐軍への日本美術紹介の労などがとれるか」（同、一四二）。

それに対し同紙一〇月二五日に藤田嗣治は「画家の良心」を発表、進駐軍への紹介役というのは事実無根であるとした上で、戦時中の戦争協力を次のように正当化する。「戦時中便乗したりうまい汁を吸ったり等の同君の邪推は全然的はずれである。元来画家というものは真の自由愛好者であって軍国主義者であろうはずは断じてない。遇遇開戦の大詔渙発せらるるや一億国民は悉く戦争完遂に協力し画家の多数の者も共に国民的義務を遂行したに過ぎない。尚多くの犠牲を払わされたものも、こうした画家連であった」（同、一四二―一四三）。まるで自分たちこそ被害者だと言わんばかりの開き直りである。鶴田吾郎も同じ日の『朝日新聞』の「画家の立場」なる文章でさらに開き直った調子で言う。「戦争に便乗したとか言っておられるが、去る八月十五日停戦前までの殆ど凡ての日本国民は戦争の為に軍と政府に協力したではないか、また協力することが当然ではなかったか。また戦争画を描いた画家が再び平和に戻ったから他の方面を描いて節操を曲げたと言うのも間違っている。吾々は画家である。描きたいものは何でも描く。吾々は思想運動家ではない」（同、一四五）。

ここには二つのポイントがある。一つは戦争協力は国民の義務だったので仕方がなかったということ。小野もこの考えを共有している。一九四七年、戦争責任を謝罪するために自殺する人が増えている状況に関して、彼は言っている。「なんと言っても、祖国が戦争を始めたら、われわれ国民はそれを遂行するために全力を尽くすべきだし、それを恥じる理由もない。死んでお詫びする必要などどこにあるでしょう」（55 九三）。小野は次女紀子の見合いの席では自らの過ちを潔く認め、それを過去を直視する正しい姿勢だとみなしているが、他方では、小説の最後で「松田やわたしのような人間は、どんなことであれ、その時には信念に従って実行したという自覚を持ち、そこに満足を感じている」（201-02 三一〇）と考え、後悔や反省の色は薄い。過去の過ちは認めるが、同時に自分の過去を結局は肯定しているのである。誤りを認めた点で実際の藤田や鶴田よりましだったように見えるが、自己肯定している点では大して変わりがないとも考えられる[6]。

もう一つは、鶴田の弁明の最後に現れている、画家は政治や歴史を超越しているということ。これは所詮美術など無力なのだという、松田が小説の最後に述べる考え方に結びつく。松田は一九五〇年六月、小野と最後に会ったときに言う。「軍の将校、政治家、実業家〔……〕連中はみんな、国民をあんな目に遭わせたといって非難されている。しかし、おれたちの仲間がやることはいつもたかが知れていた。きみやおれみたいなのが昔やったことを問題にする人間なんてどこにもいない」(201 三一〇)。また小野の長女節子も、小野が戦争責任を取って自殺した作曲家那口幸雄のような考えを持つことを恐れてか、「お父さまは画家にすぎなかったんですから。大きな過ちを犯したなんて、もう考えてはだめよ」と言う(193 二九七)。自分が影響力があったことを認めたい虚栄心のせいで、小野自身は素直に受け入れられないかもしれないこうした考えは、中村義一が紹介する戦争直後の画家中川一政(かずまさ)の発言とよく似ている。

> よほど力量がなければ戦争犯罪人などなれるものではなく、私は罪人ですなどと自惚(うぬぼ)れてはいけない。日本の戦争画はことごとく逆効果を上げた。灰色と褐色の陰惨な光景をみて、誰が勇気や敵愾心を抱いたか、と言う中川にとって、絵は本来役に立たぬものなのである。勉強すればするだけ大衆から離れて孤独になって行くものなのだ。戦争画など芸術の問題に価せぬとする、孤高を持したこの種の芸術至上主義が戦争責任の論議を都合よくはぐらかしてくれたと言える。　(二五七)

画家たちの戦争責任について一九九〇年代に再検討した司修はこの文を引用して中川の発言を無責任と断じ、「戦中の軍部が、戦争画の果たす戦意高揚をおおいに認めたことをなんと考えていたのでしょうか」と述べている(一七四)。また藤田の戦争画に関しては二〇一九年になってもなお、一九四三年に

「国民総力決戦美術展」で《アッツ島玉砕》を見て敵愾心を駆り立てられた記憶に基づき、藤田らの戦争責任を追及しようとする北村小夜『画家たちの戦争責任』のような本が出版されている。北村は加藤周一が二〇〇六年の藤田嗣治展の戦争画に関して「戦意高揚の気配」を否定したのに対して、戦時下にあっては藤田の絵によって戦意を高揚させられた者が少なくなかったという事実を対置している(二八)。

そもそも芸術と政治の関係は曖昧である。芸術は政治に奉仕することがあるし、同時に自律的でもありうる。戦争画も美術作品として独立して評価することもできれば、それが描かれた政治的文脈との関係で捉えるべきだとも言いうる。この両義性が責任問題も曖昧にするのだ。結局、画家たちの中で戦争責任を取る形で活動を制限されたり、公職追放になったりした者はいなかった。責任追及に辟易したらしい藤田は一九四九年に日本を離れ、フランスに帰化し、二度と日本に戻らなかった。また彼のものも含む多くの戦争画は、一九四六年に進駐軍によって押収され一九七〇年に「無期限貸与」という形で返還されたが、そのまま東京国立近代美術館に収蔵され、今日に至るまでごく一部しか公開されていない。これは、戦争画は美術作品かプロパガンダかという問題も含めて、美術史の空白が埋められないままになっていることを意味し、いまだに多くの識者が問題視するところとなっている。

4　音楽家たちの戦争責任論争

一九四九年一一月、小野は孫の一郎に那口幸雄という自殺した音楽家のことを聞かれて次のように言う。

「那口さんが作ったたくさんの歌は、この市だけではなくて、日本中に知れ渡り、ラジオでも放送され、酒場でも歌われていた。そして、賢治おじさんみたいな学生や兵隊も、行進するときや、戦闘に出かける前などに歌ったものだ。ところが、戦争が終わったあと、那口さんは自分の作った歌は――なんというか――一種のまちがいだと思うようになった。那口さんは戦争で亡くなったあらゆる人々のこと、親を亡くした一郎くらいの年のあらゆる坊やたちのことを考えた。そういったすべてのことを考えたうえで、自分の作った歌はまちがいだったと思った。そして、お詫びをする必要があると考えたのだ。〔……〕だから自殺をしたんだと、おじいちゃんは思う」

（155 二三九―二四〇）

小野は那口が自分の過ちを率直に認めたことを自分自身と重ねて評価し、「とても勇気ある立派な人」だと言う。しかし、結局自分の過去を肯定する小野は自殺などまったく考えない。イシグロがここで描いているような影響力のあった作曲家と言えば、率先して軍部に接近し音楽界の軍国主義化に貢献した山田耕筰を筆頭に、服部良一、古関裕而、古賀政男、信時潔（のぶときよし）などが思い浮かぶが、これらの人たちで那口のように国民を扇動した責任を取って自殺した人はいない。[7] 実際、イシグロは現実の歴史よりも自殺というモチーフを強力に打ち出している。一九四七年、次女の見合い相手三宅二郎が、自分の会社の社長が「戦没者の遺族に対するお詫びのしるしとして」自殺したと言うのに対し、小野は「謝罪のために自殺する人のことが毎日のように記事になっている」のは狂っていると言っている（55 九二―九三）。当時の新聞を調べてみると、一九四五年八月一五日の阿南惟幾（あなみこれちか）陸相自決を皮切りに一九四七年三月ごろにかけて、敗戦の責任を直接負う高位軍人や政治家の自殺が確かに頻繁に起きている。しかしそれは天皇に謝罪したり戦犯として裁かれるのを避けたりするためであり、国民に対する謝罪の表明は例外的だった（家永、三八四―三八六）。また、民間人が「戦没者の遺族」に詫びるために自殺する例は見当たらないし、少なくとも社会現象ではなかった。当時、民間人の自殺は生活苦や神経衰弱によるものが多かったのである。イシグロは『遠い山なみの光』や短編「ある家族の夕餉」では日本人の自殺を文化的ステレオタイプとして明確に批判的距離を置いて扱っているが、『浮世の画家』ではステレオタイプをそのまま利用し、芸術家や民間人に謝罪のための自殺をさせてこの時代の情景にしている（実際、日本人読者でさえこの時代にはそのような道義的自殺が多かったのだと思ってしまうだろう）。それは、自殺などまったく考えない小野の自己肯定を対照的に鮮明にする効果を生んでいる。

さて、音楽家の戦争責任に関しては敗戦直後に『東京新聞』紙上で行われた山根銀二と山田耕筰の間の論争が知られている。一九四五年一二月二三日、山根は「資格なき仲介者」という文章で、進駐軍が日本の音楽文化を知るために山田耕筰に協力を求め山田がそれに応じたことを激しく指弾する。山田はつい昨日までアメリカ人とアメリカ音楽の「野獣性」を叫び、楽壇を弾圧して軍国主義化した「典型的な戦争犯罪人」ではないか、と（秋山、三八三）。その同日、山田は「果して誰が戦争犯罪者か」という文章で次のように答えている。

山根君！　私は今あなたの楽壇時評を拝見して唖然としています。私は然しあなたの挙げられた個々の非難に対して細々とお答えする必要を認めません。が、あなたが私を戦争犯罪人と断定された所論に対しては一言せざるを得ません。成程私はお説の通り戦時中、音楽文化協会の副会長として、時の会長徳川義親侯を補佐して戦力増強士気昂揚の面にふれて微力をいたして来ました。それは祖国の不敗を希う国民としての当然の行動として。戦時中国家の要望に従ってなしたそうした愛国的行動があなたのいうように戦争犯罪になるとしたら日本国民は挙げて戦争犯罪者として拘禁されなければなりません。（秋山、三八四）[8]

これは、藤田や鶴田のような画家たちにもあった、戦時中に国家に従うのは当然だという開き直りであり、反省の色はまったくうかがえない。秋山邦晴は一九七六年の時点で、この論争が発展しなかったことを嘆き、敗戦後の音楽家たちは「再建を語るならば、戦争下にあった悪しき事実や状況を再検討し、それをみずから徹底的に批判して出発すべきだったのだ」と述べている。「問題点の検討を避けて通れば、その同じ状態はふたたび出現しないとは限らないのである。いや現在その「戦前」は日本の楽壇の中に残滓として存在しているのではないか」（三四四）。もっと最近、二〇〇八年の著書でこの論争を再検討した戸ノ下達也は、戦争犯罪ではなく戦争責任が問われるべきだったとした上で、これ以降音楽家の戦争責任が「正面から論じられることなく今日に至っている、その代償はあまりにも大きい」と述べている（二四八）。美術界と同じく音楽界でも公職追放者は出ず、戦争責任を追及された側は自己正当化するだけで、論争は何ら発展せずに終わったのである。

5　文学者たちの戦争責任論争と戦後日本小説

文学においてももちろん文学者の戦争責任を問う動きは敗戦直後から顕著だった。『近代文学』の別働紙『文学時標』と『新日本文学』は一九四六年に数多くの文学者を断罪した[9]。転向していたが敗戦後共産党に再入党を許された中野重治は、「帝国主義戦争に協力せずこれに抵抗した」と寛容に認定された上で新日本文学会発起人に名を連ね『新日本文学』の編集に携わった。そして一九四六年から四七年にかけて、中野と『近代文学』の荒正人、平野謙との間でプロレタリア文学運動の評価をめぐって（しかし戦争責任問題も論点として含む）激しい「政治と文学」論争が戦わされた。[10] しかし、やはり左翼転向組だった平野謙は情報局第五部第三課の嘱託として戦時中日本文学報国会の結成と運営に深く関わっていた責任に関する意識は弱かったし、中野も日本文学報国会ができた際には入会を懇願していた。[11] その他、詩の世界では、愛国的な詩を数多く書いて戦争責任が明確な高村光太郎を追及する壺井繁治や岡本潤が自分たちも愛国詩を書いていたことは棚に上げているという事実もあった（高橋新太郎、一九八一―一九九九）。櫻本富雄は、藤田嗣治を糾弾した宮田重雄も戦争画を描いていたし、山田耕筰を戦犯呼ばわりした山根銀二も日本音楽文化協会の理事として戦争協力していたことを指摘し、「追及する側が自らの罪は棚上げにして、他者の罪だけを追及するというパターン」（二〇一二）を見出しているが、文学にも似たような事情があったのである。むろんこのことが各分野での戦争責任論争がうやむやになった一因である。戦後一一年が過ぎた一九五六年、吉本隆明が武井昭夫と『文学者の戦争責任』を刊行し、敗戦時に二〇歳だった若い世代の立場から、戦争責任問題を回避して出発した戦後文学を厳しく批判した。しかし、その後日本が高度経済成長を遂げてゆくに従い、文学者の戦争責任の問題は風化して今日に至っている。美術や音楽ではすでに見たように、近年に至るまで戦争責任の問題を再検証する必要があるという論者がいるが、文学の世界ではそういう機運は弱い。それは音楽や美術に比べて戦後の論争が激しく、また長く続いたためだろうか。[12]

ところで、『浮世の画家』における芸術家の戦争責任の問題を日本の実際の歴史に即して考えようと最初思ったとき私は、同じテーマを扱っている戦後の日本の小説と比較してみようとした。そうすることでイシグロによるこの問題の扱いの個性が鮮明になると考えたのである。ところが驚いたことにそのような日本の小説は存在しないようなのである。私は近代日本文学を専攻している知人、友人の五、六人に、戦時中の戦争責任を戦後になってから内省するような小説はないだろうかという同じ問いを発してみたが、全員が異口同音にそのような小説は思い浮かばないと言った。[13] 戦後日本の小説の多様性と豊かさを考えるとこれは奇妙なことではないだろうか。あたかも、戦後の日本の小説が避けたテーマを、文化的文脈をほとんど共有しないイギリスの小説家に一九八〇年代になって探求してもらったかのように見えるのである。もちろん文脈を共有しないからこそ可能だったとも言えるが、日本の小説にとって芸術家の戦争責任はそれほど強力なタブーだったのだろうか。

『浮世の画家』に主題の上で匹敵する日本の小説の不在は、二つの理由から説明できると思う。一つは、先に見たようにほとんどの文学者がそれぞれ脛に傷を持っており、互いに批判し合うことのできる状況にあったということ。そういうときに戦争責任について小説を書くのは、非常にやりにくい、あまりにナイーヴな試みと思われただろうし、どのように書いたとしてもどこかからの批判を免れないだろうという予測が書く意欲を削いだだろうことは想像に難くない。第二に、こちらの方が本質的な理由だと思うが、すでに戦前に転向という日本の知識人にとって重大な経験があり、それについて多くの小説が書かれたため、戦争協力の問題が転向の問題に包摂され、それ自体としては問題となりにくかったという事情がある。一九三三年の佐野・鍋山の転向声明に代表される転向は、文学者にとって大きな倫理的試練を与え、村山知義「白夜」（一九三四年）、島木健作「癩」（一九三四年）、中野重治「村の家」（一九三五年）、高見順『故旧忘れ得べき』（一九三六年）などこれを主題化した小説は数多い。戦後の作品でも、野間宏「暗い絵」（一九四六年）は転向した主人公が転向せずに死んだかつての仲間たちを回想したものだし、野上弥生子『迷路』（一九三六―五六年、ほとんどは戦後執筆）は転向後の屈折した心情を持ち続ける青年がファシズムに飲み込まれていく過程を大きなスケールで描いていて圧巻である。評論でも本多秋五『転向文学論』(一九五七年)、吉本隆明「転向論」(一九五八年)、学術研究でも鶴見俊輔らによる『共同研究 転向』(一九五九―六二年)があり、この現象が昭和の精神史においていかに重大だったかが思い知れる。文学者が転向後に国策に協力した積極性の度合いは様々だったが、いずれにしても転向はそのまま戦争協力へと延長していった感があり、そうなるとやはり最初の転向という挫折の方がより大きな文学的課題となったとしてもおかしくない。

終わりに

以上、美術、音楽、文学の三分野に関して戦争責任論争を見てきた。すでに第三節で指摘した、責任を国民全体に拡散したり、芸術の自律性を隠れ蓑にしたりして責任を回避する他、自分を棚に上げて他人を批判する泥仕合的傾向も加わり、芸術家の戦争責任は曖昧なまま現在に至っているのである。『浮世の画家』に関して参照すべき歴史的文脈はもちろん他にもたくさんある。最後にそれらのいくつかについて簡単に触れておきたい。

イシグロが『浮世の画家』に出てくる「大正天皇の銅像」を「山口市長の銅像」に変更するよう日本語訳者の飛田茂雄に依頼したという事実(飛田、三二〇)について、倉田賢一は短いが示唆に富む論文の中で、この天皇の抹消は、娘の見合いの席で「戦争責任を自ら認めることで免れようとする」小野が、(戦争責任を自覚していたが東京裁判では責任を逃れた)昭和天皇自身を反復しているという事情を「一挙に抑圧」するが、それは戦後体制そのものにある抑圧と通じると論じている(二〇一)。この変更は日本語訳の読者、つまり基本的には日本人にのみ関わるものだが、その意味合いは重大である。[14] なぜなら戦争責任問題の最大のものが天皇の戦争責任だったからである。倉田が言うように見合いの席での小野の自己批判は「無内容」であり、全体として小野は戦争協力について自己正当化している。またすでに見たように現実の歴史においても芸術家たちは罪悪感の度合いに差異はあってもほとんどは自己正当化してきたのである。天皇自身の責任が曖昧化された戦後体制の中では、こうした事情は無理もなかったとも言えるのだ。

『浮世の画家』の始点である一九四八年一〇月は、天皇を免責した東京裁判が終幕を迎えていたころであり、翌一一月には東条英機らA級戦犯に判決が下された。またこの年から日本を「反共の防波堤」とすべく占領政策が転換し（逆コース）、左翼運動への取り締まりが強化されるようになっていた。そんな中で小説の終点でもある一九五〇年六月に米ソ冷戦の代理戦争たる朝鮮戦争が勃発した。この特需により日本は後の高度経済成長の基礎を築く一方、この間再軍備の動きが進み（自衛隊の前身である警察予備隊、保安隊の創設）、公職追放者の復帰が目立つようになった。小野は小説の最後で新しい世代の日本人に希望を託しているが、これを朝鮮戦争の勃発と重ね合わせるとどうだろうか。日本は数年前まで植民地支配していた朝鮮半島での戦争に乗じて経済復興し、またこの機に保守化して、ある意味で小野のような人物が生きやすい状況になっていったのである。日本全体が小野のように過去を自己正当化し、再びアジアの他国のことは忘れて自国の復興と発展に進み始めたその時点で小説は終わっているとも読める。[15] であるならば、小野という主人公は、一見するよりもはるかに日本の戦後を象徴している人物として、ますます歴史とともに検討する価値があると言える。

【注】

(1) この三浦の書評を含む日本人による『浮世の画家』論及び飛田茂雄による日本語訳が戦争責任の問題を回避する傾向に関しては、Shibata and Sugano 26-31, Sugano 74-80.

(2) イシグロ自身インタヴューで繰り返しこの種のことを言っている。たとえば Shaffer and Wong 8-9, 53-54.

(3) 現実の美術史との関係で『浮世の画家』を読もうとした先行研究として、Sugano, 向後、臼井がある。

(4) この時期の国家主義的運動の概観に関しては、橋川、四七―四八。

(5) 小野は一九三〇年代に《独善》を《地平ヲ望メ》という版画としてプロパガンダ色を強めて改作し影響力を持ったが、一九三七年以降なら彼のような存在は珍しくはなかったかもしれない。

(6) 小野は戦後「幻滅」ゆえ「長いこと絵の具に手を触れることもなかった」と言っている(199 三〇六)。これを反省に基づく「謹慎」と取れば彼には「節操」があったことになるが、おそらく自分の理想の徹底的な崩壊に茫然自失して絵筆を取れなかったのだろう。

(7) 主要な音楽家が戦後に戦時中の活動をどのように振り返っていたかについては、戸ノ下、二一二―二三六。罪悪感を持っていた音楽家もいたことが分かる。

(8) 新字新かなに直して引用した。音楽文化協会は日本文学報国会の音楽版のような組織だった。

(9) 他方、GHQも一九四六年から菊池寛、武者小路実篤、火野葦平ら多くの文学者を戦争に協力したとして公職追放した。画家や音楽家は公職追放されなかったのに、文学者には厳しかった。

(10) 文学者の戦争責任論に関して、小林多喜二と(明らかに戦争協力作家だった)火野葦平を等しく犠牲者として眺めるような視点が新しい民主主義文学には必要ではないかと平野謙が論じたのに対し、中野は高飛車にそれを罵倒した。『昭和の文人』(一九八九年)の江藤淳によれば、中野は占領軍に与えられた民主主義を振りかざす平野たちに強い違和感を覚えていた(一〇七―一二七)。

(11) 日本文学報国会に「当代の文学者及びその研究者は、有名無名を問わず、時勢の波に乗り遅れまいとして、あるいは時代の悪気流から身を避ける「生業(なりわい)の楯」として、こぞって入会したのである。保護観察処分下にあった宮本百合子・蔵原惟人・中野重治らにとっては、日本文学報国会は、「緊急避難」の恰好の場として意識されたであろうし、思想的負い目を抱く多くの転向者は、そこに安堵したのである」（高橋新太郎、一七二）。

（12）　言葉を使う文学は、音楽や美術より「芸術の自律性」を言い訳にしにくかったから、論争が長く激しくなったとも考えられる。

（13）　私がかろうじて発見したのは佐多稲子「泡沫の記録」（一九四八年）で、戦中に報道班員として軍に南方に派遣されるという形で戦争協力した女性転向作家が戦後左翼に復帰するものの、自分の立場の矛盾（自分の属する左翼団体が文学者の戦争責任を追及しているのに自分も戦争協力者である、など）に悩むという内容である。同じ佐多の「虚偽」（一九四八年）は、複雑な思いで行ったこの南方視察の回想である。これらはすぐ後に述べる、戦争協力が転向の延長線上にあるという特質を表している。

また、秦邦生氏の示唆で読んだ獅子文六の自伝小説『娘と私』（一九五六年）の敗戦直後の部分は、結婚適齢期の娘を持つ作家が戦時中の小説でＧＨＱに戦犯扱いされるのを恐れていて、『浮世の画家』と状況が似ている。アメリカに抵抗を感じない若い世代とのギャップの意識も共通している。しかし彼は戦争協力は認めても罪悪感はなく、ＧＨＱによる公職追放の嫌疑を外部から来る災難のように受け止めているし、周囲の人物もＧＨＱに対抗して彼を応援している。小野のような内面の葛藤はまったくないし、まして娘の結婚に自分の過去が影響するなどとは一切考えていない。

（14）　Shibata and Sugano 29, Sugano 78 もこの変更が戦争責任を意識させない方向に作用すると論じている。

（15）　言及されない朝鮮戦争と小野が最後に見る日本の戦後新体制との共犯関係に関して詳しくは Wright 70-74.

【引用文献】

Ishiguro, Kazuo. *An Artist of the Floating World*. Vintage, 1989.（カズオ・イシグロ『浮世の画家』新版、飛田茂雄訳、ハヤカワepi文庫、二〇一九年）

Shaffer, Brian W., and Cynthia F. Wong, editors. *Conversations with Kazuo Ishiguro*. UP of Mississippi, 2008.

Shibata, Motoyuki, and Motoko Sugano. "Strange Reads: Kazuo Ishiguro's *A Pale View of Hills* and *An Artist of the Floating World* in Japan." *Kazuo Ishiguro: Contemporary Critical Perspectives*. Edited by Sean Matthews and Sebastian Groes. Continuum, 2009, pp. 20-31.

Sugano, Motoko. “Putting One’s Convictions to the Test’: Kazuo Ishiguro’s *An Artist of the Floating World* in Japan.” *Kazuo Ishiguro: New Critical Visions of the Novels*. Edited by Sebastian Groes and Barry Lewis. Palgrave Macmillan, 2011, pp. 69-81.

Walkowitz, Rebecca L. *Cosmopolitan Style: Modernism beyond the Nation*. Columbia UP, 2006.

Wright, Timothy. “No Homelike Place: The Lesson of History in Kazuo Ishiguro’s *An Artist of the Floating World*.” *Contemporary Literature*, vol. 55, no. 1, 2014, pp. 58-88.

秋山邦晴『昭和の作曲家たち――太平洋戦争と音楽』みすず書房、二〇〇三年。

家永三郎『戦争責任』岩波現代文庫、二〇〇二年。

臼井雅美「戦争画と共に消された記憶の再生――カズオ・イシグロの『浮世の画家』を読む」、『同志社大学英語英文学研究』第九九号、二〇一八年、二九―七八頁。

江藤淳『昭和の文人』新潮文庫、二〇〇〇年。

河田明久「美術の闘い――昭和前期の美術」、『日本美術全集第十八巻　戦前・戦中　戦争と美術』小学館、二〇一五年、一七〇―一八三頁。

北村小夜『画家たちの戦争責任――藤田嗣治の「アッツ島玉砕」をとおして考える』梨の木舎、二〇一九年。

倉田賢一「『浮世の画家』における抹消された天皇」、『人文研紀要』第八二号、中央大学人文科学研究所、二〇一五年、九五―一〇三頁。

向後恵里子「画家の語り――『浮世の画家』における忘却の裂け目」、『ユリイカ』二〇一七年一二月号（特集：カズオ・イシグロの世界）、一四七―一五七頁。

櫻本富雄『歌と戦争――みんなが軍歌をうたっていた』アテネ書房、二〇〇五年。

荘中孝之『カズオ・イシグロ――〈日本〉と〈イギリス〉の間から』春秋社、二〇一一年。

高橋新太郎「文学者の戦争責任ノート」、『高橋新太郎セレクション①　近代日本文学の周圏』笠間書院、二〇一四年、一五五―二一四頁。

高橋哲哉『戦後責任論』講談社学術文庫、二〇〇五年。

――『歴史／修正主義』岩波書店、二〇〇一年。

司修『戦争と美術』岩波新書、一九九二年。

戸ノ下達也『音楽を総動員せよ――統制と娯楽の十五年戦争』青弓社、二〇〇八年。

飛田茂雄「訳者あとがき」、カズオ・イシグロ『浮世の画家』新版、飛田茂雄訳、ハヤカワepi文庫、二〇一九年、三一七―三二〇頁。

中村義一『続日本近代美術論争史』求龍堂、一九八二年。

橋川文三『昭和維新試論』講談社学術文庫、二〇一三年。

三浦雅士「戦中の「信念」を問う――カズオ・イシグロ著『浮世の画家』」、『朝日新聞』一九八八年四月四日付。

［コラム］

イシグロと近代日本の歴史

秦邦生

カズオ・イシグロのインタヴュー集に目を通すと、彼は自分の作品と「歴史」とが切り結ぶ関係について、時期によってややニュアンスの異なる発言を残している。一九八九年の大江健三郎との対談では、『浮世の画家』を書いた際、「歴史書を研究することにはそんなに関心はなかった」と彼は述べているが、その九年後のべつの機会においては、インタヴュアーからの質問に対して、初期の二作品を書いた際には「言うまでもなくさまざまな歴史書に目を通した」と率直に答えている。ただどうやら、この頃のイシグロにとっての課題は、自作のテーマを表現するための足場組みのようなものとして「歴史を使う」ことにあり、自分の小説が「歴史のテキスト」のように読まれる可能性に対しては、彼は強い不安感を表明していた（*Conversations with Kazuo Ishiguro* 53, 129-30）。しかしながら、彼の書いた物語が実在の場所を舞台と設定している限りで、「フィクション」と現実の「歴史」との関係をめぐる問いは、イシグロ自身がどれほど遠ざけようとしてもそうはできない、悩ましい問題として残り続ける。とりわけ個々の読者によるテクスト受容の局面に、それは亡霊のように憑依しているのである。

問題が複雑なのは、イシグロが描いた日本近代がじつのところ相対的に正確であるからだ。本論集で田尻芳樹の論考が実践するように、『浮世の画家』を戦間期の日本の「現実の歴史」——具体的には、プロレタリア運動の弾圧や右翼思想・軍国主義の台頭――と照らし合わせて読むことは、まったく可能である。どうやらイシグロはかなり的確な歴史認識をベースに小説を書いているのだが、そのような「歴史認識」を基底にしつつもそれを決して前景化することなく、むしろきわめて微細なディテールや、あるいはほとんど確信犯的な空隙(ギャップ)をテクスト中に仕掛けることを通じて「歴史」の流れを暗示することに、彼の創作の妙が見出せるのである。

さて、ここでもハリー・ランサム・センター所蔵のアーカイヴ資料を参考に、イシグロが「素材」として活用した歴史書を検討してみたい。まず戦争責任や戦争協力という『浮世の画家』の主題との関連で興味深いのは、A級戦犯として一九四八年に処刑された政治家・外交官の広田弘毅を主人公とする城山三郎の小説『落日燃ゆ』(一九七四年)を彼が読んでいたらしい、という点である。出版時には毎日出版文化賞と吉川英治文学賞を受賞し、二度TVドラマ化もされたこの小説は、はやくも一九七五年に *War Criminal: The Life and Death of Hirota Koki* というタイトルで英訳版が出版されており、イシグロはこの英訳版を読んだようだ。ただしこの小説に関するメモはA4用紙半頁ほどの短いものであり、どちらかと言えば木訥(ぼくとつ)で実直な実務家として広田弘毅を好意的に描く城山の書き振りに、イシグロはあまり関心を抱かなかったようだ。

また、太平洋戦争勃発から東京大空襲に至る歴史的展開に関してイシグロは、*World at War* という著作から二枚ほどのメモを取っている。確証はないが、これはおそらくイギリスのジャーナリスト、マーク・アーノルド・フォースターによる著作で、一九七三～七四年にITVで放送された同名の歴史ドキュメンタリー・シリーズにあわせて出版された(専門書というよりは)一般書の部類であろう。放送当時はちょうど二〇歳くらいだったはずのイシグロがドキュメンタリー番組をつうじて戦争や近代日本への関心を醸成した可能性を示唆する点ではこれは興味深い資料かもしれない。だが、本書の秦論文の末尾で指摘したとおり、『浮世』は実際には太平洋戦争中の経験をほとんど直接には描いておらず、この本がイシグロの創作に強い影響を与えた可能性は低いだろう。

この二冊と比べると、イギリスの歴史家リチャード・ストーリーが一九六〇年にペリカン・ブックスから出版した *A History of Modern Japan* という書籍について、イシグロは格段に詳細なノートを残している。この本の第七章「二〇年代」から第八章「暗い谷間」にかけてのメモが特に詳細なのだが、『浮世』の時代設定の関連情報は第一〇章の「占領期」にもあり、イシグロが自作の世界観形成の枠組みとしてこの歴史書を参照したであろうことはほぼ確実だろう。なお、一九六一年には時事通信社から『現代日本史』、翌六二年には松柏社から『日本現代史』という題のストーリーの著作が出版されており、残念ながら現物は未確認だが、イシグロが読んだ本の邦訳は日本国内でも一定程度以上に流通していた可能性が高い。後年オックスフォード大学の東洋史学教授となったストーリーは、詩人エドマンド・ブランデンの勧めで一九三七年から三年間小樽商科大学で教えた経験があり、その後もたびたび滞日した彼の著作は、学問的な客観性に留まらず、当時の日本人の肉声に触れた具体性をその魅力としている。

　イシグロがこの本を参考にしたと思しき箇所を具体的に二点ほど紹介しておこう。まずイシグロは第七章「二〇年代」をつうじて、当時の日本における貧困の増加が代議制民主主義への幻滅と大企業への敵意を醸成し、右翼運動の台頭機運を作った経緯に関するストーリーの説明を詳細に書き記している。例えば一九二三年の関東大震災時における朝鮮人虐殺や北一輝が唱導した「昭和維新」の理念についてもイシグロはこの本から知識を得ていたようだ。二〇年代を通じて一時的に盛り上がったマルクス主義やプロレタリア運動が弾圧されるいっぽう、こうした右翼運動の台頭が当時の貧困問題の深刻化に応答するものだったことをストーリーは強調しており、この論点は『浮世』における若き日の小野の貧困層への共感が、やがて松田知州の唱える皇国主義のイデオロギーへとからめ取られてゆく局面に、かなり忠実に反映されている。

　もう一点興味深いのは、この本の第一〇章「占領期」以降の記述が、小野益次やその孫の一郎が生きる戦後日本の造型に影響を与えた可能性である。ストーリーは終戦直後の一時的な世論の左傾化やアメリカ型民主主義への期待が、冷戦状況を受けた「逆コース」とともに幻滅へと傾斜する流れや、朝鮮戦争勃発を経緯とする好況期の到来についても語っており、『浮世』における一九四八年八月から五〇年六月にかけての時代経験は、この歴史的経緯を圧縮して示している。またどうやらイシグロは、一九四九年四月に設定された紀子と斎藤太郎との見合い席上で軽く話題にされるデモと暴動を、ストーリーが第一一章冒頭で言及した一九五二年のいわゆる「血のメーデー事件」をモデルに、それを数年早めるかたちで物語の背景に組み込もうと試みたようだ。再軍備に反対する左翼団体が警察と衝突したこの事件は、好況に湧く当時の日本の裏で再保守化する政治体制と、民主化や社会的平等を求める声とが衝突した、時代の緊張を象徴する出来事だった。

　ところで、ペリカン・ペーパーバックのこの表紙【図5】には、どことなく既視感を覚えないだろうか。銃剣を構え、旭日旗をたなびかせて進軍する三人の軍人たち――じつは、軍国主義的画家としてキャリアの頂点にあったとされる小野が描いた《地平ヲ望メ》という架空の絵画の特に下半分に関するイシグロの記述は、この表紙の絵にきわめてよく似ているのである（ハヤカワepi文庫新版二六〇頁あたりを参照）。ストーリーの歴史書の表紙に使われたこの絵については「日本の印刷物」から取られたという説明があるのみで、残念ながら原画の出典は今のところ不明である。占領軍による戦争絵画の没収もあり、当時は情報不足だったはずの芸術家の戦争協力についてのイメージを、イシグロはこのような小さな手掛かりから膨らませていたのかもしれない。

イシグロの名声

マイケル・サレイ／奥畑豊訳

カズオ・イシグロの第二長編『浮世の画家』は、名声がいかにして値踏みされるのかということに関する記述で幕を開ける。戦後の日本において、画家である小野益次は自分が住む大邸宅を手に入れた顚末を振り返る。屋敷が売りに出された一九三〇年代前半、小野はすでに著名な芸術家であったが、かつて名高い建築家・都市計画家であった人物が所有していたこの家の価値に釣り合うほどの金銭的余裕は、彼にはなかった。小野が屋敷を買うことができたのは、ひとえにその建築家の相続人が、彼の画家としての評判や地位を暗に金銭に換算したからである。屋敷の所有者たちは小野に対して、「わたしどもはそこに書きました額以上は一円だって頂戴するつもりはございません」と告げる。「わたしどもにお任せいただきたいのは、ご名声をせりに掛けさせていただくことでございます」(9 二二／訳文一部変更)。

批評家から称賛され、多くの文学賞を手にしてきたイシグロの作品は、これまで商業的にも成功し、幾度かハリウッドに採り上げられて映画化されているが、彼にとって先の競売の場面は、間違いなく個人的な重要性を持つものである。実際、イシグロはまさに『浮世の画家』を連想させるような言い回しで、ブッカー賞——彼は四度ノミネートされ、『日の名残り』で一度受賞を果たした——について省察している。彼はそこでブッカー賞のような「宣伝道具」によって、いかにして「文学フィクション」の世界に従事する「少数のエリート集団」がメインストリームでの商業的成功を享受し得たのかを回想している——「われわれは栄光と名声を得ていたかもしれませんが、それで大金を稼ごうとはしませんでした。こういったことすべてが大きく変わってしまったのは、文学作品がベストセラー・リストに登場するようになった一九八〇年代のことでした。それは当初、ブッカー賞の最終候補者や受賞者たちだけに起こったのですが、それからより広範な影響をもたらすようになっていったと思われます」（Shaffer and Wong 205, 206）。言い換えれば、文学賞は名声に対する金銭的な交換価値を設定したのである。ジム・イングリッシュが説明しているように、賞とは、

> われわれにとって資本の〈内的変換〉を行う最も効果的な制度上の主体である。賞によって特定の象徴的財産が「換金され」たり（たとえば、ノーベル賞受賞者の絶版になった作品群が突如として魅力的なボックス・セット版として再販され、あらゆる主要言語に翻訳される）、特定の経済的財産が文化的に「洗浄され」たりするだけでなく（恐るべき爆発物を製造したことで得られたノーベルの利益が、それを覆い隠すような最上の文学的成果の顕彰へと変換される……）、そのような取引の必然的な条件となる変換の障壁とレート自体が、たえまなく論争の的となり、調整されるのである。
>
> （English, *The Economy of Prestige* 11）

イングリッシュの分析はピエール・ブルデューの文学社会学に基づいているが、それは文化生産者たちがいかにして、またどういった条件下において、自身の蓄積された「象徴資本」を金銭的な形式に変換するのかを説明したものである。象徴資本とは積み上げられた名声や名誉であり、当の文化生産者が自らと同等であると認識した人々によって授けられる。そしてそれは、潜在的にはつねに遅延してもたらされる金銭的利益でもある。ブルデューは「象徴資本とは、否認された経済的ないし政治的な資本として理解されるべきものである」と書いている。だがひとたび否認されれば、それは「特定の条件下において――あるいは長い目で見ればつねに――経済的利益を保証してくれる「信用状」」として機能する（Bourdieu 75)。

　すべての文化生産者たちが象徴資本に対して同じような入手権を持っているわけではない。文学や文化といった領域の「反経済」に関するブルデューの記述は今やよく知られているが、それは経済資本あるいは「特定」資本（端的に言えば金銭のことである）を拒絶するそうした「自律的」な芸術家たちに、象徴資本がいかにして生じるのかを論じている。ブルデューによれば、

> 文学的・芸術的領域はつねに、階級化に関する二つの原則の争いの場である。それらはつまり、当該領域を経済的かつ政治的に支配している人々にとって好都合な他律性の原則（すなわち「ブルジョア芸術」）と、自律性の原則（たとえば「芸術のための芸術」）である。後者において、特定資本に恵まれていないその信奉者たちは自立性の原則を経済からの独立の度合いと同一視し、一時的な失敗を自身が選ばれし者であることの証であると考え、逆に成功を妥協の証であるとみなすのである。

文化生産者は経済的・政治的領域（それは共に「権力の場」を形成する）を指向すればするほど、美的な自律性やそれに付随する名声のあり方を主張することが困難になってゆく。むしろ原則的には、そうした自律性の名声とは権力の場を忌避するような、より徹底した前衛芸術家たちのために確保されているのである。個々の生産者から企業や法人へと視野を拡大してみても同じことが言える。すなわち大規模な大量生産に比べて、小規模な「限定生産」は権力の場からの高度な自律性を有しているため、象徴資本によりアクセスしやすいのである。

反経済の枠内での他律的生産者と自律的生産者との争いの条件は、支配的な権力の場に対して文化的領域そのものが持つ全体的な自律性の度合いによって決定される。またブルデューが付言しているように、権力の場に対する文化的領域の自律性は「それぞれの時代や国の伝統によって大きく異なっている」（40）。しかしながら文化的領域は、たとえそれが高度な自律性を保持していたとしても――すなわち、そうした領域における称賛や報酬が経済的・政治的資本から比較的かけ離れているように見える場合でも――階級的な関係性を、あえて文化的な用語に置換することによって「婉曲的」に暗示している。芸術家たちはいわば、支配階級内での代理戦争に相当するものを戦っている。ブルデューが述べているように、前衛芸術とブルジョア芸術との――つまりは禁欲主義と世俗的成功との――対立を構築する「終末論的ヴィジョン」は、主として「支配階級内部での被支配者側と支配者側」の争いを「二種類の美学」の間の争いに変換することによって、「文化生産の領域と権力の場との真の関係性」を隠蔽してしまう（101）。象徴資本を切望する芸術家たちが経済的・政治的資本を「否認」するとき、彼らは権力の場を放棄するというよりもむしろ、それを階級内での支配権を求める自分たちにより適した用語に置き換えてしまうのである。

デイヴィッド・ヘズモンドハルシュが考察しているように、現代の大規模文化または大衆文化の生産を扱う場合、この一般的な図式は、小規模の企業生産を分析する場合に比べて効果的でない可能性がある。それというのも、ブルデューは文化産業やその中心となる多国籍企業の存在をほぼ完全に看過しているからである。ヘズモンドハルシュはこの点で、レイモンド・ウィリアムズが『文化』の中で提示したカテゴリー群に軍配を上げる。それらは要するに、「職人制、ポスト職人制（そこにパトロン制も含まれる）、ブルデューがさらに詳しく分析した一九世紀の〔文化的〕領域の諸状況と似通った市場専門家制、そして最後に、二〇世紀の初頭から現在まで続くが、とりわけ二〇世紀後半に強力なものとなった企業専門家制の段階」である（Hesmondhalgh 219）。『浮世の画家』においては、この最後の段階が非常に重要な意味を持つ。小野は最初、「きわめて短期間に多数の絵画を制作できることを誇りにして」いる商業主義的な工房に職を得る（66 一〇八）。またここで小野本人も、「作品の質量ともにだれにもひけをとらなかった」として自身の商業芸術を擁護している（69 一一二）。この工房は従業員に集団的な努力を課しているが、その目的はまさに首をかしげたくなるようなものである。「堂々として築き上げた工房の名声を維持するために一致協力して時間と格闘」しながら、小野とその同僚たちは「輸出先の外国人の目に「日本らしく」見える」芸術作品を製造しているのである（69 一一三）。ここで問題となっている他律性は、市場それ自体へのコミットメント以上のものに関わっている。たとえば戦争の終結後、小野の孫息子はローン・レンジャー映画からポパイの漫画に至るアメリカ大衆文化に夢中になる。作中に突如として頻出するこうしたアメリカ企業文化への言及は、日本においても企業——小野の考えによれば、米国からの恩恵をあまりに受け過ぎている企業——の役割が一般的に増大したという事実に対応している。また引退後の小野は、自身の半生を織りなす――英雄的な芸術家は、果たして権力の場との提携を受け入れるのか拒絶するのかといったような――ドラマがもはや時代遅れになってしまったということについて、熟考を余儀なくされている。戦後、彼の義理の息子と孫は様々な企業の相対的長所についてあれこれ議論しているが、誰も小野のような画家の――ブルデュー流に言えば――「位置取り」について気にかけてはいない。確かに、これから見ていくように、国外輸出用の「日本的」美術作品の企業生産から決別した際に小野が一時的に傾倒していた美的自律性のヴィジョンとは、共同作業的・商業的な大衆的伝統を孤独な前衛的営みに変えてしまうような、まさにそれ自体が西洋からの輸入品に他ならないのである。

ブルデューが記述するような自律的な芸術家になるという小野の野心は彼の少年期、すなわち、彼が父親から商談に使われる家の客間に呼び入れられるようになった頃に芽生えた。彼の描いた何枚かの絵を「その重さでも計るかのように」手に取りながら（46 七八）、父は息子の怠惰さを折檻し、芸術に人生を捧げることに対して警告する。これは紛れもなく、小説冒頭の名声をせりにかける場面と反響し合っている。後年の小野は自身の文化的地位のおかげで法外に高額な屋敷を手に入れることができたが、この場面で父親は小野の絵画を金にならないものとみなし、まるで灰のように空虚で実体のないものとして、それらを実際に火にくべて灰に変えてしまう。小野の回想によれば、彼はこの瞬間、将来自分の「息子に簿記だの現金だのについて話すつもり」はないと決心する（47 八一）。彼は「小銭の勘定」や「銅貨や銀貨をいじくっ」たりする生活（48 八二）を「乗り越えたい」のである（47 八一）。それから何年も経ったあと、彼はこうした野心を先述の商業主義的な工房を辞めた直後に再認識する。そして小野は、「歌麿の伝統を「現代化」しようと」試みている「まともな」画家に弟子入りするのである（140

二一七)。小野は今や、彼のキャリアにおけるまったく自律的な段階とでも言うべきところに到達している。彼はイシグロのつけたタイトルにある「浮世」に足を踏み入れるのであるが、そこは一九世紀フランスの高級娼婦(デミモンド)たちの社会にも似たボヘミア的快楽の世界である。ボードレールの場合と同様、ここでは芸者と酔い潰れた客たちが芸術的主題となるのだ。だが弟子入り後の小野の見習い期間の描写は、ブルデュー理論の単純な適用を混乱させるような様々な歴史的逆転に富んでいる。

歌麿と並んでよく知られるようになった「浮世」は、一七世紀の日本においては吉原のような遊郭——江戸の市中にある二〇エーカーほどの区画である——に根づいていた(皮肉なことに、この言葉は禅宗の仏教徒が解脱を目指す生、死、再生といった輪廻を表す感覚的「憂き世」の変語として現れた)。これらの地区は主に、徳川将軍時代において集団として莫大な富を保持しつつも、いまだ低い社会的地位にとどまっていた商人たちに娯楽を提供した("Art of the Pleasure Quarters")。そのためこうした地域や、一八世紀には歌麿とも結びつけられた浮世絵の絵画や木版画は、単に大衆的で反道徳的な形式であっただけでなく、後年のフランス前衛芸術における歌麿の重要性にもかかわらず、典型的なまでに商業的な形式でもあったのだ。事実、ジュリー・ネルソン・デイヴィスによれば、歌麿はそもそも初めから「ブランド名」のようなものだった。彼女が論じているように「歌麿ペルソナ」とは、最終的な商品の基となる白黒の下絵を描く芸術家たちに加え、版元や版画の彫師、印刷業者などが関わる共同的な流れ作業型の芸術をパッケージ化するためのマーケティング装置に他ならなかった(Davis 20)。一九世紀末のフランスの画家たちの間で歌麿が重要だったのと同じく、彼の名はこのように大きな意味を持っていたが、そのことは『浮世の画家』の結末部におけるアメリカ企業の勝利を二重に皮肉なものにしている。小野の師匠は「歌麿の伝統に西欧の影響を取り入れようとする」に当たって(202 三一一)、原初的な企業でもあり商業的でもあった日本の伝統を、西洋的なやり方に沿って変革している。だがそうした変革は、今や名声を得ている自律的な「歌麿ペルソナ」と、戦後日本に氾濫する他律的な大量生産型の大衆文化を作り出すハリウッドの映画スタジオとの間の、より深い類似性を隠蔽してしまうのである。

一八世紀日本の文化的領域において歌麿が占めていた地位は、彼の作品の一九世紀フランスや二〇世紀の日本における位置づけや、『浮世の画家』出版時の英米文学の領域におけるイシグロ自身の位置づけにとってほとんど重要性がないという反論があるかもしれない。またブルデューであれば、象徴資本は必要に応じて何度でも換金／清算や洗浄が可能であると言うだろう。だが、難しいのはそれだけではない。仮に二〇世紀初頭までに歌麿の伝統が、概して自律的芸術と結びつけられる象徴資本をすでに獲得していたのだとしても、立派な屋敷を買うことを可能にした小野の名声が、自律的芸術家として彼が蓄積してきた象徴資本に由来していると、それだけをもって主張することは困難だろう。それよりも明白なのは、小野が師匠を見限り、その後天皇に（他律的に）奉仕したことこそが、まさにその名声を生み出したという事実である。

ブルデューの観点から見れば、大戦前に小野は己の自律性を放棄している。それというのも、彼は皇国の運動を支持することによって得られる世俗的な影響力や立場を切望していたからである。このことは恐らく、ブルデュー的な意味での自律性がそもそも小野にとって決して実現可能なものではなかったということを示唆している。小野が経済的・政治的権力に期待を寄せるようになったのは、自身が見習いとして体験している浮世が、象徴資本という点ではあまりに何ももたらしてくれないためだったと言えるかもしれない。別の言い方をすれば、恐らくそうした芸者たちの世界（デミモンド）が「浮かび」漂流するのは、それが自律的だからというよりもむしろ取るに足らないものだからなのである。小野を国策にもっと積極的に関与させるべくやって来た、皇国の「王政復古」を提唱するある人物は、作中で「現実世界から身を隠すことに汲々としているような画家がいる」と述べている（171 二六四）。この人物が主張しているように、小野はこのとき時流から外れた存在だったのである。

　これらすべてにもかかわらず、イシグロは読者に、小野のかつての自律を重要なものとして捉えさせようとしているし、同時にそうした自律性と天皇への奉仕との驚くべき親近性をも印象づけようとしている。小野は、天皇はすでに日本の支配者であるため皇国の王政復古などあり得ないと反論するが、彼をその運動に参加させようとする人物は、「陛下から権力を奪い取っているのは、あの実業家や政治屋どもだ」と言い放つ（173 二六八）。このように皇国の運動は、資本主義の浸透に対する徹底した軽蔑の念を必要としている。彼は小野に対して、カール・マルクスがどんな人物だったか知っているかとさえ尋ねている。天皇の信奉者たちはこうして、一九世紀パリの高級娼婦たち(デミモンド)の社会を定義づけた、ブルジョア的な権力の場に対する敵意と似通ったものを表明している。この高級娼婦たち(デミモンド)の社会もまた、フランスにおける一連の王政復古の文脈で形作られてきたものである。だがイシグロは、作中で小野が浮世(デミモンド)を捨てることを求められるという事実にもかかわらず、王制支持者と自律的芸術家との間に見られる構造的同質性を、ブルデューよりも遥かに重視していると言えるのである。

　小野のかつての師匠の教えによれば、画家の仕事とは浮世に漂う消えゆくようなはかない光を捉えることであり、また夜遅く酒盛りをする人々が、すぐに消え去ってしまうような快楽を一瞬だけ再燃させたときに感じられる、ある種の刹那的な状態を捉えることである。こうした世界には、明らかな前衛的野心こそ見られないが、そのノスタルジアはやはり謎めいている。小野の師匠が描くような「失われたもの」の社会的性質を特定することは困難なのである。しかしながら、彼が酒を飲み遊ぶ人々の表情の中に、個人的な「回復＝復古」を見出そうとしていたことは確かに重要であろう。なぜなら、それはおそらく端的に次のことを示しているからである。すなわち、こうした試みは日々の仕事における様々な要求からの気楽な逃避として構成されているため、それは実業家や政治屋に対して先の登場人物が感じていた、あの敵意に似たものを共有しているのである。小野が天皇に奉仕したことで獲得した政治的名声は、象徴資本の永続的な形態にはならなかった。それというのも、この種の名声はあまりにもすぐに役立つものであるがゆえに、きわめて簡単に失われてしまうからである。それでも、小野は天皇への献身を通じて他律的になる一方で、そうした献身そのものの中に逆説的な自律性をも発見していると言える。したがって、小野は自己の政治的影響力を利用することにより、他の場合ではおそらく退廃的であると自ら非難するような「夜の快楽の世界」の別種の形態を、自身の周囲に再現させているのだ。愛国的な身振りに浸かりきってはいるものの、この種の世界は多くの点で、彼の師匠がかつて描いた世界と同一のものとなるのである。

小野は自身の他律性の中にある種の自律性を見出したが、同時に彼は己が否定する自律性の中にさえ、潜在的により深甚な他律性が存在するということをわれわれに認識させる。ブルデューによると、一九世紀の自律的な作家は、経済的・政治的権力からの独立を表明することによって、さらには復古主義者と革命家の両者に共通する道具主義のみならず、商業的成功に対する軽蔑を表明することによって、まさに自分たちが新種の名声に値すると考えていた。これまで見てきたように、そうした表明は完全な拒絶というよりは、むしろ否認と言うべきものであった。なぜなら、ブルデューの説明によれば、公的に認可された世俗的利益の遅延でないような美的自律性など、あり得ないからである。市場は最終的に市場の拒絶に価値を与えるし、政治権力は最終的に政治権力を拒絶する芸術を受け入れる。そしていずれにしても、これら両方の拒絶は、当の権力の場を占有している人々の暗黙の容認に基づいている。しかし、小野はこうした権力者たちの暗黙の容認以上のものを享受している。彼は屋敷の購入を可能にした例の名声の競売を、自身の蓄積された象徴資本の経済資本への内的変換として提示しているが、この競売は——潜在的には、あるいはより単純に言うならば——暗黙裡の強制というものを、経済的利益のために用いているように思える。つまり、小野が屋敷を格安で購入できたのは、彼自身が文化的な名声を持っていたからではなく、むしろ彼が天皇制の抑圧的装置の一部であり、したがって売り手を威嚇するような存在であったからかもしれないのである。さらに言えば、彼が天皇との関わりによって得た名声は、基本的な意味では、彼が自律的芸術家として享受した名声と区別することができないのである。

　皇国のプロパガンダと自律的芸術との思いもしない類似性こそが、多くの点で『浮世の画家』の隠れた主題であると言えるし、それはまたイシグロのほとんどの作品を特徴づけている信頼できない語り手と関係しながら、われわれ読者の前に立ち現れてくる。小野の記憶や判断を読み手は信用できないため、われわれは彼の自律的な文化生産と他律的な文化生産との正確な差異を知り得ない。読者は小野があらゆる手を尽くして、自らとその名声の関係について自分を欺いているのだと考えざるを得ない。果たして彼は本当に尊敬を集めるような画家だったのか？　彼が浮世と決別したことは本当に重要な出来事だったのか？　戦後になって小野の長女は、かつての天皇への献身が現在、自身の評判や社会的地位に与えている影響について、彼が過大評価していると非難する。ここでの潜在的な欺瞞は、個人的であると同時に社会的なものである。本特集号に寄せたエッセイの中でイングリッシュが読者に再確認させているように、[一] prestige（名声）という単語は「ペテン師による錯覚、奇術、手品などを意味するラテン語の prestigium」に由来する。イングリッシュにとって「文化的名声とは、不信やペテンの意識などが完全になくなることのない、集合的な虚構の一形態」に他ならない（English, "Prestige"）。同じくブルデューにとっても、ある領域へのコミットメントにはつねに幻想へのそれが要求されるが、そのためそこで提供される敬意や聖別は、本質的に価値があるように見えるのである。こうした理由から、小野が自身と文化的名声との特定的な関係を不正確に伝えているのか、それとも一般に文化的名声というものそれ自体が、戦後になってもはや誰にも信じられない集団的幻想であったことが暴かれたということなのかは、簡単には窺い知ることができない。仮に後者であった場合、イシグロはわれわれに対して、芸術の幻想性の衰退と、それに対応する個々の芸術家たちの時流に遅れたあり方が、部分的には天皇を取り巻く幻想の衰退に起因しているという可能性をも提示しているのである。

　イシグロはこのようにして、より長く、また潜在的により広範囲にわたり、そして何よりフランス中心主義的ではない歴史の存在を喚起させるが、そこでは芸術家の名声は究極的には、天皇の大権とその身体に由来している。これは単に小野のプロパガンダ的芸術が天皇の目的や利益を促進したという理由で、彼が社会的優位性を享受し得たということではない。小野のプロパガンダに帰属する美的な力と、結果として彼が獲得した名声は、共に天皇の主権性を体現する内政（ポリス）に起因するということでもあるのだ。晩年のある講義の中でミシェル・フーコーは、「かなり奇妙」ではあるが「内政（ポリス）の対象自体を特徴づけるもの」として「壮麗さ（スプレンダー）」という単語を用いている。彼は次のように問いかける――「壮麗さ（スプレンダー）とは何か？それは秩序の持つ、目に見える美しさであると共に、自己表明し放射される力の輝きでもある。つまり内政（ポリス）とは事実、目に見える秩序としての（輝く力としての）国家の壮麗さ（スプレンダー）のことである」（Foucault 314 三八九―三九〇）[二]。ここで問題となっている壮麗さ（スプレンダー）とは国王や皇帝たちのペルソナ、より適切に言うならば彼らの役割である「第二の身体」に起因しているが、彼ら自身は少なくともこの政治的・神学的図式の一形態にとっては必ずしも必要ではない。ジョルジョ・アガンベンにとっては、現代の「メディア」がかつて内政によって演じられたのと類似した役割を果たしているが、それはメディアが国家権力を公然と支持しているからではない。フーコーの言説を自身の用語で置き換えつつより洗練させながら、アガンベンは次のように書いている――「私たちは今や、喝采・儀礼・記章がうごめいている不明確な地帯を「栄光」と呼ぶことにしよう。そうすれば私たちは、［……］重要な研究領域、少なくとも部分的には未踏査の研究領域が目の前に開かれるのを見ることになるだろう」（Agamben 188 三五四）。「問題となるのは」と、アガンベンは別の箇所で続ける――「政治的システムの中心としての栄光の機能が新たな前代未聞の仕方で集中され、増やされ、ばら撒かれているということである。以前は典礼や式典の圏内に閉じ込められていたものが今やメディアのなかに集中され、それとともに当のメディアによって拡散され、社会のあらゆる瞬間、あらゆる領域に、公的・私的を問わずに入り込んでゆく。現代民主主義は全面的に栄光に基づいた民主主義である。それはつまり、あらゆる想像を超えてメディアによって増やされればら撒かれた喝采の効力に基づいた民主主義である」（Agamben 256 四七八）。

ここで、称賛された小説家の象徴資本についてイシグロ本人が語った際に、「名声」と並んで「栄光」という語を用いていたことを思い出してみよう。またさらに言うならば、『浮世の画家』において明らかにされているのは、これらの用語が主権性を美学へと昇華させる原初的ファシスト流の力学について物語っているという点である。同じイシグロの『日の名残り』においては、執事のジェームズ・スティーブンスは、自身の社会的名声が階級的特権に対する己の関わりに由来するということを理解している。しかしながら彼は、自身が献身的に仕える貴族的な慣習が、ファシスト的権威主義を昇華させてしまうということを決して知ろうとはしない。『浮世の画家』と『日の名残り』の両小説は、いずれも主人公が人生をかけてきた仕事が遡及的に無意味に（あるいはもっと悪いものにすら）なってしまう、という筋書きを持つ。たとえそれが天職として経験されていようとも、小野とスティーブンスにとって重要な職人労働とは妥協を余儀なくされるものであり、また共犯的なものである。事実、主人公たちが自己の労働の純粋化や完遂に注力すればするほど、彼らはその原初的ファシスト流の特徴を暴露してしまう。だが『浮世の画家』において、この問題はそれがより明示的で、より直接的に文化的領域に向けられているという点で、さらなる切迫性を帯びている。つまり、主人の信奉するファシスト運動に対する献身においてスティーブンスが決してしなかったようなやり方で、小野は自らの芸術を通して天皇に奉仕したのである。

小野は自分が天皇の存在によって得た名声と、皇国の大義に協力する前の自身の画業によって得た名声とを区別する気がなかったし、あるいは区別することもできなかった。そのため小野はわれわれ読者の視線を、天皇への奉仕によって自らが手に入れた――屋敷のような――利益だけでなく、君主を美学的名声に昇華させるという歴史的に問題含みの行為に対しても向けさせるのである。たとえば重要なことに、歌麿のキャリアは自身の大衆的・商業的芸術の中で、彼が元将軍の姿を描いた罪で罰せられたことにより実質的に絶たれた。[三] デイヴィスによれば、「将軍の顔は一般には知られていなかったし、他国における支配者たちとは異なり、彼の容姿が公的な肖像画や硬貨として複製されることもなかった。また将軍は、一般大衆が彼の身体を見ることができるような場所には決して姿を現さなかった」（Davis 二）。世俗的権力に対するこの明らかな拒絶は、歌麿が後にフランスの芸術家たちから自律性の体現者として見られた理由を説明してくれる限りにおいて、ブルデューの議論のある側面を想起させるように見える。しかしながら、この芸術家の後年の名声は、まさに彼が君主を表象したということに端を発しているとも言えるかもしれない。重要なのは、歌麿が将軍に対して取った「位置」ではなく、彼がそもそも禁じられたイメージを扱う資格が自分にあるとみなしていたことなのである。この点で、自律性の名声と君主イメージの持つ力は区別することができない。「自律性」——すなわち、自分自身に法を付与すること——とは権力から隔絶してなされる私的な行為ではなく、公的な行為であるということは明らかである。それは国王、将軍、天皇、さらには総統といった存在から発せられる壮麗(スプレンダー)さや栄光(グローリー)を担う資格を主張することなのである。

これは決して政治神学を、国家権力の適切な政治経済学を産み出しうる批評的な企てとして持ち上げているわけではない。また、たとえばフーコーやアガンベンが、現代の文化生産における資本主義の力学を適切に分析したと主張したいわけでもない。ブルデューは文学的・文化的領域に関する議論でそういった分析に接近しているが、それはマルクスが「生産の行われる隠れた住所」ではなく流通の「騒々しい領域」と呼んだものに、おおむね限定された考察であった。換言すれば、ブルデューは生産と消費を実質的に交換可能な言論上の活動とみなしているため、象徴資本を単なる経済資本の異なった形式と考えているのである。彼によれば、「芸術作品に関する言説の生産は、[……]作品生産の条件の一つである」(Bourdieu 35)。これは現在、学問的左翼のかなりの部分に受け入れられているポスト・フォーディズムに関する幻想の一つの変奏である。ブルデューにとって、「位置取り」とは芸術作品の生産をその消費にまで拡大することであり、ある意味でそれは、たとえばパオロ・ヴィルノのような思想家が提示した、日常生活のコミュニケーション的相互作用がいかに文化産業に固有の仕事を拡大するのかといった議論とも親近性を持っている。ここで共有されている幻想とは、制約のない経済成長というものである。すなわち、文化産業のコミュニケーション価値の生産に理論的な制限がないのと同様に、前衛芸術家たちによる象徴資本の生成にも理論上の制限は存在しない。現実の経済と象徴経済は一つに溶け合い、それは際限なく膨らむ泡（バブル）として高騰するのである。

本稿でフーコーとアガンベンを導入したのは、単に貴族階級の特権の残滓に対するイシグロの長年にわたる関心に、注意を喚起させようとしたためではない。それはむしろ、彼のフィクションが、かつて国王や天皇、また近年ではファシズムに関連づけられていた壮麗（スプレンダー）さと栄光（グローリー）に対する残存的コミットメントとしての美学に対して、一体どのような関係性を暴き出しているのかという点に脚光を当てることを意図したからである。大雑把に言えば、彼のフィクションは、文学の認識された価値が、かつての君主や独裁者の認識された価値から不可分であることを示唆している。大戦以前には、小野の芸術は皇国の壮麗（スプレンダー）さを表象するものであった。だがそうした壮麗（スプレンダー）さはすでに衰退しつつあり、したがって戦前に芸者（デミモンド）たちの世界を拒絶したはずの小野を、戦後に浮世の画家と呼ぶことはまったく理に適（かな）っている。それというのも、この芸者たちの世界に関わる表向き自律的な美的感覚は、実のところそれ自体が、失われた皇国の壮麗（スプレンダー）さの芸術の昇華された形式に他ならないからである。その点で——イシグロの場合にはとりわけ——巧妙に隠蔽された封建的ノスタルジアではない芸術的名声や、究極的には、王政復古のための原初的ファシスト芸術でない芸術的名声など存在し得ないのである。

『浮世の画家』に関してこのような主張を行うのには、歴史的及び理論的な理由がある。近年の研究は、日本の一九二〇年代から三〇年代にかけての前衛的な芸術実験と、その当時形成されつつあったファシスト運動との間に存在していた親和性を強調している。つまり、自律主義者と忠誠心に基づく国民運動とは一体であったのだ。またそうした議論はいずれも、ファシズムやボードレール、そして「芸術のための芸術」に関するヴァルター・ベンヤミンの考察に基づいている[1]。ベンヤミンは、ボードレールの詩に漂う一種のはかなさが——たとえそれが一七世紀ドイツ悲劇に見られる、君主の超越的正当性のはかなさに対する関心を連想させるものであったとしても——商品形態の矛盾した原則を表現していると考えた。ベンヤミンの解釈によるボードレールは、長年にわたって空洞化していた文化的価値——たとえば、国王の主権授与にとって非常に重要な聖なるエネルギーの文化的価値——を商品形態がおぞましくも蘇生させるということを表しているのである。これまで論じてきたように、イシグロの『浮世の画家』は、空洞化した形式と価値の蘇生という、これと似通った内容を提示している。この小説においても、無常観を中心に形作られた一七世紀の美学的実践は、ファシズムと不気味な親和性を持つ一見して自律的な美学の基盤として蘇り、再び現れ出るのである。

「芸術のための芸術は」とベンヤミンは書いている——「芸術の世界を世俗的な生の外部に打ち建てる」(Benjamin, *Arcades* 330 二四二)。ベンヤミンによるこうした主張は、テオドール・W・アドルノをして、彼が「魔術的なアウラの概念を「自律的な芸術作品」へも無造作に転用して、これを反革命的な機能を持つものらの側へ、明らかに押しやっている」と批判せしめた(Adorno and Benjamin 128 上、二〇一)。しかしながらベンヤミンにとって、特に自律性とファシズムとの関係性は、決して単なる安易な思いつきではなかった。彼によれば、ファシズムとは「芸術のための芸術の完成」に他ならなかった——「人類は、かつてホメロスにおいてオリュンポスの神々の見世物の対象となっていたが、今や人類自身にとっての見世物の対象となっている。人類の自己疎外は、自分自身の破滅を第一級の美的享楽として体験するほどのものとなっている。ファシズムが行う政治の美化とはこのようなものである」。そしてこのファシズムに対して、「共産主義は芸術の政治化をもって答える」と彼は結論づけたのである(Benjamin, "The Work of Art" 42 三三九)。イシグロの『浮世の画家』は、こうした選択の条件を決して大幅に作り変えているわけではない。ここで問題となっているのは――ブルース・ロビンズやセアラ・ブルイエットがそれぞれ論じている、後年の『わたしを離さないで』に見られるような――福祉国家と新自由主義的資本主義に対する芸術の共犯関係などではない。[四] またそれは芸術の自律性が――スチュワート・マーティンの言葉を借りれば――「そのイデオロギーと批評という両方の資本主義文化によって生産され、破壊される」という事実とも異なっている（Brouillette 206）[2]。それはむしろ、自律的芸術には将軍や天皇といったものが必要であり、結局のところ、自律的芸術はそうした存在と共存関係にあるということに他ならない。そして小説の終盤において、将軍や天皇たちはアメリカの覇権――その権威は同じく大衆文化の内部にあまねく行き渡っているために強力である――という形で、あるいはおそらくもっと重要なことだが、実体が見えないくらい遍在すればするほど繁栄する多国籍企業という形で、再帰してくるのである。戦後、自社の戦争協力を償うために自殺したある企業社長の「崇高な」行いについて（56 九三）、小野はある人物と話し合う。小野の話相手は、この社長と「直接お会いする機会はありませんでした」と言ってから、全社員の再出発を可能にすべくなされた、彼の自己犠牲を称賛する（55 九二）。「おかげで過去の過ちを忘れ、未来を望むことができる。そんな感じです」（55 九三）――もはや国王は崩御された、新国王万歳[五]、というわけである。

【原注】

（1）　*The Culture of Japanese Fascism*, ed. by Alan Tansman (Duke UP, 2009) 所収の Aaron Gerow と Nina Cornyetz の論考を参照のこと。

（2）マーティンの引用はブルイエットの著作からの孫引き。またブルイエットは同じ頁でロビンズも引いている。

【訳注】

（一）「本特集号」とはこの論文が掲載された *Western Humanities Review*, 70. 3 (fall 2016) を指す。この号では「名声——卓越性のマーケティング」という特集が組まれ、イングリッシュもそこに寄稿していた。このイングリッシュの論考も文献一覧に追加してある。

（二）以下、フーコー、アガンベン、ベンヤミン、アドルノ等からの引用は、元の言語からの翻訳がある場合はそれらを用いる。なお、本文との統一を期すために表記等を一部改めた箇所がある。

（三）正確には歌麿が描いたのは将軍ではなく、豊臣秀吉である。

（四）ここで言及されているロビンズの論文の書誌情報は以下の通り。Bruce Robins, "Cruelty Is Bad: Banality and Proximity in *Never Let Me Go*." *Novel: A Forum on Fiction*, 40. 3 (summer 2007): 289-302.（ブルース・ロビンズ「薄情ではいけない——『わたしを離さないで』における凡庸さと身近なもの」日吉信貴訳、田尻芳樹・三村尚央編『カズオ・イシグロ『わたしを離さないで』を読む——ケアからホロコーストまで』水声社、二〇一八年、八九—一一五頁）

（五）原文では "The King is Dead, Long Live the King." となっている。これはもともと英語の成句で、王位継承の布告であると同時に、王政の継続性をも強調する表現である。

【引用文献】

Adorno, Theodor and Walter Benjamin. *The Complete Correspondence, 1928-1940*. Harvard UP, 2001.〔ヴァルター・ベンヤミン、テオドール・W・アドルノ『ベンヤミン／アドルノ往復書簡 1928-1940』上下巻、ヘンリー・ローニツ編、野村修訳、みすず書房、二〇一三年〕

Agamben, Giorgio. *The Kingdom and the Glory: For a Theological Genealogy of Economy and Government*. Translated by Lorenzo Chiesa. Stanford UP, 2011.〔ジョルジョ・アガンベン『王国と栄光——オイコノミアと統治の神学的系譜学のために』高桑和巳訳、青土社、二〇一三年〕

“Art of the Pleasure Quarters and the Ukiyo-e Style.” The Metropolitan Museum of Art. Oct. 2004, www.metmuseum.org/toah/hd/plea/hd_plea.htm.

Benjamin, Walter. *The Arcades Project*. Translated by Howard Eiland and Kevin McLaughlin. Harvard UP, 2002.〔ヴァルター・ベンヤミン『パサージュ論II――ボードレールのパリ』今村仁司ほか訳、岩波書店、一九九五年〕

——. “The Work of Art in the Age of Its Technological Reproducibility.” *The Work of Art in the Age of Its Technological Reproducibility and Other Writings on Media*. Translated by Edmund Jephcott ... [et al.]. Harvard UP, 2008.〔ヴァルター・ベンヤミン「技術的複製可能性の時代の芸術作品」、『ベンヤミン・アンソロジー』山口裕之編訳、河出書房新社、二〇一一年〕

Bourdieu, Pierre. *The Field of Cultural Production: Essays on Art and Literature*. Columbia UP, 1993.

Brouillette, Sarah. *Literature and the Creative Economy*. Stanford UP, 2014.

Davis, Julie Nelson. *Utamaro and the Spectacle of Beauty*. U of Hawai’i P, 2007.

English, James. *The Economy of Prestige: Prizes, Awards, and the Circulation of Cultural Value*. Harvard UP, 2008.

——. “Prestige, Pleasure, and the Data of Cultural Preference: “Quality Signals” in the Age of Superabundance.” *Western Humanities Review* 70. 3 (fall 2016), www.westernhumanitiesreview.com/fall-2016-70-3/prestige-pleasure-and-the-data-of-cultural-preference-quality-signals-in-the-age-of-superabundance/

Foucault, Michel. *Security, Territory, Population: Lectures at the Collège de France, 1977-78*. Translated by Graham Burchell. Palgrave Macmillan, 2009.〔ミシェル・フーコー『安全・領土・人口――コレージュ・ド・フランス講義 1977-1978 年度』高桑和巳訳、筑摩書房、二〇〇七年〕

Hesmondhalgh, David. “Bourdieu, the Media, and Cultural Production.” *Media, Culture & Society* 28. 2 (March 2006): 211-31.

Ishiguro, Kazuo. *An Artist of the Floating World*. Vintage, 1989.〔カズオ・イシグロ『浮世の画家』新版、飛田茂雄訳、ハヤカワ epi 文庫、二〇一九年〕

Shaffer, Brian and Cynthia Wong, eds. *Conversations with Kazuo Ishiguro*. UP of Mississippi, 2008.

イシグロ文学の重要なテーマの一つは、現代社会における芸術の位置である。『充たされざる者』では高名なクラシックのピアニストが中欧とおぼしきある都市を訪れるが人々は彼の名声にしか関心を払っていない。『夜想曲集』では真面目に芸術を探求しながらも食べていくために大衆的な曲を演奏せざるを得なかったり、表面的なイメージを売り込むだけで成功する仲間に憤ったりする音楽家が登場する。つまり、資本主義社会と芸術至上主義の二律背反、あるいは芸術の他律と自律の対立の問題である。これは究極的にはロマン主義にさかのぼる問題であり、二〇世紀では『啓蒙の弁証法』でアドルノとホルクハイマーが深く考察した問題だが、イシグロは現代に至ってもなおこの古典的問題を追及し続けている。出発点において主人公が商業を継がせようとする父に背いて金にならない画家の道を歩み始める『浮世の画家』もこの問題に深くかかわっている。

マイケル・サレイの論文は、こうしたテーマに直接切り込んだユニークなものである。彼はブルデューに依拠しながら、政治的、経済的権力に依存する他律的芸術（ブルジョア芸術）とそれから距離を取ろうとする自律的芸術（「芸術のための芸術」など）を区別し、両者の不即不離の関係を『浮世の画家』に見出している。小野は露骨に輸出向けの商業的芸術品を量産する武田工房という他律的芸術の拠点を去り、「現代の歌麿」森山誠治の弟子となって脱俗的な自律的芸術の探求者となるが、松田知州の影響で国家主義のプロパガンダ芸術に傾倒し再び他律的芸術に献身することになったように見える。しかしサレイは、この最後の段階、つまり天皇を中心とした大日本帝国の原理に小野が自分の芸術を従属させた一見他律的に見える段階は実は逆説的にも自律的だったのだと論じる。なぜなら、松田のように右からの社会改革を目指した当時の右翼は政治家と実業家を忌み嫌っており、その意味では自律的芸術家と変わらないからである。他方、小野が森山の下で修行していた段階も、自律的であるように見えて実は他律的だったとも述べる。それはブルデューが言うように、自律的芸術も結局政治的、経済的権力と結びついているがゆえに本当の自律など不可能であるからであり、また、（ベンヤミンの論じるボードレールに似て）歌麿という過去の空虚な形式を再利用する点でファシズムと親和的だったからでもある。サレイは「皇国のプロパガンダと自律的芸術との思いもしない類似性こそが、多くの点で『浮世の画家』の隠れた主題である」（本書二〇四頁）と述べ、さらに自律とは「国王、将軍、天皇、さらには総統といった存在から発せられる壮麗さや栄光を担う資格を主張することなのである」（本書二〇八頁）というように議論を一般化する。そしてベンヤミンの「複製技術時代の芸術」にある、ファシズムは「芸術のための芸術」の頂点であり、政治を美学化する（共産主義はそれに芸術の政治化で対抗する）という有名なテーゼを引用して自分の論を補強している。

サレイのこのような議論は、「モダニズムと政治」という従来からある議論の一変奏と考えることができる。彼は自律的芸術として一九世紀フランスのボヘミアンしか考慮していないが、二〇世紀においてブルジョア的価値観を否定するという意味での自律的芸術とは基本的にモダニズムである。しかし、レイモンド・ウィリアムズが「アヴァンギャルドの政治学」（『モダニズムの政治学』所収）でかつて論じたように、労働者も貴族（的エリート）もそれぞれブルジョアを否定していたのだから、モダニズムは政治的に左翼にも右翼にも連帯する可能性があった。フランスのシュルレアリスト（ブルトンやアラゴン）やロシア未来派は前者、イタリア未来派やエズラ・パウンドは後者に属する（また、パウンドのようにファシストになったわけではないが、W・B・イェイツ、T・S・エリオット、ウィンダム・ルイスら英文学を代表するモダニストたちの多くが政治的に右寄りだった）。サレイは左翼のことをほとんど考慮せず、自律的芸術と右翼の連携のみを論じている点で一面的である。しかも、歴史的現実を捨象し、単に理論的に、自律的芸術は必然的に国王や天皇に結びつくと言うのも極論に聞こえる。

しかし、自律、他律という理論的枠組みを考慮しながら歴史を見直すことは十分意味がある。戦前の日本文学では、プロレタリア文学と（新感覚派を含む）モダニズムの対立、拮抗関係があった。その状況では文学は革命政治に奉仕すべきか（他律、だがサレイの言うのとは逆向き）、政治から離れて芸術に専念すべきか（自律）、という具合に文学と政治の関係が絶えず問題となっていた。一九三〇年代に左翼が国家権力によって弾圧され大量の転向者が出たとき、それは（革命政治に従属する）他律的芸術から解放され自律する瞬間だったかに見えたが、非常に多くの転向者が熱意をもって国家と天皇に奉仕するようになった。自律していたはずのモダニズムの側も対抗馬の左翼が力を失うのに対応するように、右傾化した（横光利一はその典型）。この天皇制国家への積極的奉仕の情熱は国家権力の強制だけでは説明がつかない。ここではサレイのように理論的図式を当てはめるだけではなく、歴史的要因を考慮する必要がある。たとえば吉本隆明は、日本における近代的自我は（主体性という積極面を持つ反面）その退廃面がファシズムによって簡単に否定される傾向があったし、そもそも生活意識という基層は空白のまま残されていたので、危機になると、表面的にしか受容していなかったモダニズムもマルクス主義もかなぐり捨てて庶民意識に退行してしまったと診断した（『高村光太郎』）。小野は一九二〇年代から右傾化しているので、左翼とも昭和モダニズムとも無縁にプロパガンダ芸術にいそしんだと思われる。しかし彼が父、武田工房、森山という権威を次々と裏切って自主的な道を進むかに見えて、結局天皇という最大の権威にはやすやすと従属してしまったという事実は、日本近代の特殊事情を再検討するようわれわれを促す。

　マイケル・サレイはカリフォルニア大学アーヴァイン校教授で、アメリカ文学、メディア、政治の関係を専門としている。

（田尻芳樹）

［コラム］

イシグロとエドワード・サイデンステッカー

秦邦生

初期小説の舞台に日本を選んだとき、執筆時のカズオ・イシグロはどんな資料を参照したのか――このような当然の疑問を抱く読者に対してこの作家はしばしば、はぐらかすような答え方をしてきた。例えば一九八九年の対談で、『浮世の画家』における建物や風景描写を称賛した大江健三郎は、イシグロが日本についての「基礎知識」をどうやって獲得したのかと訊ねているが、それに対してイシグロは、その小説で書いたのは「私自身の個人的な、想像上の日本」なのだと言い、歴史書を紐解くことには関心がなかったと述べている。この答えは、その数年前のグレゴリー・メイソンに対するイシグロの発言、自分の中の「小さなかけら、記憶、推測、想像力」から日本を描き出したのであって、自分は「リアリズム」には関心はない、という主張と基本的に同型のものとして理解できるだろう (*Conversations with Kazuo Ishiguro* 53, 8-9)。

特に初期のキャリアにおいて、イギリスのメディアから日本文化・社会の情報提供者（ネイティヴ・インフォーマント）のように扱われるのを嫌ったというイシグロのこれらの発言には、やや過剰な警戒心の表れが見て取れるかもしれない。だがこうした緊張も後には少し和（やわ）らいだらしく、一九九八年のインタヴューでは彼は「二〇歳くらいになるまで」は、そのうち日本に戻るという期待もまだあり、数多くの日本に関する書籍や映画を読んだり観たりしてきたし、実際に書くときには「さまざまな歴史書」を参照したと率直に告白している (129)。

だからと言って、イシグロの描く日本が私的な記憶や想像力を大きな源泉とすることには変わりないが、海外に生きる日本文化受容者としてのイシグロがいかなる日本表象に触れ、それを咀嚼し、換骨奪胎してみずからの創作へと活用してきたのかという疑問は、じゅうぶん正当化しうる研究関心となるだろう。

二〇一四年からテキサス大学ハリー・ランサム・センターに所蔵されているイシグロ・アーカイヴの資料は、こうした疑問に対する数多くの糸口を与えてくれる。残念ながら第一作『遠い山なみの光』を書いた時点のイシグロは自分のメモが将来的に研究者たちの関心の的になるとは想像もしていなかったらしく、構想ノートの類いはほとんど残されていない。他方『浮世の画家』に関して言えば、アーカイヴ資料には「リサーチ」と題する書類が含まれており、イシグロがどんな資料からこの小説の作品世界を構築したのか、ある程度の確実性を持って推測を立てることが可能である。本書収録の秦の論考ではそのうちの一つとして、黒澤明の自伝『蝦蟇の油』（一九八四年）の重要性を論じたが、ほかの資料も興味深いものが多い。例えば大江健三郎が称賛した日本建築の描写に関しては、明治期日本のいわゆる「御雇外国人」エドワード・モースによる古典的な『日本人のすまい』（一八八五年）をイシグロは読み、A4用紙に四枚ほどのメモを取っている。『浮世』における小野の屋敷の描写には、（しばしば言われるように）イシグロ自身の祖父の家に関する個人的記憶のみならず、こうした書籍から得られた確かな知識も活用されている。イシグロの描いた日本は、いわば「記憶」と「知識」との創造的混合物なのである。

ここで重要なのは、イシグロの日本文化学習にはどうやら（モースを嚆矢とする）英語圏のジャパノロジストたちの業績が不可欠だったらしい、という端的な事実である。『浮世の画家』の世界観形成について特に重要なのは、アメリカ出身の日本学者エドワード・サイデンステッカーである。イシグロは彼の英訳した川端康成の『雪国』ペンギン・ペーパーバック版（一九八六年）に序文も寄せているが、アーカイヴ資料によれば、『浮世』における架空都市の造形にはサイデンステッカーの『東京 下町山の手 1867-1923』（一九八三年）が大きな役割を果たしていたようだ（出版時期から言って、イシグロはその続編である一九九〇年の『立ちあがる東京――廃墟、復興、そして喧騒の都市へ』を参照することはできなかった）。サイデンステッカーの『東京』は急速な近代化とともに「江戸」の風情が失われ、近代都市「東京」が成立するまでを、文学作品からの引用や豊富な図版を示しつつ哀感を込めて辿った名著として知られている。例えばこの本には谷崎潤一郎の『幼少時代』（一九五七年）や田山花袋の『東京の三十年』

（一九一七年）、芥川龍之介や島崎藤村など数多くの文学者が寄稿した『大東京繁盛記』（一九二八年）などからの幾多の引用が散りばめられている。抜粋であってもイシグロがこうした文学者たちによる江戸／東京の変遷をめぐる回想を読んでいたという事実は、小野益次の記憶の中の都市の成立を考えるうえで、かなり示唆的であると言えよう。

イシグロはサイデンステッカーの著作を読みつつA4で八枚ほどの詳細なメモを取っており、『浮世』の作品世界を形成するうえで、彼が具体的に参考にしたと思しき箇所はいくつも存在する。いくつか絞って具体的に紹介すると、サイデンステッカーの本には、都市の発展とともに、明治から大正に至るさまざまな芸能や日本絵画の展開に関する情報も含まれている。

例えばイシグロは明治期の絵師小林清親の名前や、日清戦争時に軍国的な浮世絵が売れた事実などをこの著作から学び、書き留めている。大正期に入ってからは、岸田劉生や竹久夢二の絵画が（夢二は図版入りで）紹介されており、メモによればどうもイシグロは「夢二ガール」に関心を持ったらしい（『浮世』における画家森山誠治の原型の一つだろうか？）。もっと直接的な例としては、イシグロはこの本の第五章でカラー図版として掲載された井上安治の《愛宕山》という木版画に強い印象を受けていたようだ**【図6】**。ご覧いただければ分かるように、港区愛宕山の上から遠方を望むこの絵の左方に描き込まれたあずまやの軒先には提灯が吊るされている（なお、この図版は残念ながら一九八六年刊の邦訳版では割愛されてしまっている）。この情景は、軒先に吊るされた象徴的な提灯（火のイメージ）も含めて、『浮世の画家』において小野が師に決別を告げる高見庭園の場面描写に、かなり忠実に生かされているのである（ハヤカワepi文庫新版二七〇頁あたりを参照）。ほかにも若き日の小野とカメさんが出会う「玉川寺」の境内の描写や、交通網の発達とともに盛り場が盛衰する経緯など、イシグロがサイデンステッカーから霊感を受けたと思しきディテールは枚挙にいとまがない。

だが、ここまでの説明を読んで、疑問を抱いた読者もおられるかもしれない。イシグロが「架空」であることを強調した『浮世』の都市は、こうした証拠からすると結局現実の「東京」だったことになるのか？　かならずしもこの結論に至る必要はない、と筆者は考えている。イシグロがこの本から摂取したのは、東京という都市の発展史の事実的経緯よりもむしろ、その盛衰をめぐってサイデンステッカーが（さまざまな文学・美術作品を援用しつつ）表現した、一種の哀感という情動的基調だったのではないか。

その傍証となるのは、第五章末尾でサイデンステッカーがこの都市のある種の「はかなさの気配」（evanescence）に言及して述べた次のコメントである。「最良の時代は永く続くものではない。いわばある一晩たまたま生まれ、翌日の朝日に照らされればたちまち消え去るものだとも言えるだろうか」（『東京』TBSブリタニカ版、一六六）。この一文に強い印象を受けたらしいイシグロは、自作中で零落した芸人の義三郎の言葉として、森山誠治にほぼ同様のことを言わせている。「彼はいつも、世の中でいちばんいいものは夜に集まってきて、夜明けと共に消えていく、と言っていた。人々が浮世と呼んでいるのはな、小野、義三郎が大事にすべきだと心得ていたそういう世界だ」（ハヤカワepi文庫新版、二三一）。この小説が描く「浮世」の基底にあったのは、「文明開化」以来の急速な近代化、そして一九二三年の関東大震災で頂点を迎える度重なる大火の波に晒（さら）された江戸／東京の経験そのものが多くの芸術家たち、そして一人のジャパノロジストに抱かせた「はかなさ」の感覚だったのである。

自己欺瞞とその反復——黒澤明、プルースト、『浮世の画家』

秦邦生

1　はじめに——プルーストか黒澤か

「形式としての小説は、もしもなにか独自のもの、ほかの諸形式が適切には提供できないなにかを提供できないとしたら、映画やTVなどの威力に抗して生き残ることを望めるだろうか？」——出版三〇年後に『浮世の画家』（一九八六年）執筆時の思いを振り返ったカズオ・イシグロは、こう述べている（"Remembrance" 18）[1]。小説の未来に関するこの危機意識の直接の引き金になったのは、当時彼が『浮世の画家』執筆と同時に携わっていたチャンネル4のTVドラマ脚本制作であったという。執筆途中の小説原稿と「会話とト書き」で構成される脚本とがあまりにも類似していると感じた彼は、「散文による映像脚本」から脱却するために、新たな小説技法を求める実験期に入った。たまたまその頃、風邪の療養時にマルセル・プルーストの『失われた時を求めて』英訳版を手に取った彼は、記憶と連想が錯綜し、直線的なプロットも時系列順も逸脱して展開するプルーストの語りに魅了され、大きな霊感を受けたと述べている。「誰もが自分自身や過去を想起するとき、それを幾重にも覆ってしまう自己欺瞞や否認を適切に示唆できるような書き方を、私は思い描くことができた」(18)。この回顧によれば、このときのプルースト体験こそがイシグロ自身の「信頼できない語り手」の手法的洗練へと結びついたことになる。

　作家自身がくり返し語るこの逸話を疑わないとしても、この主張自体にはいくつか奇妙な点がある。第一に、イシグロのプルースト読解は（彼自身認めるように）かなり部分的なものだったようだ。二〇〇一年のインタヴューで彼は、『失われた時を求めて』の「最初の六〇ページ」から記憶の手法を学んだと言いつつも、じつは第一巻までしか読了していないと告白し、自分は「プルーストの大ファン」でもないとも断っている（Shaffer and Wong 193）。第二の留意点は、プルーストの小説においては通常、イシグロの代名詞とでも言うべき語りの「信頼性の欠如（アンリライアビリティ）」はほとんど問題とされない、ということである。では記憶へのプルースト的執着を「信頼できない語り」へと接続する着想を、彼はどのように得たのだろうか。第三の重要な点は、この当時のイシグロの「映画やＴＶの威力」に対する対抗意識である。初期二作の日本表象に関して彼が小津安二郎や成瀬巳喜男の映画から多くを学んだらしいことは、これまで多くの研究者が注目してきたし、彼の小説技法自体に映画的性格を見てとる論も存在する。(2) だが小説という形式に「なにか独自のもの」を求める彼のこだわりを意識するならば、イシグロのテクストには、映画に学びつつ同時に過度に映画的になることを忌避する、言語と映像との葛藤に満ちた複雑な関係性が見出されるべきではないだろうか。

　二〇一八年秋の『浮世の画家』ＮＨＫドラマ版収録開始に際してもイシグロは、この小説の執筆動機の一つを「小津安二郎や成瀬巳喜男といった私が敬愛する一九五〇年代の日本映画のような、穏やかな家族ドラマを描いてみたいという思い」に帰していた（「渡辺」）。だが上述したような「映画」との緊張関係を踏まえれば、イシグロの執筆過程に真に深い痕跡を残しているのは、彼自身が影響を受けたとくり返し公言する小津や成瀬の作品とは別の作品なのかもしれない。

　この観点から本稿は、『浮世の画家』においてイシグロが黒澤明の作品、とりわけ『羅生門』（一九五〇年）からなにを学び、それをどのように独自の小説世界構築に活かしたのかを考察したい。小津や成瀬ではなくあえて黒澤に注目するのは奇異に思えるかもしれない。だが、じつのところイシグロが黒澤の名を挙げることは稀ではないし、[3]以下で詳述するように、『浮世』構想ノートにおいて彼は『羅生門』の語りをモデルとするアイデアを書き留めるばかりか、黒澤明の自伝『蝦蟇の油――自伝のようなもの』（一九八四年）を戦前・戦中の日本社会の資料として参照していた。こうした事実を踏まえれば、イシグロは『浮世の画家』の時代設定とほぼ同時代に制作・公開された『羅生門』を、まさしく戦後映画として観たのではないか。そして、登場人物たちの食い違う証言をつうじて『羅生門』が表現した「自己欺瞞」というテーマを、『浮世』は主人公の回想をつうじて、その起源としての戦中・戦後の日本社会の経験へと再定置したのではないだろうか。

　本稿では以下、イシグロがこの映画に見出した問題意識を彼自身の小説で表現した手法を解明してみたい。彼にとってプルーストが重要だったのは、『羅生門』の映画的方法に代わる、より小説的な記憶表象の可能性を提示してくれたからなのではないか。最終的に本稿では、黒澤とプルーストを経由してイシグロが編み出した「記憶の語り」がアイロニカルに暗示する、戦後日本社会にとっての「現在」の姿をあきらかにしたい。

2　戦後映画としての『羅生門』

芥川龍之介の二つの短編「藪の中」（一九二二年）と「羅生門」（一九一五年）を下敷きとする黒澤明

の『羅生門』は、一九五〇年にヴェネツィア国際映画祭で金獅子賞を獲得し、日本映画の国際的評価への端緒を切り開いた作品として知られている。物語は平安末期を舞台に、ある杣売りによる山中での死体発見を皮切りに、武士・金沢武弘の殺害の真相をめぐって登場人物たちの証言が錯綜する。まず検非違使に捕縛され尋問された盗賊の多襄丸は、金沢の妻真砂の強姦と、金沢との凄絶な決闘後の殺害を告白するが、次に登場した真砂は決闘の存在そのものを否定し、夫からの軽蔑の眼差しに耐えかねた彼女自身が彼を殺した可能性をほのめかす。さらに、巫女に憑依した金沢の霊魂は、恥辱に耐えかねた彼自身が自害したのだと訴えかける。しかしその後、羅生門での雨宿り中に旅法師と下人を相手に検非違使での出来事を振り返っていた杣売りは、ここまでの三人の証言をすべて嘘だと断じ、彼自身が隠れて目撃していた事件のあらましを語り出す。にもかかわらず、その杣売りの証言こそが真実であるという保証は与えられず、観客は一つであるはずの真相をめぐって語られた四つの異なる物語のただなかに宙吊りにされる。

この映画においては四人の証言すべてが順に映像化され、山中での事件が観客の目前に再現されるが、その情景の真実性はほかの証言との食い違いによって次々に浸食され、「視覚の客観性」という無意識的前提そのものが掘り崩されるめまいのような感触を観客は味わうことになる。事実の「解釈」のみならず、「事実」そのものに疑問符が付けられる点で、『羅生門』の証言者たちは「信頼できない語り手」の極北に位置づけられることがある（Abbott 76-77）。ただし、このような手法で黒澤自身が強調したかったのは「客観的真理の不在」というポストモダン的認識よりも、むしろ現実を歪曲する主観的自我そのものの悪しき性質だったようだ。後年の自伝で彼が述べるように、人間は、自分自身について、正直な事は云えない。虚飾なしには、自分について、話せない。この脚本は、そういう人間というもの、虚飾なしには生きていけない人間というものを描いているのだ。いや、死んでも、そういう虚飾を捨てきれない人間の罪の深さを描いているのだ。これは、人間の持って生まれた罪業、人間の度し難い性質、利己心（エゴ）が繰り広げる奇怪な絵巻なのだ。（三四三）

映画『羅生門』は、文字どおり藪のなかの殺人事件を核として、①検非違使における当事者たちの告白、②さらにそれらの食い違いについての羅生門での杣売りたちの対話という、二重の枠物語形式を取っている。平安末期を舞台とするこの物語を「戦後映画」として再解釈するためにまず重要なのは、この「裁判」という第一の枠組みである。ポール・アンドラが指摘するように、黒澤が橋本忍とともに『羅生門』脚本を検討しはじめたのはちょうど東京裁判が終わろうとする一九四八年末のことであり、彼らは、占領軍による検閲をかいくぐる時事的な寓意をこの物語に仕組んだのかもしれない（Anderer 185-87）。この寓意性は、じっさい鋭敏な観客には気づかれていたようだ。一九五一年にイギリスでこの映画を観たドナルド・キーンは、当時の感想を次のように振り返っている。「日本人たちは何年も新聞で、告発された罪は犯さなかったと宣誓して述べる男たちの証言を読んできたし、彼らの証言は、宣誓してその逆のことを述べる者たちに否定されていた。誰を信じるべきなのか？　真実を語りうる目

例えば、序盤で多襄丸が語った金沢との凄絶な決闘は、杣売りの語りにおいては見苦しい乱闘として再映像化され、多襄丸が自分の武勇を誇張して語っていたことが暴かれる。またどうやら、多襄丸や真砂のみならず、死後の世界から呼び出された金沢の霊魂ですらも、自尊心を保つための虚飾を手放せないらしいことが明かされるのである。

撃者はいないのか？」(Keene 142)。当時の観客たちにとって、保身のためであれ虚栄心のためであれ、証言を歪めて真相究明を困難にするこの映画の「被告」たちの姿は、戦後の日本社会ではあまりにも馴染みのものだったのかもしれない。

このように第一の枠物語において観客は、けっして被写体にはならない不可視の検非違使の役人や、(4)傍観者としての杣売りたちの立場に寄り添い、当事者たちの自己欺瞞の展開を目の当たりにする。ところが第二の枠物語で杣売りの証言を聞いた下人が、杣売り自身が殺人現場から短刀を盗んだ可能性を指摘するに至って、「傍観者＝観客」の立場は崩壊する。一九五四年の論考でこの映画に占領期の日本精神の反映を見出したジェイムズ・F・デイヴィッドソンは、「いったい正しい人間なんていうのかい」という下人の冷笑的な言葉に注目しつつ、この局面で「日本人観客たちが自分の経験を顧みるようにとうながされ、物語の出来事をそれに則して理解しなかったとは信じがたい」と述べている (Davidson 163)。いわば罪を犯したのは、裁きの場に立たされた者たちだけではない。他者の自己欺瞞を暴く者は、ひるがえって「共犯者」としての自己の立場の欺瞞性に直面せざるをえない――最近の研究も指摘するように、この反転の構図は、たとえ受動的にでも第二次世界大戦という破局に巻き込まれ、なりふり構わず焼け跡を生き延びねばならなかった当時の人々にとって、身を切るような自省を迫るものであったのかもしれないのだ (Martinez 39)。

論点を整理すれば、第一に罪に問われた者たちの自己欺瞞、第二に「傍観者」たちの共犯性――『羅生門』を戦後映画として観る可能性は、この二つの主題の交点に存している。イシグロは、やはりこの二要素が色濃く浸透した黒澤の自伝的回想をつうじて、このような理解へと導かれたのではないか。一九八四年刊行の『蝦蟇の油』は同年に英訳が出版されており、ハリー・ランサム・センター所蔵の『浮世』構想ノートには、この英訳版に関する四枚ほどのメモが含まれている。[5] 一九一〇年に生まれ終戦時まだ三五歳だった黒澤は、『浮世』主人公の小野益次よりも二〇歳ほど若年だが、その時代経験は部分的に重複している。中学時代に軍事教練が導入される不穏な時代において若き日の黒澤がまず画家を志し、一九二〇年代末からはプロレタリア美術家同盟への参加を経由して、挫折までの数年間、非合法の政治運動にたずさわっていた事実をイシグロは書き留めている。またこの自伝で黒澤は、撮影所に入ってから検閲官との度重なる対立はあっても『一番美しく』(一九四四年)のような戦意高揚映画を作った自分を振り返って、次のように述べている。「戦争中の私は、軍国主義に対して無抵抗であった。残念ながら、積極的に抵抗する勇気はなく、適当に迎合し、或いは逃避していたと云わざるを得ない。これは、恥ずかしい話だが、正直に認めねばならぬ事だ」(二七五)。イシグロにとって黒澤の自伝は、「無抵抗」や「迎合」というかたちではあっても、あらがいがたい時流に呑まれて戦争協力に向かった一人の芸術家が過去を告白するものだったのである。[6]

　興味深いのは、率直にみずからの過去に向き合ったかのように思えるこの黒澤の回想自体が、自己欺瞞の不安に憑依されていることである。『蝦蟇の油』は映画監督としての後年の輝かしい業績にはほぼ触れることなく、『羅生門』による予想外の国際的成功に言及したあと唐突に中断されている。最後のページで黒澤は、「人間には、ありのままの自分を語る事は難しい」というこの映画のテーマに触れたあと、みずからの文章について省察している。「私も、この自伝のようなものを書き綴って来たが、果たしてその中で正直に自分自身について書いているだろうか？　やはり、自分自身の醜い部分には触れずに、自分自身を大なり小なり美化して書いているのではあるまいか？」(三五三)。あたかも回顧の対象であったはずの『羅生門』が回顧の行為自体を汚染してしまったかのように、自己欺瞞をめぐる懐疑にとらわれた彼の記憶は、その明確な輪郭をいつのまにか喪失してしまう。黒澤がその映画と自伝においてイシグロに示したのは、戦中・戦後の日本を生きた一人の芸術家がとらわれた、告白と釈明との境界が不分明化する自己言及のジレンマだったのである。

3 「語りの反復」から「反復の語り」へ

『浮世の画家』の中盤で、かつて修行時代に同僚だった画家中原康成（カメさん）の自画像を想起した主人公の小野は、次のような称賛とも侮蔑ともつかない口調で、そのモデル自身と肖像画との正確な対応関係に言及している。

> 顔に描き込まれた生真面目さと臆病さとは、たしかにわたしが覚えている男そっくりであり、その点でカメさんは並外れて正直だった。〔……〕あらためて公平に見て、わたしは絵描き仲間のうちにカメさんほど徹底して正直に自画像を描ける人はひとりもいないと思う。鏡に映った自分の表面的なイメージを細部に至るまでいくら忠実に描き込めるとしても、自分の人柄まで他人の目に映るとおりに再現できることは、ごくまれなのだ。（67 一一〇）

この省察と、黒澤自伝に見られた自己言及のジレンマとの主題的な連続性はあきらかだろう。シンシア・ウォンも言うように、小野の回想もまた一種の「自画像」と理解できるならば（Wong 40）、彼が「凡庸」と切り捨てたカメさんと小野自身のあいだには皮肉な対照が成立する。中原の肖像画が虚飾を廃したある程度的確な自己認識を表現するいっぽうで、小野の自分語りは逆に、どれほど謙虚を装っても覆い隠せない欺瞞と自己満足を兆候的に示しているからである。

　小説の終わり近くで小野は、長女の節子と川辺公園を散策中に、自殺した作曲家の那口幸雄に言及しつつ次のように述べる。「わたしも多少の影響力を持った人間として、悲惨な結果をもたらした目的のためにその影響力を行使したことだけは、すなおに認めたい」（"I am not too proud to see that I too was a man of some influence, who used that influence towards a disastrous end"）（192 二九七／原文下線は引用者による）。ここで彼はおもてむきは謙虚に、つまり悪しきプライドを拒絶して「悲惨な結果」をもたらした戦争への加担を認めている。ところが彼の言葉は、みずからのかつての「多少の影響力」をその加担への前提として主張し、彼自身の「自惚れ」への追認を他者に求めている限りで欺瞞的なのである。だが続く節子とのやり取りでは、一年前の次女紀子の見合い席上で小野がおこなった自己批判が場違いなものと受け取られていたこと、さらに高名な批評家の斉藤博士が、小野が画家であった事実すら知らなかったらしいことが明かされる。ここに及んで、過去の戦争協力をめぐる小野の不安はまったくの独り相撲だったことが暗示される。ブライアン・シャファーに言わせれば、彼はたんに「誤っているばかりか、取るに足らない存在」であったのかもしれない（Shaffer 61）。それまでの小野の回想は、すべて自尊心を保つための虚飾に彩られていたのだ。

　戦争協力の問題すらも過去の自分を飾り立てる「勲章」として利用する小野の矜持と倒錯した心理は、たしかに黒澤のいう「利己心の繰り広げる奇怪な絵巻」に近似している。ここで問題なのは、こうした彼の自己主張と、他者からの認識とのあいだのズレを受け手に開示するための手続きである。冒頭で言及したとおり、イシグロは少なくとも三度、構想ノートのなかに『羅生門』の特異な語りをモデルとして利用するアイデアを書き記していた[7]。これは、一つの事件あるいは出来事がくり返し、異なる人物の視点から語られることで、複数の語りのあいだのズレと葛藤が主観的認識のはらむ欺瞞や死角をあぶり出す効果を生む原理であると説明できるだろう。注目すべきなのは、この小説が最終的に主人公一人の回想という形式を取る前段階で、イシグロが複数の語り手を設定する試行錯誤をおこなっていたという事実である。一九八七年のインタヴューで彼は、この小説の登場人物のほぼ全員がどこかの時点では「語り手の候補者」であったと語っており（Shaffer and Wong 22）、じっさい構想ノートには、少なくとも祖父（のちの小野）、祖母、そして孫の一郎を交互に語り手にする構成に長期間イシグロがこだわっていた形跡がある。「戦争のすんだ夏」というタイトルで一九八三年に雑誌掲載された短編は、この構想のうち一郎を語り手とする部分の断片として理解できるだろう。小野ただ一人を「信頼できない語り手」とするこの小説の現在のかたちは、こうした『羅生門』的モデルの模索と、その放棄の果てに選び出されたものだったのである。

　いわば、イシグロは黒澤の映画から自己欺瞞の主題を継承しつつも、その語りの形式においては結果的に異なる選択をしたことになる。この変更を理解するうえでまず重要なのが、「小説」と「映画」との差異に関する彼の基本認識である。二〇一五年の日本でのインタヴューで彼は、映画は小説よりもアクションの提示を得意とするが、その特性上「映画には記憶の感触、記憶の手触りがない」と断じ、ときに過剰な鮮明さを帯びる映画における記憶表象を批判していた（一八六）。『羅生門』において証言者たちの回想が鮮やかに視覚化される局面をその実例と考えてもいいだろう。[8] この観点から見れば、本稿冒頭で言及したプルースト体験を契機とするイシグロの記憶への関心の深化は、その同時期に彼がおこなっていた『羅生門』モデルの検討とその結果的な放棄、つまり「映画的」手法からより「小説的」な手法への転回と原理を同じくしていたのである。

この関連でもう一つ押さえておくべきなのは、『羅生門』と『浮世の画家』のあつかう時間性自体の差異である。寓話的な性格を持つ前者が煽情的な一事件をめぐって展開するのに対して、後者は人生の転機に立たされた主人公の回想を経由して、一九一〇年代から五〇年代初頭に至る近代日本の転換期を射程に収める野心を示している。カール・クローバーも確認するように、通常、映画は短い単独的な「出来事」を提示するのに対して、小説はしばしば数世代にもわたるより長い時間をあつかう傾向にある（Kroeber 107）。いくらでも例外を思いつきそうな一般論ではあるが、このような歴史性自体への関心が、イシグロにとって『羅生門』の単純な模倣を困難にしたのは確実だろう。

だがこのような明確な差異にもかかわらず、なお『羅生門』と『浮世の画家』とのあいだには、「くり返し＝反復」の原理とそれが逆照射するズレという点で一定の手法的類縁性があるのではないか。物語理論家ジェラール・ジュネットは「頻度」という観点から、語りにおける「反復」の様態を以下の二つに大別している。①一つの出来事が複数回語られるケースと、逆に、②複数回起きた出来事が一回だけ語られるケースである。ジュネットは前者の「反復的物語言説」（*récit répétitif*）との区別で、後者を「数度にわたって生起した同一の出来事を〔……〕一括して引き受ける物語言説」という意味で、「括復的物語言説」（*récit itératif*）と名づけている（一三三）。やや抽象的に思えるこの区別がここで重要なのは、ジュネットがこの二つの手法それぞれの実例としてまさしく黒澤の『羅生門』と『失われた時を求めて』を挙げているからである。

第一の「反復的物語言説」の場合、反復は出来事の側には存在せず、くり返されるのはその「語り」のみである。ただしジュネットが注記するように語りの反復はあらゆる点で同一である必要はない。むしろ語りの反復可能性は、さまざまなレヴェルでのズレをきわ立たせるその逆説的な能力のために、モダニズム以後のテクストにおいて多彩に駆使されてきた。例えば百足（むかで）の死のエピソードを幾度もくり返し語るアラン・ロブ＝グリエの『嫉妬』（一九五七年）のように「語りの反復」が「文体上のヴァリアント」を生み出す場合もあれば、一つの出来事を語る「視点」そのものがさまざまに変化するという場合」も存在する（一三二）。フォークナーの『響きと怒り』（一九二九年）とならんでジュネットがその具体例に挙げたのが、まさしく『羅生門』だった。この映画では「語りの反復」が生み出すズレこそが、証言者たちの自己欺瞞を逆照射するのは、前節で見たとおりである。

第二の「括復的物語言説」では、反復は語りではなくむしろ出来事自体の特徴として了解される。その意味でこれは、「語りの反復」を裏返した「反復の語り」としても理解できるだろう。ごく単純な場合、この手法が伝えるのは個人の習慣やある時代特有の日常生活であり、伝統的物語では「反復の語り」がもちいられるのは単独的な事件がはじまる前の枠組みや背景の導入、「情景描写（タブロー）」の部分でしかなかった。ジュネットがプルーストを重視するのは、彼のテクストが、習慣や儀礼、類似性に対する作家自身の鋭敏な感性を反映して、物語の本筋に対する「機能上の従属」という地位からこの手法を解き放ったからにほかならない。例えば、「《コンブレー》のテクストが反復をあらわす半過去で物語っているのは、〔ただ一度〕起こったことではなく、規則的に、あるいは儀式的に、毎日、毎日曜日もしくは毎土曜日に繰り返し起ったこと」だとジュネットは観察する（一三四）。イシグロが特に注目したこの小説の「最初の六〇ページ」に含まれる不眠の描写が、長い期間をつうじて語り手がくり返し経験した無数の眠れぬ夜の複合であると思われる点も重要だろう。鈴木道彦による邦訳とイシグロが読んだ英訳を併記して、その冒頭の一文を引用してみよう。「長いあいだ、私は早く寝るのだった」（For a long time I used to go to bed early）（二九 3）——過去の習慣をあらわす used to からはじまる英訳版は、このあとも過去の習慣的動作を意味するwouldを頻用して続いてゆく。
この区別を受けてイシグロに戻れば、『浮世』の回想場面における支配的時制がまさにwouldであるのは、おそらく偶然ではない。邦訳には反映しにくい特徴だが、少年時代における父と小野との重苦しい関係を例示する一場面を原文で引いておこう。一二歳のときにはじまった週に一度の父との客間での作業について、彼は次のように振り返っている。

My father would disappear into the room after supper, and call me some fifteen minutes later. The room I entered would be lit by a single tall candle standing in the centre of the floor. Within the circle of light it cast, my father would be sitting cross-legged on the tatami before his wooden 'business box'. He would gesture for me to sit opposite him in the light, and as I did so, the brightness of the candle would put the rest of the room into shadow. Only vaguely would I be able to discern past my father's shoulder the Buddhist altar by the far wall, or the few hangings adorning the alcoves. (41-42)

父は夕食後すぐ客間に姿を消し、十五分ばかりのちにわたしを呼び入れる。入ると、部屋のまんなかに背の高いろうそくが一本ともっているだけである。その光の及ぶ円内の畳に父があぐらをかいて座っており、その前に木でできた父の「商い箱」が置いてある。父は手真似でろうそくの明かりのなかに座れと合図する。父と向かい合わせに座ると、ろうそくの明るさのために、部屋の残りの部分が暗い影のなかに隠れてしまう。部屋の奥の壁近く、父の肩越しにかろうじて見えるのは、仏壇と、床の間の掛け軸だけだ。（七二）

この一節における would の反復的使用は、父と子との抑圧的関係を規定する習慣の儀礼的な性格を示唆すると同時に、それが長期にわたってくり返し行われたことをことさらに強調している。武田工房や森山誠治の下での修行時代、あるいは小野自身と弟子たちとの関係を回想する際にも、これと同様の時制が見られる点も見逃せない。一つの回想に時間的「厚み」を含意するこのような「反復の語り」自体の反復的使用は、近代日本の経験を抑圧の連鎖として描いている。いわばイシグロは、黒澤的「語りの反復」からプルースト的「反復の語り」へと転回することで、より長い歴史的時間経験をその小説に包含しえたのである。

4　融合する過去

プルースト的「反復の語り」は『浮世の画家』において、過ぎ去った幸福な日常ではなく、このような過去からの抑圧の連鎖、あるいはそれが逆説的に可能にしてきた小野自身の「地位」への固執を暗示するために転用されている。この小説は、こうした「反復の語り」を戦後に生きる主人公の内面に埋め込むことで、それを動機づける記憶への執着、あるいは、習慣、儀礼、類似性への過剰なまでの感受性を、小野の「現在」の不安が刺激する一定の心理的要請として前景化しているように思われる。この点がまず如実にあらわれるのは、彼が回想する数々の逸話がどうやら過去においてすでにくり返し語られ、あるいは彼の記憶のなかで反芻されてきたものであるらしい、という点である。

例えば小説の序盤で小野が語る、かつて就職の斡旋をしたお礼に信太郎とその弟が自宅を訪ねてきたときの話を考えてみよう。小野は、その時点までに自分がいつのまにか獲得した影響力の大きさに無自覚であったと述べているが、興味深いことに、この逸話は「一九四八年一〇月」の時点ではじめて想起されたのではなく、かつて戦前の小野が常宿にしていた〈みぎひだり〉において、「名声を追うのではなく〔……〕一心不乱に努力する者には、影響力や地位が自然に備わってくる」ことを示すために弟子たちに語っていたらしいことが判明する。このような逸話は、小野がわざとらしく示す謙虚さに対して、黒田をはじめとする弟子たちが「競って師匠礼賛の演説をする」ことまで含めて、彼らが儀式的にくり返した一つの「習慣」であったことが、悪びれもせずに回想されているのだ（24-25 四六―四七）。このように性質としては一回的な出来事が、〈みぎひだり〉における弟子たちへの語りをつうじて反復へと転化されるパターンは、若き日の小野が中原康成とともに武田工房からの決別を決意したときの逸話や（72 一一八）、みずからの芸術的信念に殉ずるようにと弟子たちに求める彼の宣言（151 二三二―二三三）の場合にも見られる。[9] 小野自身は、こうした逸話の反復は弟子たちの求めに応じたものだったと言うが（72 一一八）、じつのところ彼はこの「語りの反復」をつうじて、三〇年代にその頂点を極めたらしい自分の地位と名声を再確認していたのである。

さらに言うならば、戦後の小野にとって、戦前の〈みぎひだり〉でくり返された弟子たちとの語らいを想起する「反復の語り」は、戦前と戦後との根源的な断絶をかりそめに糊塗する役割を果たしている。じっさいに戦後の「現在」を生きる小野にとっては、〈みぎひだり〉は空襲で焼失してすでになく、かつて彼を取り巻いていたらしい数多くの弟子はすべて現在の彼の下を去っている。回想のなかで小野に対する追従の言葉を述べたのが、一番弟子の黒田だったと言われているのも兆候的である。というのも、レベッカ・ウォルコウィッツも指摘するように、黒田が軍国主義的な小野の流派から決別し、その黒田を小野が裏切って特高に売ったらしいことが、この小説においてけっして正面からは語られざる「原光景」となっているからである（Walkowitz 128）。小野の回想を特徴づける「反復の語り」は、それが暗示する習慣の連続性や儀礼性によって、現在の彼の境遇を条件づける断絶そのもの、いわば戦争の経験と戦後の社会秩序から目を逸らすことを可能にするのだ。

このように記憶のなかに反復と連続性を求める小野の感性は、それが潜在的には異なるはずのさまざまな経験や人物の融合に結びつく点で、美学的であると同時に病理的でもある。例えば、現在の常宿であるマダム川上のバーにはじめて入ったときを回顧して、小野は次のように述べている。

いまその晩のことを思い出そうとしても、ほかのいろいろな晩の音や声やイメージと重なりあってしまう（I find my memory of it merging with the sounds and images from all those other evenings）。入り口に並べて下げてあった提灯、〈みぎひだり〉の店先に群がっている人々の笑い声、天ぷらの匂い、もう奥さんのところにお帰りなさいと客に言いつづけているバーの女給……そして、至るところからこだまする（echoing）、コンクリート道路を歩く無数のげたの音。（25 四七）

この一節が端的に表現する記憶の「重なりあい」（merging）や「こだま」（echoing）の美学は、かつて存在した習慣の世界を喚起するがゆえに、現在の小野にとって大きな慰謝の源になっている。しかしながらこのような記憶の美学は、本来であればそこにあった個々の経験の個別性を抹消する点で、問題含みの混同と表裏一体なのかもしれない。個別性の抹消がトラウマ的なものですらありうることは、断片的に想起される小野の息子の葬儀の場面で暗示されている。息子の賢治は、戦友たちと地雷原での決死的な突撃のすえ戦死したために、「息子が遺骨となってようやく帰還したとき、その骨がほんとうに賢治のものか、また賢治だけのものか、確かめる方法はなかった」という（57 九四―九五）。娘の節子は、賢治の遺骨が戦友たちのものと「混ざりあって」(mingled) いても受け入れる心持ちを当時の手紙で表明しているが、このような戦時中の大量死を契機とした融合の経験が、痛切な喪失感と表裏一体であることは論を俟たないだろう。

ここで暗示された記憶の美学と病理とのうらはらな関係性は、小野の「反復の語り」が結局は個別性や固有性の抹消にもとづき、その意味では不可避のズレをはらんでいることを明かしている。この地点で、イシグロが『浮世の画家』において創造的に転用したプルースト的記憶の美学は、前節で確認した『羅生門』的な反復とズレの手法、さらにそれが開示する自己欺瞞の問題へと再接近するのだ。

この特徴がもっとも明確に見られるのは、これまでも多くの論者が注目してきた、小野がしばしば犯す言葉や場面の取り違いである。序盤においてすでに小野は、三宅二郎が発した戦争指導者たちの「卑怯さ」に対する非難の言葉 (56 九四) と、賢治の葬儀における素一 (節子の夫) の言葉 (58 九七) との混同に言及していた。小野の回想がさらに過去へと遡るにつれてこのような取り違いは混迷の度を深めてゆき、ついには師森山誠治との決別の場面が、少年時代の父による小野の絵の焼却 (43-48 七四―八二)、さらに師としての小野自身と黒田との決別の局面と二重写しのように語られる (175-78 二六九―二八三)。絵を燃やした「火」に関する言及が彼自身のトラウマを暗示しているとはいえ、この語りの欺瞞性はあきらかだろう。というのも、この融合した語りをつうじて小野は、黒田を裏切り特高に売った彼自身の加害者性を、父や師の抑圧をこうむった彼自身の被害者性で上書きしているからである。ここで読者に求められているのは、小野の受けた過去の抑圧と彼自身が黒田に与えた加害との厳密な反復ではなく、むしろそのあいだの決定的なズレを見出すことなのだ。このように、表層的な反復のなかにズレを見出し断罪することが、混濁する記憶のなかから小野の経験の個別性を救出することでもあると説くとしたら、それは、あまりにも逆説的に響くだろうか。

5 「間隙」としての未来

だが、なぜ小野は物語中で断罪されることがないのか？ この疑問をめぐっては戦犯の公職追放解除などをはじめとするいわゆる「逆コース」や、朝鮮戦争勃発を契機とする冷戦国際秩序における日本の戦後復興など、テクスト中では明示されざる現実の歴史的状況が参照されることが多い（Sim 43; Wright 72）。ただここでは、物語内にその答えの手がかりを探しておこう。

見合いの席での小野の欺瞞的な自己批判を聞いた斎藤太郎は、「それではご自分に対してあまりにも厳しすぎますよ」と快活に述べ、冗談で話を逸らしてしまう（124 一九五）。紀子との結婚後に再登場した彼は、みずからの働く会社の将来についてあかるい見通しを語り、「もし全力を尽くせば、今後十年以内にKNCの名は日本全国はおろか、世界じゅうに知れ渡りますよ」と誇らしげに言う（185 二八四）。序盤に登場した三宅や素一などとは異なり、急速な経済的復興の果実を味わいはじめた彼は、もはや小野一個人の戦争協力のような「過去の話題」には、そもそも関心がないらしいのである。

結末でオフィスビル群として再建されたかつての歓楽街にたたずむ小野は、そこで社員仲間たちと談笑する（まさに斎藤太郎のような）若者たちと、〈みぎひだり〉で過ごしたかつての自分たちの姿を重ね合わせている。いっけん肯定的なこの郷愁（ノスタルジア）が危険なのは、このように「戦前」と「戦後」を融合させる小野の観点が、過去の彼自身にとっての「未来」であった戦争中の経験を語りの間隙のなかに置き去りにしているからである。この「未来」はかつての小野にとって予知しうるものではなかったが、彼が〈みぎひだり〉での時間を幸福なものとして追想しうるのは、この破局的「未来」への無知を恣意的に再現しているからにほかならないのだ。
このような時間的パースペクティヴのトリックは、この小説の最後の場面に巧妙なアイロニーの効果を与えている。小野が肯定的に自己を重ねる戦後の無関心な若者たちを待ち受ける未来――現在の読者にとっては「無知」ではいられないもの――は、果たして小野がテクストの間隙に隠蔽した「未来」と大きく異なるものであったのだろうか？　黒澤とプルーストを経由してイシグロが構築した、小野の自己欺瞞を帯びた回想と反復のドラマは、読者としての私たち自身の「現在」にも潜む死角としての未来に向けて、不穏な警告の合図を送っているのである。

【注】

（1）　なお、ここで引用したエッセイは『浮世の画家』邦訳新版に「序文」として収録されている文章とほぼ同一のものと思われる。イシグロは同じ逸話を二〇一七年のノーベル文学賞受賞記念講演でも語っている（*My Twentieth* 14-17）。

（2）　例えば Mason の先駆的論考や、Lewis 60-70 を参照。また特に成瀬監督の『山の音』ならびに川端康成によるその原作とイシグロの『遠い山なみの光』との関係については、坂口、荘中、佐藤の各論考を参照。

（3）　事実として二〇〇九年のインタヴューでイシグロは「信頼できない語り」の技法と関連づけて、初期作品における『羅生門』からの影響を次のように表現している。「これはほとんど『羅生門』で、そこでは同じ物語のいくつかの異なる、主観的に認識されたヴァージョンが提示されている。私の初期作品では一人による『羅生門』が起きていたのだ」（Groes 258）。以下本稿では、この説明が特に第二作『浮世の画家』に該当するものであることを、アーカイヴ資料を参照しつつ証明する。また、二〇一五年六月一六日付の『読売新聞』の記事では、イシグロは『忘れられた巨人』が黒澤明の『乱』（一九八五年）に影響を受けている、と語っている。田尻芳樹は草稿研究にもとづき『生きる』（一九五二年）から『わたしを離さないで』の初期構想への影響を指摘している（二三九）。『生きる』への言及については以下

注（8）も参照。

（4）この不可視の検非違使の役人を占領軍の寓意と見なす指摘については、Yoshimoto 189を参照。

（5）ハリー・ランサム・センター所蔵の以下の資料を参照。325426 Manuscript Ishiguro Papers 1955-2015 Container 1. 4. Series I. 'Notes and plans.' Handwritten and typed writing notes, outlines, plot sketches, chapter notes, character sketches, research notes, thoughts about novel, notecards, 1983-1985.

（6）注記するならば、ここでは必ずしも画家を志した若き日の黒澤明を小野益次のモデルと見なせるわけではない。ただし、向後は一時の小野に「プロレタリア美術運動への傾倒」を見いだしており（一五一）、この共通点は示唆的である。

（7）ハリー・ランサム・センター所蔵の以下の資料を参照。325426 Manuscript Ishiguro Papers 1955-2015 Container 1. 4. Series I. Container 1. 2. Early notes.* Possible themes, plot structure, characters, circa 1982 Container 1. 3. 'Rough pages.'* Handwritten and typed fragments, notes, circa 1982-1983.

（8）ただし興味深いことに、二〇一五年の日本におけるインタヴューでイシグロは、『生きる』序盤における主人公渡辺の回想に見られる静止画的な効果を、映画における優れた記憶表象の実験として言及している（一八七）。

（9）この「一度の語り」の背後に過去における逸話のくり返しが潜在しているという構成もまた、イシグロがプルーストから学んだ技法かもしれない。ジュネットが一四四頁以下で論じる《コンブレー》におけるフランソワーズの逸話を参照。このパターンは、キャシーがヘールシャムでの記憶を数多くのドナーを聞き手にくり返し語っていると思しき『わたしを離さないで』においても重要な特徴となっている。

【引用文献】

Abbott, H. Porter, *The Cambridge Introduction to Narrative*. 2nd edition, Cambridge UP, 2008.

Anderer, Paul. *Kurosawa's Rashomon: A Vanished City, a Lost Brother, and the Voice Inside His Iconic Films*. Pegasus, 2016.（ポール・アンドラ『黒澤明の羅生門――フィルムに籠めた告白と鎮魂』北村匡平訳、新潮社、二〇一九年）

Davidson, James. "Memory of Defeat in Japan: A Reappraisal of *Rashōmon*." *Antioch Review*, vol. 14, no. 4, winter 1954; reprinted in

Donald Richie, editor, *Rashomon*. Rutgers UP, 2000, pp. 159-66.
Groes, Sebastian. "The New Seriousness: Kazuo Ishiguro in Conversation with Sebastian Groes." Sebastian Groes and Barry Lewis, editors. *Kazuo Ishiguro: New Critical Visions of the Novels*. Palgrave Macmillan, 2011, pp. 247-64.
Kroeber, Karl. *Make Believe in Film and Fiction: Visual vs. Verbal Storytelling*. Palgrave Macmillan, 2006.
Ishiguro, Kazuo. *An Artist of the Floating World*. Faber and Faber, 1986.（カズオ・イシグロ『浮世の画家』新版、飛田茂雄訳、ハヤカワepi文庫、二〇一九年）
——, "Remembrance of Things Proust." *Guardian*, 25 May 2016, p. 18.
——, *My Twentieth Century Evening and Other Small Breakthroughs*. Faber and Faber, 2017.
Keene, Donald. "Kurosawa." *Grand Street*, vol. 1, no. 4 (Summer, 1982), pp. 140-45.
Lewis, Barry. *Kazuo Ishiguro*. Manchester UP, 2000.
Martinez, D. P. *Remaking Kurosawa: Translations and Permutations in Global Cinema*. Palgrave Macmillan, 2009.
Mason, Gregory. "Inspiring Images: The Influence of the Japanese Cinema on the Writings of Kazuo Ishiguro." *East West Film Journal*, 3:2 (1989), pp. 39-52.
Proust, Marcel. *Remembrance of Things Past*. Volume I, translated by C. K. Moncrieff and Terence Kilmartin, Vintage, 1982.（マルセル・プルースト『失われた時を求めて1　第一篇　スワン家の方へI』鈴木道彦訳、集英社、二〇〇六年）
Shaffer, Brian W. *Understanding Kazuo Ishiguro*. U of South Carolina P, 1998.
——, and Cynthia F. Wong, editors. *Conversations with Kazuo Ishiguro*. UP of Mississippi, 2008.
Walkowitz, Rebecca L. *Cosmopolitan Style: Modernism beyond the Nation*. Columbia UP, 2006.
Wong, Cynthia F. *Kazuo Ishiguro*. Third Edition, Northcote House, 2019.
Wright, Timothy. "No Homelike Place: The Lesson of History in Kazuo Ishiguro's *An Artist of the Floating World*." *Contemporary Literature*, vol. 55, no. 1, 2014, pp. 58-88.
Yoshimoto, Mitsuhiro. *Kurosawa: Film Studies and Japanese Cinema*. Duke UP, 2000.
イシグロ、カズオ「カズオ・イシグロが語る記憶と忘却、そして文学」、『三田文学』二〇一五年秋季号、一五八―一九三頁。

黒澤明『蝦蟇の油――自伝のようなもの』岩波書店、二〇〇一年。

向後恵里子「画家の語り――『浮世の画家』における忘却の裂け目」、『ユリイカ』二〇一七年一二月号（特集：カズオ・イシグロの世界）、一四七―一五七頁。

坂口明徳「カズオ・イシグロにこだます山の音――『遠い山なみの光』考」、徳永暢三監修『テクストの声』彩流社、二〇〇四年、一八〇―一九三頁。

佐藤元状「ノスタルジーへの抵抗――カズオ・イシグロと日本の伝統」、『三田文学』二〇一八年春季号、一四五―一五五頁。

ジュネット、ジェラール『物語のディスクール――方法論の試み』花輪光・和泉涼一訳、書肆風の薔薇／水声社、一九八五年。

荘中孝之『カズオ・イシグロ――〈日本〉と〈イギリス〉の間から』春風社、二〇一一年。

田尻芳樹「『わたしを離さないで』におけるリベラル・ヒューマニズム批判」、田尻芳樹・三村尚央編『カズオ・イシグロ『わたしを離さないで』を読む――ケアからホロコーストまで』水声社、二〇一八年、二二八―二四〇頁。

「渡辺謙×カズオ・イシグロ　8Kドラマ『浮世の画家』収録開始！」、NHKドラマ、www.nhk.or.jp/dramatopics-blog/20000/305519.html（二〇二〇年八月一日閲覧）。

＊本研究はJSPS科研費16H03393の助成を受けたものです。

［コラム］

NHKドラマ『浮世の画家』

田尻芳樹

『浮世の画家』はNHKがテレビドラマ化し、BS8Kでは二〇一九年三月二四日午後九時から、地上波ではNHK総合「土曜ドラマ」として三月三〇日午後九時から九〇分間放映された。演出は渡辺一貴、脚本は藤本有紀、音楽は三宅純で、小野役は渡辺謙、長女節子役は広末涼子だった。

台詞の多くは原作から採られているし、筋もほぼ原作通りなので、全体として原作にかなり忠実なドラマだと言える。もちろん一時間半の枠に収めるため多くの省略があり、新しく加えられたり変更されたりした部分もある。最も重要な変更は最後の部分に集中している。小野はレストランで孫の一郎に、作曲家の那口はなぜ自殺したのか聞かれ、戦時中に作曲した曲が間違いだったと認め責任を痛感したからだと答える。ここは原作通りだが、ドラマではここから長い回想が始まる。

まず小野は、「那口幸雄は自殺した。私は本当に向き合っているのだろうか、過去の過ちに」と自問する。これは、原作では不明確な小野の心理を明確化したものである。つまり、小野は次女の見合いの席で、戦争協力した自分の過去の画業が誤りだったことを公言し、それを過去を直視する正しい行為だと自認しているが、原作の読者は、それでも責任を取ったことになるのか疑問に思う。ドラマは小野にもその疑問をはっきりと起こさせて、小野の葛藤を明確化している。つまり、自分の過去は過ちだったと認める心理と、それでも自分は精いっぱいやったのだから過去を悔いる必要はないという心理の葛藤である。

ここから、若いころ松田と貧民街を訪れて芸術家は社会のために何ができるのか論争した場面、師匠の森山を裏切ってプロパガンダ絵画を描いた場面、森山と決別する場面、弟子の黒田が小野の密告で連行され絵が焼かれる場面、が次々と回想される。原作でもこれらはこの順番で出てくるが、ドラマではすべて一郎と一緒にいるレストランでの回想としてひとまとめにされている。そして、レストランを出て帰宅する途中で小野は、自分は過去の過ちに向き合っているのかという問いに応答して、堰を切ったように自己正当化を始める。「私は信念に従って生きてきた、ただそれだけだ。私が師匠に背いたとか、弟子を傷つけたとか、そういった理由で糾弾しようとする人がいるかもしれない。だがそれはとんだお門違いだ。そうしなければなしえなかったことがある。そうしなければ見られなかった景色がある。私は確信している。何かを失ってでも私が追い求めてきたことには価値が……」。原作でも小野はこうしたことを随所で考える。ドラマは、ここでこの自己正当化の主張をコンパクトにまとめ、那口の自殺で引き起こされた罪悪感と明確に対照させている。ドラマならではの分かりやすい構成である。

次に、戦死した息子賢治の葬式の席で、長女節子の夫素一に、戦争に責任があるのにのうのうと生きている連中が許せないと言われた場面が回想される。そして次に、最も大きな原作の改変が来る。その葬儀の直後、小野は庭で自分の絵を焼くのだ（長女節子はそれを見守っている）。プロパガンダ絵画の最初だった《独善》も含めてである。小野の絵がどこに行ったのか原作では判然としない。しかし、ドラマでは自分が焼くという設定にしている。物が焼かれるときの焦げ臭いにおいは原作でも、昔父親に自分の絵が焼かれたこと、黒田の絵が警察に焼かれたこと、妻が焼夷弾で死んだことなどをつなぐライトモチーフだが、ドラマではそれを大いに強調し、小野が自分の絵を焼くという場面もそれに付け加えているのだ。しかも、この場面に、現在の小野がそっと歩み寄り、絵を焼く小野と見つめ合う。原作ではありえない二人の小野の同時存在だが、これはレストランでの回想から連続する小野の葛藤のヴィジュアルな表現なのだろう。疲れた表情で絵を焼く小野は、自分の過ちを認める小野であり、それを放心したような、また泣きそうな顔で見つめる現在の小野は、自分の過去の画業がすべて無駄だったことを簡単には認められない小野を表しているかに見える。

最後に、小野は新しい日本を象徴するような若い会社員たちを見て帰宅する途中、泣き出す（そして訪ねてきた孫の一郎を抱いて元気を取り戻すところで終わる）。全力を尽くした仕事が無益に終わり自分が時代に置いて行かれた悲哀なのかもしれないが、原作にはこのような強い感情表現はない。

このようにドラマでは、原作では不明確な多くの部分を明確化している。原作を愛する人は、多義性が消去され全体があまりに分かりやすくまとめられていることに不満を持つかもしれない。だが、九〇分の一般向けテレビドラマとしては、これは致し方ないだろう。

ところでこのドラマに登場するいくつかの絵は、現代の画家が小説中の乏しい記述を手掛かりに描いたものである。その模様はドラマに先立って二〇一九年三月一七日午前九時からＮＨＫ・Ｅテレで放映された『日曜美術館』、「『浮世の画家』を描く――カズオ・イシグロの小説に挑む現代作家」で特集された。この番組では司会の小野正嗣がロンドンで『浮世の画家』について直接イシグロにインタヴューする様子も収められている。宮﨑優が小野の師匠森山が描いたであろう遊郭の女を、近藤智美（さとみ）が小野の最初のプロパガンダ絵画《独善》【図7】を、福井欧夏が、小野が黒田の留守宅で見る黒田の弟子の絵（たたずむ女）を、それぞれ描いている（この最後の絵はドラマでは暗くてよく見えない）。藤田嗣治の戦争画も意識しながら描いたと言う近藤の絵を見てイシグロが、自分が想像した絵とほとんど同じだと言い、さらに、新しいスタイルで描くことに躊躇しつつ前に進もうとする小野の葛藤がよく表現されている、と語っているのは興味深い。また、イシグロはインタヴューで、画家の戦争責任について、普通の人間は視野が限られていて自分の行為の影響を予測できないのだから、早まって非難するべきではない、という意味のことを述べている。この番組の内容は番組ホームページでたくさんの画像とともに文字テクストとして詳しく再現されている。

『わたしたちが孤児だったころ』における故郷（ホーム）への違和感（アンビバレンス）と失われた母語

三村尚央

序

故郷である長崎や日本への親密さをイシグロはしばしば表明する。彼の親しんだ日本文化がその作品群に与えている影響を検証することに重要な意義があることは誰しもが認めるところである。だが「イシグロの日本」とは結局何なのだろうか。先行研究を見てもその射程はさまざまで、良くいえば包括的で融通無碍、ともすれば摑みどころのない茫漠としたものにも映る。

よく知られているようにイシグロは自分にとっての日本とは「事実の断片と記憶や推測、そして想像力から生み出されたもの」(Interview with Mason 9) だと述べる。しかし仮にそれらを便宜的に事実（歴史や文化的事実に基づく日本）、記憶（幼少期に彼自身が経験した伝記的事実）、想像力（映画など文化的制作物をもとに生み出された日本像）としてみても、これら三つを明確に分類することは不可能であるし、その作業に見合うほどに有益な結果が表れるとは考えにくいが、イシグロと日本あるいは日本文化との関係を考える際にはその特異性を確認しておかなくては、各々が抱くイメージの多面鏡に迷い込んでしまうことになるだろう。

本稿ではこれまでも頻繁に論じられてきた「イシグロの日本」をあらためて考察するにあたり、特に「言葉」（日本語）と「場所」（故郷（ホーム））に注目する。そして、それぞれに対する「親しみ」と「よそよそしさ（違和感）」が入り交じる両面的（アンビバレント）な態度を析出し、それがイシグロの作品群の基盤の一つを形成するものであることを確認したい。

こうした要素を考察するために日本を舞台にした初期の二長編からは少し距離を取り、イギリスと上海を舞台としながらも上記の性質が適度にちりばめられた『わたしたちが孤児だったころ』を主な軸として扱う。幼少期に暮らしていた上海で両親が失踪して孤児となったイギリス人少年が、イギリスで成長した後に探偵となって、両親捜索のため上海へと戻ってくる物語であるが、平井（二〇一一）や荘中（二〇一一）のように、幼少期の故郷を離れて新天地で「イギリス人になろう」とする主人公バンクスの姿をイシグロ自身の生い立ちに重ねて論じられることも多い作品である。また後述するように、アヘン戦争の結果、列強諸国に分割統治されていた上海の環境が、当地で暮らす人々の国民意識（ナショナル・アイデンティティ）に特殊な影響を及ぼしていたことも本作の背景として効果的に機能しているため、その他の作品にも通底するイシグロの「故郷（ホーム）」と「異国」に対する姿勢を検証する。しばしば指摘されてきたように、イシグロ自身は上海に住んだことはなくても、親族が暮らしていたためにこの異国の地に親近感を抱いていた。その一方で、自身の出身地である日本と日本文化にも、ある種の親しみと違和感の入り交じった独特の距離を取っている。したがって、本作における「日本」に関わる特徴的な態度を検証することで、日本を舞台にした初期二作にとどまらない形で作品の端々に現れるイシグロの「日本」の影を追いたい。

1　イシグロの恵まれた「コネ」と断たれたつながり

まずはイシグロのいう日本や日本文化に対するそうした親密さには、どうやら日本語という言語的要素があまり含まれていないらしいことに注目することから本節を始めてみよう。より明確には、しばしば日本人読者が彼に投げかける「イシグロはどのくらい日本語ができるのか」という問いに対する、「スコシダケ」、「五歳児程度にできる」（阿川）あるいは「日本語はできない」（Guignery 55）というイシグロの言語意識を「ああ、やっぱり」とすぐに受け流したり、「実はけっこうできるのではないか」と疑うのではなく、しばらく額面通りに真摯に受け止めて、その事実が彼の作品群におよぼしている影響を考察することの可能性である。日本人の両親のもとに生まれ育ちながら日本語が十分に使えないにもかかわらず、日本文化に親しんでいるというイシグロの「日本への親しみ」とはいかなるものなのかをあらためて検証したい。

本稿の見取り図を簡単に示しておくなら、イシグロが明言する「故郷としての日本」を検証してゆくと、しばしば「日本語」がそこへの完全な同一化を妨げており、その結果（日本を舞台にしないものでも）彼の作品群においては、言語的要素が読者にある種の違和感を引き起こしているという彼の創作作法の一つを明らかにすることを目指す。それは言うなれば、日本文化には親近感を覚えながらも「日本語では書くことができず」、「自分は英語を使っているときの方が居心地が良い」（I feel more at home in English than in anything else）（Guignery 55）というよく知られた事実が、イシグロの日本あるいは日本文化への親密さを込めた描写においても、ささやかではあるが深く刺さった棘、あるいは躓（つまず）きの石となっている可能性である。

『孤児』の文庫版解説の古川日出男をはじめとして、多くの評者が主人公クリストファー・バンクスと著者自身とのつながりに注目する。そして上海にいる間には「本当のイギリス人」らしくなることを願いながら、イギリスに移った後には「そこが故郷だと感じられたことは一度もない」というバンクスの告白は本作およびイシグロ自身にとっての故郷（ホーム）という主題が明快な単純化を拒む複雑なものであることを表している。平井杏子はバンクスだけでなく、上海租界での隣家に住んでいた友人のアキラも、幼少期のイシグロ自身の姿を反映するドッペルゲンガーのようなものだとする（平井 二〇一一、一六八）。そしてイシグロ少年の境遇は、『孤児』の中の言葉を用いるなら、「コネに恵まれて」いた（well connected）（5 一三）ということができるだろう。これはバンクスがイギリスでの学生時代の友人オズボーンの家族に知人が多いことを指して発した言葉であるが、それに対してオズボーンは「誰だって親やおじさんや家族ぐるみでつきあっている友達がいるだろ」といった直後に、バンクスがそのような親族のいない孤児であることに思い至って彼に詫びる。だがイシグロ少年はバンクスのような孤児では決してなく、むしろ「コネに恵まれていた」。この場合の「コネ」とは無論、日本とのつながりである。バンクスのようにイギリスが「故郷だと感じられたことは一度もない」（256 四三二）どころか、差別を受けることもなくイギリスになじんでいっただけでなく、イギリスに住みながらも日本の雑誌や情報が祖父から頻繁に送られてきていたことからも彼は「コネに恵まれていた」と言える。[1]

　だがそのような境遇の中でもやはり、彼が日本語とはつながっていなかった、あるいはいつしかそのつながりが断たれてしまったことは注目に値する。そして、日本あるいは日本文化とのコネの中で十分には習得できなかった言語に対する違和感が、イシグロ作品へのなめらかな同一化に際して読者を阻む躓きの石として時折顔を出すのを我々は目にすることになる。

例えば『孤児』においてそのいくつかは、バンクスとアキラの間でのやりとりで現れる。バンクスと隣家の日本人アキラとの交流は少年期の親密で温かいものばかりではなく、時に緊張感を漂わせるものでもあった。二人は英語でコミュニケーションを取っており、英語を母語とするバンクスとは違ってアキラは不完全な英語で自己表現する姿が示される。アキラはバンクスを一時期〝old chip〟と呼んでいるが、それをバンクスは〝old chap〟が正しいのだと訂正する。アキラは始めは自分が間違っていることを認めないものの、いつのまにかそれが〝old chap〟に直っていたことをバンクスは回想する。ほんの些細な場面ではあるが、この言語的なひっかかりをめぐるエピソードは、イギリスで英語を学び始めたイシグロ自身の幼少期の姿が連想される以上に、彼の創作作法の重要な一端を表しているようにも思われるのだ。

　このような言語的躓きは外国語としての英語を流暢に話す日本人にも挿入される。バンクスとアキラが廃屋の中で出会う長谷川大佐は日本人ながらイギリス文化にも造詣が深く、「ディケンズ、サッカレー、『嵐が丘』」などを挙げて、バンクスにも非常に流暢な英語で話しかける。だがそのような長谷川大佐でさえも、ある単語（感傷的（sentimental））を奇妙なアクセントで発音してしまい、そのことにバンクスは過剰にも見える反応を示す。

> それまで彼のアクセントはひじょうにうまいという印象だったのだが、この〝感傷的（センチメンタル）〟という言葉でつまずいて、〝セン・チー・メン・トル〟（'sen-chee-men-tol'）というふうに発音された。それがわたしにはひどく耳障りで、わたしは答えないまま顔をそらせた。（277 四六七／訳文一部変更）

また、成長して探偵になって上海に戻ってきたバンクスが戦場で出会う「アキラ」とおぼしき日本兵とのやりとりにもこのような違和感を喚起する場面が現れる。日本軍と中国軍が交戦する戦場を進む中で、もしイギリス人であるバンクスが日本兵に会った時に知っておくべき言葉（その実効性は甚だ心許ないが）として、「アキラ」は“friend”を意味する「トモダチ」を教えようとする。

> You must learn to say. In Japanese. If Japanese soldier come. I teach word. *'Tomodachi,'* he said. 'You say. *To-mo-da-chi.'* (260-61)
>
> 「〔……〕おまえはしゃべることを覚えなければならない。日本語で〔……〕」〔……〕「トモダチ」と彼は言った。「言ってごらん。ト・モ・ダ・チ」 (四三九)

日本兵の構文的に乱れた英語に加えて、アルファベットで表記される“Tomodachi”、“To-mo-da-chi”が、英語を母語とする読者にどれほどの異様さをもたらすか、日本語を母語とする我々には正確に把握することはできないが、ある種の違和感を引き起こすであろうことは想像に難くないし、そのようななめらかな英語の語りに刻まれた違和感やひっかかりが、後述する「異郷への親近感」と相まって『孤児』の語りの独特の質感（テクスチャー）を構成している。

2 イシグロ作品に現れる「日本」という違和感

あらためて振り返ってみれば、イシグロ作品では「日本」や「日本的なもの」はしばしばそのテクストの受け手の「違和感」や「抵抗」を喚起するものであったはずである。特に最初の長編二作品に描き出される「日本的なもの」が英語圏の読者に引き起こしていたであろう異様な違和感を遠藤不比人は指摘して、それがイシグロ作品に通底する特異性を構成する彼の作品の本質の一つであるという鋭い議論を行っている。遠藤は日本語を母語とする読者がそれを推し量る手段として「日本語の表記体系に属しながらも、日本語以外のものを同時に意味することが可能な表記法」(一〇〇)であるカタカナ表記に注目し、その特質を「日本語であると同時に日本語でないもの、あるいは日本語でないのと同時に日本語であるもの」が引き起こす違和感をイシグロの「翻訳(不)可能性」(一〇〇)と呼ぶ。

遠藤も言及するように、『浮世の画家』の訳者である飛田茂雄は、そのような違和感にも気付いており、その違和感を日本語訳にも取り入れるべきではないかと逡巡していたことが知られている。

> 訳の文体については、第二次大戦前に教育を受けた老人オノ・マスジの古めかしい口調で訳すべきか、それとも、三十そこその英国作家の想像力が英国の読者に与えたであろう新鮮な印象をより重視すべきか、さんざん考えた。(飛田、三一九)

そしてカタカナ表記などでは日本語読者にとっては「失うもののほうが多い」と最終的に判断して、読みやすさを重視した現代語による翻訳調を選択する(飛田、三二〇)。その結果、なめらかに仕上げられた日本語訳『浮世の画家』に親しむ読者は、そのような欧米の読者が感じたであろう「違和感」には(幸いなことにともいえるが)、よほど意識的にならなければ気付かずにすんでいる。

飛田茂雄による『浮世の画家』と、同じく日本を舞台にした長編第一作『遠い山なみの光』の小野寺健の自然で流麗な日本語訳による親しみやすさが、カズオ・イシグロとカタカナ表記される英国人作家の作品が日本のものとして受け入れられてゆくことに果たした貢献の大きさは疑いない。だが、時には好意的すぎるようにも映る、この日本独特の親密感を伴う受容が、イシグロ作品の微かだが重要な特質を時には見えづらくしていたことを思い出しておくのも必要だろう。(2)

無論イシグロは欧米圏での「日本」受容の特異性を感じ取ったうえで、日本や日本人に対する西洋のステレオタイプ的な思い込みを『遠い山なみの光』や短編「ある家族の夕餉」("A Family Supper") といった作品に利用していたことも広く知られている。だが日本文化への親密さを表明しながらも、少なくともそこに「日本語」への親密さが含まれていないことは案外重要なのかもしれない。そして、イシグロの特異性がこうした違和感を作品に織り込むことで機能してきたのであれば、しばしば彼の国際主義あるいはコスモポリタニズムの表れとして言及される、翻訳しにくい表現は避けて「普遍的(universal)な事柄を書くようにしている」(Krider 134) というイシグロ自身の言葉は(いつものことながら)事態の半面しか述べていないことになるだろう。

遠藤論文は日本という「違和感」すなわち言語ではとらえきれない異質性を意味する性質について、(「言語以前の世界」を指すジョルジョ・アガンベンの「インファンティア」、あるいはポール・ド・マンの言語の物質性(マテリアリティ)に言及しながら) そのような「翻訳不可能性」(遠藤 二〇〇八、一〇〇) が日本を舞台にした二作品では明確に存在していたが、それ以降の日本以外を舞台にした作品からは失われてしまったことを指摘する。

また荘中孝之もイシグロ作品の語りの変質を言語的な側面から説明しており、特に短編集『夜想曲集』では、それまでの作品に含まれていた言語的な違和感が失われていることを指摘する。本作は舞台となる都市も登場人物の国籍もさまざまであるにもかかわらず、人物たちのやりとりが「自然な英語」

（荘中 二〇一八、一六〇）で記述されていることの「不自然さ」に注目する。たとえば荘中は『夜想曲集』の最終話「チェリスト」の冒頭のイタリア人同士の会話が英語で記述された状況を、イタリア語という言語が「透明」になり英語にとって代わられて英語で「再現」（一六〇）されているのだと分析し、そのような「ほかの言葉を消し去ってしまう英語の存在」、「他言語に対する英語の優勢な立場」、「英語圏文化の普遍性」を「英語の覇権主義的状況」（一七五）とまとめる。そしてさらにその主従関係が「英語の母語話者とそうでない者との関係性」にも反映されていることを指摘する。

だが、言語をめぐるこのような違和感は、彼が自身の作家としてのキャリア全体を振り返ったノーベル賞受賞記念の晩餐会スピーチ（"Banquet speech"）では少しだけ復活している。

> I was five years old, lying on my front on a traditional Japanese tatami floor. Perhaps this moment left an impression because my mother's voice, somewhere behind me, was filled with a special emotion as she told the story about a man who'd invented dynamite, then concerned about its applications, had created the Nobel Sho – I first heard of it by its Japanese name. The Nobel Sho, she said, was to promote heiwa – meaning peace or harmony.
>
> (Kazuo Ishiguro, "Banquet speech")

五歳の私は、日本の伝統的な「畳（タタミ・マット）」の上にうつぶせに寝そべっていました。その瞬間が記憶に刻まれているのは、おそらく背後からきこえてきた母の声、ダイナマイトを発明したものの、その使われ方に心を痛めてやがて「ノーベルショウ」というものを創設したというその男について語るときの、その声が何か特別な感情をたたえていたからでしょう。「ノーベルショウ」、その名を私は日本語で初めて耳にしたのです。「ノーベルショウというのはね」と母は私に語りました。「ヘイワ（平和や調和を意味する日本語です）を広めるためにつくられたものなのよ」。

（板垣）

正式なノーベル賞受賞スピーチに比べると圧倒的に短い、五分程度の英語スピーチの中にわざわざ挿入される "tatami" や "heiwa"、"The Nobel Sho" という言葉（それらは翻訳ではやはりカタカナで表現されている）は、日本語話者が感覚的には否応なく抱いてしまう「親近感」とはまったく対照的な、「違和感」を英語話者に喚起するものであることを、日本語に親しみすぎている我々は迂回して摑まなくてはならない。

彼の生い立ちのバックグラウンドについてのエピソードは、『特急二十世紀の夜と、いくつかの小さなブレークスルー』と題されたノーベル賞のスピーチでも触れられているが、「祖父母のこと、家に残してきたお気に入りのおもちゃのこと、住んでいた伝統的な日本家屋のこと（いまでも心の中で家全体の間取りを再現できます）」（イシグロ『特急二十世紀』、三三）を表す表現は、"I always had my own store of memories – surprisingly vast and clear: of my grandparents, of favourite toys I'd left behind, the traditional Japanese house we'd lived in which I can even today reconstruct in my mind room by room"（イシグロ『特急二十世紀』、三二）と破綻のない、いわば『夜想曲集』的な「翻訳された」なめらかな英語で行われている。それに対して晩餐会スピーチでの、（YouTube などのウェブ動画でも見ることができる）日本語の単語と発音をあえて交えた、あたかも『孤児』のアキラや長谷川大佐的な英語表現は、イシグロ作品のなめらかで穏やかな語り口に時折挿入される、こうした言語的なひっかかりあるいは棘が、イシグロ作品の根本的なテーマの一つに関わるものだということを我々に思い出させてくれる。

そして、この「二つの母語」との恵まれたコネから生まれる豊かさは、少しずつでも両方との「つながりがある」ことによる「過剰さ」ではなく、むしろ片方とのつながりが「失われている」ことによる「空虚さ」によって生じていると考えた方がよいだろう。このような、個人が複数言語間で持つ関係を考察する手がかりとして、ダニエル・ヘラー゠ローゼンが『エコラリアス』で紹介する、ドイツ語を執筆言語として習得したエリアス・カネッティの興味深い例を取り上げたい。彼はブルガリアのルセ（トルコ語ではルスチュクとも）で、ユダヤ人の両親の元に生まれた。幼少期にはスペイン系のユダヤ人の言葉を身につけていたが、この地域はユダヤ人、ブルガリア人、トルコ人など多文化地域だったこともあって、周囲には多くの言語があふれていた。それに加え、エリアスの両親は彼らや友人との間ではドイツ語を話していたのだという（一八五）。その後カネッティはドイツ語を自己表現の母語として習得するが、その経験を後に「ドイツ語の獲得の中に自分の第二の誕生を見ている。それによって、他のやり方では決して手に入れられなかった存在が自分に与えられた」（一九一）と振り返っている。そしてここで注目したいのは、彼が幼少期に学びかけたブルガリア語というもう一つの「忘れられた言語」である。

幼いエリアスをかわいがってくれたお手伝いの女性たちが話していた、この言語で交わされたはずのやりとりを、彼は完全には直接話法で再現することはできず、説明的な「翻訳」を通じてしか記述できない。「つまりほとんど全て、そして特にブルガリア語で行われたこと、語ってもらったお話しなどは今、ドイツ語でわたしは思い出すのだった」（一九四）。こうしたカネッティの行為をヘラー゠ローゼンは経験が「ひとりでに」ドイツ語という新しい言語に「翻訳された」のだと表現する。「それは翻訳者のいない翻訳であり、元々あった言語は「ひとりでに」自分が決して持たなかった形に移し替えられることになるのだ（一九四）。これらの記憶は、厳密に言えば、「そのようには決して起こりえなかった出来事の記憶であり、この作家の過去にしか属さない出来事」（一九五）であり、そこで響く言語を、ヘラー＝ローゼンは「すっかり忘れてしまった」言語、それでもなお「説明できないほど近い」形で彼の元に「残っていた」「言語の記憶」の「谺（こだま）」（一九八）と表現する。

　このモデルをイシグロに重ねてみるため、先ほどの母親との「ノーベル賞」をめぐるエピソードに戻って問うてみたい。当時は日本語で交わされていたこの時の会話を、イシグロはどのような言語で回想しているのかと。それを正確に名指すことは不可能だろうが、彼の場合は日本語が「少しできる」のではなく、むしろ先般確認したように「できない」のだという認識こそが重要で、日本語という失われた最初の母語の谺（エコー）を含んだ声（voice）こそが彼の描く「翻訳された日本」の特異性を生み出しているのだといえるだろう。そして、そのようなイシグロのスタンスはウォルコウィッツも指摘するように（Walkowitz 130）、ニキという「どことなく東洋的なひびき」（some vague echo of the East）（9七）を持つ娘の名で始まる『遠い山なみの光』の冒頭にすでに現れているのである。(3)

『孤児』においては日本語と英語の間での超えられない言語的深淵（abyss）として表されていた要素は、日本語との葛藤という直截的な意味では遠藤や荘中が指摘するように、たしかにイシグロの作品群では次第に後景に退いてゆく。だが、そのテーマ上の核は変奏されながら以後の作品にも停留し続けてきたと言える。日本を舞台としない『わたしを離さないで』での、「提供」（donation）、「介護人」（carer）、「使命を終える」（complete）といった日常的な言葉に非日常的で異様な意味を込める用語法の源泉にさえも、これまで論じてきた、日本や日本文化に親しみながらも「日本語ができない」という背反性（アンビバレンス）に根ざすイシグロの独特の言語感覚があると考えることもできるのではないだろうか。(4)

最新作『忘れられた巨人』について遠藤は、このような対立が、サクソン人でありながらブリトン人によって育てられたウィスタンにも反映されているとして、ウィスタンがサクソン人でありながら「すぐれてイシグロ的主体」（遠藤 二〇一七、九三）であると論じる。彼はウィスタンに投影される両義性が、イシグロの日本人であり日本人でない、またイギリス人でありイギリス人でないという「交差対句法的」（九二）なあり方の表出であるとする。またウィスタンの動作の描写において、「遠くに見える青白い山々」（the pale hills in the distance）（322 四四四）と、日本を舞台にした長編第一作『遠い山なみの光』（*A Pale View of Hills*）を想起させる言葉が用いられていることについて、イシグロ自身にとっての日本をめぐる意味の多重性によってかすむ曖昧さを示しており、そのような地理的な日本とはかけ離れたところにある「過剰さ」こそがイシグロのテクストにおける「日本」の本質だと述べている（九四）。そして本稿では、このようなイシグロの「日本」に対する複雑な姿勢が投影されているもう一つの場として、『孤児』の上海に焦点を当ててゆく。イシグロが作品の舞台として上海を選んだのは、親族関係にもとづく親しみだけでなく、二〇世紀はじめの上海の開放性と閉鎖性の入り交じった社会状況が大きく関わっている。

3　故郷としての異郷——上海で涵養される「日本らしさ」と「イギリスらしさ」

「何年もずっとイギリスで暮らしてきたけど、そこが自分の故郷だと感じたことは一度もないんだ。租界。あそこがいつもぼくの故郷だった」（256 四三一―四三二）という言葉に顕著に表れるように、『孤児』は「故郷（ホーム）」をめぐる物語でもあり、バンクスにとっての上海にはしばしばイシグロ自身の「故郷（ホーム）」の問題が重ね合わされてきた。ここで注目したいのは、それまで異郷でしかなかったロンドンが最終的には「故郷のように感じられるようになった」と述べることに顕著に表れるように、『孤児』では故郷とは、親しみとよそよそしさとの複雑なせめぎ合いに関わるものだとも言える。

荘中（二〇一五）はイシグロにとっての故郷（ホーム）の問題を「家」の描き方からとらえ直して「不気味な家」（unhomely home）と名付けているが、この見立ては、親しんでいたものが「不気味なもの」へと反転するフロイトの理論を視野に入れたものである。それは「故郷」が喚起する親しさとよそよそしさとの相克を指し示しているだけでなく、イシグロにとっての「故郷」には、「異郷」だったはずのものが「故郷」として感じられるようになる想像力も織り込まれていることを示している。そしてイシグロの場合は、彼自身にとっての懐かしい故郷である日本への郷愁に加えて、自分は行ったことがないはずの上海という異郷にも父祖の起源の場所として自分の故郷であるかのように感じられるノスタルジアが存在している。

以下、上海租界という異国を故郷として暮らしていた日本人やイギリス人のメンタリティを通じて、『孤児』に強く表れる故郷への両面感情（アンビバレンス）を再検証する。後述するように、彼らは上海を特異な異国としてではなく、居心地のよい母国の延長として暮らしていた。それは中国の風習や文化と混じり合ってゆくコスモポリタン的なものでは到底ありえず、むしろ母国の日本やイギリスの国民としてのアイデンティティを強く押し出すものであった。

イシグロが「コネに恵まれていた」という事実には、日本とイギリスだけでなく上海も加えられることはしばしば指摘されるが、彼自身がまったく行ったことはないにもかかわらず、祖父や父が過ごしていた場所としてある種の憧憬の対象であった。したがって『孤児』の「異国であり異国でない」上海には、イシグロ自身および二〇世紀初頭の日本人たちが抱いていた「日本」イメージが投影されていると言うこともできるだろう。

カズオ・イシグロの祖父石黒昌明の経歴は、イシグロの両親と親交があり、彼らへの直接取材も行った平井杏子の研究に詳しい。それによれば滋賀県大津市出身の昌明は、上海に渡って東亜同文書院（日本の民間団体によって上海に設立されたエリート養成機関で、「中国の保全、東亜の興隆、日支共存共栄の架け橋となる人材養成を目的とした」（安澤、一九））に学んでいた。その後、豊田紡織廠の設立にも寄与し、一九三〇年代に帰国して長崎に移り住んでからも上海や東京を行き来する生活を続けていたという（平井 二〇一一、一六三）。またイシグロの父鎮雄も上海で幼少期を過ごしていた。したがって平井が的確に指摘するように、『孤児』での上海共同租界にあるバンクスの家の描写には、イシグロ自身が幼少期を過ごした長崎の祖父の家と、祖父や父が過ごした上海での「英国スタイルの家」が「二重写し」（一六六）となっていると言える。またバンクス家の隣にあった友人アキラの家が日本と西洋の様式が入り交じったものであることも「租界の書斎に畳を設えた」りした石黒家の雰囲気を反映していると平井は指摘する（一六七）。

このようなイシグロの上海に対する親近感の背景には、祖父昌明の経歴だけでなく、より多くの日本人、特に長崎県人が上海に対して抱いていた親しみがあることも注目に値する。上海に暮らす日本人には長崎出身者が多かったことを横山宏章は『上海の日本人街・虹口——もう一つの長崎』で指摘しており、「長崎県上海市」と書かれた手紙が上海の虹口地区にある日本人街に届けられたとも紹介している（七）。それは長崎と上海が「一衣帯水」であることを親しむ」と同時に、「日本人が上海で支配者顔をしている不遜な存在である」という気持ちも込めた、租界時代の上海での「複雑な力関係」を表すものでもあった（七）。

4　日英共同体内における階層と「上海ランダー」たち

しかし上海に住む日本人たちの中でも階層が存在していたことも事実であり、後藤春美は『上海をめぐる日英関係』でそれらを「会社派」と「土着派」（四七―四八）と分類している。「会社派」は転勤のために上海にやってきた「大商社、銀行の支店や紡績会社で働く日本人」（四七）で、上海への滞在は数年間でその後日本へ戻ったり別の場所へ移ったりすることが通常であった。それに対し「土着派」は「より良い生活を求めて上海に移住し、住み着いた人びと」であり、「上海以外に社会的、経済的基盤を持たなくなっていた」（四七）ことが多かったという。豊田紡織廠の取締役だった石黒昌明は前者の「会社派」で比較的恵まれたエリート的境遇にあったと言えるが、[5] 土着派は、一見多文化的な上海の共同租界が強固に階層化されていることについて、「イギリス人が卓越した地位を占め、日本人社会内にも格差があるという共同租界の状況に不満を抱いていた」（四八）という。

そして、上海という異国の地で、中国人たちと交流するどころか、むしろ彼らよりも優位に立つ側として母国のメンタリティを涵養しているのは、日本人だけでなくイギリス人にとっても同様だったことは注目しておいてよいだろう。後藤は上海に住むイギリス人たちが「上海ランダー」(Shanghailander) と自称して「まるでイギリスの植民地で暮らしているかのような錯覚を持っていた」と論じる（後藤『上海をめぐる日英関係』、四三）。だが、後藤が論考「イギリスと日本」でも論じるように、そのイギリス人コミュニティ内でもやはりエリート層と下層階級との格差が存在していた。参事会（Municipal Council）など運営組織のメンバーになれるのは「外交官や大企業の駐在員」（二二八）といったエリート層であり、本国イギリスでは比較的恵まれない境遇にいたためにより良い生活を求めてやってきた人々の多くはやはりこの新天地でも「身分の低い白人」（二二八）と見られることが多かったという。後藤も依拠するロバート・ビッカーズは、上海ランダーのこうした特異な優越感を含んだ「複層的なアイデンティティ」（multilayerd identities）（Bickers, "Shanghailanders" 164）について、エリート側と下層階級側の双方から興味深い分析を行っている。[6] そこから明らかになるのは、「すべての人々を一つに」（Omnia Functa in Uno）という一見コスモポリタン的な参事会のモットーのもとでの、実際には中国人どころか他国の人々とも交わろうとしないイギリス人の島国根性的な閉鎖性[7]であり、ビッカーズはこの矛盾した態度を「修辞的コスモポリタニズム」（rhetorical cosmopolitanism）（170）と呼んでいる。[8]
『孤児』のバンクスには自分が完全なイギリス人ではないという自覚があり、ロンドンではなく多文化共同体である上海（友人のアキラもバンクス同様に自分が「完全な日本人ではない」のではないかという不安を抱えている）が自分の故郷だと強調する。だが、実際に上海に住んでいた人々のメンタリティはこれまで見たように、バンクスに対してフィリップおじさんが寛大に語りかけた、みんながバンクスのように「いろんな人と混ざってしまえばいい」（76 一三二）という言葉が喚起するようなコスモポリタニズムとは相容れないものだった。むしろ、「異なった国籍、人種の人間が混じり合うことが少ないのは、上海の特徴」（後藤「イギリスと日本人」、四三）であり、上海にやってきた日本人と英国人が抱いていた親しみは、異国の地にありながらも母国の延長として「日本人が上海で支配者顔をしているという不遜な存在」（横山、七）であるという意識と、「上海ランダーたちの社会の強化された閉鎖的な英国人らしさ（ブリティィッシュネス）」（Bickers, "Shanghailanders" 193）を背景としていた。表向きには温情深いコスモポリタニズムの理念を打ち出しながら、その内実は自国のナショナリズムを本国以上に涵養していたという意味では日本人もイギリス人も同衾の身であった。こうした「魔都」とも呼ばれていたコスモポリス上海の階層性という混沌とした実情も、日本とイギリス各々への親しさとよそよそしさ（違和感）を抱えるイシグロ自身の複層的なアイデンティティを投影した語りを構築する場[9]として、魅力的に映ったと言うこともできるだろう。

結語

本稿では「イシグロと日本」という観点の中でも、特に「母語」という言語的な面と、「故郷」という地理的・文化的な面に注目して、その作品を検証してきた。中でも、上海を主な舞台とする『孤児』に着目することで、イシグロの物語（ナラティブ）と語りを駆動する基本原理である、親しみと違和感の入り交じった両価性（アンビバレンス）をより明確にすることができた。それは、一時期は自分のものとしていたはずなのに失われてしまった言語への哀惜と、実際に暮らしたことはない場所なのにそこに感じる親近感と言うことができる。そして、そのような感情を抱えていたイシグロが、作品の舞台として上海を選んだことの一因として、そこに暮らす人々が抱く、母国が地理的に離れているがゆえにかえってそれを強く求めるという国民意識（ナショナル・アイデンティティ）の特異性を見て取ることも可能であるように思われる。上海を舞台にすることの意味や意義にイシグロがどれほど自覚的だったか、本稿では明確にすることができなかった（そのためには草稿からのより詳細な生成研究が必要だろう）[10]が、イギリス人を主人公として日本から離れた上海を舞台とする本作が、イシグロの実人生を重ね合わせる読みへと誘う根底にあるのは、人物たちの表面的な移動の相似以上に、作品の主題および語りの構造と密接に絡まった、「日本」に対するイシグロの姿勢の谺（こだま）だと言うことができるだろう。

【注】

（1）荘中孝之（二〇一一）も、イシグロが幼少期を一緒に過ごしただけでなく日本を離れてからも物品を送ってくれた祖父への愛着は、彼の『浮世の画家』や『充たされざる者』で描かれる祖父と孫の関係に反映されているだけでなく、祖父が長崎で亡くなった際にも帰国できなかったことへの罪悪感が彼の中に深く刻まれていることを指摘する（二二四）。

（2）この点についてしばしば参照されるのは、『遠い山なみの光』の物語のクライマックスで、語り手悦子が友人佐知子の娘である万里子に話しかける場面である。小野寺訳で「とにかく、行ってみて嫌だったら、帰ってくればいいでしょ〔……〕行ってみて嫌だったら、すぐ帰ってくればいいのよ。でも嫌かどうか、まず行ってみなくちゃ。きっと好きになると思うわ」（二四五）となっている箇所は、原文では “In any case,” I went on, “if you don’t like it over there, we can always come back. [...] If you don’t like it over there, we’ll come straight back. But we have to try it and see if we like it there. I’m sure we will.” (Pale 171／下線引用者）と、私たち（we）を主語として、悦子は万里子が実の娘であるかのように話しかけている。小野寺訳では自然なやりとりになるように、主語を落とす「工夫」がなされているが、シャファーも指摘するように、この一連の場面は、悦子が佐知子と万里子母子の姿を通じて間接的に自分のことを語ってきたことが、悦子と佐知子の表面上の類似だけでなく語りの技法を通じて明らかにされる重要な場面である（Shaffer 23）。イシグロ自身もグレゴリー・メイソンとのインタヴューでこの技法を「悦子化された他人の物語」（“highly Etsuko-ed version” of this other person’s story）(Interview with Mason 5) と明言している。作品の日本的テーマへの情緒的反応にもとづく日本でのイシグロ受容と、技法に意識的な現代作家としての英語圏における受容との対比をうかがわせる興味深い事例だといえる。

（3）日吉信貴は、この点をニキの名が東洋的な雰囲気を持っているという説明にまったく疑いを抱かない「イギリス人に対する痛烈な皮肉」（八七）の表れと見ている。

（4）ロバート・イーグルストンは、このような言外の意味作用の「谺」(echo) を響かせる特異な言葉遣いにも着目して、『わたしを離さないで』をホロコーストにおける「公共の秘密」(The Public Secret) と関連づけて論じている。

（5）平井（二〇一八）も、上海での石黒家が「広壮な英国風の屋敷」に暮らしており、そこにはピアノが置かれていて、昌明氏のための「畳敷きの書斎」も設えられていたという鎮雄氏の談話を紹介している。

(6) 特にビッカーズは『上海租界興亡史』(*Empire Made Me*) において、モーリス・ティンクラーという、スコットランドの下層階級出身でより良い地位を求めて上海で警察官となった若者の生涯を軸に、当時の上海に暮らすイギリス人たちの特異なメンタリティに社会的・歴史的視点から分析を加えている。

(7) 子供たちへの教育もイギリス式で行われて中国人召使いからも遠ざけられていたり (Bickers, "Shanghailanders" 186)、食事も中華料理を避けてイギリス式を固持していたという (Bickers, Britain in China 102)。

(8) 上海ランダーに典型的なイギリス人メンタリティの複層性から、『孤児』におけるバンクスの「完全なイギリス人になる」というアイデンティティの考察を試みたものとして、三村を参照。

(9) 遠藤(二〇一七)は、このような「複数の矛盾した要素」が重ね合わされる「重層決定」の働きを精神分析的観点から論じて、フロイト的な「テクストの臍」(九二)とまとめる。こうした働きは記憶研究 (Memory Studies) にも展開されており、マイケル・ロスバーグは何気ない些末な細部に、それとは直接の因果関係や関連性がないエピソードが、個人的・恣意的に想起される現象を「マルチディレクショナル・メモリー」(multidirectional memory 多方向性記憶)と呼んでいる (Rothberg, 2009 3)。またロスバーグはこうした働きを顕著に示す文学テクストとしてW・G・ゼーバルトの『アウステルリッツ』を挙げている (Rothberg, 2013)。

(10) 構想を始めて間もない頃の草稿(一九九四年一一月)には、すでに上海が候補として現れている(他の可能性としては五〇年代、六〇年代、七〇年代頃のイングランドや、革命期ロシア、ベトナム戦争や冷戦時代のアメリカも記されている)(Box 26. 1)。

【引用文献】

Bickers, Robert. *Britain in China: Community, Culture and Colonialism, 1900-1949*. Manchester UP, 1999.

——. *Empire Made Me*. Penguin, 2004.(ロバート・ビッカーズ『上海租界興亡史——イギリス人警察官が見た上海下層移民社会』本野英一訳、昭和堂、二〇〇八年)

——. "Shanghailanders: The Formation and Identity of the British Settler Community in Shanghai 1843-1937." *Past and Present* 159

(1998), pp. 161-211.

Eaglestone, Robert. "The Public Secret." *The Broken Voice: Reading Post-Holocaust Literature*. Oxford UP, 2017, pp. 9-27.（ロバート・イーグルストン「公共の秘密」金内亮訳、田尻芳樹・三村尚央編『カズオ・イシグロ『わたしを離さないで』を読む――ケアからホロコーストまで』水声社、二〇一八年、一一六―一四四頁）

Guignery, Vanessa. "Kazuo Ishiguro," *Novelists in the New Millennium: Conversations with Writers*. Palgrave, 2012, pp. 44-64.

Ishiguro, Kazuo. *A Pale View of Hills*. Faber and Faber, 1982.（カズオ・イシグロ『遠い山なみの光』小野寺健訳、ハヤカワ epi 文庫、二〇〇一年）

——. Interview with Dylan Otto Krider. 1998. *Conversations with Kazuo Ishiguro*. Edited by Brian Shaffer and Cynthia Wong. UP of Mississippi, 2008, pp. 125-34.

——. Interview with Gregory Mason. 1986. *Conversations with Kazuo Ishiguro*. Edited by Brian Shaffer and Cynthia Wong. UP of Mississippi, 2008, pp. 3-14.

——. "Kazuo Ishiguro – Banquet speech." NobelPrize.org. Nobel Media AB 2020. www.nobelprize.org/prizes/literature/2017/ishiguro/speech/, 20 Feb. 2020.

——. *When We Were Orphans*. Faber and Faber, 2000.（カズオ・イシグロ『わたしたちが孤児だったころ』入江真佐子訳、ハヤカワ epi 文庫、二〇〇六年）

Rothberg, Michael. *Multidirectional Memory: Remembering the Holocaust in the Age of Decolonization*. Stanford UP, 2009.

——. "Multidirectional Memory and the Implicated Subject on Sebald and Kentridge." *Performing Memory in Art and Popular Culture*. Edited by Liedeke Plate and Anneke Smelik. Routledge, 2013, pp. 39-58.

Shaffer, Brian. *Understanding Kazuo Ishiguro*. U of South Carolina P, 1998.

Tan, Jerrine. "The International Settlement: The Fantasy of International Writing in Kazuo Ishiguro's *When We Were Orphans*," *American, British and Canadian Studies*, vol. 31 (December 2018), pp. 47-64.

Walkowitz, Rebecca L. *Cosmopolitan Style: Modernism Beyond the Nation*. Columbia UP, 2006.

阿川佐和子「阿川佐和子のこの人に会いたい」、『週刊文春』二〇〇一年一一月八日号、bunshun.jp/articles/-/4452（二〇二〇年二月二〇日閲覧)。

安澤隆雄『東亜同文書院とわが生涯の一〇〇年』あるむ、二〇〇六年。

イシグロ、カズオ『特急二十世紀の夜と、いくつかの小さなブレークスルー――ノーベル文学賞受賞記念講演』土屋正雄訳、早川書房、二〇一八年。

板垣麻衣子「「ノーベルショウ」イシグロさんに刻まれた母の日本語」、朝日新聞web版、二〇一七年一二月一一日、www.asahi.com/articles/ASKDC3F2GKDCUCLV002.html(二〇二〇年二月二〇日閲覧)。

遠藤不比人「とくに最初の二楽章が……」、『水声通信』第二六号(二〇〇八年九/一〇月合併号、特集:カズオ・イシグロ)、九八―一〇七頁。

――「カズオ・イシグロと「不気味な」日本をめぐる断章」、『ユリイカ』二〇一七年一二月号(特集:カズオ・イシグロの世界)、八六―九四頁。

カネッティ、エリアス『救われた舌――ある青春の物語』岩田行一訳、法政大学出版局、一九八一年。

後藤春美『上海をめぐる日英関係 1925-1932――日英同盟後の協調と対抗』東京大学出版会、二〇〇六年。

――「イギリスと日本――東アジアにおける二つの帝国」、佐々木雄太編『イギリス帝国と20世紀 第3巻 世界戦争の時代とイギリス帝国』ミネルヴァ書房、二〇〇六年、二一三―二四九頁。

荘中孝之『カズオ・イシグロ――〈日本〉と〈イギリス〉の間から』春風社、二〇一一年。

――「カズオ・イシグロの作品にみられる不気味で大きな家」、『Sell』第三一号、京都外国語大学、二〇一五年、七九―九二頁。

――「日本語、英語、カズオ・イシグロ」、『ユリイカ』二〇一七年一二月号(特集:カズオ・イシグロの世界)、五一―五九頁。

――「『夜想曲集』における透明な言語」、荘中孝之・三村尚央・森川慎也編『カズオ・イシグロの視線――記憶・想像・郷愁』作品社、二〇一八年、一五七―一八一頁。

飛田茂雄「訳者あとがき」、カズオ・イシグロ『浮世の画家』新版、飛田茂雄訳、ハヤカワepi文庫、二〇一九年、三一七―三二〇頁。

平井杏子『カズオ・イシグロ――境界のない世界』水声社、二〇一一年。

――『カズオ・イシグロの長崎』長崎文献社、二〇一八年。

日吉信貴『カズオ・イシグロ入門』立東舎、二〇一七年。

ヘラー＝ローゼン、ダニエル『エコラリアス』関口涼子訳、みすず書房、二〇一八年。

三村尚央「「イギリスらしさ」の探究として読む『わたしたちが孤児だったころ』」、『英文学の地平』音羽書房鶴見書店、二〇〇九年、二一七―二三五頁。

横山宏章『上海の日本人街・虹口（ホンキュウ）――もう一つの長崎』彩流社、二〇一七年。

［コラム］

『上海の伯爵夫人』の憧れ

三村尚央

カズオ・イシグロが脚本を書いた映画『上海の伯爵夫人』（*The White Countess*, 2005／ＤＶＤはパラマウントホームエンタテインメントジャパンより発売）を独立したイシグロ作品として論じることには独特の難しさがあるように思われる。その理由はこの映画が製作されてゆく過程と、作品テーマの性質によるもので、あえて言うなら、この作品は「あまりにイシグロ的」なのだ。このコラムではそのような『上海の伯爵夫人』を「日本」という観点から見なおすことで浮かび上がってくる、イシグロ作品としての興味深い位置づけを記してみたい。

イシグロによる脚本はイスマイル・マーチャントが製作、ジェームズ・アイヴォリーが監督を務めるマーチャント・アイヴォリー・プロダクションズによって作品化された。舞台は一九三六年の上海、元外交官のアメリカ人トッド・ジャクソン（レイフ・ファインズ）は過去に巻き込まれた爆破事故のために家族を失い自身も盲目となってしまう。彼はナイトクラブでタクシー・ダンサー（男性客のダンスの相手役を務める）として働くロシア人女性ソフィア・ベリンスカヤと知り合う。彼女はロシア革命のために亡命してきた元貴族であった。ベルサイユ会議にも出席して中国の危機的状況への解決策を提案するほどの有能な外交官として働いていたジャクソンは、政治の世界を離れた後に暮らす上海でその「ミニチュア」としての「夢のバー」を作ることを計画し、そしてソフィアを店の華として「白い伯爵夫人」(The White Countess) を開く。その計画に深く関わるのが謎の日本人マツダ（真田広之）である。彼は店に「政治的緊張」(political tension) をもたらしたいというジャクソンの希望を聞いて協力を申し出る。

その結果、「白い伯爵夫人」には中国の共産党員と国民党員だけでなく、軍人や日本人たちなど立場を異にする者たちが出入りしながらも微妙なバランスを保つ場が奇跡的に形成される。だが後にマツダは不吉な存在であることが明らかとなり、最終的には彼の導きによって日本軍が上海へと侵攻（一九三七年の第二次上海事変）してきて事態は一変する。ジャクソンの夢のバーであった「白い伯爵夫人」も中国軍によって蹂躙され、彼がソフィアとその娘カティアとともにマカオへと逃れてゆく場面で映画は幕を閉じる。

『上海の伯爵夫人』はこのように概観するだけでも、上海という舞台に加えて、失われた過去を取り戻したいというノスタルジアや、全体を見渡すことのできない狭い視野（パースペクティヴ）など、「イシグロ的」と言ってよい要素を各所に感じ取ることができるが、その製作経緯については、イシグロ自身がシンシア・ウォンとのインタヴュー（*Conversations with Kazuo Ishiguro* に所収）でも強調しているように、他のスタッフたちとの「共同製作によりできあがったもの」(213) だった。たとえば主人公のアメリカ人が盲目であるという、非常にイシグロ的と思われるモチーフも別のスタッフから出されたものだったという。また舞台が上海であることについてはイシグロ自身の提案であるものの、それは『わたしたちが孤児だったころ』のための調査の「残りもの」(leftover) (212) の寄せ集めであると説明している（テキサス大学ハリー・ランサム・センターに収められた『上海の伯爵夫人』第一稿の日付は一九九六年二月八日となっている）。したがって彼自身が「『上海の伯爵夫人』と『わたしたちが孤児だったころ』は、舞台設定以外にはあまり共通点がない」(211) と警告するように、イシグロの他の作品群と結びつけることにはそれほど意味がないのだろうか。だが、「信頼できない語り」の代名詞とされる作品を残すこの作家の言葉に我々は注意しなくてはならない。時に明晰すぎる自作解説には、（意識的であれ無意識的であれ）多くのものが含まれていない可能性が常にあるのだから。そして実際に、本作と他の作品たちとを関連づける重要な成果も研究者たちの共同作業によって積み重ねられてきている。

たとえば加藤めぐみは論考「ヘリテージ映画としての『上海の伯爵夫人』――ナイトクラブに展開するノスタルジアとグローバル・ポリティクス」（『英語英文学論集』第四六号、二四〇―二六二）で『上海の伯爵夫人』と『わたしたちが孤児だったころ』について、舞台設定以外の物語叙述（ナラティヴ）上の主要な七つの共通点を析出することに加え、本作がマーチャント・アイヴォリー・プロダクションズの代名詞ともされる「ヘリテージ映画」の系譜に属する可能性を指摘する。ヘリテージ映画は伝統的な「イギリスらしさ」をノスタルジックに描き出す作品群を形容するのに用いられるが、加藤は上海を舞台とする本作もそこに位置づけられることを詳細に論じている。また、セバスチャン・グローズとポール゠ダニエル・ヴェイレットはイシグロの映画製作への関わりを論じる論考 “Like the Gateway to Another World’: Kazuo Ishiguro’s Screenwriting” の中で本作を取り上げて、ソフィアの娘カティアに象徴される無垢な想像力は『わたしたちが孤児だったころ』にも通じるものがあると述べている（*Kazuo Ishiguro: Contemporary Critical Perspectives*, 32-44）。

　その一方で、『わたしたちが孤児だったころ』やその他のイシグロ作品との共通要素が（見方によっては凡庸なまでにしつこく）反復されている点を批判的に指摘するリサ・フルーエのような論者もいる（Lisa Fluet, “Anti-social Goods.” *Novel*, vol. 40, no. 3, 207-15）。その意味では、多くの点が「以前に出会ったことのある」（Fluet 208）ように感じられる本作は独立した作品としてはもっともイシグロらしさが発揮されていないと言えるのかもしれないが、本書所収のウォルコウィッツ論考でもイシグロの作品群全体の特徴として強調されている「谺（エコー）」という点から見るならば、他の作品との類似性を多々喚起させるその「奇妙に本物でない」（a curious inauthenticity）（Fluet 207）感じこそ、イシグロの「らしさ」（authenticity）を考察する鍵となってくれるのかもしれない。

　そして本書での「日本」という点から『上海の伯爵夫人』が興味深いのは、それが日本軍という暴力的な集団と、マツダという狡猾な個人へと集約されるネガティヴな役割を与えられていることだろう。同じく上海を舞台とする『わたしたちが孤児だったころ』の日本軍が、交戦地帯で肉体的にも精神的にも路頭に迷っていたバンクスを救い出すポジティヴな役割を与えられているのに比べると、ジャクソンがソフィアと実現しようとしたささやかな理想郷を踏みにじる本作の日本軍は、大陸へと勢力を拡大しようとする利己的な自己拡大欲求の権化として描かれているように映る。そして「マツダ」という名が『浮世の画家』にも国家主義的な思想を持つ松田知州として現れていることにも、先ほど挙げた加藤や、グローズとヴェイレット、フルーエらは言及して、二人のマツダが抱く、日本を西洋の列強に並ぶ国にしたいという欲求と、それに伴う軍国主義への志向を指摘している。

　またチンチー・ワンは、イギリス小説における日本の軍国主義の描写を論じる著書 *Japanese Imperialism in Contemporary English Fiction: From Dejima to Malaya* (Palgrave Macmillan, 2019) の中でイシグロの『浮世の画家』と『上海の伯爵夫人』も取り上げており、日本の軍国主義拡張の歴史的経緯も参照しながら対比している。彼は分析の軸として、作品中でマツダが象徴的に繰り返す「大きなカンバス」(a broader canvas)(01:12:43) という表現に注目する。ジャクソンが夢のバーを実現させた後に、マツダはジャクソンに「そのうちもっと大きなカンバスに戻りたくなるのではないか」(I wonder if you would return to a broader canvas)(01:25:40) と政治の世界への復帰を示唆する。すでに外交からは距離を置くジャクソンは、外の世界にはそのような大きなカンバスは存在しないと述べるが、マツダはいまでもそれに憧れていて、「日本が真に偉大な国」(truly great nation)(01:14:36) になるのを見届けたいのだと応える。ワンはマツダが「自分自身は偉大な画家ではない」(I'm not myself a great painter)(01:14:25) と述べていることに触れて、『浮世の画家』の松田知州が理想として掲げて小野益次が《地平ヲ望メ》などの絵画として表した軍国主義的理念が『上海の伯爵夫人』のマツダへと引き継がれて、大陸への侵略という形で「より大きなカンバス」へと描かれたのだと興味深くまとめている(Wang 45)。

　チュウチュエ・チェンも、ジャクソンとソフィアとの親密な関係が育まれてゆくパーソナルな過程を主軸とする本作の物語が、日本軍による上海への侵攻とその後の軍国主義の拡大という歴史的背景に縁取られていることに注目する(Chu-chueh Cheng, "Reframing Ishiguro's œuvre through the Japanese militarist in *The White Countess*." *Orbis Litterarum*, vol. 74, 381-91)。そして、二人の物語の「周縁」(margin) に位置するマツダについて、中国や上海に対する「インサイダーであり、アウトサイダーでもある」(an inside outsider and outside insider)(Cheng 386) 境界的な人物として位置づけており、イシグロの作品群において重要な役割を果たす「距離」(distance) を取った人物造形の一例だと論じている。

　本作の結末で描かれる、上海事変以後の日本の軍国主義をかき立てていた自己拡大欲求は、自身の未来像としての欧米列強への仲間入りを果たしたいという単なる「憧れ」から説明することの難しい、現在から見れば無謀なものだったとさえいえる。だが『上海の伯爵夫人』にはその切迫感を考察する糸口が描きこまれていることに気付く。それはマツダが口にする「ベルサイユに憧れていた」(01:13:25) という言葉である。

　第二次世界大戦の後に列強国が集まり、世界の未来について話し合う場に若くして同席していたジャクソンに「あなたは幸運だった」(How fortunate you were)(01:13:40)

と羨望の言葉をかける。そして自分もそこに行くことを切望していたがかなわず、今でもそれを夢に見ることがあるのだと告白する。そこに強く表れているのは、自分が「出遅れてしまった」という感覚である。それは実際の喪失経験というよりも、自分もそこにいるはずだったのに、という「持っているはずだった」可能性へのノスタルジアということもできる。個人的なことをほとんど語らないマッダは奇妙なまでに中身のない人物として描かれており、その野心をかき立てているのはまだ外交官としては駆け出しだった頃に、ベルサイユ条約の締結という大きな歴史的舞台に居合わせることができなかったという喪失感である。そのような思いを抱えた彼が、同じく先進国としての道を歩み始めたばかりだった日本と想像的に同一化したことは想像に難くない。日本を列強に並ぶ偉大な国にしたいと望む彼の姿は、自身の現状を顧みることなく肥大した自己拡大欲求にとらわれて、大陸へと進出してゆくその後の日本の狂熱的な軍国主義を暗示する。そのナショナリスティックな姿勢は、「より大きなカンバス」に絵を描くどころか、アジア諸国や日本国内にも(いまだに癒えていない)傷を刻んでしまう末路をわれわれに喚起する。そのような無謀な欲求の起源にあるものが、外交官としてもっと成熟していれば自分がそれを手にしているはずだった、という(根拠のない)想像的な喪失感による癒やしがたい渇望として描かれていることは注目に値する。

だとするならば『上海の伯爵夫人』と、同じく上海を舞台として、幼い頃の両親の失踪事件を自分が解決できていたかもしれないという埋めがたい喪失感に突き動かされる『わたしたちが孤児だったころ』の物語とは、その表面的な類似以上にやはり根を同じくしているのだと言える。だがそれが、ノスタルジアをより良きものとして描こうとした『孤児』と、無謀な自己拡張へと向かう日本(軍)に結実する『上海の伯爵夫人』という対照的な形で表れることは、両者がノスタルジアの功罪を描く合わせ鏡にもなっているということができるだろう。

「蜘蛛であること」――カズオ・イシグロの二世界文学

レベッカ・スーター／与良美紗子訳

はじめに――人間中心主義を超えて

このエッセイを書いている二〇二〇年一月、私の国、オーストラリアは燃えている。旱魃と気温上昇の結果、春の終わりから、猛烈で大規模な森林火災が国を襲い、一八〇〇万ヘクタールの森林地帯が焼きつくされた。連日、メディアは我々に、七〇メートル以上になる炎、灰や焼け焦げた葉、大きな薄片となって濃い灰色の雪のように落ちる樹皮の断片、空中に浮遊する灰の粒子によって、不気味に赤黒くなった空の映像を見せた。火事がより大きくなり、より近づいてくるにつれて、我々は地方の消防局から提供される最新情報を心配しながら追い、当局が、火事はまだ続いているが「所有地への危険はない」と発表するたび、安堵のため息をついた。私も森林火災が多い郊外に住んでいる者のひとりとして、「ここを去るには手遅れだ。どこか適当な場所に逃げこめ」という当局の恐ろしいメッセージに怯えると同時に、「所有地への危険はない」という言葉に安堵した。しかしこの「所有地への危険はない」という言葉は、私を立ち止まらせもした。この森林火災の結果、オーストラリアでは、二〇二〇年一月時点で約五〇〇〇件の家屋が倒壊し、三四人が亡くなった。火事の規模を考えれば、より酷い事態になっていてもおかしくはなかった。しかし我々は誰の命、誰の家のことを考えているのだろう。
一〇億以上の動物の命が失われた（科学者らによれば、この数に虫は含まれない。もし含めれば何兆にも上るだろう）。数百万ヘクタールの焼けた森林は、さらに多くの人間以外の動物たちの住処だったが、今、彼らは生きる場所と生活の術を失っている。彼らの数はとても多く、理解することはもちろん、想像することすら難しい。我々は、どうすれば、自分たち自身や、自分たちの「所有地」の無事に安堵するように、こうした動物たちや失われた森林を悼むことができるだろう。利己的にならず、片手落ちの人間中心的な現実の見方にも捕われず、心で感じる悲しみに対処できるような仕方で、この悲劇を理解するにはどうすれば良いだろう。

文学は伝統的に、現実に対する理解を広げつつ、その意味を知るひとつの方法を提示してきた。今日の文学は、ふたたびこの課題に歩み寄ることができるだろうか。本稿で私は、カズオ・イシグロの文学は、狭量な人間中心主義の誘惑に抵抗しながら世界を理解するための、実行可能かつ価値ある方法のひとつを我々に示していると論じる。さらに私は、日本生まれ英国育ちという彼の二重の文化帰属が、私が「二世界文学」形式と呼ぶもの――偏狭な地方根性と普遍主義の罠をともに回避しつつ、広く実存的な関心に取り組むことを可能にするもの――を作り出す彼の能力の中核をなしているとも主張する。

1　カズオ・イシグロと世界文学

読者と批評家にとって、カズオ・イシグロは常に位置づけが難しい作家だった。二〇一七年にノーベル文学賞を受賞したとき、『ジャパン・タイムズ』は彼を「一九六八年の川端康成と一九九四年の大江健三郎につぐ、三人目の日本生まれのノーベル文学賞受賞者」("Kazuo Ishiguro") と称えた。いっぽう、英国のマスコミは『インディペンデント』が「人生のほとんどを英国で過ごし、他の日本人作家との比較を拒んできた六二歳」(Hooton) と報じたように、イシグロが受け継いだ文学的伝統のすべてを我がものと主張するのに、同じく熱心なようだった。こうしたマスコミの反応を見るにつけ、イシグロの複雑な文化帰属と、それが彼の文学をどのように特徴づけているかを我々は考えてみねばならない。

事前に本命候補にあがっていなかったイシグロのノーベル文学賞受賞に多くの人は驚いたが、それ以前の彼は『日の名残り』(一九八九年) と『わたしを離さないで』(二〇〇五年) でもっともよく知られていた。イギリスを舞台とする両作品はそれぞれ、イギリス貴族のカントリーハウスの執事と、寄宿学校の子供たちという英国を象徴する舞台設定と登場人物に焦点を当てる。いっぽう、イシグロの初めの二作品は日本人を主人公とし、舞台も日本だ。イシグロのキャリア全体は、その民族的背景に対する読者と批評家の期待とたわむれ、それにしばしば挑戦することの上に築かれた。そしてさらに重要なのは、彼がこうした文化的ステレオタイプの攪乱を、作品内に特殊な語りの効果を生み出すために利用したということである。

実際『ジャパン・タイムズ』が思い出させるように、イシグロは日本で生まれ、五歳のとき英国に移り住んだ。当初、それは一時的な滞在のはずだった。結果として、すぐに日本に帰るつもりだったカズオは、子供時代のほとんどを、家庭で日本語を話し、日本語の本と雑誌を読み、日本を祖国として思いながら過ごした。この一時的「追放」状態と、二つの文化のはざまで育つ経験が、彼の小説がとる語りの戦略の核となっている。イシグロの初期作品すべてにおいて、登場人物の行動は異なる意味で、彼らが「帰属」するさまざまな文化に関わるものの、その行動はそうした文化には還元されえない。

結果として、イシグロ文学を読むと、我々は現代における「世界文学」の理念と実践を再考せざるをえない。地域的関心も国境も超える重要性をはらんだ作品の集合体としての世界文学の理念は、今世紀に入っていっそう精査され始め、知識人たちのあいだで激しい論争の的になってきた。二〇〇〇年に出版された影響力のあるエッセイ「世界文学への試論」において、フランコ・モレッティは、「精読」という言葉と挑発的に掛け合わせた「遠読」という概念を提唱した。それは、作品が生み出された文脈の外部に意図的に置かれた視点からなされるテクスト分析の形式に基づく、新しい文学研究の手法である。デイヴィッド・ダムロッシュはモレッティの理論を拡張し、「世界文学」を、さまざまな言語・文化・時代を超えて翻訳されてもその価値が変わらない「偉大な作品群」のようなものと定義した。したがって、英語翻訳における世界文学研究は、モレッティやダムロッシュのような学者たちによって、進歩的な企てとして提示された。また彼らは比較文学（comparative literature）を、国境とナショナリズム的イデオロギーを超越するこの新しい文学観が隆盛しうる領域として示した。

近年、エミリー・アプターやアーミー・ムフティらは、進歩的勢力としての「世界文学」の理念を疑問視している。アプターとムフティは、「世界文学」が帝国主義の文化の論理を嚆矢とし、それを再生産し続けるとして「世界文学」にまつわる新たな議論を批判した。彼らがもっとも問題視するのは「世界文学」が、ムフティが呼ぶところの「一世界的思考」、すなわち以前の帝国主義勢力と概して一致する統一された視点から文化地図を作成するという、帝国主義体制の遺産に依拠していることだ（Mufti 5-6）。こうした学者たちは「世界文学」は、次第に広くさまざまな言語と文化を包摂するよう拡大してきたものの、今なお結局それらが、支配的な（英語圏および欧米の）文化の美学や道徳観と根本的には一致する単一の視点から評価されていると述べる。

これらの見解を調停する試みは、レベッカ・ウォルコウィッツによってなされた。グローバル化と越境的経験を明示的に主題とするもの——「比較の文学」(comparison literature)と彼女が表現するもの——に焦点を当てたウォルコウィッツが、「生まれつき翻訳(ボーン・トランスレイテッド)」と巧みに定義する作家たちは、新たな文学の先駆者であり、学者たち、読者たちは、それを扱うには新しい方法論を生み出さねばならない。ウォルコウィッツのプロジェクトが、カズオ・イシグロの小説『わたしを離さないで』を分析し、そこでのクローン描写を、現物と模倣、自己同一性と差異にまつわる慣習的な概念への批判として解釈した二〇〇七年の論文から始まるのは興味深い。その章でウォルコウィッツは、イシグロの小説を「世界規模の比較が、主題上だけでなく形式上の関心事でもある世界文学の新興ジャンル」の例として示した(Walkowitz, "Unimaginable" 218; *Born Translated* 95-101)。

ウォルコウィッツの洞察を拡張しつつ、私は、世界文学という場でのカズオ・イシグロの役割を、ムフティやアプターなどの学者が批判した「一世界」のパラダイムに代わるものとして読むことを提唱する。私は、イシグロがその二重の文化的位置取りを独創的に活用することで、従来の「世界文学」の見方とは大きく異なる仕方で、広範な人間の関心事を捉えるテクストを生み出してきたと論じる。彼の作品の語りと主題の構造は、読者をひとつの視点に落ち着かせず、我々に複数の世界の存在に気づかせ続ける。本稿は、日本を舞台とする初めの二作品『遠い山なみの光』(一九八二年)、『浮世の画家』(一九八六年)、そしてヨーロッパ中心主義だけでなく、人間中心主義をいっそう攪乱するため、もっともイギリスらしい舞台のひとつである田舎の寄宿学校を描くより新しい作品『わたしを離さないで』(二〇〇五年)において、イシグロがどのように主題と語りの戦略をとおして文化的ステレオタイプを攪乱し、「二世界的ヴィジョン」を構築するかを考察する。また、彼が「二世界文学」という独自のスタイルを創作する軌跡を明らかにするため、私は、もうひとつの典型的なイギリス小説『日の名残り』(一九八九年)も扱う。

2　イシグロと二つの文化——イギリスと日本のはざまで

イシグロの初めの二作品は、日本と日本人の登場人物に焦点を当て、これらの要素を使って読者の期待と文化的ステレオタイプを攪乱する。『遠い山なみの光』と『浮世の画家』では、開け閉めされるたび言及される間仕切りの襖、登場人物が座る畳と座布団、食事に使う箸や皿といった、アパートの日本的側面が一貫して強調される。「夫は食事を終えて箸を置いた。わたしがお茶をつぐ」(*A Pale View* 30三八)。重々しく「日本的なもの」として特徴づけられている家屋の場所は「玄関」だ。登場人物たちは家にあがるとき靴を脱ぎ、客は畳の部屋にあがらず、玄関で礼儀正しく待つ(39, 160 五二、二一七)。普通、日本の小説では、箸を置く、茶をつぐ、畳へのあがりさがり、部屋に入るとき靴を脱ぐ、といった一般的な行為は当たり前のこととみなされ、わざわざ描写されない。これほど頻繁にテクストで言及されるということは、こうした要素の異国性を強調するテクストが西洋人の目から、あるいは西洋人の視点ために描かれていることを暗に示している。

イシグロに「日本らしさ」を期待する読者に対する攪乱は、『日の名残り』で最高潮に達する。本作はイギリス人の執事によって語られ、その非常に堅苦しく控えめな言葉づかいに、主人公のきわめてイギリス人的な人柄が現われる。イシグロは「日本的な名前と顔を持つこの相対的に若年の人物が、過剰にイギリス的な小説を生み出すうえで採用したある種の奇襲作戦」(Vorda 139)として、この過度にイギリス的なスタイルを用いることにしたと述べた。実際、一人称の語り手のもってまわった言い回し、そのプロフェッショナリズムへの執念、雇い主への忠誠心すべてが、彼を「過剰にイギリス的な」枠組みの中にしっかりと位置づけているように思われる。しかし同時に、本作をそれ以前の二作と関連づけて読むと、同じ寡黙さ、プロフェッショナリズム、忠誠心が「過剰に日本的」な要素として読み取られうる。同様の効果は、執事が何を語りの主題に選ぶかにも明らかだ。本作での「イギリス民族」の独自性に関する話の脱線は、「文化的・社会的に単一民族である日本人の真髄は、有史以前から今日までほとんど不変」であり、「他のあらゆる既知の民族と根本的に異なる」という「日本人論」を想起させる (Dale ii)。たとえば、スティーブンスはイギリス人の性質がいかに唯一無二であるかを、次のように考察する。

> 執事はイギリスにしかおらず、ほかの国にいるのは、名称はどうであれ単なる召使だ、とはよく言われることです。私もそのとおりだと思います。大陸の人々が執事になれないのは、人種的に、イギリス民族ほど感情の抑制がきかないからです。〔……〕この点で、イギリス人は絶対的優位に立っています。偉大な執事のイメージを思い浮かべようとするとき、その執事がどうしてもイギリス人になってしまうのは、至極当然のことだと申せましょう。 (43 六一―六二)

ある文化的範例を特徴的かつ意義深く転倒させることをつうじて、スティーブンスは外部(ヨーロッパ大陸)と内部(ケルト)の〈他者〉をともに排除する、一種の「イギリス人論」とも言えるような、英国の独自性にまつわる理論をうち立てる。(1) 文化的例外主義は日本の世論だけに見られるものでは決して ないが、語り手が描写するイギリス人気質の比類なさと偉大さは、その具体的な表現において、慎みや自制といったステレオタイプ的な日本表象と多くの要素を共有する。同様に、イシグロの初期二作品で日本の風景の特徴だった抑制のきいた美しさは、三作品目で典型的にイギリス的なものとして提示される。

今朝のように、イギリスの風景がその最良の装い(よそお)で立ち現われてくるとき、そこには、外国の風景が——たとえ表面的にどれほどドラマチックであろうとも——決してもちえない品格がある。そしてその品格が、見る者にひじょうに深い満足感を与えるのだ、と。
この品格は、おそらく「偉大さ」という言葉で表現するのが最も適切でしょう。〔……〕では、「偉大さ」とは、厳密に何を指すのでしょうか。〔……〕私は、表面的なドラマやアクションのなさが、わが国の美しさを一味も二味も違うものにしているのだと思います。問題は、美しさのもつ落着きであり、慎ましさではありますまいか。
(28-29 四一—四二)

このように、本作は同じ態度と特徴が、二つの異なる文化的範例をとおして読めることを示し、それによって文化的ステレオタイプを揺さぶり、文化と帰属意識の複雑さを明らかにする。

3　語りの技法——初期作品と『日の名残り』

イシグロの二重の文化的位置取りは、物理的あるいは比喩的に複数の地政学的「世界」を生きる登場人物たちの描写だけでなく、より一般的な次元で、現実とその認識の統一的な見方を揺さぶる文学的技法にも明らかである。特に初期作品は、テクスト内で様々な距離——ストーリー(語られた出来事)の異なる諸次元のあいだ、ストーリーとナラティヴ（書き言葉での出来事の再構築）のあいだ、ナラティヴとナレーション（語る／書くという行為）のあいだなどの距離――を作る語りの声と視点を巧みに取り入れる。三作品はいずれも回顧的な一人称の語りを用いるが、これはしばしば告白的でリアリズム的な文体と結びつけられ、それにより読者は語り手が自身の経験をじかに語るのを額面通りに受け取るよう促される。それとは違って、イシグロ作品は書き手としての語り手の回顧的視点と、作品内の登場人物としての語り手の限定的な視点とのあいだに溝を作り、常にこの二つの異なる立場、二つの「世界」のあいだを揺れ動く。これから見ていくように、この要素は『わたしを離さないで』では、読者にヨーロッパ中心主義のみならず人間中心主義を超越させるより興味深い仕方で転用されている。

『遠い山なみの光』では、長崎の日々をめぐる悦子の回想に、時間的（長崎での物語は語りの二〇年前に起こる）、空間的（悦子は今イギリスに住み、出来事は日本で起こる）、文化的（悦子は回想する戦後初期の日本人の心境に隔たりを感じている）距離のフィルターがかけられる。それは言葉のつかい方に明らかだ。実在しない日本語原典の、架空の翻訳として書かれた『浮世の画家』と異なり、『遠い山なみの光』は、悦子が英語で語る回顧録である。しかしその過去の記述には、日本語で行われた会話というもっとも字義通りの次元にも、そして日本語環境に浸っていた彼女の昔の自我というより広い次元にも、翻訳の作用が感じられる。この言語フィルターによって、テクストの二つの「世界」のあいだにもうひとつの次元の距離が導入される。

　たとえば、悦子は友人の佐知子と山へ遊びに行き、アメリカ人観光客と出会ったときのことを語る。読者は、まだ英語を習得していないキャラクターとしての悦子の視点でその場面を見るため、アメリカ人の言葉は語りの中で「消音（ミュート）」にされる。「アメリカ婦人が双眼鏡を指さして、英語で何か言うと笑った」（105 一四八）。動詞の時制（「わたしは思った」のはそのときであり、現在ではない）と、悦子が日本の礼儀作法を基準にアメリカ人女性を判断していることから分かるように、場面はすべて語り手の視点から語られる。「婦人ははにかむ様子もなくわたしたちのテーブルに座ると、かわるがわるみんなに笑いかけてから英語で佐知子と話しはじめた。身ぶり手ぶりでなく話ができるのが嬉しいのだろう、とわたしは思った」（113 一五八）。悦子が、アメリカ人女性は「片言の日本語をまじえてしゃべりながら、しきりに大声で笑っていた」（119 一六六）と述べるとき、読者はこれまで目撃してきた会話が日本語で行われていたことを思い出し、語りの翻訳的な質をより意識する。

一九四〇年代後半に架空の日本の都市に住んでいた画家の日記の形式をとる『浮世の画家』では、「二世界的ヴィジョン」は内包された読者（the implied reader）を構築するとき特に明確に現われる。小説は英語で書かれるが、日記は日本語で書かれたことになっており、実際、文体は日本語の構文と表現をまねた翻訳調である。前作と似て、イシグロはここでも文化的差異を利用し、認知的不協和を生み出す。小説の舞台である架空の日本の都市を描写するとき、語り手はそれを読者にお馴染みのものとして描く。

> 天気のいい日にその坂道を登りはじめると、それほど歩かぬうちに、二本並んでそびえ立つ銀杏の梢のあいだからわたしの家の屋根が見えてくる。丘の上でも特に見晴らしのよい場所を占めているこの家は、もし平地にあったとしても周囲を圧倒するほど大きい。たぶん坂を登る人々は、いったいどういう大金持ちがこんな屋敷に住んでいるのかと首をかしげることだろう。〔……〕
>
> だが、こういう話を聞いたあとで丘のてっぺんまで登りつめ、そこで、堂々たる杉の門、がっし

りとした石塀で囲われた広い敷地、優美な瓦ぶきの屋根、大空に張り出した風格のある棟木などを見た人は、金持ちではないと言ったこのわたしがどうしてこんな大邸宅を手に入れたのかと、ますます不思議がるかもしれない。〔……〕

しかし、今もまだ取り除けないでいるクモの巣やカビのしみにも気づいてしまうことだろう。

（7-12 一九―二六／傍点引用者）

こうした文章での二人称の使用(1)もまた、テクストが「二世界的ヴィジョン」を構築するのに重要な効果を生む。「それほど歩かぬうちに」（you will not have to walk far）、「坂を登る人々」（as you come up the path）といった表現は、読者がより正確に空間を思い描くことを可能にする一般的な非人称の描写形式とも解釈しうる。しかし「こういう話を聞いたあとで」（if I tell you this）、「気づいてしまうことだろう」（you will notice）といった表現を選択するとき、語り手が、さらに一歩すすんで、聞き手との背景知識の共有を前提としているのは明らかだ。しかしもちろん、テクストが構築する読者がイシグロ作品の実際の読者と一致することはありえない。この不一致は異化効果を生む(2)。

また語り手はより明示的に、意図された読者（the intended reader）をその地域に住んでいる具体的な誰かとして構築することもある。「実際、最近この市に住みはじめた人々であれば（if you are new to the city）、古川と聞いても、いまある公園と、そこの名物になっている桃の林だけしか思い浮かばないだろう。しかし、わたしが（一九一三年に）はじめてこの市にやってきたときは、古川地区には町工場や倉庫がぎっしり立ち並び、そしてその多くが荒れ果て、あるいは無人の廃屋になっていたのだ」（65 一〇七／傍点引用者）。さらに語り手には、つかみどころのない語り口と、「これは誰もが同意するだろうが（you will agree with me）、数ある市内の公園のなかでも、川辺公園ほど人々に満足感を与えてくれるところはほかにないと思う」（132 二〇五）や「ご承知の方も多かろうが（as you may be aware）、最近、和泉町は比較的裕福な若夫婦のあいだでとても評判になっている」（156 二四一）などの読者を語りに巻き込む語り方をつうじて、かなりの程度、読者に解釈の責任を負わせる傾向がある。

これは、語り手が一貫して共通の背景知識に言及することで、物語の聞き手を語り手自身の似姿で作り上げ、さらにその延長として、地理的・空間的レベルでの背景知識の共有を前提とすることで、みずからの世界観のより議論の余地ある側面についても読者に信頼してもらおうとする、近代の欧米小説に典型的な語りの戦略のパロディである。この場合、描かれる場所をイシグロ読者が知るべくもないのは明らかだ。語り手が遠い場所（日本）、遠い時代（一九四〇年代）にいるだけでなく、物語は架空の場所を舞台とする。その場所は文字通り存在しないのである。この手法は、読者とテクストのあいだにさらなる距離の位相を生む。語り手が意図された読者を自分に近づけるほど、現実の読者はいっそう遠ざけられ、アイロニー的距離の効果は強まり、硬直的な現実観はさらに損なわれる。

『日の名残り』もまた、語り手と聞き手の知識と意見の完全な調和を前提としており、意図された読者と実際の読者とのあいだの溝を前景化する。[3] 小説の中で、語り手は、言及される場所や人物に読者が精通しているだけでなく（ダーリントン卿の屋敷には実在の歴史上の人物、ジョージ・バーナード・ショーやウィンストン・チャーチルが頻繁に訪れる）、語り手と読者が同じカテゴリーに属し、同種の興味と問題意識を持つことを前提としている――「じつは、二人という人数ほど給仕しにくいものはありません。それは誰もが言うことで（You will no doubt agree）」（72 一〇一）――「ドアに耳をあて、中の様子をうかがいました。一般の方は（You）、こんなことをなさらないかもしれません。しかし、これは、ぐあいの悪いときにノックしてしまう危険を避けるための、ちょっとした用心なのです。私はいつもしておりますし、同業の者の間でも普通に行なわれていることです」(94 一三六)。

ようするに、内包された読者は、スティーブンスと同世代の執事であり、ギフェンの磨き粉が銀器の取り扱いにどんな革命を起こしたかといった、その世代にとってきわめて重要な問題に興味を持っていることになっているのだ。

ギフェンの黒蠟燭が初めて市場に現われたのは、二〇年代初頭のことだったと記憶しております。私はこの黒蠟燭の出現を、当時、執事業界に盛り上がりつつあった革新の気運と結びつけて考えておりますが、それは、おそらく私一人だけではありますまい。銀器磨きが——今日でも依然そうであるように——執事の重要な任務とみなされるようになったのは、この頃のことです。

(133 一九〇)

スティーブンスの話は、磨き上げられた銀器の重要性から始まり、執事としての仕事が世界の運命に何らかの影響を与えたと彼が信じている出来事のひとつである、ダーリントン・ホールで開かれたハリファックス卿とドイツ大使リッベントロップとの会談に至る。それからスティーブンスは、雇い主のダーリントン卿を近ごろの反ユダヤ主義疑惑から長々と擁護し、以下のように締めくくる——「話題がそれました。私は銀器のことを——ダーリントン・ホールの銀器が、リッベントロップ様との会談をひかえたハリファックス卿に好ましい印象を与えたことを——お話ししていたのでした」(138 一九六)。テクストは、語りの主題、つまり読者にとっての真の関心事が、銀器の手入れなどプロの家政の問題についての議論であることを一貫して想定しているのである。

結果として語り手は自らの人生を、いびつに見えようが物語上はもっともらしい価値観のヒエラルキーをとおして振り返る。もしスティーブンスが実際に執事仲間に向けて書いているのだとしたら、読者の主な関心事がギフェンの磨き粉がもたらした革命や、客が二人しかいないときの最良の給仕の仕方である可能性もなくはない。しかし同時に、以前の小説同様、テクストは内包された読者と実際の読者のあいだに皮肉な溝を作り、両者は明らかに一致しない。そして実際の読者は語り手が逸脱という形で話すこと——ダーリントン卿の政治活動、その反ユダヤ主義疑惑と第二次世界大戦に関する責任、そしてスティーブンスと同僚ミス・ケントンの実らなかったロマンス——の方に明らかに興味があるのに、語り手はすぐに本当に重要なことに戻ってしまう——「しかし、本題にもどりましょう。私どもが毎晩でも論じ合って——もちろん、基本的理解に欠ける輩の、つまらないおしゃべりで邪魔されなければ、の話ですが——飽きなかった問題、すなわち「偉大な執事とは何か」です」(31 四六)。

こうした戦略は現実と認識の複雑さを強調し、統一的視点から物語を読むことを不可能にする。最初の二作品でイシグロは日本という舞台を、さまざまな文化的カテゴリーの相対的性質について、主題の次元でも語りの次元でも読者に考えさせるための囮(おとり)として用いた。そのいっぽう『日の名残り』では、イギリス人執事の独特の世界を別種の比喩として使い、認知的不協和を国の違いを超えて拡張する。これは、人間性一般に訴えかけつつも、支配的文化の価値観を普遍的なものとして提示するのを避ける「二世界文学」をイシグロが構築するさい、中心にある操作だ。単一の視点から現実を見ることは、出来事や現象の重要な側面を不可避的に排除してしまう点でまちがっており、またたったひとつの視点との関連性に基づく判断基準は、意識的にせよ無意識的にせよ、バイアスに彩られざるをえない不誠実なものであることをテクストは示す。この見方は、本稿が最後に考察する『わたしを離さないで』でさらに一歩進展する。

4 『わたしを離さないで』の語りの技法──「蜘蛛であること」

初期小説同様、『わたしを離さないで』は「キャシー・H」と名乗り、イギリスの小さな町でさまざまな「提供者」の「介護人」として働く三一歳の女性の回想の物語として書かれる。初期小説の語り手と同じく、キャシーは読者を自分と同じ「世界」の誰か、言及する場所や出来事だけでなく、「提供者」と「介護人」の生活に精通する誰かとして語りかける。キャシーが育ったヘールシャムは、一見、典型的なイギリスの寄宿学校のように思われる。しかし実際にはそこは、臓器採取用のクローン人間の育成に注力する国家に数多く存在する施設のひとつであり、他のクローンの介護人としてのキャシーの仕事は、自分自身の「提供」を開始するまでの序章である。約二年間続くその仕事は、彼女の死あるいは、介護人／提供者のクローンたちが言うところの「使命完了」において終わる。ここまで読者が理解するには、ある程度の時間と解釈の努力を要する。

また読者は、臓器提供を始めるのに適した年齢に達するまで単にクローンを受け入れる他の「学校」と異なり、より発展的な学習カリキュラムを提供し、特に詩、絵画、彫刻といった生徒の創造芸術の才能を育てることに重点を置くヘールシャムが、同様の施設の中で特別な位置づけだったことを知る。この要素は、テクストが内包された読者を構築するのに奇妙な捻(ひね)りを加える。読者はキャシーが語りかける「あなた」が、この特別な学校で学ぶ特権を得ていない別のクローンであることに気づく。「ほかではどうか知りませんが（I don't know how it was where you were）、ヘールシャムでは──」といった表現の繰り返しによって、語り手は、自身と読者の経験の類似と相違を同時に強調して、読者の共感を引き出そうとするとともに、語り手と読者の来歴はまったく同じではないかもしれないが、多くを分かち合うことを示そうとする。

この戦略のもっとも注目すべき例のひとつは、物語序盤、外部からの訪問者のひとりが嫌悪の表情を見せたことにキャシーとその友達が気づき、自分たちが外の人々とは根本的に異なるのだと初めて悟ったときのことを、キャシーが回想する場面である。

ルースの言うとおり、マダムはわたしたちを恐れていました。蜘蛛嫌いな人が蜘蛛を恐れるように恐れていました。そして、その衝撃を受け止める心の準備が、わたしたちにはありませんでした。蜘蛛と同じに見られ、同じに扱われたらどんな感じがするか……計画時には夢想もしないことでしたから。(35 五八)

キャシーのエピソードはこう締めくくられる――「これと似たことは、きっとどなたも子供時代に経験しておいででしょう。出来事の細部は違っても、心への衝撃という意味では似たようなことを……」(36 五九)。キャシーの言葉が特に強力なのは、読者はキャシーが語りかける相手が読者自身と一致しえないことに気づかされるとともに、たとえクローンでなくても、ようするに「蜘蛛と同じに」見られるような、排除されたと感じたであろう自分自身の体験を想起させられるからだ。

しかし、自分たちが蜘蛛であるかのように感じた子供たちの経験は、単なる印象ではない。読者が発見するように、クローンの人間的な地位はまったく確立されていないのだ。小説が進むにつれて、読者は、ヘールシャムの生徒には特権的地位があるという評判が、臓器提供のあいまの時間を過ごすコテージと回復センターにいる他のクローンたちに認識され、ヘールシャムの生徒は何らかの特別扱いを受けることができるのではないかというさまざまな噂が立っていることを知る。もっとも根強い噂は、ヘールシャム出身の二人のクローンが、お互いを本当に愛し合っていることを証明できれば、臓器提供の開始を二年ないしは三年も遅らせることができることがあるというものだった。キャシーと二人の親友、ルースとトミーはこの噂についてじっくり議論し、これこそヘールシャムが芸術創作に力を入れる本当の目的であり、「マダム」と呼ばれる謎の人物が、生徒たちが作った作品を集めに定期的に学校に来ていた理由にちがいないと確信するようになる。マダムが集めた絵画、彫刻、詩には、生徒がこの猶予を申請するさい、彼らの心の中を覗き込み、その感情が真実かどうかを確かめる手段として使われる狙いがあったのだと、彼らは推論する。

キャシーとトミーはマダムを追跡し、彼女を訪問して臓器提供開始の猶予をたのみ、ついにこの仮説を確かめる機会を得る。こうして読者はついにヘールシャムの芸術・学術カリキュラムの真の目的を知る——学校は、もしクローンを「人道的で文化的な環境で育てれば、普通の人間と同じように、感受性豊かで理知的な人間に育ちうること」(261 三九九)を証明し、クローンをより人間的に扱うことを提唱するための実験として作られたのだった。当初、この実験は制度としても支持され、民間からも支援された。しかし、クローンを人間とみなすことのより大きな法的・道徳的意味合いが、広く一般の人々にとって、あまりにも過酷な現実を突きつけるものであることが分かり、結局は失敗に終わった。マダムは言う——「ここに世界があって、その世界は生徒の臓器提供を必要としている。そうであるかぎり、あなた方を普通の人間と見なそうとすることには抵抗があります」(263 四〇二)。キャシーとトミーが、たとえ数年間であっても、延命を求めることはまったく現実的な選択肢ではなかったと理解するにつれて、読者は彼らが人間としての地位を奪われ、ヘールシャムの生徒が法の対象ではなく、人権もないことに気づく。彼らは人間ではないので、人道的な扱いを受けない。これが「蜘蛛であること」の感覚だ。

ここに、イシグロが主題と語りの戦略をとおして構築する二世界的ヴィジョンが、もっとも効果的に現われる。(4) 人間ではない登場人物たちと次第に、ほとんど密かに一体化するうち、読者は彼らを「蜘蛛」として見ることができなくなり、「蜘蛛であること」がどう感じられるにちがいないかを理解する。ここまできて、読者は利己的になることなく、臓器採取のために若くして殺されるという残酷な運命を、医学の進歩が人間にもたらした必然的副産物として正当化する人間中心的な視点で物語を合理化することもなく、彼らの悲しみに共感できるような仕方でその悲劇を理解することができる。

本稿の始めに示したように、「二世界的ヴィジョン」で物語を見ることが不可能であると読者に気づかせるこの戦略は、イシグロが初期小説で文化の差異を巧みに利用し、文化的ステレオタイプを弱めることで慎重に構築したものだ。一九八〇年代の作品では、イシグロは自らの二重の文化的位置取りを拠り所として、文化的普遍主義と偏狭主義の罠をともに回避する「二世界文学」を構築した。『わたしを離さないで』は、クローン人間の登場人物を描き、文化のレベルから種のレベルに差異の境界を移すことで、このメカニズムをさらに押し進め、我々に人間中心主義的な見方の限界を超えさせる。同時に、初期作品同様、本作はこの目的を理屈で達成するわけではない。意図された読者、すなわちキャシーが「あなた」として語りかける読者は、自分自身の目をとおして物語を読むという生きた経験によってそのことに気づかされるのだ。イシグロがノーベル賞受賞講演で述べたように、彼にとって書くこととは究極的にはこういうことである——「ある人が別のある人に言う。私にはこれがこのように感じられます。私が何を言っているか分かりますか？　それはあなたにも同じように感じられますか？」（"My Twentieth-Century Evening"）。

【原注】

（1）『日の名残り』における風景の「イギリスらしさ」を、英国小説の慣習一般との関連で論じたものとしては、Fricke 28-29を参照。

（2）本作での「あなた」の巧みな使い方は、日本語への翻訳が特に難しいことが明らかにされている。日本語では総称的非人称の「あなた」、二人称、「あなた」への直接的な呼びかけは重複しないからだ。この問題に関する詳細な議論については、荘中、六三―六四頁を参照。

（3）『日の名残り』と『わたしを離さないで』におけるこの特徴の使い方の比較については、Mullanを参照。

（4）リアニ・ロクナーが道徳哲学の枠組みをつうじてこのテクストを分析しているように、この点で「本作は、ジュディス・バトラーの『戦争の枠組み』に見られるバイオテクノロジーの倫理学に関する考察を動員する」――「問題はある存在が生きているかどうかではなく、その存在が人間としての地位を持っているかどうかでもない。むしろ、その存在を持続させ活躍させる社会的状況が可能かどうかである」（Lochner 101: Butler 20）。

【訳注】

（一）原文では、傍点部の主語に"you"が使われる。

【引用文献】

Apter, Emily. *Against World Literature: On the Politics of Untranslatability*. Verso, 2013.〔エミリー・アプター『翻訳地帯――新しい人文学の批評パラダイムにむけて』秋草俊一郎ほか訳、慶應義塾大学出版会、二〇一八年〕

Butler, Judith. *Frames of War: When Is Life Grievable?* Verso, 2009.〔ジュディス・バトラー『戦争の枠組み――生はいつ嘆きうるものであるのか』清水晶子訳、筑摩書房、二〇一二年〕

Dale, Peter. *The Myth of Japanese Uniqueness*. Nissan Institute for Japanese Studies, 1986.

Damrosch, David. *What is World Literature?* Princeton UP, 2003.〔デイヴィッド・ダムロッシュ『世界文学とは何か?』秋草俊一郎ほか訳、国書刊行会、二〇一一年〕

Fricke, Stefanie. "Reworking Myths: Stereotypes and Genre Conventions in Kazuo Ishiguro's Work." Wong and Yildiz, pp. 23-37.

Hooton, Christopher. "Kazuo Ishiguro wins 2017 Nobel Prize in Literature for 'uncovering the abyss' beneath worldly connection." *The Independent*, 5 Oct. 2017, www.independent.co.uk/arts-entertainment/books/news/nobel-prize-in-literature-2017-english-author-kazuo-ishiguro-wins-a7984426.html.

Ishiguro, Kazuo. *An Artist of the Floating World*. Faber and Faber, 1986.〔カズオ・イシグロ『浮世の画家』新版、飛田茂雄訳、ハヤカワ epi 文庫、二〇一九年〕

――. *A Pale View of Hills*, Vintage, 1982.〔カズオ・イシグロ『遠い山なみの光』小野寺健訳、ハヤカワ epi 文庫、二〇〇一年〕

――. "My Twentieth-Century Evening and Other Small Breakthroughs: The Nobel Lecture." Nobelprize.org, Nobel Media AB 2014, 2017, www.nobelprize.org. Accessed Dec. 2018.

――. *Never Let Me Go*. Faber and Faber, 2005.〔カズオ・イシグロ『わたしを離さないで』土屋政雄訳、ハヤカワ epi 文庫、二〇〇八年〕

――. *The Remains of the Day*. Faber and Faber, 1989.〔カズオ・イシグロ『日の名残り』土屋政雄訳、ハヤカワ epi 文庫、二〇〇一年〕

"Kazuo Ishiguro Wins Nobel Prize in Literature," *The Japan Times*, 5 Oct. 2017, www.japantimes.co.jp/news/2017/10/05/national/japan-born-kazuo-ishiguro-wins-nobel-literature/#.WeVRkxOCzos.

Lochner, Liani. "'How Dare You Claim These Children Are Anything Less Than Fully Human?': The Shared Precariousness of Life as a Foundation for Ethics in *Never Let Me Go*." Wong and Hülya, pp. 101-10.

Matthews, Sean, and Sebastian Groes, editors. *Kazuo Ishiguro: Contemporary Critical Perspectives*. Continuum, 2009.
Moretti, Franco. "Conjectures on World Literature." *New Left Review*, vol. 1, 2000, pp. 54-68.〔フランコ・モレッティ『遠読——〈世界文学システム〉への挑戦』秋草俊一郎ほか訳、みすず書房、二〇一六年〕
Mufti, Aamir. *Forget English! Orientalisms and World Literatures*. Harvard University Press, 2016.
Mullan, John. "On First Reading Kazuo Ishiguro's *Never Let Me Go*." Matthews and Groes, pp. 104-13.
Shibata, Motoyuki, and Sugano Motoko. "Strange Reads: Kazuo Ishiguro's *A Pale View of Hills* and *An Artist of the Floating World* in Japan." Matthews and Groes, pp. 20-31.
Walkowitz, Rebecca. *Born Translated: The Contemporary Novel in an Age of World Literature*. Columbia University Press, 2016.
——. "Unimaginable Largeness: Kazuo Ishiguro, Translation, and the New World Literature." *Novel*, vol. 40, no. 3, 2007, pp. 216-39.
Wong, Cynthia and Hülya Yildiz, editors. *Kazuo Ishiguro in a Global Context*. Routledge, 2016.
Vorda, Allan and Kim Herzinger. "An Interview with Kazuo Ishiguro." *Mississippi Review*, vol. 20, no. 1-2, 1991, pp. 131-54.
荘中孝之『カズオ・イシグロ——〈日本〉と〈イギリス〉の間から』春風社、二〇一一年。

解題

　レベッカ・スーターは現代日本文学・文化や比較文学を専門とするシドニー大学（オーストラリア）准教授で、これまでに村上春樹（*The Japanization of Modernity: Murakami Haruki between Japan and the United States*, 2008）や日本漫画における歴史表象（*Holy Ghosts: The Christian Century in Modern Japanese Fiction*, 2015）のテーマをめぐって単著を出版している。二〇二〇年五月末にはハワイ大学出版局より *Two-world Literature: Kazuo Ishiguro's Early Novels* と題する新しいイシグロ論を刊行したばかりであり、ここに訳出したのは、同書の理論的枠組みである「二世界文学」を基本的に踏襲しつつも、本書の編者たちの依頼を受けてそれを新たな方向へと発展させたオリジナル論考である。原題は、"Being the Spider": Kazuo Ishiguro's Two-World Literature' である。

本論の序盤でスーターは、「世界文学」をめぐる近年の議論に対するエミリー・アプターやアーミー・ムフティによる批判を紹介しつつ、二〇世紀末から急速に復興したグローバルな「世界文学」理論は、偏狭なナショナリズムや排外主義を超越するどころか、むしろ帝国主義的支配体制と共犯的であり、いまだに英語圏中心の文化的・美学的規範を世界の他地域に押し付けているだけでしかない、と指摘する。このような「世界文学」の問題に対してスーターがイシグロ文学に見出すのは、支配的な「単一世界的」な文学に対して、みずからの「二重の文化的位置取り」を戦略的に活用することで彼が編み出した「二世界文学」(two-world literature)の可能性である。

いったいイシグロは日本的伝統の継承者なのか、それとも英語をはじめとする欧米文学からより大きな影響を受けているのか——二〇一七年のノーベル文学賞受賞時のメディア報道にあきらかなように、こうした疑問はあまりにもお馴染みのものであると同時に、しばしば不毛な論争を招きかねないものだ。「二世界文学」をめぐるスーターの主張は、イシグロ作品における日本文化表象の虚構性や翻訳をめぐるレベッカ・ウォルコウィッツの議論を継承しつつ、読者がしばしば抱くこうしたステレオタイプ的期待を攪乱するイシグロ作品の特質を、支配的な(単一的)「世界文学」に対する挑戦として、いっそう明確に位置づけるこころみとして理解できる。

ただし紙幅の制約もあり、このような大胆な問題提起は本論考ではじゅうぶんに展開されてはいないかもしれず、この議論の射程を検討したい読者は、スーターの単著を熟読すべきだろう。むしろ本論考の読みどころは、イシグロ文学における読者の攪乱を、一人称の語りにおいてしばしば登場する代名詞「あなた」(you)の戦略的使用というテクスト的特徴に見出す緻密な議論運びにある。

念のため断っておけば、『浮世の画家』や『日の名残り』のような初期作品から『わたしを離さないで』のような後期の代表作における"you"の使用には、スーター以前にも幾人かの研究者が注目を向けてきた。とりわけ『わたしを離さないで』においてクローンであるキャシー・Hが語りの聞き手を、そして潜在的にはテクストの読者たちをも「自分自身の同類」である「あなた」として呼びかける構成の含意については、例えばマーティン・プフナーやナンシー・アームストロングなど著名な批評家たちが鋭い論考を発表している(この詳細については、田尻・三村編『カズオ・イシグロ『わたしを離さないで』を読む』所収の秦邦生「羨む者たちの共同体」を参照)。

ただし、邦訳を通してイシグロ作品に親しんできた日本の読者には、この「呼びかけ」の問題は耳慣れないものかもしれない。スーターが翻訳に関する荘中孝之の指摘を参照しつつ本論で論じるように、日本語では「あなた」を一般的な人の意味で用いることは比較的稀であり、それが個別・具体的な聞き手への呼びかけとしての「あなた」と戦略的に混同される余地はほとんど存在しない。実際、本論で用いているハヤカワepi文庫版では、スーターが注意を促す“you”のさまざまな用例は、訳文のなかに明確な言葉として現れないか、「あなたがた」や「誰もが」といった一般的な人に近い複数形で訳出されている。

　だが、もしイシグロの英語原文に立ち戻って確認するならば、どうやら語り手たちがもう少し具体的で、語り手自身と奇妙にも似通った「あなた」を聞き手として想定しているらしいことがあきらかになる。本論考でスーターは、明確な「キャラクター」として肉付けされてはいないが、語りの言葉遣いの中に蜃気楼のように立ち現れるこうした「あなた」を（受容理論家ウォルフガング・イーザーの用語を援用して）「内包された読者」（the implied reader）と呼んでいる。それが「あなた」という戦略的に曖昧な呼びかけのなかで、「現実の読者」とのズレをはらんだり、あるいは逆にキャシーの語りの場合のように、強引なまでに一致される時に生み出される「認知的不協和」の効果に、スーターは読者の偏狭な文化的期待を攪乱するイシグロ文学の核心を見いだしている。本論考の価値は物語論や受容理論の切り口から、こうした「あなた」の用法の発展を、日本を舞台にしたイシグロの初期小説から（架空の）イギリスを舞台とした後期の作品まであらためて辿りなおし、その異化効果の射程を最近の「世界文学」をめぐる論争やポストヒューマニズムの文脈で新鮮に論じ直していることにあるだろう。

（秦邦生）

「イシグロと日本」文献紹介

三村尚央

我々読者はイシグロのどこに「日本らしさ」を感じるのか。あるいはイシグロ自身はどのようなものに自分と「日本」とのつながりを見ているのか。以下では「イシグロと日本」の問題を考察するのに有効な文献のうち、比較的入手しやすいものを中心に紹介する。また、以下の記述は決定版などではなく浩瀚なイシグロ研究のほんの一端なので、重要でありながら言及できていないものがあることはお詫びしておく。

●インタヴュー

デビュー間もない頃のインタヴューは、洋の東西を問わず彼の特異な経歴に着目する場合が多く、必然的に「日本」を話題にするものが多い。特に以下の二編はイシグロ自身が日本との関わりを比較的多く語っているものとして貴重である。

池田雅之『イギリス人の日本観』成文堂、一九九三年……一九八七年に行われたインタヴュー。日本を舞台にした二作品を出版しただけでなく、日本人インタヴュアーへの気安さからか、「日本」との関わりを率直に語っている。その後にイシグロが様々なインタヴューで言及する自身と日本との関わりの原型が存分に現れている。

「特集　カズオ・イシグロ「もうひとつの丘へ」」、『Switch』一九九一年一月号……イギリスを舞台にした『日の名残り』で国際的な評価を確立した直後、彼の作家としてのキャリアを概観する特集記事。大江健三郎との対談では、日本の文学や映画からの影響だけでなく、英語で書く（あるいは翻訳される）国際作家としての二人の考えが示されている。その後二人ともノーベル賞を受賞することになる点でも興味深い。またイシグロがミュージシャンを目指していた頃に作った歌詞も載せられている。

イシグロはその後、『わたしたちが孤児だったころ』の邦訳が出版された際の二〇〇一年、『わたしを離さないで』が映画化された二〇一一年、『忘れられた巨人』の邦訳出版後の二〇一五年に来日しているが、その際に行われたインタヴュー記事も含め、ある程度のまとまった量で読めるものには以下がある。

池澤夏樹「第一四回ハヤカワ国際フォーラム／対談　カズオ・イシグロ vs 池澤夏樹――いま小説がめざすこと」、『ミステリマガジン』二〇〇二年二月号……『わたしたちが孤児だったころ』出版を記念して来日した際のイベントで行われた対談の記録。作家の国際性や普遍性が中心的に語られ、日本についての言及は比較的少ないが、それが当時の彼の立ち位置を示しているとも言えるだろう。

柴田元幸編訳『ナイン・インタビューズ　柴田元幸と9人の作家たち』アルク、二〇〇四年……二〇〇一年の来日時に行われたもので、英語と日本語訳が併せて収録されている。『充たされざる者』と『わたしたちが孤児だったころ』が話題の中心であるためか、日本についての言及はないが、「つねに自分の声〔voice〕を新しく見つけ続けなくてはならない」という作家として重要な点が主張されている。

大野和基「インタビュー　カズオ・イシグロ――『わたしを離さないで』そして村上春樹のこと」、『文學界』二〇〇六年八月号（大野和基『知の最先端』ＰＨＰ研究所、二〇一三年に再録）……イシグロにとっての「記憶の中の日本」をめぐる言及がある。また作家として互いに敬意を払っているという村上春樹についても率直に語っている。

福岡伸一「カズオ・イシグロ　記憶とは、死に対する部分的な勝利なのです」、『動的平衡ダイアローグ』木楽舎、二〇一四年……長崎の海洋気象台に勤めていた父親からの影響について触れながら、彼にとっての日本も記憶と同様、固定されているように見えると同時に流動的でもあると述べる。

河内恵子「カズオ・イシグロが語る記憶と忘却、そして文学」、『三田文学』二〇一五年秋季号……ハヤカワ・フォーラムの翌日に慶應義塾大学で行われた講演と質疑応答の内容をまとめたもの。日本との関わりついてはほとんど言及されないが、イースト・アングリア大学の創作科での思い出をはじめとする作家としての来歴や姿勢、記憶の役割、小説の可能性など重要な話題が語られている。

また数ページの雑誌記事のなかにも興味深い視点からイシグロの「日本」の一端が垣間見えるものもある。

阿川佐和子「阿川佐和子のこの人に会いたい」、『週刊文春』二〇〇一年一一月八日号……日本や日本語、日本文化との関わりに加えて、イギリスに移住した後に感じたイギリスと日本の生活習慣の違いについても触れられている。「カズオ・イシグロに阿川佐和子が聞いた「初恋」と「私の中の日本人」」というタイトルでウェブ上の「文春オンライン」でも読むことができる。

柴田元幸「僕らは一九五四年に生まれた」、『Coyote』二〇〇八年三月号……日本に本格的に関心が湧いたのは二〇代に入ってからで、それまではアメリカ文化に夢中だったという興味深い発言。

「カズオ・イシグロ講演会レポート」、『週刊読書人』二〇一五年七月一〇日付……『忘れられた巨人』出版を記念して二〇一五年に再来日したときの講演内容をまとめたもの。日本も含めたあらゆる国の歴史が「埋められた巨人」(the buried giant) を秘めていると語る。

綾瀬はるか「綾瀬はるか、カズオ・イシグロに会いに行く」、『文藝春秋』二〇一六年二月号……『わたしを離さないで』がTBSでドラマ化される際にロンドンで行われた対談。同作には「日本的なところがあると思っていた」とも述べている。日本映画が好きであることに触れて、主演の綾瀬はるかを「平成の原節子」と形容するジェントルな一面も。ウェブ上の「文春オンライン」でも読むことができる。

映像資料としては、NHKで放送された『カズオ・イシグロ 文学白熱教室』がある。二〇一五年七月に初回が放送され、その後同年八月に「完全版」が放送された後、二〇一八年にDVDがNHKエンタープライズによって発売される。『忘れられた巨人』を中心に作家であることや創作作法などが語られている。

ブライアン・シャファーとシンシア・ウォン編の英語版のインタヴュー集 *Conversations with Kazuo Ishiguro* (UP of Mississippi, 2008) は、『わたしを離さないで』出版までの主要なインタヴューが集められたもの。「日本」に関するものもかなり網羅されている。特に一九八六年にグレゴリー・メイソンによって行われたインタヴューは日本を舞台にした初期二作について詳細に語っている必読文献。また、前出の『Switch』での大江健三郎との対談の原文も収められている。

◉日本での受容

日本の文芸雑誌でイシグロを特集したものには『水声通信』第二六号（二〇〇八年九／一〇合併号、特集：カズオ・イシグロ）と、ノーベル賞受賞を機に編まれた『ユリイカ』二〇一七年一二月号（特集：カズオ・イシグロの世界）があり、さまざまな角度から切り込む論考の多彩さはイシグロの作品世界の懐の広さを感じさせてくれる。日本におけるイシグロ作品の受容と学術的研究については、『水声通信』に武井博美による網羅的な文献紹介がまとめられており、新聞や雑誌への掲載記事だけでなくそれまでに書かれた学術研究論文や学位論文も取り上げられている。

それらのより具体的な内容については、荘中孝之『カズオ・イシグロ――〈日本〉と〈イギリス〉の間から』（春風社、二〇一一年）の「補論1」で系統立てて丹念に紹介されており、この長崎生まれの英国作家が、生まれ故郷の日本ではどのように受け止められてきたかという受容史を知る上でも貴重な文献であり、本稿の記述も多くを負っている。またイシグロ作品の翻訳の問題についても第三章でより踏み込んだ考察が加えられており、かつては「残念ながら日本では通用しない小説だ」というタイトルの書評が書かれたりするなど、日本を舞台にして英語で書かれた作品の日本語訳が日本人読者に喚起する独特の複雑な感情的反応も取り上げている。

本書でも展開されてきたような「イシグロと日本」というテーマで注目される主題については日吉信貴『カズオ・イシグロ入門』（立東舎、二〇一七年）でもコンパクトに概観されているので参考になる。また臼井雅美『カズオ・イシグロに恋して』（英宝社、二〇一九年）は日本を舞台にした二作品の背景についても浩瀚な考察を展開している。

イシグロの長崎時代については、先述の荘中本にも、通っていた幼稚園（現在は閉園）への取材などにもとづいて、作品に登場するモチーフとも関連する要素がまとめられている。またイシグロの両親とも知己である平井杏子は彼らへのインタヴューなどから、長崎時代だけでなく祖父昌明氏や父鎮雄氏が過ごした上海での石黒家の様子についても『カズオ・イシグロ――境界のない世界』（水声社、二〇一一年）や『カズオ・イシグロの長崎』（長崎文献社、二〇一八年）、『カズオ・イシグロを語る』（長崎文献社、二〇一八年）にまとめている。

日本を舞台にした作品について言及されるテーマを論じたものには、たとえば次のようなものがある。

◉長崎への原爆投下と核

自身が長崎出身であり、母親が原爆投下時の長崎にいたという事実はイシグロの作品世界を読み解くための糸口の一つであるが、そのアプローチは論者によって様々である。荘中は『カズオ・イシグロ』の第一章で『遠い山なみの光』の決して目立たない背景となっている原爆が、作品とイシグロにとって持っている重要性について、その習作でもある短編「奇妙な折々の悲しみ」（一九八一年）との比較と、アラキ・ヤスサダという後に架空の創造だと明らかになった「被爆詩人」をめぐるアメリカでの事件を参照しながら論じている。また臼井雅美は『カズオ・イシグロに恋して』の『遠い山なみの光』論で、長崎への原爆投下をめぐる（広島とは異なる）議論の特異性に注目して論じている。

　麻生えりか「Kazuo Ishiguro のコズモポリタニズム——*A Pale View of the Hills* と *Never Let Me Go* における被爆の風景」（『青山学院大学文学部紀要』第五二号、二〇一〇年）は本書所収のウォルコウィッツも援用しながら、長崎の原爆という一見ローカルなテーマがイシグロの国際性の要素へと変容されてゆくプロセスを解き明かして、その姿勢は「こだま」として『わたしを離さないで』にも響き渡っていることを論じている。

◉戦争責任と芸術

『水声通信』第二六号の木下卓「カズオ・イシグロにおける戦争責任」は、戦後生まれの戦争を知らない世代であるイシグロがその初期三作品（『遠い山なみの光』、『浮世の画家』、『日の名残り』）で、戦争責任という「戦後の文学者ができることなら避けて通ろうとしてきた問題」を取り上げている点を考察しており、彼の中の日本とイギリスを「神話化」して国際作家として踏み出すために必要なプロセスであったと結論している。

『浮世の画家』のテーマとなっている第二次世界大戦中の戦争画家については菅野素子がセバスチャン・グローズ（Sebastian Groes）とバリー・ルイス（Barry Lewis）編による *Kazuo Ishiguro: New Critical Visions of the Novels* (Palgrave Macmillan, 2011) 所収の論考 "Putting One's Convictions to the Text: Kazuo Ishiguro's *An Artist of the Floating World* in Japan" で、同作の日本での独特の受容のされ方の要因を論じる一環として、実在の戦争画家たちをめぐる議論と小野の言動を関連づけて考察している。

　そして向後恵里子「画家の語り——『浮世の画家』における忘却の裂け目」（『ユリイカ』二〇一七年一二月号）も、画家たちの戦争責任という強い政治性のために日本の美術史から見えづらくされている戦争画というテーマを掘り起こしながら、『浮世の画家』の小野やモリさんが実在の画家であるかのように感じさせる筆圧で記している。

◉日本語への翻訳

日本を舞台にしたイシグロ作品の日本語への翻訳が独特の問題を引き起こすことは本書中の拙稿でも簡潔に取り上げたが、この点は前述の荘中『カズオ・イシグロ』第三章に加えて、『ユリイカ』イシグロ特集号に所収の荘中「日本語、英語、カズオ・イシグロ」、菅野「英語で読んでも翻訳で読んでもイシグロはイシグロだ」、中嶋彩佳「カズオ・イシグロの小説における翻訳の名残り」でも論じられている。またグローズとルイス編の *Kazuo Ishiguro* 所収の論考でも柴田元幸による"Lost and Found: on the Japanese Translations of Kazuo Ishiguro"が、そうした翻訳が「素晴らしすぎる」ことの功罪を論じており、イシグロの「日本」との距離の取り方が一筋縄ではゆかない精妙なものであることを明らかにしている。

◉「日本文化の影響」をめぐる国内研究者の成果の一例

イシグロはしばしばインタヴューで日本文化、特に日本の文学や映画からの影響を口にするが、それが具体的にどのような形で現れているかは巧妙にも彼自身からはほとんど明らかにされていない。だが日本の研究者たちによってその重要な一端が証されてきている。それは彼のデビュー作『遠い山なみの光』と川端康成の『山の音』、およびそれらの英訳や映画版との関連性である。

荘中孝之は先述の『カズオ・イシグロ――〈日本〉と〈イギリス〉の間から』の第二章で、登場人物たちの名前という表層的な類似だけでなく、物語と人物関係における両作の相同性に着目し、イシグロ自身は明言していないこれらのつながりについて説得的な議論を展開している。そして荘中の議論を受けて武富利亜は『カズオ・イシグロの作品における「ノスタルジア」についての考察』(九州大学大学院比較社会文化学府博士学位論文、二〇一四年)の第二章で『山の音』のエドワード・サイデンステッカーによる英訳版とも詳細に比較しながらそれを補強している。さらに佐藤元状は「ノスタルジーへの抵抗――カズオ・イシグロと日本の伝統」(『三田文学』二〇一八年春季号)で、成瀬巳喜男による『山の音』の映画版にも着目して、川端の小説と成瀬の映画版との協働関係を指摘した後、双方の影響が『遠い山なみの光』に流れ込んでいる可能性を、アダプテーション研究におけるより自由で柔軟な参照を意味する「アプロプリエーション」理論を背景に論証している。

そして、こうした議論の原形は坂口明徳「カズオ・イシグロに谺(こだま)す山の音――『遠い山なみの光』考」(徳永暢三監修『テクストの声――英米の言葉と文学』彩流社、二〇〇四年に所収)で示されていたことも紹介しておきたい。坂口は『遠い山なみの光』での文体の特徴として、会話が発せられるまでの「間」を強調する表現(「ようやく」を意味する"eventually"など)を挙げ、こうした音の間の沈黙の中に響くこだまが作品の独特の雰囲気を醸成していることに着目する。そして人物名の類似や表記から『山の音』が『山なみ』の下敷きになっているであろうことを推測するが、『山なみ』の沈黙はさまざまな「音」に満ちた川端の小説版とは結びつかないことから、成瀬の映画版を参照したのではないかと結論づけている。

◉海外研究者が見て取るイシグロの「日本」

イシグロの「日本」はデビュー以来様々な意味で海外の研究者たちの関心を引き続けている。本書所収のウォルコウィッツ論考もその一つだが、彼女はイシグロの「日本」を、彼自身の国際作家としての普遍的な文学的テーマを表現するために置かれた、異国風の効果を引き出す文学的デバイスの一つと見なしているといえる。イシグロの日本的な作品世界をこのようなシステム的な観点から分析する議論は、『充たされざる者』の出版以降、二〇〇〇年代になって彼の国際作家としての意識がより明確になって本格化した。

日本を扱うものの中でも、ティモシー・ライトの論考（Timothy Wright, "No Homelike Place: The Lesson of History in Kazuo Ishiguro's *An Artist of the Floating World*." Contemporary Literature, vol. 55, no. 1 (Spring 2014)）は、イシグロが作品で描く「日本」も自律したものではなく他国との関係にもとづくシステムの中にある可能性を指摘する興味深いものである。ライトは『浮世』の結末で、小野が抱く日本の将来への楽観的な期待の裏には、朝鮮戦争の特需による発展という歴史的事実が隠されていることを忘れてはならないと指摘する。それは『日の名残り』で、スティーブンスの旅の同時期に起こっていたはずのスエズ危機が言及されないこととも相似形をなしている。そしてイシグロの小説は、我々は完全な歴史的視野を得ることはできず、最善を尽くしても破滅的結果につながってしまう可能性もあることを題材にしていると論じている。

しかしそれ以前には、イギリスが舞台の『日の名残り』でさえも禅の思想から読み解こうとする論考（John Rothfork, "Zen Comedy in Postcolonial Literature: Kazuo Ishiguro's *The Remains of the Day*." *Mosaic* 29. 1 (Mar. 1996)）など、西欧とは違う論理（ロジック）で成り立つ異邦としての日本の価値観に注目して論じるものが多かったし、その傾向は現在も続いている。海外における「イシグロの日本」の受容の傾向は、武富による先述の学位論文の第二章でも詳細に取り上げられている。バリー・ルイス（Barry Lewis）の *Kazuo Ishiguro*（Manchester UP, 2000）やシンシア・ウォン（Cynthia Wong）の *Kazuo Ishiguro*（Northcote House Publishing, 2000）といったイシグロの概説書ではキーワードとして「もののあわれ」（monono aware）や幽玄（yugen）が挙げられているのだが、武富はその解釈がいわゆる日本人が感じるものとは若干異なる独特なものであると分析して、その流れの源泉にはグレゴリー・メイソンの論（Gregory Mason, "Inspiring Images: The Influence of the Japanese Cinema on Writings of Kazuo Ishiguro." *East West*

Film Journal, 3:2 (1989)）があることを明らかにしている。

また武富は「イシグロの日本性」というテーマについて英語でも積極的に発信しており、『わたしを離さないで』を「無常」（mujo）という観点から読み解く論考（"Reading *Never Let Me Go* from the Mujo Perspective of Buddhism"）を *American, British and Canadian Studies* のイシグロ特集号（二〇一八年一二月）に投稿するなど、イシグロの日本的要素とは何なのかを国内外の研究者が連携して考察してゆくためのきっかけを多く示している。

◉国際学会

日本におけるイシグロ受容の一環として、国内外での国際学会での活動を紹介しておきたい。日本では田尻芳樹氏がコーディネーターとなって、イシグロに関する国際学会が二〇一四年に東京大学で開かれ、内外の研究者が集まった。詳細は『カズオ・イシグロ『わたしを離さないで』を読む——ケアからホロコーストまで』（水声社、二〇一八年）の「まえがき」にも示されているが、日本の研究者同士がネットワークを作るきっかけともなった。

また、二〇二〇年二月にはイギリスのウルヴァーハンプトン大学でセバスチャン・グローズ氏がコーディネートする国際学会が開催され、本書執筆者も含めた日本人研究者による報告も行われ、イシグロ作品の「日本的雰囲気」の源流にある幽霊画についての加藤めぐみ氏の報告や、実現しなかった『遠い山なみの光』の映画化計画についての菅野素子氏の報告など、その一部は本書にもまとめられている。また森川慎也氏はハリー・ランサム・センターにあるイシグロ・アーカイヴでの綿密な調査にもとづき、イシグロの父石黒鎮雄氏と祖父石黒昌明氏の上海での経歴を交えながらイシグロの思考の源流を探るスケールの大きな報告を行っており、こちらも活字化とその英訳が望まれる論考である。

また、学会の前日にはグローズ氏の提案により、日本人研究者たちが「イシグロと日本」というテーマでイギリスの一般聴衆にプレゼンテーションするトークイベントも設けられた。日本での受容のされ方はほとんど知られていなかったという印象だが、イシグロ作品の「日本」について日本人研究者たちから解説を聞ける機会として関心を集めた。『浮世の画家』が渡辺謙の主演でドラマ化されていたり、『わたしを離さないで』が日本人キャストによって舞台化やドラマ化されていたりすることもイギリス人聴衆の興味をかき立てたようだった。「日本」も含めたカズオ・イシグロの全体像をつかむために、海外と日本の研究者が協力し合ってゆく必要性と可能性とを強く感じさせてくれる学会であった。

あとがき——「日本」から遠く離れて

秦邦生

「この本についてまだなにも分からない時から、それは日本とも日本人ともなんの関係もないものになるだろうと私は知っていました」——『日の名残り』（一九八九年）をめぐる出版当時のインタヴューでイシグロは、このように自分の第三小説がはじめから「日本」との決別を意図した作品だったと強く主張していた（Bill Bryson, "Between Two Worlds", *The New York Times Magazine*, April 28, 1990）。彼自身も意識していたように、最初の二作による成功は当時のイギリス文壇における国際化の機運と密接に連動していた。イシグロが『遠い山なみの光』で小説家デビューを果たした一九八二年は、インド亜大陸を舞台としたサルマン・ラシュディの『真夜中の子供たち』（一九八一年）が栄誉あるブッカー賞を獲得したちょうど翌年だった。つまり、日本を舞台としたイシグロの初期二作品は八〇年代当時のイギリスの読者たちの「外」の世界に対する関心の高まりに対して、絶好のタイミングで応えるものとしてまずはひろく受容・消費されたのである。

ところが、小説家としてのキャリアの出発点で有利に働いたこうした関心や期待は、第二作以降のイシグロにとって、ある種のデメリットや重荷のようなものに変容してしまっていたらしい。想像力による創作物が現実の日本とあまりにも密接に関連づけられ、しばしば文字通りの日本社会表象と誤認される事態に、当時のイシグロはかなりのフラストレーションを覚えていたようだ。右で言及したのと同じインタヴューで彼は、当時の日米貿易摩擦問題について日本側コメンテイターとしてTV出演を求められた逸話をユーモアを交えて語りつつ、そこに真剣な抗議の声色を響かせている。生まれ故郷の日本を舞台とした小説で新進作家としての地歩を固めつつも、そこに安住せず作家としての可能性をさらに伸ばすためには、メディアに流通する彼自身と「日本」との強固な連想をいったん払拭せねばならない——第三作構想時の彼が直面していたのは、このようなジレンマだったようだ。

果たせるかな、イシグロは執事とカントリー・ハウスというきわめて「イギリス的／イングランド的」な題材を扱った第三作で一九八九年のブッカー賞を獲得し、現代イギリスを代表する作家の一人としての地位を確固たるものにした。それ以前にも彼は『遠い山なみの光』ではウィニフレッド・ホルトビー記念賞を、『浮世の画家』ではウィットブレッド賞を受賞しており、若手作家としては順風満帆のキャリアを築いていたが、「日本とも日本人ともなんの関係もない」題材で実力を証明した『日の名残り』のブッカー賞受賞は、その後のイシグロの飛躍にとって格段の意味を持っていたと考えて間違いないだろう。

しかし私たちは、本当に『日の名残り』をイシグロの日本に対する決別の辞として受け止め、最初の二作と三作目とのあいだに大きな断絶を見るべきなのだろうか？　日本そのものを舞台とせず上海における日本の侵略戦争を背景とした第五作『わたしたちが孤児だったころ』（二〇〇〇年）ならびにイシグロ脚本による映画『上海の伯爵夫人』（二〇〇五年）を例外とすれば、その後の現在までの彼の作品のなかには日本回帰の兆候が見られないのは確かである。イシグロにとって「日本」はどこまで本質的な主題なのか、それとも「日本」は、そのキャリアの出発点でたまたま扱った題材に過ぎなかったのだろうか？

　本書の各論考は、イシグロ小説を従来よりも密接に近代日本の歴史的経験と関連づけ、時にはアーカイヴの未公開資料を参照することで初期から中期にかけてのイシグロ文学における多種多様な日本表象を掘り下げてきた。このような本書のアプローチは、これまで意識されてこなかったイシグロ文学のいくつかの側面に新たな光を投げかけたはずである。ただし、本書が主に扱ったのは初期短編、『遠い山なみの光』、『浮世の画家』、『わたしたちが孤児だったころ』など程度の差こそあれ明示的に日本ないし日本人を扱った作品群だった。本論集ではレベッカ・スーターの論考が初期の「二世界文学」から後期の代表作『わたしを離さないで』における人間中心主義の解体に至るイシグロの発展を見取り図的に描いてはいるが、「イシグロと日本」にメインフォーカスを定める本論集の基本戦略は、それ以降のイシグロ文学を死角に追いやるリスクを冒しているのだろうか？

　このように疑問を重ねてみると、『日の名残り』は本論集の企画にとって、まさに境界的な事例であると位置づけうるだろう。作家自身が「日本とも日本人ともなんの関係もない」と断言した小説に、なおも「日本」とのつながりを見出すことは可能なのか？　あるいは、イシグロと日本とのつながりにこだわることは、そもそも望ましいことなのか？　このあとがきでは、残されたわずかな紙幅で『日の名残り』をテスト・ケースとしつつ、本論集が採用したアプローチの意義と射程を簡潔に明らかにしておきたい。

＊＊＊

『日の名残り』を日本との関係で考えるためには、以下でおおまかに略述する三通りの方法が考えられるだろう。もっとも安易な第一の道は、たとえ明示的に日本を扱っていなくとも、この小説が掘り下げるキャラクター心理や、それを表現するイシグロの精妙なスタイルになにかしらの「日本的」特性――例えば「幽玄」や「侘び寂び」のような時に曖昧模糊としたもの――を読み込もうとするやり方である。これは、日本や日本人を正面から描いた初期小説を分析対象としていても、本書の各論考が慎重に回避した読み方にほかならない。

レベッカ・ウォルコウィッツが自殺と日本との連想を題材にもっとも周到に論じているように、このような「日本らしさ」を前提とする解釈は、「差異を特定のアイデンティティに還元する」ものである（本書三二頁）。「日本らしさ」に固着するこうした観点は、彼の小説が巧妙に描き出す異文化間の遭遇と、それが駆動させる複雑な差異のメカニズムを死角へと追いやってしまう。そこでイシグロの小説は、ある種の読者が共有する既成の「らしさ」のイメージ、まさにステレオタイプを追認するものとして受け取られてしまう。『遠い山なみの光』における景子の自殺をめぐるイギリスの報道や、『浮世の画家』において若き日の小野益次が描いた海外輸出用の日本画のように、実際にはイシグロはステレオタイプの生産過程とその過剰性を問題化しているにもかかわらず、である。最悪の場合、それは昔ながらのエキゾチズムに即してイシグロのテクストを理解するやり口に終始することになるだろう。

実際のところこのような解釈は、ワイチュウ・シムが丁寧に跡づけているように、『日の名残り』の出版当初の書評には数多く見られたようだ。シムが挙げる例をいくつか借りれば、『ニューヨーク・レヴュー・オブ・ブックス』でガブリエレ・アナンは、主人公スティーブンスの品格への執着や私的感情の抑圧を「日本的」なものと捉え、この小説自体のメッセージをそのような「日本らしさ」への批判として読み解いた。『パルチザン・レヴュー』のピコ・アイヤーもこの執事の従順さや控え目な性格を日本的精神の表れと解していたし、またべつの書評家も、この小説が表現するスティーブンスの職業上の完璧主義と民主主義の価値との葛藤は、「日本的アイデンティティの決定的な問題」だと訳知り顔に指摘していたのである（Wai-chew Sim, *Kazuo Ishiguro*, Routledge, 2010, 112-16）。

日系の作家が書いたものなのだから、たとえイギリス人のキャラクターであっても「日本的」性格の特徴が読み取れるに違いない——初期の英語圏読者のあいだに見られたこのような偏狭な期待をシムは「直解主義的解釈」と名づけている。『日の名残り』でイシグロが拒絶し、攪乱しようと試みたのは、まさにこのような受容のありようだったのである。それが究極的には異文化へのエキゾチズム的視線を宿しているとすれば、日本語の研究がそのような他者からの視線を内面化することは絶対に慎まねばならないはずだ。「日本らしさ」の内実を否定から肯定に入れ替えたとしても、問題の構図はたいして変わらない。本書のアプローチがイシグロ文学に既成の「日本らしさ」の再生産を見出し、それを言祝(ことほ)ぐような振る舞いをみずからに禁じた理由は、以上の説明からすでに明らかだろう。

『日の名残り』のような中期以降のイシグロ作品を日本との関わりで再考する第二の道として考えられるのは、初期の二作と三作目以降のテクストとのテーマ的な連続性や相同性に目を向けることである。この観点からすると、日本を舞台とした最初の二作と『日の名残り』とのあいだには実のところ目立った共通点が多い。例えば、第二次世界大戦前後の時代設定、一人称による過去の回想と「信頼できない語り手」の技法、記憶と自己欺瞞のテーマなど、日本とイギリスという舞台設定の差異にもかかわらず、こうした共通点はすぐにでも挙げられるだろう。イシグロ自身一九九九年のインタヴューでは「私の最初の三作の小説は実際には同じ小説を書こうとした試みだった」と述べてその連続性を強調し、むしろカフカ的な悪夢の世界に踏み込んだ第四作『充たされざる者』（一九九五年）のほうにより大きな断絶を見出していた（*Conversations with Kazuo Ishiguro*, UP of Mississippi, 153）。

この観点から特に意義深いのは、第二作『浮世の画家』と第三作『日の名残り』とのあいだのテーマ的相同性ということになるだろう。本書で田尻芳樹が正面から論じているように、『浮世の画家』は画家小野益次の過去を通して、卑小な一個人の戦争加担や戦争責任の問題を掘り下げた作品だった。『日の名残り』のスティーブンスもまた、執事として長く仕えた主人ダーリントン卿のドイツ・ナチズムへのかつての共感を経由して、戦後の現在においてやはり後ろ暗い過去をかかえている。かつて信じていた価値体系が戦争経験とともに瓦解し、新しい価値観が支配する戦後社会のなかで自己弁護や正当化を迫られる――これが『浮世の画家』における小野のジレンマだった。それとほぼ同様の構図から、『日の名残り』は戦勝国の一つであり公的にはイデオロギー的断絶を経験したはずのないイギリスの深奥、象徴的な場としてのカントリー・ハウスで、ファシズムや反ユダヤ主義への（直接・間接にかかわらない）加担という問題を剔出する。この構想は、イシグロが最初の二作品でなによりもまず日本の戦争経験を掘り下げたからこそ生まれたものだったのではないか（批評家加藤典洋であれば、それをイシグロの「敗者の想像力」の表れと呼んだことだろう）。

このようなテーマ的連続性や相同性という観点は、キャリアの出発点における「イシグロと日本」との関わりを、第三作以降のイシグロ文学にとっても重要性のあるものと理解するうえで欠かせないものだろう。日本を明示的に扱っていないのちの作品においても、初期に日本を題材として深化されたイシグロの問題意識は継承されている。ここでは素描しかできないこうした見方が真実であるとすれば、本書の各論考はこの方向でイシグロ研究を深めるためには必須の基礎作業としての価値を持つことになるだろう。

それでは、初期二作を越えて「イシグロと日本」を思考するための第三の方法は、どのようなものだろうか。やや逆説的な表現になるが、それは「不在」としての日本を考慮に入れることだと言えるかもしれない。そもそもイシグロの作風の特徴としてたびたび指摘されるのは、物語の設定上言及されてしかるべき核心的な出来事が間接的にほのめかされるのみか、まったく不在であるという傾向である。戦後復興期の長崎を舞台としているにもかかわらず『遠い山なみの光』の悦子は原爆体験を決して正面から語らない。また、一九五六年という意味深長な時代設定にもかかわらず、『日の名残り』においては戦後イギリス帝国の没落を決定づけたスエズ危機に言及されることはない。『浮世の画家』における「戦中」の不在、特に空襲経験の書き落としをこの実例に加えてもいいだろう（小野の屋敷の損壊、妻の死、焼け跡化したかつての歓楽街など空襲の爪痕は残っているが、出来事としての「空襲」自体は正面から語られず、読者は痕跡を通じてその暴力と被害を推し量るしかない）。このような「不在」の原理を敷衍して考えれば、『日の名残り』以降のイシグロ小説においては「日本」そのものが不在化しつつ、なお無視できない重力を帯びてその作品世界を規定しているのではないか。

もちろん冷静になって言えば、一つの作品が含みうる要素は当然ながら有限であり、彼の作品から不在な要素をいちいち数え上げてゆけばキリがないだろう。論理的には、不在なものはカンガルーでもキリマンジャロでも、クルマエビであっても構わない。恣意性のそしりを覚悟しつつなお「日本」こそがイシグロ文学にとっての重要な不在だと言うためには、より強固な論理性と理論武装が各々の研究者に求められるだろう。例えば、イシグロにとっての日本をフロイト的「不気味なもの」と位置づけ、その反復を中期以降の作品にも読み込む遠藤不比人の一連のイシグロ論は、こうした方向での研究の重要な先例だろう。

ただこのような「不在」としての日本を考えるためには、より地道な証拠固めに依拠することもできるはずだ。本書のいくつかの論考が活用した未発表のアーカイヴ資料は、このような試みにとっても有益な素材を提供してくれる。ここでは最後に、『日の名残り』の構想過程に注目して、その可能性を例証しておこう。アーカイヴ資料を読み込むことで明らかになるのは、冒頭に引いたイシグロの発言とは異なって、『日の名残り』ははじめから「日本とも日本人ともなんの関係もないもの」として構想されたわけではなかった、という事実である。推論を交えて第三作の創作過程を丁寧に再現してみると、『日の名残り』が日本とは関係のない作品に仕上がったのはじつは結果論であり、イシグロはこの物語を日本と関連づけるさまざまな方法を、構想段階ではやはり模索していたのである。

ハリー・ランサム・センターでは『日の名残り』関係の資料はコンテナ一六から一九にかけてかなりの分量が保存されているが、ここではできるだけ簡潔に、最初の二つのコンテナから二種類の資料を紹介しておこう。まずコンテナ一七には、一九八六年初夏の『浮世の画家』刊行以前の、一九八五年頃からのイシグロの第三作構想メモが残されている。そのうちの一枚では新作小説のアイデアとして、①イギリス人執事を主人公にした物語、②東西の国際関係を扱う物語、③冷戦状況をテーマにした「長崎から逃れて」の三案が列挙されている。このうち案①はあきらかにのちの『日の名残り』の原型となったものであり、案③は本書で麻生えりかの論考が詳細に論じた、少なくとも一九八三年に遡る四〇枚ほどの草稿のことを指している。資料の分量から推測するに、イシグロは「長崎から逃れて」を第三作のベースにする案をたしかに検討していたようだが、これは早々にあきらめたようだ。

その代わりに一九八五年一〇月頃の時点でイシグロがまず熱心に検討していたのは案②の「東西小説」だったらしい。書き残されたあらすじから推測するに、この物語は、二〇世紀初頭エドワード朝のイギリスで出会った二人の男性キャラクター（日本人とイギリス人）と、一人のイギリス人女性との三角関係を軸に、先行するイギリス帝国主義と後発の日本帝国主義とのもつれあった関係を語る歴史小説として構想されていたようだ。男性キャラクター二人はメモによっては政治家であったり、医者であったりと設定が安定していないが、なんらかの公的なキャリアを通じて社会貢献をしようという情熱は一貫している。二〇世紀前半の国際政治の大きなうねりを背景とする異文化横断的な人間関係を通じて「日本らしさ」や「イギリス／イングランドらしさ」といった通念を批判的に掘り下げるねらいもあったようだ。ただしこの壮大な「東西小説」の構想も徐々に萎（しぼ）んでしまったらしく、同八五年の年末にはすでに、イシグロは①のイギリス人執事を主人公にした物語に標的を絞って、より深いテーマやスタイルについての考察を追求していた（興味深いことに、例えばイシグロは八五年一二月九日の日付で、日本映画の「庶民劇」的なプロットをモデルにする案を書き残している）。

ただ実際のところは、イシグロの頭のなかでは案①と案②との境界はそこまで明確なものではなかったようだ。②の「東西小説」に見られた日本人男性とイギリス人男女との三角関係のアイデアは、いつのまにか①の「執事小説」にも浸透していたらしい。その証拠にどちらの構想メモにも「マツオ」という同じ名前の日本人キャラクターが登場している。なんらかのきっかけで出会った主人公のイギリス人執事と「マツオ」との交友関係は、比較を通じて「イギリス／イングランドらしさ」のテーマを強調する役割を期待されていたようだ。かなりあとの段階の一九八六年七月の日付のメモでもまだ「マツオ」を登場させる案は生きていたらしく、この頃にはすでにイシグロは『日の名残り』第一部の草稿を書き始めていた。このような資料から判断するに、構想段階では存在していたまぼろしの日本人キャラクター「マツオ」は、『日の名残り』執筆段階で徐々に不在化していったことになる。

もう一つのグループの資料はコンテナ一六に分類されている草稿類で、イシグロはそれらを『日の名残り』の「前身」と名づけている。ここには短編小説の草稿やＴＶドラマ脚本などが収められており、そのうちでもっともよく知られているのは、一九八四年にＩＴＶで放送された『アーサー・J・メイソンの肖像』というドラマの脚本である。一九八二年から書き始められたこの脚本はあるカントリー・ハウスの執事を主人公にしたもので、このキャラクターから『日の名残り』のスティーブンスへと通じる線はごく見えやすいものだ。

ただ、この草稿群でもっとも興味深いのは一九八三年頃に書かれた「十月のイングランド」と題する短編の草稿である(二種類あり、それぞれ一〇枚程度)。これは八〇年代初頭に起きた東京の空港での架空の銃乱射事件をきっかけにした物語である。このテクストは事件を起こしたテロリスト集団の活動資金源を調査するジャーナリストの手記の体裁を取っており、そのなかではグループの一員のウシゲという若者と、資産家の祖父ケンジ・モリトモとが交わした書簡が引用されている。ウシゲはグループと共謀して、自分はロンドンに滞在してホームレス支援団体に関わっていると祖父に思い込ませ、活動資金を送金させていたのである。なぜ祖父はやすやすと騙されてしまったのか。それは、かつて画家だった彼が戦前の若き日にロンドンに数年滞在したことがあり、イギリスに強い思い入れを抱いていたからにほかならない。ウシゲたちは老人の回顧録を参考にして、彼のノスタルジアをかき立てる架空のイギリス便りを書き送っていたのである。

このなんとも奇抜な物語は、一九七二年にテルアビブ空港銃乱射事件を起こした日本赤軍に想を得たものらしい。だが、この短編がどんな意味で『日の名残り』の前身なのか。イシグロのメモによれば、それはノスタルジアに彩られたイギリス・イメージの生成に関わっているから、ということらしい。「十月のイングランド」では、三〇年代のロンドンに滞在した高齢の日本人男性の記憶と、八〇年代の若者たちの謀略を媒介にして「神話的イングランド」像が捏造される。いわば『日の名残り』の構想メモで「マッツオ」の存在が対比的に「イギリス／イングランドらしさ」のテーマを強めるのと類似のメカニズムが、ここで検討されていたのだ。

論点をまとめれば、イシグロはこのような試行錯誤を経て、こうした「日本人＝外国人」の視点を媒介せずとも「イギリス／イングランドらしさ」の神話を問題化する手法を確立した。逆に言えば、表面的には日本を題材としない『日の名残り』のなかで捏造される神話的イギリス像の内奥には、外部としての日本からの不可視の目線が埋め込まれていた、ということでもある。この発見が『日の名残り』というテクスト自体の解釈をどう左右するかについては、別稿を期さねばならない。ただここで確実に強調できるのは、イシグロを読む上での「不在としての日本」という観点の有効性である。本書が一部で採用したアーカイヴ研究のアプローチは、最終的な精製過程で除去されたとしても、なおイシグロの創作プロセスで重要な役割を果たした不在の「日本」を、あらためて浮上させることができるのだ。

＊＊＊

長くなったが、このあとがきでは『日の名残り』をケース・スタディとして、「イシグロと日本」という本書の問題設定を初期二作以後のイシグロ文学へと拡張してゆく道筋を素描してきた。既成の「日本らしさ」というステレオタイプに拘泥することなく、むしろテーマ的連続性や徴候的「不在」のなかにイシグロにとっての「日本」の重要性を見出すのは、そのまま本書全体のアプローチの説明であり、その正当化の試みでもあった。今後は、本書のアプローチを本格的にイシグロの中期以降の作品読解へと応用すること、またさらに、日本語にとどまらずその研究成果を世界に向けて発信することが求められるだろう。

念のため自明なことをあらためて強調すれば、「イシグロと日本」はこの作家を読むための唯一可能なアプローチではない。そのような独善的姿勢は厳しく慎まれるべきだろう。しかしながら、「イシグロと日本」は、この作家の全体像を把握するために必要不可欠なパズルの一ピースなのではないか。二〇一七年のノーベル文学賞受賞をもって、イシグロは「世界文学」の巨匠としての地位を確立したように思える。しかし彼がいま日本からどれほど離れているのかを知るためには、その出発点にあった遠い「日本」——決して自明ではない、不透明な「日本」——を多角的に復元する作業が必須のはずである。本書は、そのような「世界」と「日本」との緊密な弁証法を触知するための試みである。

最後になったが、本論集の共同作業に参加してくれた執筆者の方々、ならびに本書の企画を快く引き受けてくれた水声社編集部の方々、とりわけ企画から仕上げの段階まで長期にわたり編集の実務を担ってくれた小泉直哉氏に感謝したい。

二〇二〇年八月九日、長崎原爆投下から七五周年の日に

編者・著者・訳者について――

田尻芳樹（たじりよしき）　一九六四年生まれ。東京大学教授（イギリス文学）。著書に、*Samuel Beckett and the Prosthetic Body: The Organs and Senses in Modernism* (Palgrave Macmillan, 2007)、『ベケットとその仲間たち――クッツェーから埴谷雄高まで』（論創社、二〇〇九年）、*Samuel Beckett and Trauma*（共編著、Manchester University Press, 2018）などがある。

秦邦生（しんくにお）　一九七六年生まれ。東京大学准教授（イギリス文学）。著書に、『終わらないフェミニズム――「働く」女たちの言葉と欲望』（共編著、研究社、二〇一六年）、『イギリス文学と映画』（共編著、三修社、二〇一九年）、論文に、"The Uncanny Golden Country: Late-Modernist Utopia in *Nineteen Eighty-Four*"（*Modernism/Modernity* Print Plus, 2017）などがある。

＊

レベッカ・L・ウォルコウィッツ（Rebecca L. Walkowitz）　一九七〇年生まれ。ラトガーズ大学教授（イギリス文学）。著書に、*Cosmopolitan Style: Modernism Beyond the Nation* (Columbia University Press, 2006), *Immigrant Fictions: Contemporary Literature in an Age of Globalization* (ed., University of Wisconsin Press, 2007), *Born Translated: The Contemporary Novel in an Age of World Literature* (Columbia

University Press, 2015）などがある。

荘中孝之（しょうなかたかゆき）　一九六八年生まれ。京都女子大学教授（比較文学・イギリス文学）。著書に、『カズオ・イシグロ――〈日本〉と〈イギリス〉の間から』（春風社、二〇一一年）、『カズオ・イシグロの視線――記憶・想像・郷愁』（共編著、作品社、二〇一八年）、『カズオ・イシグロ『わたしを離さないで』を読む――ケアからホロコーストまで』（共著、水声社、二〇一八年）などがある。

麻生えりか（あそうえりか）　一九六八年生まれ。青山学院大学教授（イギリス文学）。著書に、『戦争・文学・表象――試される英語圏作家たち』（共編著、音羽書房鶴見書店、二〇一五年）、『終わらないフェミニズム――「働く」女たちの言葉と欲望』（共編著、研究社、二〇一六年）、論文に、「孤独な執事の旅行記――冷戦小説として読むカズオ・イシグロの *The Remains of the Day*」（『ヴァージニア・ウルフ研究』第三五号、二〇一八年）などがある。

加藤めぐみ（かとうめぐみ）　一九六七年生まれ。都留文科大学教授（イギリス文学・文化）。著書に、『終わらないフェミニズム――「働く」女たちの言葉と欲望』（共著、研究社、二〇一六年）、『英国ミドルブラウ文化研究の挑戦』（共著、中央大学出版部、二〇一八年）、論文に「トランスアトランティック・ノスタルジア――『夜想曲集』が奏でる〈帝国アメリカ〉への見果てぬ夢」（『都留文科大学英語英文学論集』第四七号、二〇一九年）などがある。

菅野素子（すがのもとこ）　鶴見大学文学部准教授（イギリス文学・英語文学）。著書に、*Kazuo Ishiguro: New Critical Visions of the Novels*（共著、Palgrave Macmillan, 2011）、『カズオ・イシグロ『わたしを離さないで』を読む――ケアからホロコーストまで』（共著、水声社、二〇一八年）、論文に、「未翻訳の英語圏文学作品をどのようにして英語で読ませるか――Katherine Mansfield "The Garden Party" と Witi Ihimaera "This Life is Weary" を取り上げた授業を振り返る」（『比較文化研究』第二一号、二〇一九年）などがある。

マイケル・サレイ（Michael Szalay）　カリフォルニア大学教授（アメリカ文学、メディア論）。著書に、*New Deal Modernism: American Literature and the Invention of the Welfare State*（Duke University Press, 2000）, *Hip Figures: A Literary History of the Democratic Party*（Stanford University Press, 2012）などがある。

三村尚央（みむらたかひろ）　一九七四年生まれ。千葉工業大学教授（イギリス文学、記憶研究（Memory Studies））。著書に、『英米文学を読み継ぐ――歴史・階級・ジェンダー・エスニシティの視点から』（共著、開文社出版、二〇一二年）、『カズオ・イシグロの視線――記憶・想像・郷愁』（共編著、作品社、二〇一八年）、『カズオ・イシグロ『わたしを離さないで』を読む――ケアからホロコーストまで』（共編著、水声社、二〇一八年）などがある。

レベッカ・スーター（Rebecca Suter）　シドニー大学准教授（現代日本文学・文化、比較文学）。著書に、*The Japanization of Modernity: Murakami Haruki between Japan and the United States*（Harvard University Press, 2008）, *Holy Ghosts: The Christian Century in Modern Japanese Fiction*（University of Hawaii Press, 2015）, *Two-world Literature: Kazuo Ishiguro's Early Novels*（University of Hawaii Press, 2020）などがある。

＊

井上博之（いのうえひろゆき）　一九八四年生まれ。東京大学講師（アメリカ合衆国の文学・映画）。論文に、"'A Southern California Beach That Never Was': Adapting the Noir City in *Inherent Vice*"（『言語文化』第三六号、二〇一九年）、"Southwestern Cartographies: The Poetics of Space in Contemporary Narratives of the U. S. Southwest"（Ph.D. Dissertation, University of Arizona, 2017）, "The Hi Lo Palimpsest: Remapping the West(ern) in *Bobby Jack Smith, You Dirty Coward!*"（*The Journal of the American Literature Society of Japan*, 2016）などがある。

奥畑豊（おくはたゆたか）　一九九〇年生まれ。日本女子大学専任講師（イギリス文学）。著書に、『ユダヤの記憶と伝統』（共著、彩流社、二〇一九年）、*Angela Carter's Critique of Her Contemporary World: Politics, History, and Mortality*（Peter Lang, forthcoming）, 論文に、「ハリウッド、冷戦、家庭――Angela Carter の *The Passion of New Eve* における女性像の構築」（『英文学研究』第九五巻、二〇一八年）がある。

与良美紗子（よらみさこ）　一九九三年生まれ。ロンドン大学クイーン・メアリー校博士課程在籍（イギリス文学）。論文に、"'And Of Course She Enjoyed Life Immensely': Fun, Triviality, and the Sense of Calling in *Mrs Dalloway*"（『ヴァージニア・ウルフ研究』第三七号、近刊）などがある。

装幀——宗利淳一

カズオ・イシグロと日本

――幽霊から戦争責任まで

二〇二〇年一〇月一五日第一版第一刷印刷　二〇二〇年一〇月三〇日第一版第一刷発行

編者――田尻芳樹・秦邦生

発行者――鈴木宏

発行所――株式会社水声社

東京都文京区小石川二―七―五　郵便番号一一二―〇〇〇二

電話〇三―三八一八―六〇四〇　FAX〇三―三八一八―二四三七

［編集部］横浜市港北区新吉田東一―七七―一七　郵便番号二二三―〇〇五八

電話〇四五―七一七―五三五六　FAX〇四五―七一七―五三五七

郵便振替〇〇一八〇―四―六五四一〇〇

URL : http://www.suiseisha.net

印刷・製本――精興社

ISBN978-4-8010-0508-2

水声文庫

映画美学入門　淺沼圭司　四〇〇〇円
制作について　淺沼圭司　四五〇〇円
宮澤賢治の「序」を読む　淺沼圭司　二八〇〇円
昭和あるいは戯れるイメージ　淺沼圭司　二八〇〇円
物語るイメージ　淺沼圭司　三五〇〇円
平成ボーダー文化論　阿部嘉昭　四五〇〇円
幽霊の真理　荒川修作・小林康夫　三〇〇〇円
『悪の華』を読む　安藤元雄　二八〇〇円
フランク・オハラ　飯野友幸　二五〇〇円
映像アートの原点　一九六〇年代　飯村隆彦　二五〇〇円
バルザック詳説　柏木隆雄　四〇〇〇円
アメリカ映画とカラーライン　金澤智　二八〇〇円
三木竹二　木村妙子　四〇〇〇円
ロラン・バルト　桑田光平　二五〇〇円
危機の時代のポリフォニー　桑野隆　三〇〇〇円
小説の楽しみ　小島信夫　一五〇〇円
書簡文学論　小島信夫　一八〇〇円
演劇の一場面　小島信夫　二〇〇〇円
零度のシュルレアリスム　齊藤哲也　二五〇〇円
実在への殺到　清水高志　二五〇〇円
マラルメの〈書物〉　清水徹　二〇〇〇円
美術・神話・総合芸術　白川昌生　二八〇〇円
美術館・動物園・精神科施設　白川昌生　二八〇〇円
西洋美術史を解体する　白川昌生　一八〇〇円
贈与としての美術　白川昌生　二五〇〇円

美術、市場、地域通貨をめぐって　白川昌生　二八〇〇円
戦後文学の旗手 中村真一郎　鈴木貞美　二五〇〇円
シュルレアリスム美術を語るために　鈴木雅雄・林道郎　二八〇〇円
サイボーグ・エシックス　高橋透　二〇〇〇円
（不）可視の監獄　多木陽介　四〇〇〇円
マンハッタン極私的案内　武隈喜一　三二〇〇円
黒いロシア白いロシア　武隈喜一　三五〇〇円
魔術的リアリズム　寺尾隆吉　二五〇〇円
桜三月散歩道　長谷邦夫　三五〇〇円
マンガ編集者狂笑録　長谷邦夫　二八〇〇円
マンガ家夢十夜　長谷邦夫　二五〇〇円
未完の小島信夫　中村邦生・千石英世　二五〇〇円
転落譚　中村邦生　二八〇〇円
オルフェウス的主題　野村喜和夫　二八〇〇円
越境する小説文体　橋本陽介　三五〇〇円
ナラトロジー入門　橋本陽介　二八〇〇円
カズオ・イシグロ　平井杏子　二五〇〇円
カズオ・イシグロの世界　平井杏子＋小池昌代＋阿部公彦＋中川僚子＋遠藤不比人他　二〇〇〇円
カズオ・イシグロ『わたしを離さないで』を読む　田尻芳樹＋三村尚央＝編　三〇〇〇円
「日本」の起源　福田拓也　二五〇〇円
〈もの派〉の起源　本阿弥清　三二〇〇円
絵画との契約　山田正亮再考　松浦寿夫＋林道郎他　二五〇〇円
現代女性作家の方法　松本和也　二八〇〇円
現代女性作家論　松本和也　二八〇〇円
川上弘美を読む　松本和也　二八〇〇円
太宰治『人間失格』を読み直す　松本和也　二五〇〇円
ジョイスとめぐるオペラ劇場　宮田恭子　四〇〇〇円
福永武彦の詩学　山田兼士　二五〇〇円
魂のたそがれ　湯沢英彦　三二〇〇円
金井美恵子の想像的世界　芳川泰久　二八〇〇円
歓待　芳川泰久　二二〇〇円

［価格税別］